**BEST**SELLER

**Isabel San Sebastián** (Chile, 1959) ha trabajado en prensa (*ABC*, *El Mundo*), radio (Cadena Ser, Onda Cero, RNE, COPE, ABC Punto Radio) y televisión (TVE, Antena 3, Telecinco, Telemadrid, 13tv). Todas estas actividades no le han impedido arañar tiempo para dedicarse a su pasión: la escritura. Autora de diversos ensayos sobre política y sociedad, ha publicado hasta la fecha cinco novelas que han tenido una excelente acogida entre los lectores: *La visigoda* (2006, Premio Ciudad de Cartagena), *Astur* (2008), *Imperator* (2010), *Un reino lejano* (2012), *La mujer del diplomático* (2014) y *Lo último que verán tus ojos* (2016).

Biblioteca

# ISABEL SAN SEBASTIÁN

## Lo último que verán tus ojos

DEBOLS!LLO

Primera edición en Debolsillo: octubre de 2017

© 2016, Isabel San Sebastián
© 2016, 2017, Penguin Random House Grupo Editorial, S. A. U.
Travessera de Gràcia, 47-49. 08021 Barcelona

Printed in Spain – Impreso en España

ISBN: 978-84-663-4191-2 (vol. 1036/3)
Depósito legal: B-14.482-2017

Compuesto en Revertext, S. L.

Impreso en Novoprint
Sant Andreu de la Barca (Barcelona)

P 341912

Penguin
Random House
Grupo Editorial

*A todos los que no se resignan,*
*ni se venden ni se callan ni se rinden*

# PRELUDIO
## (en tonos oscuros)

*Budapest, noviembre de 1944*

La dignidad de un hombre se mide por cómo hace frente a la muerte.

Con el primer quejido de motor lejano en la negrura que precede al alba, Judah supo que venían a por él. Después de tantos días temiéndolo, tantas noches insomnes esperando verlos llegar, aquella certeza lúcida fue casi una liberación.

Por un instante el miedo le asaltó con tal violencia que le vació la mente, paralizándole al mismo tiempo el cuerpo. Miedo físico, tangible. Un temblor acompañado de sudor gélido y pulso disparado, que casi le hizo desmayarse. Luego, tras los golpes en la cancela exterior, mientras el viejo portero, Laszlo, descorría los cerrojos y franqueaba el paso a los vehículos, recuperó el coraje suficiente para salir de la cama.

Si iban a sacarlo de su casa en plena noche para conducirlo al sacrificio, no lo harían arrastrándole en pijama y zapatillas sino por su propio pie, vestido con un buen traje. Llevaría la cabeza alta.

En su edificio de la calle Király todavía quedaba alguna reserva de carbón, por lo que la calefacción estaba en marcha. La mayoría de los habitantes de Budapest no era tan afortunada, especialmente en la comunidad judía, sujeta desde hacía años a restricciones cada vez más ominosas. Los habían marcado como al ganado, convirtiendo el signo de David en un estigma clavado en el pecho, y ese símbolo equivalía a una condena ejecutada cuándo, cómo y en la forma que cada verdugo escogiera.

Judah estaba solo en el piso, demasiado grande para él en ausencia de Hannah y los chicos. Ellos debían de estar ya a salvo, lejos de Hungría, o en el peor de los casos refugiados en la legación española, desde la que partirían hacia su nueva vida en cuanto fuese posible. Eso al menos necesitaba creer, so pena de volverse loco por el dolor de su pérdida, ya que él había rehusado acompañarlos, a fin de permanecer al pie del cañón en el Consejo Judío establecido por el teniente coronel Adolf Eichmann tras la ocupación alemana culminada a mediados de marzo. Él y su obsesivo sentido del deber…

¡Cuánto añoraba el calor de Hannah en la madrugada sombría! Lo que daría por sentir el tacto de su mano en la frente, aliviando con ese gesto las cargas que con frecuencia creciente la surcaban de preocupación. Ahora que todo parecía acabado, estaba seguro de haber cometido un error garrafal no solo por no salvarse mientras estuvo a tiempo de hacerlo, sino por cuantas veces había secundado los llamamientos a la calma de sus mayores asegurando que de ese modo las juderías húngaras, y en particular la de la capital, correrían mejor suerte que las polacas, ucranianas o bálticas. ¡Qué terrible pecado de soberbia! ¿Por qué se habían creído superiores a los demás, hasta el extremo de insistir, marcando el orden de las palabras, en que mientras aquéllos eran judíos polacos, ucranianos, letones o lituanos, ellos eran húngaros judíos?

Se habían equivocado dramáticamente en el cálculo, confundiendo sus deseos con la cruda realidad. Eran y siempre serían judíos. El pueblo elegido. La estirpe maldita.

Ya vestido, aseado y dispuesto para salir, Judah se asomó a la ventana de la habitación de servicio, que daba al patio interior. El cuarto estaba vacío desde que los alemanes prohibiesen a los hebreos contratar personal doméstico no judío. Si alguien hubiera sorprendido a Berta, una chica cristiana, trabajando en esa casa, su vida habría valido tanto como la de sus patronos. Nada.

En la oscuridad de la cochera apenas se distinguían las siluetas de los dos vehículos aparcados, con los faros apagados, bajo la custodia de otros tantos hombres armados. Su propio automóvil, un flamante Alfa Romeo de seis cilindros, adquirido en 1937, había sido vendido en abril a un colega de profesión por la mitad de su precio, después de que los ocupantes determinaran que los judíos no podían poseer coche propio y quedaban excluidos de cualquier transporte que no fueran ciertos taxis o vagones del tranvía. También se los privó de sus aparatos de radio, al tiempo que sus firmas desaparecían de las imprentas. Otro pequeño jalón en la senda interminable de ofensas que llevaba hasta esa noche del 25 de noviembre de 1944. Con toda probabilidad, la última que verían sus ojos.

Judah observó desde el salón que, pese al ruido ocasionado por la llegada de los soldados, ninguna ventana del vecindario se había iluminado. La calle estaba desierta. El resto de la guardia enviada a capturarle debía de encontrarse ya dentro del edificio, a juzgar por el estruendo de botas martilleando los escalones de madera con la rítmica cadencia de un desfile militar. Seguro que eran alemanes encuadrados en las SS y no matarifes locales reclutados en los bajos fondos. Hombres disciplinados, obedientes, eficaces, ordenados. Asesinos pulcros y metódicos.

Mientras respiraba hondo, buscando desesperadamente en su interior la fuerza necesaria para no sucumbir al miedo hasta el extremo de perder la compostura, se preguntó si alguno de sus vecinos estaría despierto, temiendo ser la presa de esa partida de caza. ¿Podría encontrarse alguno igual de aterrorizado que él? ¡Claro que sí!

Seguro que sus vecinos estaban despiertos, aunque nadie asomaría la nariz al descansillo. Ni siquiera pronunciarían su nombre cuando se uniera a la larga lista de «desaparecidos» en plena noche. Prohibirían a sus hijos preguntar, tratarían de borrar esa sensación atroz de sus estómagos encogidos y elevarían una plegaria al cielo rogando a Yahvé no ser los siguientes. Intentarían sobrevivir a cualquier precio, librar a sus seres queridos del genocidio. ¿Qué otra cosa podían hacer? ¿Qué había hecho él mismo? Estaban solos ante un mal infinitamente perverso. Únicamente les quedaba implorar la misericordia divina y solicitar la ayuda de algunos diplomáticos, contados con los dedos de una mano, dispuestos a jugarse el cuello por ellos.

¡Benditos fuesen por siempre esos hombres valientes y justos!


El sonido metálico de un timbrazo cortó de cuajo sus reflexiones. Por un instante fugaz había fantaseado con la posibilidad de huir a través de una ventana, trepar hasta el tejado y escabullirse por allí hasta alguna de las casas protegidas por Suiza, Suecia o España, donde acaso le dieran refugio. Ninguna estaba demasiado cerca, aunque con suerte, con mucha suerte, tal vez lograra llegar, al amparo de la noche. La cordura le había devuelto enseguida a la realidad. Era abogado, no militar ni mucho menos un bandido acostumbrado a escaparse. Tenía cuarenta y seis años cumplidos, la cintura abultada propia de quien disfruta comiendo, lentes gruesas de miope cargado de dioptrías y los pies planos. ¿Dónde iba a ir? Había llegado la hora de hacer frente a su destino.

—Herr Sofer. —El tono era cordial, amigable—. ¿Me esperaba?

El hombre que estaba al otro lado del umbral iba vestido de paisano, con abrigo de paño largo, zapatos perfectamente lustrados y sombrero de fieltro a la moda. Hablaba un alemán culto, propio de un burgués instruido. Pese a su aspecto, no obstante, Judah identificó inmediatamente a Kurt Kaltmann, *Obersturmführer* de las Schutzstaffel; las temidas escuadras de protección, más conocidas por las siglas SS, creadas como puntas de lanza del sanguinario régimen hitleriano.

El teniente Kaltmann era un viejo conocido suyo. Le había visitado por vez primera en la primavera de 1943, nada más llegar a Budapest obedeciendo órdenes de Edmund Veesenmayer, a la sazón general de las SS y destacado miembro del partido nazi destinado en la embajada de Zagreb, Croacia. Veesenmayer estaba entonces preparando un informe para Hitler sobre la situación de los judíos en la vecina Hungría y había enviado a varios colaboradores de su confianza a recabar información sobre el terreno. Entre las misiones asignadas a Kaltmann estaba la de entrevistarse con miembros prominentes de la comunidad hebrea a fin de evaluar sus relaciones con el régimen de Miklós Horthy.

Judah Sofer encajaba de lleno en esa categoría. Presidía, hasta que la última ley antisemita se lo prohibió, uno de los principales bufetes de la ciudad, fundado por su padre. Un despacho influyente, extraordinariamente bien relacionado, que él había llevado a lo más alto tras graduarse en la Universidad de Budapest dentro del exiguo cupo reservado a los judíos en las leyes de *numerus clausus* aprobadas en los años veinte con el fin de restringir severamente el acceso a los estudios superiores a los hombres y mujeres pertenecientes a su confesión.

Muchos compañeros suyos del colegio deseosos de convertirse en médicos, ingenieros o juristas no habían tenido otra salida que la emigración, pero él había superado el corte. De haber tenido un expediente más flojo, ahora estaría seguro en compañía de su familia, disfrutando del éxito en Nueva York, Brasil o Argentina, donde su cuñado, Raphael, prosperaba desde hacía una década.

Una broma macabra de la fortuna.

Sofer y Asociados, la firma encabezada por Judah, asesoraba a varias instituciones sobresalientes, tales como los comités de Finanzas y Asuntos Exteriores del Senado, cámara de la que algunos conversos todavía formaban parte en abril del 43, resistiendo a la presión alemana para que Hungría «resolviera la cuestión judía». También tenía clientes entre los grandes industriales hebreos de la capital. Era un personaje poderoso y se lo había hecho saber sin disimulos a su interlocutor alemán desde la primera entrevista, en la creencia de que su gobierno le protegería. La expresión de Kaltmann esa noche otoñal de 1944, mirándole como el gato mira al ratón, señalaba claramente al perdedor del desafío.

Sofer y Kaltmann se conocían, sí. De hecho, el oficial se había mostrado extremadamente cortés en las dos visitas que había realizado al despacho de Judah, así como en la cena que éste le había ofrecido en su domicilio privado con el propósito de engrasar unas relaciones mutuamente beneficiosas. Lo que no podía sospechar entonces el letrado era que sus palabras contribuirían a que Veesenmayer, convertido en ministro plenipotenciario del Reich tras la ocupación, enviara a Berlín dos informes consecutivos señalando a todos los judíos como enemigos a exterminar, en su condición de culpables de fomentar el derrotismo de las autoridades húngaras ante la marcha de la guerra.

Desde ese lejano «entonces» habían ocurrido muchas cosas. Dada la sucesión de acontecimientos vividos, Judah estaba preparado para casi todo, aunque le sorprendió ver el rostro de ese teniente. Precisamente a él no se lo esperaba. No señor.

Habían vuelto a coincidir en marzo, con motivo de una reunión convocada por el alto mando de las SS para transmitir a la Congregación Israelita de Pest que la población judía de la ciudad no tendría nada que temer si obedecía las consignas. Y él había vuelto a creerse esos embustes. Ahora era consciente de ello. Pese a lo cual, le costaba creer que un oficial como Kaltmann, con aires de caballero alemán, llegara a ensuciarse las manos incumpliendo personalmente la palabra dada por sus superiores.

Una vez más, se equivocaba.

—¿Me esperaba?

La pregunta se repitió, en un tono algo más firme.

—En cualquier momento, sí —mintió Judah con voz

temblorosa—. ¿Puedo invitarle a un coñac? Si no es demasiado tarde o demasiado temprano para usted, desde luego…

—¿Por qué no? Mis hombres aguardarán. No tenemos prisa.

Kurt Kaltmann era un obseso de las formas. Valoraba sobremanera las reglas básicas de urbanidad, componentes esenciales de la civilización por la que luchaba su país contra las hordas eslavas. Las respetaba a rajatabla. También se consideraba un esteta. De ahí que experimentara un refinado placer ante la inminencia de lo que estaba a punto de ocurrir, exactamente tal como lo tenía previsto. Le había costado demasiado llegar a ese preciso instante para desaprovechar una migaja de goce.

El oficial alemán despreciaba cada rasgo, cada molécula del hombre que tenía ante sí. Regordete, corto de estatura, con un cabello ralo menguante en las sienes y una barba ya canosa incapaz de disimular la papada incipiente propia de los holgazanes chupasangre de su raza, el señor Sofer encarnaba a sus ojos el prototipo del judío ventajista, ascendido hasta su posición de privilegio a base de aprovecharse de la buena gente trabajadora. ¿Cómo podían gobernar el mundo gentes tan insignificantes, tan indignas de acumular el poder y la riqueza que atesoraban?

Sus reflexiones, estaba convencido de ello, nada tenían que ver con el racismo enunciado en el credo nacionalsocialista a partir de las teorías de Alfred Rosenberg. Eran evidencias de carácter histórico. Mientras su padre y tantos como él habían perecido en las trincheras de la Gran Guerra defendiendo el honor de la patria, los judíos se habían lucrado de ese dolor acaparando bienes de primera necesidad, vendiéndolos en el mercado negro y cobrando intereses desproporcionados por los préstamos que concedían. Su prosperidad estaba basada en el oportunismo más vil. Era hora de cobrarse la revancha.

Kaltmann había seguido los pasos a Sofer. Conocía a la perfección sus vínculos con la Administración del depuesto Horthy. Él mismo se había jactado, en sus primeras entrevistas, de los amigos y contactos con los que contaba en el gobierno, sin faltar a la verdad. Varios senadores, un diputado, algún ex ministro incluso, industriales esenciales para la maquinaria de guerra alemana habían intercedido en su favor. Palancas influyentes que le habían mantenido a salvo durante un año y medio largo, fuera del alcance de la Gestapo. Ese judío se le había resistido mucho más de lo razonable, pero al fin era suyo. Sin violencia. A su manera.

—¿Pasamos al salón? —propuso Judah, decidido a averiguar el porqué de esa sorprendente visita y si finalmente habría de agradecer o, por el contrario, lamentar, ser objeto de un trato tan especial.

—Mejor al comedor. Es más acogedor, ¿no le parece?

La respuesta dejó desconcertado al abogado, aunque obedeció. Condujo a su huésped a la habitación indicada, cuya doble puerta acristalada se abría al recibidor.

Era una estancia amplia, concebida para reunir a una familia numerosa en las celebraciones festivas del Sabbat en torno a una mesa maciza de caoba con capacidad para catorce comensales, que en contadas ocasiones llegaban a juntarse. Yahvé no había tenido a bien bendecirle más que con dos hijos, por lo que ese comedor siempre le había parecido un espacio un tanto frío, destinado a las cenas o almuerzos de carácter social.

Como muestra de su buena voluntad, allí había recibido a Kaltmann en su día, junto a un grupo escogido de líderes de la comunidad, e incluso le había presentado a Hannah y a los niños. Otro error imperdonable. Qué ridícula parecía ahora la sensación con la que se acostó esa noche, convencido de haber sentado las bases de un diálogo constructivo. Cuánto había llovido...

Tras encender la luz y ofrecer al oficial una silla, Judah fue hasta el aparador en busca de una copa, que llenó de licor. Mientras lo hacía, se preguntaba con qué fin. Por qué prolongar una agonía inútil, sabiendo cuál sería el final. Nunca habría creído que la vida se nos agarrara con tal fuerza a las entrañas, pero el instinto de supervivencia demostraba ser mucho más fuerte que cualquier razonamiento lógico. Y sí, quería vivir. Habría querido vivir una vida larga junto a la mujer y los hijos que llenaban de sol sus días. Cualquier minuto que arañara a la existencia sería un minuto más, un latido, una esperanza.

Depositó el coñac sobre la mesa, frente al alemán, sintiendo cómo la frustración iba ocupando poco a poco el espacio que antes solo rebosaba miedo. Estaba siendo ultrajado en su propia casa por un individuo que, de no ser por la guerra, jamás se habría cruzado en su camino. Un tipo educado, cierto, aunque de un nivel sociocultural muy inferior al suyo, que ni en sueños habría podido permitirse contratar sus servicios en otras circunstancias. Ahora se encontraba en sus manos, inerme, con la desagradable sensación de desempeñar el papel de perdedor predestinado en un juego perverso, con cartas marcadas y sin fuerzas para plantar cara.

Seguramente habría hecho bien hacía un rato en saltar por la ventana, no con el fin de huir, sino de terminar rápido. Empezaba a pensar que pronto se arrepentiría de no haber tenido el valor de dar ese salto. Así sumaría un elemento más a la larga lista de reproches con la que se iría a la tumba.

El oficial se tomó su tiempo para paladear a placer el sabor de la victoria antes de arrancarse a hablar muy tranquilo, cual invitado con modales que cumplimenta a su anfitrión.

—Ese cuadro —señalaba un paisaje urbano, evidentemente antiguo, colgado en la pared a la altura de la cabecera de la mesa— debería habérmelo vendido cuando tuvo ocasión de hacerlo.

—¿Habría cambiado eso algo?

—¡Desde luego! Usted habría obtenido un permiso para abandonar el país junto a su familia, tal como yo le ofrecí y aceptaron otros más listos. Hoy estaría en Palestina o en América, en compañía de sus compatriotas y con cierta cantidad de dinero en el bolsillo. Modesta, desde luego, aunque generosa dadas las circunstancias. Le insistí en mi interés artístico, ¿recuerda? Le aconsejé que aceptara. Ahora mi oferta ha bajado drásticamente.

—Mi país es Hungría —replicó Judah, rotundo, haciendo caso omiso de la burla.

—Las leyes que ha aprobado su propio gobierno, aliado del Eje, no parecen corroborar esa afirmación. Se asemejan mucho a las que el Führer impulsó hace una década en Alemania, para bien de todos.

—Tiene usted razón.

El rostro de Kaltmann reflejaba la satisfacción del triunfador que sabe a su adversario derrotado, a punto de implorar clemencia, aunque Judah no había terminado de expresar su pensamiento.

—Los húngaros judíos —prosiguió— hemos visto mutilados nuestros derechos civiles, expoliadas nuestras propiedades y privadas de valor nuestras vidas. Se nos ha prohibido ejercer cargos públicos, administrar empresas y hasta mantener relaciones sexuales con gentiles, como si el hecho de adorar al Dios de Abraham nos convirtiese en gentes impuras. Pero ninguna ley humana puede despojarnos de nuestra patria húngara. Su lengua es nuestra lengua. Su historia es nuestra historia. No pueden quitarnos eso.

Judah era vagamente consciente de estar sosteniendo obstinadamente un discurso en el que ni él mismo creía ya. Con todo, no pensaba proporcionar a ese nazi arrogante el gusto de verle abjurar a última hora de los argumentos que había defendido desde el comienzo de la dramática escalada en la que estaban inmersos, cuando nadie pensaba que las cosas llegarían tan lejos. No mientras le quedara un ápice de dignidad, aunque lo dicho por el oficial fuese una verdad inapelable.

En ese frío noviembre de 1944, Sofer estaba casi seguro de que más de trescientos mil hermanos residentes en las zonas rurales habían sido ya exterminados. Los doscientos mil residentes en Budapest, a los que se habían sumado otros tantos prófugos de las provincias, iban siguiendo poco a poco sus pasos, a medida que los escuadrones de la muerte llevaban a cabo su tarea implacable.

La narración de lo sucedido, traída por algún testigo horrorizado ante esas escenas, resultaba escalofriante. El día previo a su deportación, los marcados con la estrella amarilla, incluidos bebés recién nacidos, enfermos y reclusos, eran sacados a la fuerza de hospitales y prisiones para ser conducidos a los guetos en cuyos edificios atestados de gente se hacinaba ya el resto de los judíos. Desde allí se los conducía hasta la estación de ferrocarril, donde embarcaban a empujones en vagones de ganado a razón de cien personas en cada vagón, con un cubo de agua y otro destinado a las necesidades fisiológicas. Las puertas se cerraban a cal y canto, las ventanas permanecían bloqueadas con tablones, y los trenes se ponían en marcha hacia Auschwitz, escoltados por unidades de la gendarmería húngara hasta la frontera.

Durante el trayecto muchos morían asfixiados y otros se suicidaban. Aprovechando las paradas, los que resistían a esas terribles condiciones, agravadas por el calor sofocante del verano, sufrían abusos y brutalidad por parte de los guardias fronterizos o las unidades de las SS encargadas de su custodia una vez fuera del territorio magiar. Los que sobrevivían al primer reconocimiento médico, al considerárselos aptos para trabajar, acababan en Bergen-Belsen, Dachau, Buchenwald, Ravensbrück o el propio Auschwitz, donde su esperanza de vida quedaba reducida a pocas semanas de extenuación abocada a una muerte segura.

En la capital las cosas no habían llegado a tal extremo, aunque empeoraban de día en día. A comienzos de mayo el gobierno húngaro había ordenado la identificación y registro de los edificios y pisos habitados por hebreos, más de treinta mil, de los cuales dos mil ochocientos fueron señalados como «casas estrelladas» y marcadas con una gran estrella de seis puntas en la entrada. En ellas quedaron confinadas millares de personas obligadas a trasladarse desde sus propios domicilios. Ante las protestas de algunos propietarios cristianos, el número de viviendas se redujo a unas mil novecientas, que a mediados de agosto albergaban ciento setenta mil almas. Otros cien mil judíos, como el propio Judah y sus vecinos, seguían residiendo ilegalmente en lugares oficialmente reservados a los cristianos, al amparo de cierta tolerancia tan incierta como relativa.

Las noches del 15 y 16 de octubre, coincidiendo con el golpe del pronazi Ferenc Szálasi, una horda de paramilitares encuadrados en el Partido de la Cruz Flechada se había dado una orgía de sangre hebrea previa irrupción en varias «casas estrelladas», que saquearon a conciencia antes de conducir a centenares de hombres, mujeres y niños al Danubio, arrojarlos al río desde los puentes y rematarlos a tiros en el agua. A raíz de las matanzas, los alemanes se habían hecho cargo de la custodia de esos edificios, cuyas puertas abrían o cerraban a su antojo, en ocasiones por espacio de hasta diez días. Y todo apuntaba a que lo peor aún estaba por venir.

Esa misma tarde, al regresar a su hogar, el abogado había observado que empezaba a acumularse material de construcción a la entrada del barrio judío, evidentemente con el propósito de levantar un muro a su alrededor. Los ocupantes y sus cómplices se disponían a cerrar la trampa.

Definitivamente, pensó Judah, escrutando la mirada gélida de su visitante nocturno, tendría que haberse arrojado al vacío mientras tuvo posibilidad de romperse de ese modo el cuello. Habría sido más rápido.


Kaltmann se estaba bebiendo el coñac muy despacio, saboreando cada gota de Courvoisier con la misma fruición que su triunfo sobre el recalcitrante judío que había osado resistirse a su dominio. Disfrutaba cada segundo de esa conversación trivial, tan aparentemente inocente como cruel.

—¿Realmente ignora la identidad del artista firmante de esta obra, herr Sofer? No he dejado de pensar en ella desde la primera vez que la vi. Tiene usted aquí colgada una verdadera maravilla. Me sorprende que, siendo judío, desconozca su valor.

Judah contempló una vez más ese cuadro, transmitido de padres a hijos a lo largo de varias generaciones, que no había salido de la familia desde que uno de sus antepasados, próspero comerciante en pieles, lo trajera de España al regreso de uno de sus viajes. Mostraba una ciudad medieval, guardada por murallas y un foso natural, no muy diferente a Buda. La ciudad sagrada de las diez sinagogas, de acuerdo con la tradición hebrea previa al segundo éxodo. Toledoth.

Según contaba su padre, y antes que él su abuelo, la vista expuesta en el cuadro correspondía a la judería de esa remota localidad española, que nadie apellidado Sofer había vuelto a visitar en los siguientes ciento cincuenta años. En primer plano aparecía un río caudaloso de aguas oscuras, amenazantes, atravesado por un puente de cuatro ojos guardado en ambas orillas por torres fortificadas. Dominando la pintura, exactamente en el centro, un edificio macizo, híbrido entre iglesia monumental y castillo, alzaba su mole majestuosa bajo un cielo triste de invierno, salpicado de nubes negras, al que asomaba su cara pálida una luna creciente, casi llena. Junto a él, otra estructura semejante, seguramente un convento, imponía su presencia a las casitas vecinas, alineadas en tropel sobre la ribera abrupta hasta el borde mismo de la tela. Edificaciones humildes, colgadas a ras de roca, entrelazadas con paños de muralla antigua. Moradas típicas de un gueto judío mezcladas con símbolos del poder cristiano.

Esa pintura había estado siempre en su casa, venerada como un tesoro, no tanto por su valor material cuanto por el significado simbólico que encerraba Sefarad como patria de Maimónides y otros grandes sabios hijos del pueblo escogido. También había sido adquirida, decía la tradición de los Sofer, por representar el epicentro geográfico de un episodio histórico que el pueblo judío en la diáspora no debía olvidar: la traumática expulsión de esa tierra, patria de incontables hermanos asentados en ella desde tiempo inmemorial.

Aunque la comunidad hebrea de Budapest estaba compuesta mayoritariamente por askenazis, Judah no había conocido a un sefardí que no añorara ese hogar perdido quinientos años atrás y no llorara su pérdida. El exilio forzoso derivado de esa expulsión era evocado por la diáspora como algo semejante a la esclavitud en Egipto. Otra prueba terrible a la que Yahvé sometía a su pueblo, sin parangón hasta el momento en que el Holocausto se abatió sobre él. Claro que el Holocausto, la Shoah, resultaba inimaginable para cualquier mente sana. ¿Cómo podía nadie concebir semejante horror?

La obra colgada en su comedor, de indudable calidad, constituía además la prueba tangible del éxito comercial alcanzado por uno de los primeros portadores del apellido Sofer, al que atribuían el mérito de haber vencido a la pobreza y puesto cimientos sólidos a la prosperidad familiar. El comercio había dado paso con los años a una industria de curtido de pieles, al principio modesta, que fue creciendo hasta asentarse en Pest antes de ser traspasada. Hacía tres generaciones que ningún miembro de la saga se ponía un mandil, una vez liquidada, con gran provecho, la fuente inicial de ingresos que les había permitido ascender en la escala social y profesional.

Merced a ese éxito, la familia del abogado había sido de las primeras en instalarse en el barrio judío de la capital, crecido alrededor de la gran sinagoga de la calle Dohány, a cuya construcción había contribuido con generosas cantidades de oro y plata su abuelo, a partir de 1858. El templo se enorgullecía de ser el mayor de Europa, al poder albergar a tres mil personas. Había sido levantado deliberadamente con una estructura muy parecida a la de una iglesia católica, a fin de transmitir de ese modo el empeño de los judíos por integrarse en la sociedad cristiana. ¡Qué ingenuidad! Ahora todo ese espacio servía para hacinar al doble de ancianos, niños y enfermos, encerrados allí por los ocupantes nazis en espera de ser deportados. Seis mil ciudadanos húngaros considerados extraños en su propia patria. Marcados para el exterminio.

El cuadro al que se refería el teniente de las SS era por tanto algo mucho más valioso que una mera antigüedad, por más que el objeto en sí fuera lo bastante goloso como para atraer la mirada de un individuo de la catadura de Kurt Kaltmann. Un depredador sin escrúpulos. Un vulgar ladrón.

Atónito ante lo que escuchaba, Sofer se preguntó por qué no habría escondido la pintura la primera vez que recibió a ese hombre en su hogar. Por qué no habría sido más precavido. Debería haber anticipado que sus ojos codiciosos se fijarían en él. Debería haber previsto tantas cosas…

Cualquier judío instruido sabía perfectamente lo volátil que era su riqueza en un contexto de crisis. La historia proporcionaba incontables ejemplos de expolios sufridos por ellos en la propia Sefarad y desde luego en Hungría. Allí, en su amado país, señores feudales y burgueses habían establecido desde antiguo la costumbre de endeudarse con los hebreos hasta más allá de lo razonable y zafarse después de esas deudas por el método expeditivo de librarse de los acreedores; es decir, echarlos de sus tierras y quedarse con sus bienes.

Los pretextos invocados para justificar el robo eran tan variados como inverosímiles. Los hebreos habían sido acusados de matar niños con fines rituales, envenenar pozos o ayudar al enemigo en las guerras contra los turcos. Cualquier excusa era buena. ¿Qué le había hecho pensar que esta vez sería distinto? Al principio, la ingenuidad. O acaso la cobardía de no querer aceptar lo que la evidencia hacía indiscutible. Después, la ferocidad de la persecución desatada. Un proyecto de aniquilación sistemática y total, implacable, brutal. Demoníaco, inhumano, y por ende incompatible con cualquier cálculo racional.

Las leyes raciales impuestas por los alemanes y las matanzas sobrevenidas después eran tan bárbaras, tan hijas de un odio ciego, que un jurista como Judah no había hilado su aplicación con la rapiña más burda. Y sin embargo, en su caso todo se ceñía a eso. El hombre sentado a su mesa, bebiéndose en ese instante su coñac, iba a enviarlo a la muerte a fin de robarle un cuadro. Ni más ni menos.

Sumido en sus cavilaciones sombrías, Judah había perdido la noción del tiempo. Le parecía haber dejado pasar una eternidad desde que el oficial nazi le hiciera un comentario referido a la obra colgada en la pared de su comedor, y ni siquiera recordaba bien qué era exactamente lo que había dicho. De ahí que se limitara a reiterar, sin aparente emoción:

—Como le dije en su momento, el cuadro nunca ha estado en venta.

Kaltmann era un hombre frío. La mayoría de sus compañeros de armas habrían juzgado esa réplica motivo más que suficiente para pegarle un tiro a ese subser y dar por zanjado el asunto. Él no. Nunca se había considerado antisemita ni tampoco estaba especialmente orgulloso de la pureza de su raza aria, pese a reunir todos los requisitos físicos y familiares necesarios para exhibirla. Él era un pragmático.

Desde hacía al menos un año sabía perfectamente que

también esa guerra, al igual que la anterior, terminaría en derrota alemana. Frustrada, pues, toda posibilidad de escalada en la administración nazi, había dedicado los últimos meses a procurarse los medios y contactos necesarios para llevar a cabo sus planes de ascenso socioeconómico adaptándose a la nueva circunstancia. Y la «solución final», decretada por Hitler e ideada en su ejecución por Eichmann con el fin de borrar de la faz de la tierra todo rastro del pueblo judío, le brindaba la herramienta perfecta para alcanzar su propósito. Una oportunidad inmejorable de acumular una gran cantidad de riqueza en un corto espacio de tiempo al amparo de la más absoluta impunidad.

No era el único que lo hacía. Otros como él estaban poniendo a salvo sus particulares botines aprovechando sus influencias en el extranjero, sus cargos y sus rangos. Nada personal, nada pasional, solo negocios.

Claro que ese cuadro era algo muy especial, ajeno al fondo de jubilación que Kaltmann tenía oculto en lugar seguro en forma de oro, joyas, pequeñas piezas artísticas de alto valor y algunas divisas fuertes como francos suizos o libras esterlinas. Esa pintura le había llamado a él personalmente desde el primer golpe de vista. Se le había metido en la sangre, hasta el punto de despertar algo parecido a una pasión y poner en riesgo su más sagrado principio; precisamente, la expulsión de cualquier pasión susceptible de alterarle la vida.

¿Qué misterio encerraba ese cuadro que lo distinguía de cualquier otro? ¿Sería la magia de unas piedras ancestrales bañadas por la luz lunar? ¿La infinita gama de grises que el artista había arrancado a su paleta? ¿La composición perfecta de los elementos, ordenados de manera a introducir al espectador en el paisaje hasta el punto de invitarle a cruzar el puente? ¿Simplemente la belleza de la imagen, tan real como la mejor fotografía y pese a ello impregnada de un enigma indefinible? Fuese lo que fuere, la tela estaba destinada a pertenecerle y Kaltmann, sabiéndolo, había tenido que recurrir a todo su autocontrol para esperar pacientemente a que cayera en sus manos cual fruta madura.

Como buen calculador, era consciente del riesgo inherente a despertar las sospechas de su superior, Veesenmeyer, insistiendo más de la cuenta en acelerar la deportación de ese abogado en particular. Por eso había esperado, pacientemente, ocultando su ansia de posesión. Esa maravilla, no obstante, lo había sabido siempre, llevaba escrito su nombre. Estaba llamada a ser cimiento y clave de bóveda de una gran colección de arte.

Judah miraba al suelo, de pie junto a la puerta abierta al recibidor, donde dos guardias armados, de uniforme, esperaban la orden del teniente para conducir al detenido al coche aparcado en el patio. Le había venido a la mente una estrofa del himno húngaro, tantas veces entonado sin prestar atención a su letra: «Tanto si la mano de la fortuna te bendice como si te golpea, aquí has de vivir y de morir». Solo confiaba en que la muerte fuese benévola con él. Gracias a Elohim y al encargado de negocios de la legación española, Hannah y los niños vivirían.

Kaltmann, que había permanecido sentado, apuró su copa de coñac despacio, sin dejar de contemplar la pintura colgada frente a él. Luego se acercó a la pared a fin de observarla desde más cerca. Solo entonces frunció el ceño, dejando aflorar una emoción parecida al disgusto.

—¿Cómo ha podido encerrar semejante obra maestra en

un marco tan espantoso? Estos dorados barrocos no son propios de un amante del arte, herr Sofer. Creí que los judíos tenían mejor gusto. No en vano es célebre Hungría por la cantidad y calidad de los poetas que ha dado su raza. Claro que cada vez quedan menos, ¿verdad? En todo caso no honra usted en absoluto esa tradición artística. Una pena.

A Judah le costaba asimilar que la escena fuese real, que estuviera teniendo lugar de verdad. Se había preparado para lo peor. Había imaginado el momento de su captura de todos los modos posibles, empezando por los más violentos. No le habría sorprendido que le golpearan hasta matarle o le empujaran escaleras abajo y le remataran de un tiro en la calle, como había visto hacer con más de un vecino en las últimas semanas. Pero esa exhibición de cinismo, esa depravación sutil, refinada, superaba con creces sus peores temores.

Miró el cuadro él también, tratando de encontrar en el lienzo algo que justificase lo que su razón y su fe sabían injustificable. El paisaje de la judería, hasta entonces tan querido, cobraba de pronto una nueva dimensión, un significado siniestro que iba adquiriendo perfiles definidos a medida que pasaba el tiempo. Ese río caudaloso, siempre asociado en su mente a la abundancia, se tornaba frontera hostil. El puente, más que unir, alejaba con sus fortificaciones dos orillas irreconciliables. La belleza del cielo invernal, surcado de nubarrones, parecía esconder un abismo de oscuridad, como si el artista hubiese querido representar en esas sombras todo el dolor de los hijos de Sefarad expulsados de su paraíso. Su impotencia, su frustración, su amargura, su temor.

El cuadro se convirtió súbitamente a sus ojos en algo monstruoso y él lo maldijo en silencio, con toda la fuerza de su alma.

Kaltmann seguía desgranando su monólogo.

—La madera pintada que lo envuelve solo consigue ocultar la belleza del lienzo y sus colores. ¡Qué colores! Cualquier pintor vendería su alma al diablo si con ello consiguiera crearlos en su paleta.

—Tal vez lo hiciera, teniente, tal vez lo hiciera. —La voz de Judah se había transformado en un susurro—. Es posible que el autor de esa obra adquiriera su talento invocando a un ente tan malvado, tan ajeno al ser humano, que ha tardado varios siglos en encarnarse entre nosotros…

—Era una forma de hablar, herr Sofer. Yo no creo en el diablo. Tampoco en Dios. Ni en el destino. Creo en los hombres, en su voluntad, su determinación de alcanzar las metas que ellos mismos se fijan. Cada cual es responsable de lo que le ocurre, no tenga la menor duda. Y todo tiene un precio, incluidos la arrogancia y el orgullo. En este caso, su orgullo.

—Dios existe, teniente —replicó el abogado, buscando dentro de sí algún resquicio de su reputada elocuencia—. A veces pone a prueba nuestra fe, pero existe. Y su poder no tiene rival. Usted podrá despojarme de cuanto poseo, podría pegarme un tiro ahora mismo, pero no me arrebatará la certeza de Su existencia. Compadezco la soledad que debe experimentar alguien como usted, sabiéndose tan pequeño y tan desamparado a la vez.

Las últimas palabras de Judah habían dado en la diana. Kaltmann estuvo a punto de dar rienda suelta a la cólera, aunque se contuvo a costa de un gran esfuerzo, sin otros signos visibles que un violento cerrar de puños rápidamente dominado. No quería estropear a última hora una venganza largo tiempo esperada, planificada hasta el más ínfimo detalle.

—Dios es el consuelo de los perdedores, herr Sofer.

Y este mundo no se hizo para los débiles. Ni para los mansos. Uno tiene que luchar por lo que quiere hasta conseguirlo; no elevar plegarias al cielo esperando que caiga de allí. Yo le dije claramente hasta qué punto quería este cuadro. ¿Lo recuerda?

Judah asintió en silencio.

—Usted entonces estaba muy seguro de sí, de su influencia, de su dinero… Hasta se permitió el lujo de humillarme, o cuando menos lo intentó, hablándome con prepotencia de sus importantes amigos. ¿Lo ha olvidado? No supo identificar sus deseos ni el orden de sus prioridades. No quiso lo suficiente.

—Si se refiere al cuadro —repuso el abogado apelando a toda su fuerza interior—, no le entendí bien. Nunca pensé que lo deseara hasta este extremo. Los judíos no creemos en el diablo, aunque sí en el mal. Y yo no vendería mi conciencia por un objeto.

—¿Su conciencia? —Kaltmann rió ruidosamente—. Sofer, Sofer, me decepciona usted. ¿Todavía no ha comprendido por qué he venido hoy aquí? Estamos hablando de su vida. La suya y la de su familia. Recuerdo a una señora Sofer y a un par de chiquillos. ¿Dónde están?

Kaltmann se volvió hacia la puerta, con un gesto de interrogación en la mirada, esperando ver aparecer en cualquier momento a las personas mencionadas. Judah sintió un escalofrío recorrerle la espalda. Había vuelto a subestimar a su enemigo. No se trataba solo del cuadro. Lo de menos era el robo. Ese hombre tenía clavada en el corazón su negativa a venderle la pintura y pensaba cobrarse la revancha de la manera más despiadada.

Recurriendo a todo su coraje, contestó:

—Fuera de su alcance. ¡Bendito sea el Creador!

Hannah, Joseph y Raquel habían abandonado la calle Király a finales de octubre, en un coche con matrícula diplomática perteneciente a la legación española en Budapest. Lo había puesto a su disposición el encargado de negocios, Ángel Sanz Briz, máximo responsable de la oficina tras la salida precipitada del embajador, Miguel Ángel de Muguiro, acaecida poco después de la ocupación. A esa hora su esposa y sus hijos debían de estar ya camino de España, en tránsito hacia Buenos Aires, donde la hermana de Hannah y el marido de ésta, médico, disfrutaban de un nivel de vida holgado.

Judah había conocido a Sanz Briz a través de Zoltán Farkas, compañero de carrera y hermano en la fe judaica, abogado e intérprete de la legación desde hacía veinte años. Le había visitado en la cancillería, poco después del golpe de Estado de Szálasi, a fin de solicitar pasaportes que permitieran entrar en España a su esposa e hijos, asegurándole que sería únicamente una etapa en su viaje hacia Argentina. El encargado de negocios no solo no había puesto obstáculo alguno a la demanda de esos documentos, sino que se había comprometido a velar personalmente por su traslado seguro hasta la embajada, donde serían alojados, junto a otros muchos asilados, en espera de tomar el tren que los conduciría a Barcelona, vía Zurich.

Todo el mundo en Budapest sabía que el diplomático español era, junto a sus colegas de Suiza, Suecia y la Santa Sede, un activo defensor de los hebreos perseguidos. A instancias de esos países neutrales había sido creado recientemente un gueto internacional protegido, último reducto seguro para millares de señalados con la estrella de David. Allí, en casas amparadas por la inmunidad diplomática, debidamente señalizadas con banderas equivalentes a barreras para los paramilitares húngaros y las tropas alemanas, los judíos provistos de pasaportes o cartas de protección otorgadas por dichas legaciones podían considerarse a salvo... al menos en teoría. Más a salvo, en todo caso, que en cualquier otro lugar.

En ese tiempo de terror oscuro no todas las personas colaboraban arrastrándose ante los opresores. No todas se instalaban en la indiferencia. No todas alegaban ignorancia o se escondían tras su propio miedo buscando justificaciones. Algunas se empeñaban con extraordinario valor en redimir a las demás de la cobardía imperante.


Kaltmann repitió su pregunta, en un tono más perentorio:

—¿Dónde está su familia, herr Sofer?

—Lejos de aquí, de sus hombres, de su codicia. A salvo.

—Sabe que tenemos métodos eficaces para descubrirlo.

—Sé que usted no logrará borrar de esta tierra mi memoria ni tampoco acabar con mi estirpe. Tendrá que conformarse con el cuadro.

El oficial llamó a los soldados que aguardaban fuera para que entraran a registrar el piso antes de llevarse al preso. Le irritaba sobremanera no haber sido capaz de quebrarle hasta el punto de verle suplicar, y más aún no haber atrapado en la red a todos los que venía a buscar. Ese judío arrogante se le resistía con la virulencia de una garrapata, pero aún estaba por ver quién diría la última palabra en la partida. Los triunfos de la baraja seguían estando en su poder. De ahí que extremara la impostada amabilidad del tono en el que se dirigió a su víctima.

—Voy a quedarme aquí un rato más, contemplando esta

joya y pensando en un marco que realce su belleza, herr Sofer. Mis hombres sabrán hacerle los honores. Le aseguro que muy pronto se reunirá con su familia. Mejor dicho; su familia se reunirá con usted.

Judah fue sacado sin contemplaciones del comedor y empujado escaleras abajo, entre voces de «*Schnell, raus!*» (rápido, fuera).

Al mirar por última vez desde la puerta el que había sido su hogar, vio su abrigo y su sombrero colgados del perchero de la entrada, junto a los de su verdugo. Le habría venido bien ponérselos. El día amanecía despacio, escupiendo una llovizna helada que seguramente duraría hasta bien entrada la mañana.

Ya en el patio, antes de ser introducido a la fuerza en el coche, dirigió instintivamente la vista a la ventana del segundo piso, que seguía siendo la única iluminada. Allí estaba el teniente Kaltmann sonriente, victorioso, esbozando un gesto de despedida a la luz escuálida de una bombilla. Una luz pálida, enferma, como el alma de su amada Hungría.

«Tanto si la mano de la fortuna te bendice como si te golpea, aquí has de vivir y de morir.»

—Que así sea —musitó entre dientes.

# 1

## Quince millones de dólares

*Nueva York, septiembre de 2015*

Acababa de quitarse los zapatos cuando una llamada a la puerta rompió la magia del momento. Ese instante de placer fugaz que se produce al tomar conciencia de estar en casa, aunque esa «casa» sea una habitación de hotel similar a cualquier otra de alta gama en la ciudad de Nueva York. Aséptica, enmoquetada, provista de una cama enorme y un cuarto de baño repleto de envases multicolores, con perchas de madera en el armario. Todo lo que se puede pedir a un hogar temporal al que una no ha aportado ni siquiera las zapatillas, pulcramente envueltas en celofán a fin de ser estrenadas por cada nuevo huésped. Absolutamente impersonal.

«Y lo llaman lujo…», solía pensar Carolina, que no recordaba el último mes transcurrido íntegramente en su piso madrileño.

—¿Quién es? —preguntó en tono seco, irritada por la intromisión.

—Me llamo Philip Smith —respondió el intruso en español, con un marcado acento americano revelador de que esa lengua le era ajena—. Pregunto por Carolina Valdés.

—¿Qué quiere? —El inglés de ella, en cambio, era tan perfecto que traducía en la forma lo que el tono dejaba meridianamente claro: la inoportunidad de la visita.

—Necesito hablar con usted de un asunto que nos interesa a ambos, créame.

Le habría echado de allí sin contemplaciones para poder quitarse el resto de la ropa y cenar una ensalada de la carta del servicio de habitaciones, viendo tranquilamente la televisión, si no hubiese sido una mujer inquieta, cuya curiosidad acababan de picar las palabras de ese hombre. De modo que, en lugar de mandarle al diablo, pasó prudentemente la cadena de seguridad antes de abrir la puerta unos centímetros. Los suficientes para ver la cara de su misterioso interlocutor a fin de juzgar si merecía la pena escuchar lo que hubiera venido a decirle.

La respuesta resultó ser definitivamente afirmativa.

Philip Smith, en el supuesto de que ése fuese su verdadero nombre, le gustó a primera vista. Alto, de complexión fuerte, cabello oscuro, ojos risueños, cuarenta y pocos, vestido con vaqueros, deportivas y camisa Oxford de color azul, la miraba con cierto descaro, blandiendo un periódico. Un ejemplar del *Wall Street Journal* abierto por la página en la que, la víspera, se había publicado a tres columnas una entrevista, firmada por el redactor jefe de economía, que la definía como «la primera autoridad mundial en el pintor renacentista Doménikos Theotokópoulos, más conocido como el Greco».

—¿Es usted esta Carolina Valdés?

El hombre del pasillo había formulado la pregunta subrayando el adjetivo, mientras señalaba la información en cuestión de manera que ella pudiera verla a través de la rendija. El artículo iba acompañado de una imagen a todo color del cuadro atribuido al Greco cuya inminente subasta, susceptible de batir marcas históricas, motivaba semejante despliegue.

—Ésa soy yo, sí —confirmó Carolina sin disimular su orgullo.

—Bien. Entonces debe saber que yo he visto esta pintura antes. Hace muchos años, en casa de mis abuelos, en Budapest.

Día y medio le había llevado a él encontrarla. Un taxista neoyorquino tiene el mapa de Manhattan grabado a fuego en la cabeza, hotel a hotel, con sus correspondientes porteros. Solo es cuestión de formular la pregunta adecuada a la persona precisa, sin olvidar deslizar en su mano una propina suficiente. Y si el objeto de búsqueda ha merecido tanta atención mediática como Carolina Valdés, la tarea se simplifica aún más.

Lo que no se esperaba Philip era encontrarse una mujer como la que atisbaba a través de la puerta entreabierta. Una de esas ejecutivas de piernas largas, cintura estrecha y cabeza erguida, casi desafiante, que en más de una ocasión le habían dejado embobado ante un semáforo en verde, desnudándola con los ojos, hasta provocar una monumental pitada por parte de los automovilistas atrapados junto a él en el eterno atasco de la Gran Manzana.

La descripción que hacía de esa «autoridad» el diario evocaba más bien la imagen de una sesentona larga, con gafas de montura gruesa y zapatos hombrunos, propios de quien se ha pasado media vida en museos y bibliotecas, estudiando pinceladas o rebuscando entre polvorientos legajos algún dato susceptible de arrojar luz sobre un maestro de la pintura española del que él nunca había oído hablar hasta entonces. Claro que sus conocimientos artísticos se ceñían exclusivamente a la música y no iban mucho más allá de Bruce Springsteen. ¿Quién necesita saber más?

Si no hubiera sido por ese ejemplar, que un cliente se había dejado olvidado en su taxi la víspera, ni siquiera habría visto el cuadro, tan familiar para él como el rostro de su abuela Hannah. El *Wall Street Journal* no era ni por asomo su lectura habitual. Pero ese día precisamente lo había hojeado entre un servicio y otro, por matar el aburrimiento, hasta darse de bruces con ese paisaje extraño, como arrugado, un tanto lúgubre, retratado en la fotografía descolorida que su *nagymama*, su abuela, le mostraba obsesivamente, siendo él niño, cuando los visitó en Nueva York. La pintura en cuestión, enmarcada de un modo diferente al que aparecía en el rotativo, aunque claramente reconocible, colgaba de la pared, detrás de su abuelo, en el comedor de esa casa dejada atrás en Budapest que con tanta nostalgia parecía recordar ella.

—*Nagyapa* Judah —repetía una y otra vez, apuntando con el dedo índice, deformado por la artritis, al rostro del abuelo: un señor adusto, de barba negra y cuello almidonado sobre una chaqueta de botonadura alta, sentado con la espalda muy erguida en una silla de respaldo largo frente a una mesa maciza. Y se ponía a llorar.

Hacía años que Philip no pensaba ni en su abuela ni mucho menos en la foto de marras. El último lugar en el que habría esperado encontrarse ese paisaje eran las páginas del diario más leído en Wall Street, bajo un titular que rezaba:

A SUBASTA UN GRECO DESCONOCIDO HASTA AHORA QUE BATIRÁ RÉCORDS EN CHRISTIE'S. La cifra barajada más abajo en letra pequeña, quince millones de dólares, le había dejado mareado. ¿Cuál de sus familiares era el imbécil responsable de haber perdido un tesoro así? ¿Cómo era posible que semejante fortuna se les hubiera escapado de las manos? ¿O acaso la anciana vestida de luto que le hablaba en una lengua completamente incomprensible le había contado una fábula y enseñado una fotografía sacada vaya usted a saber de dónde? La información no revelaba la identidad del propietario de la pieza y únicamente daba un nombre; el de la experta española contratada por la galería para certificar la autenticidad de un hallazgo tildado de histórico.

«La señora Valdés —decía el artículo— está considerada la máxima autoridad mundial en el Greco y fue el alma máter de la magna exposición monográfica dedicada a este maestro del arte renacentista en Toledo, a finales del pasado año, con obras procedentes de los cinco continentes.» A continuación, se enumeraba una larga lista de títulos y honores académicos alcanzados en las más prestigiosas universidades, así como referencias a varias compraventas de piezas célebres en las que Carolina Valdés había participado en calidad de reputada asesora.

Philip no estaba en absoluto interesado en la obra del Greco en general, aunque sí en esa pintura en particular, por la que había gente dispuesta a pagar quince millones de dólares. Y ella era el único eslabón a su alcance en la interminable cadena que le separaba del cuadro. Recurriendo a su sonrisa más seductora, propuso:

—Baje conmigo al bar, por favor. La invito a un café.

—¿A las siete de la tarde?

El taxista estaba preparado para oír una negativa y llevaba

en la recámara toda una batería de súplicas, aunque no había imaginado que la hora, invocada por Carolina de manera completamente espontánea, fuese precisamente el factor incompatible con su invitación.

—Tiene usted toda la razón —repuso, divertido—. Un martini entonces, una cerveza, un vaso de agua... Concédame veinte minutos. Si no le interesa lo que le diga, puede volverse a su cuarto y no habrá perdido nada.

Un hombre guapo con una historia que contar siempre resulta más atractivo que una ensalada de plástico frente a la pantalla del televisor, especialmente cuando una se ha pasado las últimas nueve horas atendiendo a sesudas cuestiones de trabajo. En caso de tratarse de un loco, disimulaba muy bien su locura. De haber sido un periodista, se habría identificado como tal. Y desde luego no tenía aspecto de coleccionista. Pero lo que más inquietud producía a Carolina era averiguar cómo había dado ese desconocido con ella. Aunque solo fuese por descubrirlo, merecía la pena aceptar esa cerveza.

—Deme un momento. Enseguida bajo —dijo cerrando la puerta.


A punto de alcanzar el medio siglo y en el vértice de su carrera profesional, Carolina había llegado a ese punto virtuoso de la vida en el que una mujer se siente bien en su piel sin necesidad de que nadie le halague la vanidad. Ella, además, procuraba mantenerse en forma, iba regularmente al gimnasio, cuidaba de igual modo las neuronas, esenciales en la conservación de una mirada atractiva, y podía permitirse un vestuario caro de los que esculpen la figura, realzando, ocultando o disimulando curvas en los puntos precisos. Todos los ingresos procedentes de los cursos, conferencias, comisariados de exposiciones, peritajes, asesorías y demás actividades relacionadas con su frenética actividad laboral iban directamente destinados a sufragar esos caprichos, dado que no había tenido hijos de los que preocuparse. Le habían faltado el tiempo y la pareja adecuada. Ahora aceptaba con naturalidad que moriría sin descendencia, aunque estaba decidida a gozar al máximo antes de afrontar ese tránsito.

Estirando más de lo educado el plazo acordado con su visitante, se retocó cuidadosamente el maquillaje, antes de subirse de nuevo a los diez centímetros de tacón de sus Manolos; una extravagancia neoyorquina que nunca faltaba en su equipaje ni mucho menos en su armario. Se peinó la melena a conciencia, ajustó una blusa de seda limpia bajo la falda tubo gris de ese traje de chaqueta Armani que le sentaba como un guante y añadió al conjunto unos toques de Dior en el cuello, antes de pedir al espejo que le diera su visto bueno.

Una mujer atractiva, le había demostrado la experiencia, es una mujer poderosa. Al menos, en su mundo.

—No está mal, nada mal de hecho… —dijo a la imagen sonriente que le devolvía la mirada.

De tanto ir de aquí para allá, hasta el extremo de ignorar a menudo, al despertar, en qué lugar del planeta se encontraba, había terminado hablando sola en voz alta con total naturalidad.

Sin molestarse en mirar el reloj, salió de la habitación con calma, deteniéndose a comprobar que la puerta se cerrara del todo, y caminó despacio por un pasillo silencioso hasta alcanzar el ascensor. Le gustaba el Sofitel de la calle Cuarenta y cuatro precisamente por ser un hotel relativamente tranquilo, al abrigo del bullicio propio de la megalópolis neoyorquina, epicentro del mundo occidental. Estaba emplazado junto a la sede del Colegio de Abogados de Nueva York, en un edificio de piedra gris con amplios ventanales simulando el castillo de popa de un viejo galeón español, a cinco manzanas de las oficinas que Christie's ocupaba en el Rockefeller Center. En pleno corazón de la ciudad, aunque apartado de sus principales arterias.

Había probado el Hilton, en la Sexta Avenida, y también el Sheraton, en la Séptima, pero le habían parecido demasiado semejantes a un hormiguero como para resultar confortables. Un hormiguero de cinco estrellas, eso sí, como casi todo en una urbe cuya escala sobrepasa con creces cualquier dimensión humana. De ahí que Carolina prefiriera ese hotel pequeño, provisto de cierto encanto, que olía a un feliz maridaje de ambientador y vainilla.

Los asientos de cuero de la recepción le recordaban al Harvard Club, situado justo enfrente, donde solía invitarla a comer su amigo Todd, profesor de Derecho en la venerable universidad bostoniana, a quien pensaba visitar en un par de días. El Sofitel no tenía la elegancia solemne de ese recinto exclusivo, guardado por los fantasmas de sus presidentes difuntos, colgados de las paredes en rígidos retratos al óleo, pero era un remanso de paz.

El acceso al Harvard Club, además, estaba estrictamente reservado a los graduados del centro académico y sus invitados. Su hotel, en cambio, requería únicamente a sus huéspedes una tarjeta de crédito válida. A falta de maderas nobles, libros encuadernados en piel y alfombras tan mullidas como para echarse a dormir en ellas, el bar del Sofitel, con sus mesas de mármol verde, le recordaba al Gijón o a cualquiera de los cafés de Madrid en los que el café sabe a café y tiene consistencia de café, no de infusión.

En más de una ocasión se había tomado allí una copa al finalizar la jornada, sentada en un taburete de la barra, sin dar oportunidad a los buitres que se le acercaban con la intención de invitarla. ¿Se habría vuelto arisca al cumplir años o sería ésa su auténtica naturaleza? Fuese una cosa o la otra, estaba segura de que la vida es demasiado corta como para malgastarla con el primero que pasa y estaba por pasar, aún, quien mereciera una inversión suficiente de tiempo y curiosidad susceptible de llevar a algo serio. Sus amigas la tachaban de borde, seguramente con motivos. ¿A qué negarlo?

Una vez en la planta baja, Carolina atravesó el hall con paso seguro, entre turistas en su mayoría asiáticos y hombres o mujeres de negocios muy parecidos a ella. Iba al encuentro de un ser misterioso, que aseguraba conocer el cuadro del Greco cuya súbita aparición en el mercado acababa de revolucionar el universo del arte, por no mencionar el de las casas de subastas. No le había parecido el prototipo de timador que intenta embaucar a la experta, aunque con las cuatro frases intercambiadas con él a través de una rendija tampoco podía hacerse una idea fiable. Lo primero era averiguar cómo demonios había dado con ella. Y si se trataba de impresionar, ya se vería quién impresionaba más a quién...

Philip la esperaba en una mesa alejada de la entrada, junto a uno de los ventanales abiertos a la calle, alumbrada a esa hora por la luz de las farolas. Se había pedido una cerveza y andaba trajinando con el móvil, aparentemente concentrado en alguna búsqueda. Ella se colocó a su lado, casi furtiva, y desde su metro setenta y cinco de altura, sumado a la de sus tacones, le espetó:

—¡Antes de nada, explíqueme cómo me ha encontrado!

—Soy un hombre de recursos...

La afirmación se apoyaba en una sonrisa burlona que causó el efecto deseado. A Carolina le hizo gracia el gesto, porque se notaba genuino, en absoluto ensayado. Claro que se cuidó mucho de mostrarlo.

—Déjese de bromas y conteste a la pregunta, o me marcho ahora mismo.

—No se enfade, por favor. —Él se había levantado y la invitaba a sentarse; un gesto de galantería inusual en una ciudad despiadada donde cada cual va a lo suyo y nadie cede nada a nadie—. Soy taxista. Llevo media vida recogiendo gente en los aeropuertos o la Grand Central y trayéndolos a los hoteles del centro. Descartados los que no están a la altura de una mujer como usted, no quedan tantos.

—Todavía no sé lo que quiere de mí. —Ella seguía a la defensiva, con la guardia alta—. Pero no lo conseguirá adulándome. No se equivoque.

—Está bien. Me rindo. Conozco a todos los porteros que trabajan entre el Distrito Financiero y el Bronx. Nos hacemos favores mutuamente. Cuando ayer vi la entrevista en la que se decía que estaba usted en la ciudad, contratada por Christie's para certificar la autenticidad de ese cuadro, me puse a buscarla.

—¡Me va a oír el director del hotel!

—No formule una queja, se lo ruego. —El tono de súplica era sincero—. Al menos no antes de escucharme. El chico perdería su empleo por ayudarme y usted no ganaría nada. Deje que le cuente mi historia…

Habían transcurrido más de treinta años desde aquel encuentro con un pasado tan desconocido para él en esos días como nebuloso todavía en el presente. Pese a ello, Philip guardaba una memoria clara de los hechos acaecidos durante la breve visita de su abuela al nuevo piso de Brooklyn en el que acababa de instalarse junto a su padre. La única ocasión de su vida en la que había estado con ella y, por tanto, un punto de referencia imborrable en ese conjunto de experiencias que construyen nuestra personalidad.

Poco tiempo antes, su padre le había obligado a marcharse de la casa que compartían con su madre, situada unas manzanas más al sur, sin darle la menor explicación sobre por qué a partir de ese momento dejarían de vivir en familia, como habían hecho siempre. A él le costaba digerir la nueva situación.

La abuela que llegó un buen día y se instaló en su dormitorio, enviándole a dormir al sofá, era una desconocida. Nunca la había visto. Se comportaba de un modo extraño, compulsivo, terriblemente agobiante para el niño que era él entonces. Le hablaba en una lengua gutural, llena de vocales raras, de la que no entendía una palabra. Y no contenta con revolverle constantemente el pelo para luego pellizcarle las mejillas, entre exclamaciones incomprensibles, le abrumaba con besos pringosos que le hacían huir de ella en cuanto le era posible. Ésa era la parte mala. La buena eran sus pasteles de limón, los asados, los merengues de fresa y sobre todo las galletas; unas galletas de mantequilla y canela que él devoraba a dos carrillos.

Aquella mujer menuda, o mejor dicho encorvada, cuyo cabello blanco recogido en un moño a la altura de la nuca enmarcaba un rostro arrugado, acorde con su voz cascada, repetía obsesivamente dos palabras: *nagyapa* y *otton*. «Abuelo» y «hogar», en húngaro, según la traducción que obtuvo Philip la enésima vez que preguntó a su padre, siempre reacio a responder. Lo hacía mientras le mostraba una fotografía en blanco y negro, tamaño cuartilla, plastificada con el empeño evidente de preservarla del desgaste. Y añadía una frase corta que él terminó aprendiéndose de memoria, pese a desconocer su significado.

—Era nuestra dirección en Budapest —le explicó una noche de mala gana su padre, ante la insistencia del interrogatorio al que él le estaba sometiendo—. La abuela no tiene muy bien la cabeza. Olvida lo que hizo esta mañana pero recuerda constantemente a su marido, asesinado por los nazis en 1944. Cosas de la vejez, supongo…

Philip, como cualquier niño, preguntaba:

—¿Y quién la salvó a ella? ¿Cómo escapaste tú? Cuéntame cosas de esa época, como hacía mi *zeyde* Saúl, el otro abuelo.

—El pasado, pasado está. De nada sirve removerlo. Deja a tu abuela con sus sueños y haz como que la entiendes. Sé un buen chico. No creo que vuelvas a verla.

Joseph Smith nunca había sido un hombre locuaz. Al principio, su hijo se enfadaba con él, hasta que aprendió a aceptar que cada cual es como es y su padre pertenecía a la categoría de los que hablan poco. Tampoco le puso jamás una mano encima, cosa rara entre los de su generación. Era una persona introvertida, triste, cumplidora en su trabajo y poco dada a los amigos. De cuando en cuando se bebía una botella de vino él solo y se iba a dormir la mona, sin escándalo. Había muerto relativamente joven, de un ataque al corazón mientras dormía. Una muerte dulce, se consolaba Philip, después de una vida gris que le inspiraba, muy a su pesar, más desprecio que otra cosa. Su experiencia constituía una invitación irresistible al *carpe diem*.

El ejemplar del *Wall Street Journal* estaba abierto por la página de la entrevista, sobre la mesa del bar del Sofitel, junto al segundo vaso de cerveza apurado por Philip mientras completaba su relato.

—En la foto de mi abuela aparecía retratado este cuadro. —Señaló al Greco, enérgico—. Éste y no otro, se lo aseguro. No me cabe la menor duda. Esa imagen forma parte de lo poco que conservo de mi familia paterna. La recuerdo con claridad.

—¿En serio pretende que me crea esa historia?

—Sí, porque es cierta.

Carolina había escuchado con atención creciente, más que por la historia en sí, por la emoción que dejaba traslucir Philip al desgranarla. Se trataba de un relato demasiado fantástico para ser real y a la vez difícil de urdir en términos tan retorcidos si lo que escondía era alguna clase de estafa.

Su interlocutor no representaba un papel, eso saltaba a la vista. Tenía ante sí a un hombre llano, bastante rudo, de hecho, como buen judío de Brooklyn. Un hombre muy diferente a la clase de hombres con los que ella solía relacionarse: artistas, catedráticos, galeristas, coleccionistas, mecenas millonarios, conservadores de museos... hombres más sofisticados, más intelectuales, más artificiales que ese taxista de ojos oscuros y antebrazos fuertes, con el que iba a tomarse otro martini mientras intentaba averiguar su verdadero propósito.

—Muy bien —concedió al cabo de una pausa destinada a estudiarle—. ¿Dónde está esa fotografía?

—Lo ignoro. Mi abuela se la llevó consigo al marcharse y no la volvimos a ver. Falleció a los pocos meses, según parece.

—¿Según parece? ¿Su padre y usted no fueron al funeral?

—No, señora, no. De hecho, ni siquiera sé dónde está enterrada, aunque supongo que en Hungría. Ya le he dicho que mi padre no era un hombre muy aficionado al diálogo.

—A diferencia del hijo…

—¿Me va a ayudar o no?

Si se trataba de un embaucador, pensó Carolina, era de los malos. Nadie en su sano juicio habría tratado de liar a nadie mostrando tanta rudeza. Lo cual jugaba a su favor. Sin abandonar en todo caso la cautela, fue al grano.

—¿Qué quiere exactamente de mí?

—Que me ayude a recuperar algo que perteneció a mi familia. No sé casi nada de ella, salvo que muchos de sus miembros murieron en Auschwitz o en algún otro campo de concentración. Supongo que los nazis robarían ese cuadro a mi abuelo antes de matarle. Y si eso es lo que ocurrió, no parece justo que alguien se embolse por él quince millones de dólares que deberían ser míos. ¿O sí?

—Se equivoca de persona. Lo mío es el arte, no el derecho de propiedad. Debería contratar a un abogado. Le sería mucho más útil.

—No tengo dinero para abogados, ni pruebas, ni nadie a quien acudir. Usted sabe de este negocio, yo no. Usted tiene los contactos, yo no. Podemos hacer un trato. ¿Qué me dice del veinte por ciento? O mejor, el treinta. Si los números no me fallan, son cuatro millones y medio de dólares. Un pellizco…

De modo que era eso. Un listillo tratando de hacerse rico a costa del Holocausto, aprovechando la estela de las recientes apariciones de obras de arte extraordinariamente valiosas procedentes del expolio nazi. Lo extraño era el modus operandi, la puesta en escena sumamente torpe orquestada por el tal Philip Smith, siempre en el supuesto, claro está, de que ése fuese su nombre. Generalmente esos tipos cuidaban más los detalles. Elaboraban un guión plausible. Utilizaban cebos mejores para pescar en un mercado capaz de mover al año unos cincuenta billones de euros, con «b» de belleza cara.

Un tanto defraudada por el cariz que tomaba su inesperada cita, Carolina apuró su copa y se levantó, decidida a dar por terminada la conversación.

—Pincha en hueso, amigo. Yo no me dedico a ese negocio.

—Yo tampoco. —Él se había levantado también y la taladraba con la mirada—. Mi negocio, ya se lo he dicho, es el taxi. Pero le juro por lo más sagrado que ese cuadro estaba en el comedor de mis abuelos en Budapest. Que me saquen la piel a tiras si miento.

El tono era tan firme y tan desesperado que ella volvió a sentarse. Tal vez mereciera otra oportunidad para seguir explicándose, como trataba de hacer, poniendo su mejor empeño.

—Mire, no puedo pagarle por sus servicios. Tampoco garantizarle que vayamos a sacar un dólar de esto ni usted ni yo. Aun así, le doy mi palabra de que lo que digo es la verdad. Haga unas llamadas; seguro que sabe a quién recurrir. Pregunte por el origen del cuadro. En el periódico pone que se trata de un hallazgo extraordinario…

El dardo apuntaba al pundonor profesional de Carolina y dio en el blanco.

—Lo es. No por su valor pecuniario, o no solo, sino por lo que aporta a la obra del pintor. Hasta ahora, de los aproximadamente ciento cincuenta cuadros suyos que tenemos catalogados, solo se conocían dos paisajes. Éste los supera en calidad y es inequívocamente un Greco. Una vez visto, no me cabe la menor duda. Está firmado, por supuesto, pero es que además su estilo es inconfundible, aunque sea uno de los pintores más difíciles de estudiar dada la escasez de bibliografía disponible. A comienzos del siglo xx su obra todavía estaba sin catalogar. Hasta que no empezó a subir su cotización, cosa acaecida tan rápida como vertiginosamente en las últimas décadas, sus lienzos dormitaban medio escondidos en iglesias y conventos, oscurecidos por el humo de los cirios, entre ornamentaciones barrocas.

—He mirado en internet. —Philip no buscaba precisamente una lección magistral—. El último cuadro de este maestro, un retrato de santo Domingo, se subastó en Londres en 2013 por nueve millones doscientas mil libras esterlinas. ¿No le produce curiosidad saber dónde ha estado hasta ahora la pieza de la que estamos hablando? ¿No le parece raro que permaneciese tanto tiempo oculta a los ojos del mundo?

—No demasiado. El año pasado salió a la luz en Toledo una Visitación tardía, propiedad de unos particulares anónimos. Bien es verdad que algunos pocos privilegiados sabíamos de su existencia e incluso habíamos tenido ocasión de contemplar la obra, por más que sus dueños prefirieran mantener el secreto ante el gran público. Dicho lo cual, tiene razón. Esta aparición resulta cuando menos sorprendente.

—El periódico dice también que se trata de una obra única…

—Efectivamente. De esta judería nadie tenía noticia. No aparece reseñada en los catálogos ni se conoce referencia alguna a ella. Como le acabo de explicar, el Greco, al igual que el resto de los artistas de su época, pintaba sobre todo retratos de encargo para familias acaudaladas o escenas religiosas inspiradas en la Biblia, que la Iglesia financiaba con fines pedagógicos, más que decorativos. La mayoría de la gente no sabía leer y ése era el modo de ilustrar a los fieles en la historia sagrada. Los paisajes no estaban de moda ni resultaban fáciles de vender. De ahí que esto sea un bombazo.

—¿Es correcta la cifra de quince millones de dólares?

—Yo soy historiadora del arte, se lo repito, no marchante —había cierta irritación en el tono—, pero sí. El cuadro alcanzará un precio alto en la puja; altísimo, diría yo.

—¿Me ayudará? —Ahora él parecía un perro apaleado—. Falta algo menos de un mes para esa subasta.

—No le prometo nada.

Carolina subió hasta la habitación 222 un tanto mareada por el alcohol, preguntándose qué haría al día siguiente con el teléfono que le había dado el taxista, anotado en una servilleta de papel. Antes de darse una ducha y asaltar el minibar en busca de chocolate, transcribió el número en su propio móvil, bajo el nombre: «Philip, NY». Decidiera lo que decidiese, quería tenerlo a mano. Se metió en la cama temprano, dispuesta a consultarlo con la almohada.


Francis Burg nunca le había caído bien a la española. Era un personaje ratonil, de rostro afilado, voz aflautada, sonrisa servil y maneras sinuosas, con tanta habilidad para la adulación del poderoso como disposición a pasar por encima de quien fuese con tal de ascender un peldaño en su carrera hacia la cima del mercado del arte. Un camino tenaz que le había llevado recientemente hasta lo más alto de una de las dos grandes en el campo de las subastas, tras recorrerlo desde abajo, durante años, con paso firme e insaciable ambición.

Carolina conocía al director de la oficina de Christie's en Nueva York desde sus comienzos en una modesta galería del Village, utilizada como trampolín para escalar hasta el Upper East Side, la parte noble de la ciudad, mostrando auténtica maestría en el arte de ganar dinero. Eso se le daba francamente bien y a ello dedicaba todos sus desvelos.

Mr. Burg era célebre en la Gran Manzana por haber doblado las cifras de facturación de varios galeristas de renombre, multiplicando en poco tiempo el importe de sus comisiones y la cotización de los artistas que patrocinaban. Si alguien se interponía en su camino, ya fuese crítico, pintor, periodista o cualquier otro eslabón frágil de la cadena, corría serio peligro de sufrir algún percance. Profesional, se entiende. Él no se mancharía las manos con algo que implicara riesgo. Era un triunfador nato.

Su olfato para el negocio gozaba de una reputación merecida, pero su pasión por el Arte con mayúscula, por la creación, la expresión, la emoción inherente a toda manifestación artística, dejaba mucho que desear, en opinión de Carolina. Conocía el ceremonial al uso en ese universo cerrado, por supuesto, y era además un gran actor. Manejaba con soltura los códigos y liturgias propios de una exposición, lo que le permitía engañar con su fingido entusiasmo a la mayoría de la gente. A ella no. Ella estaba imbuida de una pasión tan genuina como para entregarle la vida. Una pasión infalible en la detección de suspiros fingidos con ecos de calculadora.

Además, siempre que habían coincidido él había dejado patente su antipatía, que ella atribuía en parte a un talante profundamente machista y en parte a cierto desprecio indisimulado hacia todo lo que sonara a latino. En ese terreno su perfil era parecido al de Donald Trump, sin su tupé ni su fortuna ni mucho menos sus mujeres. A Burg solo le gustaban las que podía dominar hasta convertirlas en juguetes rotos, como había hecho con su pobre esposa, Lilly, reducida a una sombra apenas perceptible. Cualquier representante del sexo femenino con personalidad propia, capaz de hablarle de tú a tú, le parecía una ofensa al orden natural de las cosas.

Francis Burg no era el tipo de hombre con el que ella se iría a cenar, aunque la necesidad imponía que ambos mantuvieran una relación fluida. La víspera, de hecho, habían estado juntos un buen rato, después de que ella estudiara detenidamente el cuadro guardado en la caja fuerte blindada de la casa de subastas, antes de certificar su autenticidad. Firmados los documentos de rigor, imprescindibles para avalar la multimillonaria operación en marcha, habían intercambiado algunas cortesías al uso. De ahí que él no se sorprendiera en absoluto cuando esa mañana sonó el teléfono de su despacho y la secretaria dio paso a la señora Valdés por la línea uno.

—Carolina, buenos días, ¿qué puedo hacer por ti?

Su tono festivo sonaba tan falso, tan impostado, que Carolina tuvo que reprimir una arcada. Claro que no pensaba irle a la zaga. Al fin y al cabo era ella quien necesitaba algo de él.

—Francis, querido, disculpa que te moleste, estarás ocupadísimo. Es que ayer me quedé pensando hasta muy tarde y confieso que me ha vencido la curiosidad. Voy a ir directa al grano. ¿Puedes decirme de dónde procede ese Greco? Para mí es un desafío profesional. Veinticinco años dedicada en cuerpo y alma a estudiar su pintura, a escarbar en lo poco que sabemos de su vida con el afán de comprender su obra, y de repente me encuentro con esta sorpresa…

—Ay, amiga, te entiendo… ¿Cómo no voy a entenderte? En tu lugar yo me preguntaría lo mismo. Sin embargo, sabes tan bien como yo que no puedo darte esa información. Nuestro cliente no nos lo perdonaría. La clave de este negocio es la discreción. Tú no eres una recién llegada a este mundo.

—Por supuesto que no. Sin embargo, no paro de darle vueltas. Es un cuadro tan raro...

—Y por ello tan valioso. ¡Esta subasta va a ser sonada! Confío en verte por aquí, invitada por la casa, desde luego. Será un placer.

—No me lo perdería por nada. Tal vez así tenga ocasión de conocer al propietario y preguntarle por su historia. Debe de ser fascinante...

—Lo dudo, querida. Nos ha dejado muy claro que no desea protagonismo. En estos tiempos, es lo habitual, ya sabes.

Según le oía hablar, Carolina iba dando más y más credibilidad a la versión ofrecida la víspera por el taxista, cuyo relato, aunque escasamente verosímil, parecía más sincero que los balbuceos de Burg. ¿Por qué no habría aprovechado la firma de documentos para echar un vistazo al certificado de procedencia de la obra, tan perentorio para la transacción como el de autenticidad? El simple hecho de que se lo negaran la habría puesto sobre aviso. Pero claro, ¿cómo iba ella a sospechar que hubiera algún aspecto oscuro en una transacción avalada por una de las dos mayores casas de subastas del mundo? No podía ser. Un error, tal vez. O una negligencia. ¿Corrupción? ¡Imposible! ¿O acaso...?

—Agradezco tu tiempo, Francis. Saluda al equipo de mi parte. Nos vemos muy pronto.

—En cuatro semanas. Le diré a mi secretaria que coordine contigo los detalles de tu viaje. ¡Cuídate hasta entonces!

—Tú también, querido, tú también...

Philip no estaba a lo que tenía que estar. Había perdido varias carreras por despistarse, cosa imperdonable en Manhattan, donde se comprende que a la hora punta, que son prácticamente todas, la llamen literalmente «hora de correr». Desde que había leído en el periódico la noticia de marras, su cabeza no pensaba en otra cosa. Había comprobado la batería de su teléfono móvil, así como el volumen del sonido, unas cincuenta veces, para cerciorarse de contestar al instante en cuanto se produjera la llamada que llevaba horas esperando. No dejaba de preguntarse si habría conseguido, al menos, que ella se interesara por su oferta.

Había conocido a decenas de latinas a lo largo de los años, aunque ninguna parecida a esa española. Desprendía sensualidad por todos los poros, espontánea y deliberadamente, pero al mismo tiempo se envolvía en una capa de altivez intelectual insoportable, como si quisiera crear una barrera de hormigón entre ella y cualquiera que intentara acercársele; como si tuviera miedo de mostrar su naturaleza más humana o se considerara superior a los demás. Era indiscutiblemente atractiva, interesante, divertida incluso… Y una esnob. Una soberbia opuesta a su tipo de mujer, a la que, no obstante, necesitaba desesperadamente. De ahí sus esfuerzos por conquistarla, sabiendo que eso siempre se le había dado bien. Demasiado bien para conformarse con una sola.

Acababa de detenerse en una parada junto a Central Park, dispuesto a almorzar un bocadillo de atún con mayonesa, cuando finalmente el iPhone cobró vida. La voz al otro lado de la línea era justo la que esperaba.

—¿Señor Smith? Soy Carolina Valdés.

—¡Hola, Carolina! —respondió al primer timbrazo, sin molestarse en disimular su ansiedad—. Me alegra mucho que me llame.

—¿Ha estado usted recientemente en el Metropolitan?

Esa extranjera tan neoyorquina lograba asombrarle, no cabía duda. Lanzaba los comentarios más extemporáneos con absoluta frialdad, como si fuesen lo más natural del mundo. Lo que se dice una persona asertiva...

—No creo haber estado allí nunca, si le digo la verdad. Tal vez de niño, con la escuela. Seguramente nos llevaran en alguna ocasión de excursión, aunque lo cierto es que no lo recuerdo.

—Pues esta tarde va a visitar ese museo conmigo. Hay algo que quiero enseñarle.

—Mi turno no termina hasta las seis.

—Muy bien, pues no he dicho nada. Ha sido un placer, señor Smith...

—¡Espere! —Era un grito—. Jesús, qué carácter...

—Escúcheme bien, señor Smith, suponiendo que ése sea su nombre.

—Lo es, ¿por quién me toma? Puedo enseñarle mi carnet de conducir, mi licencia...

—Me los mostrará, descuide. Ahora escúcheme con atención. Dispongo de un par de horas esta tarde para dedicárselas, únicamente porque ayer consiguió usted encender una tenue luz de alarma en algún rincón dormido de mi prurito profesional. Tal vez, solo tal vez, pueda ayudarle. Pero antes necesito comprobar algo.

—Estoy a su disposición.

—Nos vemos dentro de media hora en el hall del museo. Creo que le conseguiré un pase gratis.

La escalinata que conduce a la puerta principal del Museo Metropolitano de Arte de Nueva York estaba repleta de gente aplaudiendo. Un joven acababa de pedir matrimonio a su chica rodilla en tierra, con un anillo en la mano, para satisfacción del público concentrado frente a la taquilla, gratamente sorprendido por semejante escena.

Philip se sumó al júbilo general, deteniéndose frente a las puertas para jalear al novio e instar a la muchacha a decir «sí». Carolina pasó de largo, dirigiéndole una mirada apremiante.

—¿Vamos? —Más que una pregunta, era una orden.

Él levantó las palmas de las manos, ladeando la cabeza en un gesto claro de resignación, a la vez que musitaba:

—Lo que usted diga.

La pintura europea de los siglos XIII al XVIII se encontraba en la segunda planta de ese formidable templo consagrado al arte, en un espacio colindante con el dedicado a los pintores norteamericanos. Paredes repletas de retratos y escenas costumbristas que llamaron la atención de Philip, manifiestamente ajeno a la solemnidad del lugar.

—Ese indio montado en su caballo de bronce parece de verdad. ¡Qué crack el escultor!

Haciendo oídos sordos a ese tipo de comentarios, Carolina guió a su acompañante a través del laberinto de salas, en silencio, con la soltura propia de quien lo ha recorrido en infinidad de ocasiones. Al llegar a la marcada en el plano con el número 611, bastante concurrida a esa hora, se detuvo y ordenó:

—Observe con atención y dígame qué ve.

—¿Honestamente?

—¡Desde luego!

—La visión de un loco.

Frente a ellos, imponiendo su intimidante presencia desde el centro de la pared, una *Visión de san Juan* de grandes dimensiones acababa de dejar al taxista boquiabierto. Como si quisiesen escapar del cuadro, varias figuras desnudas, con la palidez de la muerte reflejada en la carne marmórea, se recortaban contra un fondo de colores chillones, ante la mirada de un san Juan gigantesco que elevaba sus brazos y su mirada al cielo. Un cielo oscuro, amenazador, tenebroso, aunque no tanto como el de la ciudad casi infernal que aparecía pintada al lado, junto a un cartel que indicaba: *Vista de Toledo*. Aquél era un cielo cuajado de nubarrones negros, de fin del mundo, sobre la villa amurallada. Edificios espectrales bajo la luz lechosa que precede a la tormenta. Un paisaje de pesadilla.

—Quien pintó estas cosas horribles tenía un problema grave —comentó Philip, a guisa de crítica—. Yo le habría mandado al psiquiatra.

—¡Qué osada es la ignorancia! —se indignó Carolina, dirigiéndole una mirada severa—. El Greco no se limitaba a plasmar en sus cuadros figuras o paisajes, señor Smith. Iba más allá. Reflejaba en sus telas el alma de sus modelos, sus pasiones, las ansias que los poseían. Él, que había nacido en Creta, supo captar como nadie el espíritu castellano, con sus contrastes y tormentos. Eso es lo que le convierte en un genio. ¿Ha oído hablar del impresionismo? Esto es algo parecido, aunque con varios siglos de adelanto.

—Le pido disculpas —replicó él con un deje irónico—. Me temo que no llego a tanto.

—En cualquier caso es irrelevante —se impacientó ella—. No le he traído para darle una clase particular sino para que se fije en el cuadro que tiene a su izquierda y me diga con absoluta certeza que no es el que recuerda. Obsérvelo atentamente. Tómese su tiempo.

Philip se acercó a la pintura marcada como *Vista de Toledo*, decidido a obedecer. A su alrededor, los turistas se detenían a contemplar la obra del artista español, traduciendo en comentarios a media voz la intensidad del impacto recibido. Carolina había presenciado en multitud de ocasiones el mismo fenómeno durante las horas transcurridas en esa sala que atesoraba algunas de las más valiosas piezas del maestro. La fuerza con la que el Greco, «su» Greco, entraba en los corazones a través del ojo y la emoción, hasta quedar grabado en las retinas. La huella profunda que dejaba en cualquier persona dotada de un mínimo de sensibilidad artística, categoría en la que no parecía encajar su acompañante.

—¿Y bien?

—No. Definitivamente no es éste. Tiene cosas similares, desde luego, pero no. El paisaje que yo recuerdo es el del periódico.

—¿Cómo puede estar tan seguro?

—Porque tengo muy buena memoria y mejores razones para conservarla. Es todo lo que me queda de mi familia paterna. Como le dije ayer, la fotografía de mi abuela era en blanco y negro, por lo que no puedo comparar colores. Aunque diría que el cielo de mi cuadro, pese a tener también muchas nubes, era más luminoso, más parecido al de ese otro. —Señaló la tela colgada a la izquierda de la referida; un Jesús obrando el milagro de sanar a un ciego—. Y desde luego la perspectiva de la ciudad, si es que se trata de la misma ciudad, era distinta. De eso estoy seguro. También había un puente, muy parecido o igual a éste, pero no un castillo en lo alto de una colina. El río aparecía en primer plano, más presente. La vista era otra, más alargada, con más protagonismo de las casas y apenas nada de vegetación. El cuadro de la fotografía de mi abuela era el de la reproducción del *Wall Street Journal*, no éste. Se lo juro.

—Muy bien —sentenció la española tras unos instantes de reflexión—. Le creo. Aunque sigo sin prometerle nada.


Carolina cruzó el vestíbulo del hotel tirando de su baqueteada Samsonite ultraligera, hacia la puerta giratoria que daba acceso a la calle. Una puerta igual a la de cualquier hotel del mundo, un suelo de mármol parecido, mismos centros de flores secas, idéntico trasiego de gentes entrando y saliendo sin rumbo.

Un hotel no es un hogar, por más empeño que ponga en resultar confortable. Claro que aquél olía a vainilla, a bizcocho recién salido del horno, y cuando una está lejos de casa, no existe aroma mejor.

Concluida la tarea que la había llevado a Nueva York, a la espera de decidir hasta dónde implicarse en la búsqueda a la que pretendía arrastrarla el extraño señor Smith, llegaba el momento del placer. Un espectáculo que llevaba meses aguardando, cuyas entradas se habían agotado a las pocas horas de ponerse en venta: el concierto del violinista Itzhak Perlman, junto a la Orquesta Sinfónica de Boston, interpretando a Brahms en el auditorio de esa ciudad. Ni todo el oro del mundo le habría impedido asistir a la que prometía ser una velada inolvidable, en compañía de su viejo amigo Todd.

El vuelo estaba programado para la una de la tarde, lo que le daba un margen de tres horas para llegar a su puerta de embarque. Claro que en Nueva York, y más a poco de conmemorarse el aniversario de ese 11-S que había cambiado no solo la historia, sino el rostro y el alma de la ciudad, volar era un trance engorroso que requería exhaustivos controles de seguridad acompañados de paciencia en dosis altas. ¡Qué remedio!

Pasó por delante de la recepción sin levantar la vista del teléfono, repasando el buzón de entrada de su correo, repleto de mails por abrir. Conocía de sobra el camino, por lo que embocó la puerta de salida sin necesidad de mirar al frente. Antes de que el molinillo completara su giro, se dio de bruces con Philip, que le cogió de las manos la maleta, con total naturalidad, a fin de introducirla en el portaequipajes de su coche, aparcado allí mismo, sobre la acera. Carolina dudó entre alegrarse o inquietarse, aunque desde luego se sorprendió.

—¿Qué hace usted aquí?

—Ya le he dicho alguna vez que soy un hombre de recursos. Había pedido un taxi para las diez de la mañana, ¿no es así? Aquí estoy.

—Y yo le dejé muy claro, cuando usted me lo propuso ayer, que no pensaba viajar a Boston por carretera.

—Cuando nos vayamos conociendo, señorita, verá que no acepto fácilmente un no por respuesta. ¿JFK o Newark?

## 2

## Las huellas del mal

A la altura de Albany, capital del estado, situada a unos doscientos kilómetros al norte de la ciudad de Nueva York, Carolina seguía preguntándose por qué se había dejado convencer por Philip para hacer el viaje en automóvil en lugar de coger un avión, tal como tenía previsto. La única explicación radicaba en la formidable capacidad persuasiva del taxista, al que, tal como él mismo advertía, resultaba muy difícil decir que no. Bueno, siendo honesta consigo misma, esa verborrea propia de un vendedor de crecepelo, y que además su planta le gustaba bastante.

Se había presentado a recogerla con el taxi recién lavado y una cesta de picnic cargada hasta los topes de quesos, *prosciutto*, pan y vino italianos, desgranando un rosario de argumentos variopintos sobre la incomodidad de los controles de seguridad en los aeropuertos neoyorquinos, inversamente proporcional a la belleza de Nueva Inglaterra a comienzos del otoño. Le había enseñado su carnet de conducir así como su licencia, por si ella seguía albergando sospechas respecto de su verdadera identidad. Mientras se dirigían presuntamente a JFK, se había afanado en demostrarle, reloj en mano, que tardaría más o menos lo mismo en llegar a Boston volando que permitiéndole a él llevarla por carretera, aunque con la segunda opción se ahorraría el transporte allí, además de disfrutar de un almuerzo campestre al sol templado de septiembre. A resultas de todo lo cual ella había terminado cediendo y aprovechando un semáforo para cambiar el asiento de atrás por el del copiloto, dispuesta a relajarse un rato disfrutando de las vistas.

El tráfico en la Gran Manzana era endiablado. Entrar o salir de Manhattan, bien lo sabían ambos, se convertía casi a cualquier hora en una pesadilla, por la que además era preciso pagar peaje. De ahí que al principio hablaran poco, concentrado Philip en sortear atascos evitando las arterias más colapsadas y distraída Carolina con el paisaje urbano que se abría a sus ojos al dejar atrás el centro rico para adentrarse en el Bronx y Harlem. Allí los rascacielos de cristal convivían con edificios que parecían a punto de derrumbarse, las bolsas de basura se acumulaban en la calle, a falta de contenedores, en espera de ser recogidas, y las escaleras de incendios trepaban por fachadas centenarias de ladrillo sucio como extrañas enredaderas de hierro. Estaba viendo el rostro feo de una ciudad en la que el lujo más obsceno se mezclaba de modo natural con una pobreza insultante.


—Mis abuelos maternos también eran judíos de origen húngaro, ¿sabe?

La I-95 se desplegaba ante ellos entre bosques de vegetación espesa, en dirección norte. El monovolumen pintado de amarillo, con una chepa publicitaria adosada al techo del capó, devoraba kilómetros, tranquilo, sin pensar siquiera en sobrepasar los estrictos límites de velocidad imperantes. Philip conducía bien.

—¿Desaparecidos en el Holocausto? —inquirió Carolina con interés sincero.

—No, ellos sobrevivieron porque lograron marcharse justo a tiempo. Vinieron a Estados Unidos y acabaron integrándose en una secta ortodoxa fundada por un rabino un tanto radical, con ideas peculiares sobre las cosas, incluido el exterminio de seis millones de seres humanos.

—Veo que no es usted muy religioso.

—No lo soy, no. Bastante religión tuve que soportar en mi infancia. Dejé los ritos atrás hace mucho tiempo, aunque me interesa la historia.

—¡Soy toda oídos!

El viaje se ponía interesante.

—¿Sabía que Hungría fue uno de los últimos países en permitir que los nazis pusieran en práctica su «solución final»?

—Si le soy sincera, sé poco o nada de ese terrible episodio. Lo que he visto en las películas y lo relacionado con el expolio, que atañe en cierta medida a mi actividad. Mi campo de estudio se remonta más a la expulsión de los judíos de España, cinco siglos atrás, por la huella que dejó en nuestro arte. Pero estoy dispuesta a aprender todo lo que quiera compartir conmigo. Le escucho.

—¿Por dónde empiezo?

—¿Qué tal por esa misteriosa abuela y su fotografía?

De haber estado observando la cara de su conductor, Carolina habría visto el leve gesto de dolor que le cruzó en ese instante la frente.

—Ayer le conté todo lo que sé al respecto. Mil veces interrogué a mi padre y nunca le saqué de su obstinado silencio. Decía que el pasado está bien donde está y que debíamos dar gracias a Dios por haber salvado el pellejo. Lo más que conseguí saber fue que tengo o tenía una tía llamada Raquel en algún lugar, dado que mi abuela se salvó con dos hijos; mi padre y ella. El abuelo no tuvo esa suerte.

—¿Acabó en Auschwitz?

—Probablemente. No lo sé con certeza, por más que haya buceado en todas partes en busca de respuestas. Mi padre tampoco estaba seguro. Si fue a parar allí, al menos no sufriría demasiado. Los ancianos eran conducidos directamente a las cámaras de gas y de allí a los crematorios. Teniendo en cuenta lo que les esperaba a los que evitaban la primera criba, la sucesión de vejaciones y torturas que iban a sufrir antes de acabar igual, no era un mal destino en absoluto.

—¿Tan mayor era él entonces?

—Tenía cuarenta y seis años. Tal vez aguantara unos meses. Espero por su bien que no lo hiciera.

—¿Y sus otros abuelos?

—En buena medida me criaron, aunque ya no vive ninguno de los dos. Él era sastre en una ciudad cercana a la frontera con Rumanía, Szatmárnémeti, hoy Satu Mare, de donde procedía el fundador de la secta que los acogió al llegar aquí y en cuya disciplina fui educado. Los *jasídicos*. ¿Ha oído hablar de ellos?

—No. Ni me suenan.

—Pero los habrá visto. Son los más ultraortodoxos entre los ultraortodoxos. Ellos visten de negro, con levita, barba, largas patillas en forma de tirabuzón y sombreros circulares de piel en la cabeza. Ellas suelen ir acompañadas de un montón de niños y se cubren con pañuelo o peluca. Las obligan a afeitarse la cabeza. ¡Pobre madre mía!

—¡Qué barbaridad! —Carolina no había podido reprimir la exclamación, que Philip fingió no haber oído.

—A todo se acostumbra uno… Tienen varias comunidades. La de mi familia estaba asentada en Borough Park, distrito de Brooklyn. Vendieron todo lo que tenían en Hungría, que no era mucho, a mediados de 1943, y se compraron un pasaje para Estados Unidos. Tomaron la decisión correcta.

—¿Y qué contaban de esos días? Tuvieron que ser muy duros…

—Bueno, mi abuelo tenía su propia visión, acorde con la de sus rabinos. Estaba convencido de que el Holocausto había sido un castigo de Dios a su pueblo por integrarse en la sociedad occidental y adoptar sus costumbres, abandonando sus tradiciones sagradas. Su frase favorita era: «Pagarás por tus pecados, hijo. Todos pagamos por nuestros pecados antes o después».

—¡Qué cosa más siniestra para decírsela a un nieto, por Dios!

Nada más pronunciar la frase, Carolina ya se estaba arrepintiendo de haberla dicho, por miedo a que sonara frívola como colofón a semejante drama. Pero, a juzgar por su falta de reacción, Philip no solo no parecía ofendido, sino que compartía el diagnóstico.

—Muy siniestro, diría yo. Y lo digo con conocimiento de causa, créame. Claro que al menos vio venir lo que estaba a punto de ocurrir y se marchó. Otros, la mayoría, se quedaron quietos como corderos y fueron llevados al matadero sin oponer resistencia, confiando en que su condición de patriotas magiares pesaría a la postre más que su pertenencia a la comunidad judía. Se dejaron aniquilar mansamente, excepto los que pudieron comprar su vida a un precio altísimo. Porque también de eso hubo, aunque se hable poco de ello. Industriales acaudalados, en su mayoría, que a última hora cambiaron salvoconductos por contratos ficticios de venta o alquiler de sus fábricas a precio de saldo. El dinero siempre ha pesado más que los prejuicios, más que el racismo, más que la misma sangre…

Carolina apenas sabía nada de la historia húngara, por lo que Philip hubo de ponerla al día de todo lo aprendido por él en su rastreo de esas raíces cuya búsqueda le había inquietado desde antes incluso de toparse con el cuadro familiar que estaba a punto de alcanzar un precio multimillonario en subasta.

Le contó cómo, al comienzo de la guerra, Hungría se alineó en el bando nazi, lo que permitió al regente, Horthy, evitar que los judíos fuesen deportados en masa, siguiendo el ejemplo de Polonia y el resto de los países ocupados en el arranque de la contienda. Relató con detalle lo ocurrido a partir de 1944, cuando el país fue invadido por las tropas alemanas y un gobierno de fanáticos cruces flechadas sirvió en bandeja a los invasores las cabezas de unos setecientos mil hebreos. Hombres, mujeres y niños arrastrados a los campos de la muerte en vagones de ganado, aniquilados lentamente en batallones de trabajos forzados o arrojados a las aguas del Danubio, atados de dos en dos, con un único tiro en la nuca a fin de ahorrar munición.

—Lo que no alcanzo a comprender —la voz grave del taxista era un grito de indignación— es que nadie peleara, que no vendieran cara la piel, que se creyeran las mentiras de sus consejos de ancianos sobre la necesidad de mostrarse obedientes y respetuosos con las sucesivas leyes raciales, hasta el punto de hacer dócilmente las maletas, siguiendo al pie de la letra las instrucciones de sus verdugos, y embarcar por su propio pie en los trenes que los conducirían a los campos de exterminio.

—¿Qué decían de eso sus padres y sus abuelos, señor Smith? —Carolina estaba abrumada hasta el punto de no atreverse a opinar.

—Nada. O casi nada. He llegado a creer que, en el fondo de sus corazones, estaban convencidos de que aquella barbaridad fue una expiación merecida. No es mi caso. Yo no habría llegado vivo a Auschwitz, se lo garantizo. Me habrían liquidado, desde luego, pero me habría llevado a más de uno por delante.

—Probablemente estuvieran paralizados de terror, agotados, desesperanzados hasta el extremo de rendirse —terció ella, en un intento de abogar por esas pobres gentes privadas de defensa incluso después de muertas.

—Y engañados —añadió él, sombrío—. Sus propios líderes, los consejos de ancianos, la mayoría de los rabinos, los instaron en todo momento a colaborar con las autoridades y plegarse a sus leyes racistas a fin de minimizar los daños. ¡Los metieron en la boca del lobo!

—Bueno, en España hay un dicho que reza: «No hay peor cuña que la de la misma madera...».

—No entiendo.

—Quiere decir que los enemigos más cercanos son los peores y los más frecuentes; que desde dentro de un grupo se puede hacer mucho más daño a sus integrantes que desde fuera. La quinta columna, el caballo de Troya, a eso se refiere el refrán. En términos históricos y aplicado a lo que me está contando, los judíos conversos al cristianismo en España siempre fueron los más fanáticos inquisidores, los predicadores más aficionados a prender la hoguera de los pogromos, los más ardientes partidarios de inculcar la «verdadera fe» con sangre en lugar de con razones.

—Dicen que Hitler no habría superado sus propias pruebas de pureza de sangre —convino Philip—. Que la madre de su padre, creo recordar, era judía.

—También nosotros, los españoles, tenemos muchos nombres tristemente célebres, empezando por los de los inquisidores Alfonso de Espina y Tomás de Torquemada, cuyos abuelos eran hebreos, como los suyos.

—Tal vez sea cierto lo que apunta, sí. Aunque yo pensaba más bien en la cobardía de los que no se rebelaron y dejaron morir ante sus ojos a sus hijos y sus esposas. No alcanzo a comprender esa reacción sumisa. O sea, esa falta total de reacción por su parte.

—No fue el caso de su abuelo paterno, de acuerdo con lo que me ha contado.

—Si le soy sincero, ignoro lo que hizo o dejó de hacer él, aunque lo cierto es que yo estoy aquí. Daría la mitad de lo que vale ese cuadro por averiguar cómo diablos se las arregló para sacar a su familia de Budapest y por qué no se marchó él con ellos, llevándose de paso esa pintura. Seguro que entonces mi vida habría sido distinta.

Carolina solía alojarse en el Residence Inn de Boston, un céntrico hotel de cinco estrellas, estratégicamente situado en el puerto deportivo de la que consideraba la ciudad más elegante de Estados Unidos. Le gustaba especialmente ese establecimiento, equipado con piscina climatizada y asomado a la hermosa bahía que forma el río Charles en su encuentro con el mar. Allí la dejó Philip al caer la tarde, previo apretón de manos, no sin antes quedar a primera hora de la mañana siguiente para ir juntos a la biblioteca de Harvard en busca de información. Él no podía permitirse los trescientos dólares por noche de la habitación y tendría que encontrar algo más adecuado a su economía. Ella estaba deseando darse un baño.

Durante el viaje, escuchando la narración de Philip, había ido cobrando fuerza en la cabeza de la española la idea de que tal vez, como sostenía él, ese cuadro del Greco, en cuya venta se había implicado ella desde el momento mismo en que había certificado su autenticidad, estuviese realmente vinculado con el expolio nazi. Un pensamiento tan terriblemente perturbador como difícil de aceptar, dada la mediación de Christie's en la operación. Claro que Francis Burg no era Christie's ni Christie's era Francis Burg. Cosas más extravagantes había llegado a ver a lo largo de su carrera... Lo que distaba mucho de tranquilizarla.

Tampoco se le escapaba la pasión indisimulada con la que el señor Smith, ese peculiar taxista con hechuras de actor de cine, hablaba del pasado de su familia y los tormentos sufridos por algunos de sus miembros. Una pasión contagiosa, mucho más profunda que el mero empeño de probar la propiedad de una obra de arte muy valiosa.

El instinto le decía que ese hombre rudo, cuyo interés aparente se centraba solo en el alto precio de un cuadro de repente rescatado del desván de la memoria, escondía sus cartas a conciencia. Que en realidad se aferraba a esa pintura como el náufrago se aferra a una tabla, buscando encontrar en ella un hilo del que tirar a fin de contestar a incontables preguntas pendientes. Tal vez la estuviera engañando esa vena romántica enterrada en lo más profundo de su ser, la que alimentaba su corazón de artista frustrada, o tal vez no. Y para no quedarse con la duda, eso exactamente se proponía averiguar.

Si en algún lugar podía hallar respuestas, era en Boston, ciudad en la que acababa de encontrar refugio el tesoro de los Rothschild, robado por los nazis en Austria justo antes de la guerra, en 1938, y recién recuperado de las minas de sal donde fue sepultado poco después, obedeciendo órdenes de Hitler. Merecía la pena echar un vistazo al formidable fondo documental disponible en la biblioteca universitaria, cuyos siete millones de volúmenes configuran una de las mayores recopilaciones de saber jamás reunida.

Ya en su suite, envuelta en un confortable albornoz de felpa blanca, con una copa de vino en la mano, marcó el número de su amigo bostoniano.

—Todd, llegó el día, ya estoy en la ciudad, mañana nos vemos para el concierto, ¿sí?

—Carolina, cielo, me temo que no va a ser posible.

—¡No me hagas esto! —Su voz traslució un gran disgusto.

—Este viejo profesor compatibiliza las clases con muchas horas de trabajo en un bufete terriblemente exigente, querida. Mañana por la tarde tengo una reunión en Washington a la que no puedo faltar. Pero si quieres hacer negocio con mi entrada, seguro que triplica su precio en la reventa.

—Has quedado como un cochero, que lo sepas —fingió enfadarse ella con alguien a quien apreciaba demasiado como para guardarle rencor por tan poca cosa—. Pero ya se me ocurrirá algo… ¿Podemos vernos en Cambridge por la mañana? Necesito que me facilites la entrada a la biblioteca de la facultad de Derecho. Tu universidad es tan elitista que solo vosotros tenéis acceso a sus libros.

—Nosotros y nuestros amigos, afortunadamente para ti, española envidiosa. —Un miembro del claustro de Harvard defiende sus colores hasta la muerte, aunque desde el otro lado del teléfono Carolina supiera, por su tono, que estaba guiñándole un ojo—. ¡Cuenta con ello!

Philip nunca antes había estado en Boston ni podía imaginar que existieran campus como el de Harvard. Parterres de hierba pulcramente segada, ardillas salidas de una película de Disney, edificios victorianos con aspecto de estar recién pintados, tiendas y cafés de postal, estudiantes pertenecientes a todas las razas y nacionalidades recorriendo sin prisa en bicicleta el trayecto entre sus residencias y las aulas... Personajes propios de una comedia romántica, interpretando el guión de «la tierra de las oportunidades» en un delicioso ambiente bucólico. Lo mismito que recordaba él de los años en que podría haber sido estudiante universitario si la vida no le hubiese obligado a ponerse al volante de un taxi.

Había recogido a Carolina a las ocho en punto, a fin de empezar cuanto antes con la tarea de investigación que se disponían a emprender juntos. Que una mujer tan ocupada hubiera aceptado ayudarle le había puesto de muy buen humor, hasta el punto de hacerle archivar temporalmente los prejuicios que albergaba contra ella. Prejuicios fundados, no obstante, según su modo de ver las cosas, que no hacían sino confirmarse en ese entorno exquisito.

—Bonita biblioteca, sí señor. —El fuerte acento de Brooklyn le hacía marcar las sílabas empastando las vocales.

—No solo bonita. —Carolina estaba extasiada—. Es grandiosa.

La luz de un sol clemente inundaba la vasta sala de lectura, colándose a través de los ventanales abiertos a la paz del parque circundante. Todo en el recinto invitaba al disfrute de la lectura y el aprendizaje: el silencio, los anaqueles de libros perfectamente ordenados, las amplias mesas provistas de lámparas individuales, las sillas ergonómicas, los confortables sillones…

—¿Puede usted oler la cultura, el conocimiento, el progreso auténtico que se respira aquí, amigo neoyorquino?

Semejante comentario le pareció una cursilada muy propia de esa esnob con aires de gran intelectual, pero Philip estaba decidido a evitar el conflicto, así que se mordió la lengua, limitándose a negar.

—Me temo que mi olfato no es tan bueno como el suyo. Probablemente no esté suficientemente entrenado.

—Eso tiene arreglo. ¡Nunca es tarde si la dicha llega!

—¿Perdón?

—Otro refrán español. Me encantan los refranes. Ya se lo explicaré. Ahora vamos a lo nuestro.

Un gigante barbudo de raza negra, obeso, con los brazos repletos de tatuajes y pulseras al estilo Mr. T, del Equipo A, era el documentalista encargado de orientar a los usuarios. La negación del estereotipo asignado al bibliotecario, tan opuesto a su personaje como eficaz y bien formado, según dedujeron ambos de la profesionalidad con la que los atendió. La chapa de su chaqueta le identificaba como Talen.

—¿En qué puedo ayudarles?

—Estamos buscando información sobre el expolio nazi de obras de arte. —Consciente de estar en su terreno, Carolina se había erigido en portavoz.

—Eso es muy vago. —Talen parecía inmejorablemente predispuesto—. ¿Podría delimitar un poco el criterio de búsqueda?

—En realidad, no. Nos interesa cualquier listado de obras rescatadas, catálogos, legislación sobre la materia, casos recientes…

—Tenemos abundante bibliografía susceptible de interesarle. Mucha de ella está en alemán y el setenta por ciento de la colección, almacenada en otros lugares. Tardaría entre veinticuatro y cuarenta y ocho horas en proporcionarles lo que me pidieran, dependiendo de su localización.

—Tendremos que conformarnos con lo que tengan aquí, en inglés, francés o español.

—Propiedad intelectual, primer piso, sección D. —La pantalla del ordenador de Talen había respondido con presteza—. Arte y expolio, sección NK. Legislación internacional, K2. Pueden empezar por ahí y acudir a mí cuando quieran. Estoy a su disposición.


Toda una mañana entre libros, legajos, recortes de prensa y revistas especializadas dio como fruto unas pocas certezas y muchos interrogantes.

Lo primero que averiguaron fue que el cuadro de la judería del Greco no formaba parte del patrimonio recuperado por los Monuments Men, los oficiales del ejército estadounidense enviados a Europa en busca del patrimonio perdido, a quienes el imaginario popular ponía el rostro de George Clooney por la reciente producción de Hollywood dedicada a rescatarlos del olvido. Ninguno de los textos consultados hacía mención a esa obra, de la que nadie parecía haber oído hablar nunca. El enigma se agrandaba en lugar de despejarse.

Philip descubrió, con un sentimiento de profunda decepción, que su amada patria, tierra de asilo para sus padres y abuelos, había acogido también a un alto número de criminales nazis e incluso les había pagado una pensión, con cargo al presupuesto público.

—¡Veinte millones de dólares de la Seguridad Social para

la jubilación de ciento treinta y tres asesinos torturadores! ¿Se lo puede usted creer? ¡Es indignante! Y hemos tenido que esperar setenta años para enterarnos. A saber qué más han hecho a nuestras espaldas estos hijos de puta de los políticos...

Carolina compartía a grandes rasgos la opinión de su acompañante sobre los gestores de la cosa pública, aunque desde luego nunca la habría expresado con esas palabras. Además, en ese entorno idílico prevalecía en ella la tendencia a mostrarse conciliadora.

—Bueno, al menos, según la información del periódico, así consiguieron expulsar a esos indeseables del país.

—¿Y por qué llegaron a entrar en él? —Philip estaba encendido—. ¿Quién los dejó colarse? ¿A santo de qué no los pusieron en la frontera una vez que se supo quiénes eran, o mejor aún en cárceles de alta seguridad? Deberían haber acabado directamente en la silla eléctrica. No merecían nada mejor.

—Supongo que Estados Unidos estaba ya en lucha contra el comunismo y necesitaba aliados, aunque fuesen parientes del mismísimo diablo. —Carolina no sabía qué decir para apaciguarle y evitar que siguiera rompiendo con sus voces la quietud de la biblioteca—. Las guerras, incluso las frías, dan lugar a muchos desmanes.

—Y los políticos. —El taxista hizo el gesto de escupir, aunque se contuvo a duras penas—. ¡Raza maldita!

—En eso estamos de acuerdo —convino ella—. Por eso me gusta tanto el arte y tan poco la política. El artista convierte las ideas en principios a través de la emoción. Las eleva y las difunde hasta conseguir que arraiguen. El político las utiliza para medrar, las pervierte, las retuerce en su beneficio. ¿Me sigue?

Él no estaba en ese instante para profundidades filosóficas. Acababa de caérsele un mito de los más sólidos y solo podía pensar en el destino de sus impuestos, que veía en el bolsillo de un uniforme de las SS manchado de sangre judía. No la seguía, no. Se limitó a repetir:

—¡Cabrones!

De camino hacia la salida pasaron por la sala Caspersen, dedicada a «honrar la memoria de los que dieron su vida en defensa de su patria», según rezaba un cartel bien visible colocado a la entrada.

—También a vosotros os traicionaron estos golfos —dijo Philip al pasar, dirigiéndose a los caídos cuyos nombres y apellidos figuraban en una lápida.

—Tal vez no sea todo tan blanco o tan negro —trató de terciar Carolina—. Probablemente esos hombres, los que acogieron a antiguos nazis, tendrían sus motivos para actuar como actuaron. Optarían por el mal menor.

—Mi abuelo solía decir que el mal menor consolida el mal.

—Visto así…

—Obraron mal a sabiendas —sentenció Philip, rotundo—. Por eso guardaron tantos años el secreto.

—Todos tenemos secretos, ¿no?

—Unos más que otros. Y algunos, a la vista está, mucho más inconfesables que los de la gente normal.

Caminaron un buen rato en silencio por las tranquilas avenidas del campus, sin rumbo fijo, tratando de asimilar la información adquirida. Resumiendo, la procedencia de ese Greco seguía siendo un misterio tan insondable como la víspera, aunque algo habían aprendido sobre derecho de propiedad relacionado con el Holocausto.

En virtud de los acuerdos alcanzados en la Conferencia

de Bretton Woods, así como de otras disposiciones anteriores y posteriores a 1944, si lograban demostrar que la obra de esa judería había pertenecido a la familia de Philip y formaba parte de las piezas saqueadas por los nazis, le sería automáticamente devuelta, independientemente de quién fuese su propietario actual y dónde hubiese estado escondido el cuadro todo ese tiempo. La legislación internacional vigente era tajante al respecto. Todos los bienes, privados o públicos, que durante los años de ocupación por las potencias del Eje (lo que incluía a Hungría) hubiesen sido robados o expropiados, tendrían que ser restituidos a sus legítimos dueños. En consecuencia, todas las transmisiones de propiedad efectuadas por los nazis y sus cómplices sobre dichos bienes se consideraban nulas… En teoría. Carolina sabía por propia experiencia que siempre cabían excepciones.

—No quisiera arrojar leña al fuego de su preocupación, señor Smith, pero el año pasado celebramos una gran exposición del Greco en Toledo, en la que yo actué como asesora, para la cual llevamos a la ciudad obras de todo el mundo.

—¿Y?

—Una de esas obras, ahora lo recuerdo, procedía del expolio nazi.

—Continúe. —El nivel de su enfado, lo presentía, estaba punto de subir unos cuantos escalones.

—Un *San Pedro y san Pablo* propiedad del Hermitage; el célebre museo de San Petersburgo. —Carolina había pronunciado el nombre con perfecto acento francés.

—¡No me dé una lección magistral sobre el Hermitage, por favor! —suplicó él, parodiando esa pronunciación.

—No era mi intención, tranquilo. En realidad, más que «propiedad de», el cuadro está expuesto en el Hermitage, aunque todavía hoy es objeto de disputa en los tribunales alemanes, porque una familia judía reclama su propiedad. Quién sabe de dónde procede en realidad.

—¿Y cómo es que esa familia no ha podido recuperarlo? ¿Acaso la Unión Soviética no firmó lo acordado en Bretton Woods?

—La gente no cumple siempre todo lo que firma, ¿sabe usted? Y a menudo incluso firma cosas a sabiendas de que no las cumplirá. Los políticos son especialistas en hacerlo.

—¿Qué pasó con el cuadro en Toledo?

—Yo no me ocupé de ese asunto. De hecho, lo había olvidado por completo hasta que me ha venido a la memoria hace un rato, en la biblioteca. Pero en su día me llegaron ecos de la cantidad de trámites que fueron necesarios para conseguir que el cuadro viajara a España. Los llevó a cabo, creo, un director general del Ministerio de Cultura, comprometiéndose personalmente a devolvérselo a los rusos una vez terminada la exposición.

—¿Se saltaron todos ustedes la ley? —Philip estaba estupefacto.

—Yo diría que la bordeamos. El cuadro vino vía Finlandia, por razones de extraterritorialidad en las que no llegué a indagar, a fin de evitar que un juez alemán ordenara la incautación de la tela en pleno vuelo al entrar el avión en el espacio aéreo de la Unión Europea. Desde Finlandia a España viajó por mar. Se aceptaron condiciones durísimas, que incluían la puesta entre paréntesis durante meses de la aplicación de varios tratados internacionales, con tal de traer la obra.

—Y ustedes, los españoles, se tragaron ese sapo.

—Aceptamos, sí. Era una ocasión única. El cuarto centenario del pintor. Nunca más volverá a reunirse toda la pintura del Greco en un mismo espacio. Le aseguro que merecía la pena.

—A mí me parece que no.

—Y yo le digo que sí. Los cuadros que vimos anteayer en el Metropolitan fueron llevados de uno en uno, en vuelos diferentes, a fin de evitar la trágica posibilidad de perderlos de golpe en caso de accidente. Nos gastamos una fortuna en fletes y seguros. Pero también eso mereció la pena. El arte, señor Smith, tiene un valor muy superior al precio que pueda alcanzar una obra en una subasta. No sé si algún día será usted capaz de entenderlo.

Philip declinó entablar una polémica sin posibilidad alguna de ganarla. Había esperado más de unas investigaciones relativamente costosas para sus precarias finanzas, y la despectiva indiferencia de esa mujer le resultaba cada vez menos soportable. En tono gélido, concluyó:

—O sea, que estamos más o menos donde estábamos ayer, o peor.

—Eso no es del todo cierto.

Carolina hizo una pausa un tanto teatral para ver qué efecto causaban sus palabras en ese extraño compañero de aventura con el que compartía más desencuentros que coincidencias, pero por quien sentía una atracción innegable. Él siguió andando, cabizbajo, lo que la obligó a concretar.

—Yo ahora estoy segura de que dice usted la verdad. Y si decido seguir adelante con esto, lo cual todavía está por ver, no será por el dinero sino por desfacer el entuerto. —Esto último lo había dicho en español.

—Me cuesta mucho seguirla, ¿sabe? Estaría bien que alguna vez descendiera al nivel de los terrícolas.

—Decía que si le ayudo a intentar recuperar su cuadro será con el afán de reparar una injusticia. Nunca hasta ahora me había parado a pensar en las historias personales que esconden las grandes cifras del Holocausto, seguramente porque España no estuvo directamente implicada en esa tragedia. No subimos a ese tren, como tampoco a tantos otros de los que han pasado por la historia reciente, de lo cual, en este caso, me alegro mucho. Ahora el tren se ha parado en mi puerta, me lo ha traído usted a casa, y no sé dejarlo pasar. Me encantan las causas perdidas.

—Jamás lo hubiera dicho.

—Las apariencias engañan. ¿Habrías imaginado, viéndolo, que Talen era un experto documentalista? No, ¿verdad? Pues eso. ¡Ojo con los prejuicios! Son peligrosos.

En inglés no hay diferencia entre el usted y el tú, pero en el interior de su cabeza el interruptor que regula el uso de una u otra fórmula se había accionado automáticamente, obedeciendo a un impulso afectivo. Carolina había dejado de ver en Philip a un extraño.


Las últimas palabras de esa mujer desconcertante, tan pronto lejana hasta el infinito desde lo alto de su atalaya erudita, como cálida y coqueta con sus vaqueros ajustados, sus botines de tacón y su escotada camisa de seda, habían borrado la sensación de distancia y predispuesto a Philip a explorar nuevos territorios. Armado de valor por el evidente cambio de actitud de su acompañante, la invitó a cenar en el restaurante más célebre de la ciudad, previamente localizado mediante las correspondientes consultas con algunos de sus colegas locales.

—Es lo menos que puedo hacer, después de lo que ha hecho usted hoy por mí…

—Si vamos a cenar juntos —el doctor Jekyll ganaba en ese instante la partida a Mr. Hyde—, deberías empezar a llamarme Carolina. ¿No te parece?

—Con mucho gusto —repuso él, mostrando una sonrisa franca—, si tú me llamas Philip.

—¡Hecho! Pero habrá de ser una cena temprana. Tengo entradas para el auditorio esta noche y el concierto empieza a las ocho y media. Tal vez te apetezca venir. ¿Te gusta la música de Brahms?

—No sabría decirte, la verdad. Mi cultura musical no se remonta más atrás de los setenta. Los sesenta, tal vez, pensando en los Beatles.

—En ese caso, vas a llevarte una sorpresa que te hará marcar la fecha de hoy en el calendario. Brahms, interpretado por el mejor violinista del mundo y la Sinfónica de Boston. Si tus genes húngaros no se conmueven, me rindo contigo.

Regresaron al centro bordeando el río Charles, que fluye tranquilo, camino del mar, flanqueado por árboles de hoja caduca teñidos de mil colores en ese arranque del otoño. Un gran número de remeros universitarios aprovechaba el tiempo todavía cálido para entrenar en sus aguas, antes de que el invierno las cubriera de hielo. Ante ellos, los rascacielos del distrito financiero elevaban sus moles de cemento y cristal al cielo, en un vano intento de emular el poderío neoyorquino.

La riqueza de Boston no proviene del dinero, sino del saber. Su industria son las universidades, que compiten entre sí por atraer a los mayores talentos. Carolina siempre había considerado ese lugar como el epicentro de la cultura contemporánea y envidiado profundamente a los profesores que cobraban un sueldo por enseñar en sus aulas. Ella lo habría hecho gratis o incluso pagando por tal privilegio.

Poco después de las seis y cuarto, al caer de la tarde, entraban por la puerta del Union Oyster House, «el restaurante más antiguo de América», según la publicidad del local. Philip no había tenido ocasión de conocer hasta entonces una casa de comidas tradicional, con pequeños comedores situados a distintas alturas en un edificio de doscientos años, antiquísimo en el contexto estadounidense, y no ocultaba su excitación ante la novedad. Miraba como un niño chico los adornos colgados de las paredes o los gruesos tablones de madera del suelo, propios de una auténtica taberna de puerto a la vieja usanza. Estaba muy orgulloso de su hallazgo. Se le veía radiante.

—Seguro que aquí no sirven hamburguesas —bromeó, nada más sentarse a una mesa apartada de la escalera, lejos de un ruidoso grupo de turistas.

—Yo apostaría a que sí —repuso ella, divertida.

—Me han recomendado la langosta hervida o a la plancha. Dicen que es la más fresca de la costa.

—Yo prefiero la sopa de almejas.

Carolina parecía tan segura de su elección que Philip le preguntó, entre sorprendido y decepcionado:

—¿Conocías este sitio?

—Me han traído aquí en alguna ocasión, sí. Y me encanta. Hazme caso. La sopa de almejas es con diferencia lo mejor.

Cenaron deprisa, sin demasiada conversación. Él estaba enfadado con ella por chafarle de ese modo la sorpresa, restregándole en la cara su condición de mujer de mundo. Ella no quería llegar tarde al concierto. En menos de una hora habían dado cuenta del menú, pagado y salido a la calle, camino del auditorio, con una tensión entre los dos de las que corta un cuchillo.

Philip no se movía con soltura en esa ciudad, por lo que decidieron tomar un taxi local en la parada situada frente al ayuntamiento, a dos manzanas de donde estaban. Entonces fue cuando las vieron. Seis chimeneas cuadradas de metacrilato y acero, cuyas bocas se elevaban por encima de árboles y edificios, exhalando un vapor blanquecino semejante al humo de los crematorios. Un monumento terriblemente explícito, levantado en memoria de las víctimas del Holocausto, en el cual Carolina nunca se había fijado. Él, en cambio, lo identificó al primer golpe de vista.

—¿También este sitio lo conocías?

Se había detenido en seco, junto a una lápida de mármol negro con la palabra HOLOCAUSTO escrita en mayúsculas de color blanco. Estaba colocada a la entrada del corredor que formaban a un lado de la avenida las chimeneas huecas, bautizadas cada una con el nombre de uno de los grandes campos de concentración y alineadas para crear una suerte de pasaje del terror a través de lo más negro de la historia. Majdanek, Chelmno, Sobibor, Treblinka, Belzec y Auschwitz-Birkenau. El texto inscrito en la piedra recordaba el significado brutal del término:

Entre 1933 y 1945 los nazis crearon un régimen de odio y persecución en Alemania que finalmente consumió a la mayor parte de Europa. Llevados por sus creencias racistas, asesinaron a once millones de hombres, mujeres y niños en su empeño de dominar Europa y crear una raza «pura y superior». Los nazis seleccionaron a los judíos para su exterminio total, lo que implicaba que su existencia debía ser borrada de la historia y la memoria. Antes de su derrota, en 1945, el régimen nazi asesinó a seis millones de judíos, más de la mitad de la población judía de Europa.

Los que perecieron fueron silenciados para siempre. Los testigos del horror que sobrevivieron tienen la obligación de conservar la memoria. A través de sus voces, tratamos de comprender los actos inhumanos que pueden surgir de la semilla de los prejuicios.

Recordar su sufrimiento es reconocer el peligro y la maldad que aparecen cuando un grupo persigue a otro. Mientras caminas por este Sendero de la Libertad, párate un instante a reflexionar sobre las consecuencias de un mundo sin libertad. Un mundo en el cual los derechos humanos más básicos no estén protegidos. Y sé consciente de que cada vez que se toleran los prejuicios, la discriminación o la persecución de seres inocentes, males como el Holocausto pueden volver a ocurrir.

A continuación, la inscripción daba cuenta de los principales hechos acaecidos entre 1933 y 1945, recogiendo año a año los episodios considerados esenciales y su correspondiente fecha.

A Philip le llevó un buen rato leerlo todo, alumbrándose con la linterna del móvil. Estaba tan absorto, tan atrapado por ese relato del horror, evocado de la manera más cruda, que Carolina no se atrevió a contestar hasta que él no levantó la cabeza y la miró directamente a los ojos. La pregunta estaba cargada de reproche. Su respuesta fue sencillamente la verdad.

—No. He pasado por aquí más de una vez, pero no habré prestado atención. Tal vez de día, sin iluminar, sean menos visibles esas estructuras translúcidas.

—Pues son bastante evocadoras, ¿no te parece?

—Muy realistas, sin duda. Macabras incluso. Yo diría que siniestras.

—De eso precisamente se trata, ¿no? —Philip no ocultó su rabia—. Tú eres la experta en arte. Yo soy un ignorante, y seguramente por eso crea que el monumento no pretende ser hermoso ni mucho menos provocar sonrisas, sino más bien lo contrario. El Holocausto fue macabro, siniestro y muy real. Sobre todo muy real para millones de personas, sus hijos y sus nietos.

—Perdona, Philip —dijo ella agachando levemente la cabeza—. No pretendía ofenderte ni menospreciar a tus seres queridos. Comprendo que estés susceptible...

—Susceptible, sí. —Ahora el tono de él era sarcástico—. Supongo que es cuestión de la experiencia que uno tenga. ¿No fuiste tú la que me hablaste del pintor español que retrataba estados de ánimo? ¿Cómo crees que habría pintado tu Greco el Holocausto? ¿Con colores claros?

—*Touchée!*

—¿Otro término español?

—En este caso, francés. Significa que tienes razón y has captado mejor que yo el alma de esta obra; este gran montaje que a mí me parece siniestro porque lo es, porque lo tiene que ser, porque, como bien dices, de eso exactamente se trata.

—Perdóname tú. —La media sonrisa de su rostro revelaba que era sincero—. Te estás portando extraordinariamente bien conmigo, y no tengo derecho a exigirte nada ni mucho menos a reñirte. Es que todo este asunto está removiendo fantasmas que creía ya enterrados.

—Y hablamos de mucho dinero... —Era la mejor manera de quitar dramatismo a la escena, volviendo a un terreno cómodo, alejado del sentimiento.

—¡Y que lo digas! —Philip parecía haber recuperado el pleno dominio de sí mismo—. Demasiado como para dejarlo escapar. ¿Vamos?

—¡Vamos! Confío en que Brahms llene de paz tu corazón, y de paso el mío.

Llegaron por los pelos al suntuoso auditorio, lleno hasta la bandera, dos minutos antes de que se cerraran las puertas. Ocuparon deprisa sus localidades, las mejores del patio de butacas, un tanto avergonzados por hacer levantar de sus asientos a todos los espectadores puntuales. Hasta las estatuas guardianas de los palcos parecían afearles la conducta desde lo alto de sus pedestales.

—Esto es justo lo que no hay que hacer en un lugar como éste —murmuró Carolina al oído de su acompañante, ejerciendo de cicerone.

—Cosas peores he hecho. Y seguro que tú también —respondió Philip, hablando en serio.

La música empezó a sonar, poderosa, creada con el fin de traspasar hasta la coraza más dura: el *Concierto en re mayor para violín y orquesta*. Carolina sorprendió en más de una ocasión al neoyorquino con los ojos cerrados, ya fuese debido al cansancio o en un gesto espontáneo provocado por la emoción. Y mientras las cuerdas del solista desgarraban el silencio con notas infinitamente tristes, supo que iría a Hungría con ese hombre, en busca de su legado.

Apostaría por él.

Aunque el tiempo y la maldad hubiesen borrado para siempre cualquier rastro del pasado. Aunque no hallaran la menor prueba capaz de vincular a la familia del taxista con ese cuadro del Greco. Aunque todo fuese simplemente un sueño, fruto de las fantasías de un niño, viajaría con él a Budapest sin otra pista que una dirección memorizada de oído. Deseaba ardientemente desentrañar el misterio. Una voz interior ajena a su habitual cordura se empeñaba en susurrarle que, pese a ser una locura, haría bien cometiéndola. Que no se arrepentiría.

# 3

## Un viaje en el tiempo

*Budapest*

Carolina y Philip llegaron a Budapest la mañana del 27 de septiembre, en un vuelo de American Airlines. Habían acordado emprender ese viaje juntos la misma noche del concierto de Brahms, en Boston, al calor de la intimidad casi mágica propiciada por el violín. De un modo lo más natural posible, tratando de restar importancia a su propuesta, ella había sugerido la posibilidad de volar a la capital húngara, en busca de esa calle memorizada en un idioma desconocido, aprovechando la infinidad de puntos que acumulaba en la línea aérea gracias a sus desplazamientos de trabajo. Él había aceptado de inmediato.

Ninguno de los dos tenía una idea exacta de lo que podían esperar encontrar en la ciudad del Danubio, aunque tampoco mucho que perder en el envite. ¿Tiempo, algún dinero, ilusiones, esperanza? Nada que pudiera hacer sombra a la posibilidad de dar con el rastro de esa familia cuyas raíces se hundían en el pozo negro del Holocausto. Y también, por supuesto, alguna prueba que permitiera a Philip acreditar ante un tribunal ser el auténtico propietario de un cuadro valorado en al menos quince millones de dólares. Un incentivo irresistible para un hombre que pocas veces en la vida había podido permitirse un capricho.

Desembarcaron con una maleta de mano, un hotel reservado a través de internet sin otra referencia que su ubicación en el barrio judío, y una dirección postal transcrita fonéticamente en una cuartilla de cuaderno infantil, tal como sonaba en inglés: «Keri ootsa hussonnay, masodeek amellet».

El día era gris. El tráfico, casi peor que en Nueva York. Habían agotado prácticamente todos los temas de conversación imaginables durante la interminable noche compartida en butacas contiguas del avión, por lo que se limitaron a ver desfilar la ciudad desde las ventanillas del taxi, sorprendiéndose de la gran belleza de sus edificios, tanto más suntuosos cuanto más se acercaban al centro.

Ni ella ni él conocían Budapest. Ambos estaban gratamente extrañados por lo que contemplaban, aunque Philip evidenciaba su admiración con exclamaciones más ruidosas.

—¡Increíble! Es preciosa. ¿Has visto esto? ¿Te la imaginabas así? Y pensar que desciendo de sangre nacida aquí…

Carolina había visitado Viena, Turín y Praga. Su mundo era mucho mayor. Su tacto, en cambio, bastante pobre, especialmente cuando estaba tan cansada como entonces.

—Una bonita ciudad centroeuropea, sí.

Philip tampoco tenía el ánimo propicio a la paciencia después de casi veinte horas de viaje, contando la escala en Londres, por supuesto en clase turista. Agradecía a esa mujer la ayuda que le estaba brindando, así como su generosidad, pero empezaba a estar harto de tanta suficiencia.

—¿Hay algo que llame la atención de la señora Carolina Valdés? —El tono era más agrio que jocoso—. ¿Algún lugar que le haga abrir los ojos, para variar?

—En este momento nada me apetece más que una cama en la que poder tumbarme, aunque solo sean un par de horas —replicó ella sin darse por enterada del puyazo—. Después me sentiré más dispuesta a mirar al Danubio con el mejor ánimo y hasta olvidar que su color ni se aproxima al azul.

El Continental Zara de la calle Dohány desmerecía bastante las fotografías de su página web. En ella aparecía como un establecimiento lleno de encanto, de arquitectura modernista, emplazado en unos antiguos baños públicos, aunque en realidad se trataba de un hotel convencional que en España o Estados Unidos habría merecido una o dos estrellas menos. En esos días, además, acogía un congreso internacional de estomatología, por lo que el hall, la recepción, el comedor y la cafetería estaban repletos de dentistas tremendamente locuaces, que parecían haber colapsado por completo al personal. Fue necesaria por ello una espera considerable antes de lograr que les asignaran sus habitaciones.

El joven recepcionista se mostró incómodo al verlos juntos.

—Me temo que les han colocado en pisos distintos y tenemos el establecimiento lleno… ¿Desean compartir una doble?

Philip lanzó a Carolina una mirada sugerente, un inequívoco «yo sí», que ella optó por ignorar.

—Está muy bien así. No se moleste. Espero, eso sí, que las tengan listas. Venimos de muy lejos, ¿sabe usted? Nos gustaría instalarnos.

—Cuando quieran. —El chico había acusado el golpe y

se mostraba igual de parco—. Doscientos seis y quinientos catorce. ¿Necesitan ayuda con el equipaje?

—Con el equipaje, no —terció Philip—. Con el idioma, tal vez.

Estaba sacando de la cartera muy despacio su cuartilla amarillenta, cuidadosamente doblada en cuatro pliegues a punto de ceder al paso de los años, esforzándose al mismo tiempo por suplir con una sonrisa la hosquedad de su acompañante.

Si iban a bucear en un país extranjero, en busca de un pasado enterrado durante setenta años, más les valía ir con una actitud constructiva. Al fin y al cabo, la idea de emprender ese viaje había partido de ella. ¿Qué mosca le picaba ahora? ¿Se trataba únicamente del cansancio, o habría cambiado de opinión y no sabía cómo decírselo? En algún momento iba a tener que leerle la cartilla a esa española orgullosa y prepotente, aparentemente incapaz de pedir las cosas por favor. Hasta entonces, la tarea de abrir puertas recaería sobre él.

—¿Le suena esta dirección? —preguntó, acentuando la sonrisa.

El chico tomó el papel que le tendían, a fin de estudiarlo. Al cabo de unos segundos lo devolvió, negando con la cabeza.

—Lo siento, señor. Esto no es una dirección. Ni siquiera es húngaro.

—Es caligrafía fonética —explicó Carolina, seca—. Lee en voz alta, Philip. Tal vez al oírlas nuestro amigo identifique las palabras.

Hicieron falta varios intentos de ambos, con varias pronunciaciones distintas, para que finalmente el recepcionista exclamara, triunfal:

—¡Király Utca, 24, segundo piso!

—Entonces sí era una dirección...

—Sí, desde luego. —El muchacho parecía muy satisfecho de haber resuelto el acertijo—. Y está aquí cerca, además. A diez minutos a pie. ¿O prefieren que les pida un taxi?

—No será necesario. —Philip estaba deseando llegar—. Caminaremos.

El edificio había conocido épocas mejores, anteriores a la guerra y la dictadura comunista que sobrevino después. Su fachada, de piedra arenisca, denotaba señorío en los ventanales y cornisas decorados con molduras, aunque habría necesitado una buena operación de limpieza. Con todo, ninguna otra parte de la estructura conservaba mejor la gloria pasada. Lo demás era pura desolación amenazada de ruina.

Un doble portón de madera se abría a un estrecho paso de carruajes, que llevaba hasta un patio interior destartalado. Esa especie de corrala, circundada por balcones peligrosamente agrietados, acogía cubos de basura, restos de varias motocicletas y una furgoneta vetusta, entre otros desechos. La historia parecía haberse detenido allí varias décadas atrás, como para conservar intacto el legado de memoria que Philip venía a desenterrar. El conjunto resultaba realmente desolador.

—¿El número 24, por favor?

Carolina había interpelado directamente a un transeúnte, mientras el taxista trataba de averiguar por su cuenta, revisando los buzones, cuál de los dos portales carentes de numeración, situados a izquierda y derecha de la entrada, era el que buscaban.

—Es por aquí, cabezota —le dijo ella—. ¡Preguntando se

llega a Roma! ¿Por qué os cuesta tanto a los hombres reconocer que necesitáis ayuda?

Philip optó por callarse, asumiendo merecer la crítica.

Se adentraron por una escalera en penumbra cuyos peldaños crujían de forma lastimera. La barandilla, en cambio, resistía sorprendentemente bien a la decadencia generalizada, con barrotes y pasamano casi intactos. Todo lo contrario que la pintura de la pared, corroída por la mugre aliada a la humedad y el descuido.

—Se ve que los vecinos necesitan agarrarse y han invertido en seguridad —bromeó Philip, tratando de disimular su ansiedad.

—¡Calla y sube!

Carolina no había podido tumbarse. Ni siquiera sacar la ropa de la maleta a fin de colgarla en perchas, como tenía por costumbre hacer nada más entrar en una habitación de hotel. Detestaba que le metieran prisa y eso era exactamente lo que había estado haciendo Philip desde el mismo momento de su llegada, nada más conocer, de labios del recepcionista, la forma de acercarse a la calle Király. Una ducha rápida era el único descanso que había podido permitirse antes de salir corriendo, bajo una lluvia pegajosa, hacia ese lugar sombrío. Estaba irritable. Necesitaba dormir y empezaba a lamentar haberse embarcado ella misma en una aventura insensata, opuesta a su manera de ser.

Pasaron de largo por el primer piso y llegaron resoplando al segundo, que albergaba sendas viviendas a ambos lados de la escalera. Llamaron al timbre de la derecha. Nada. Volvieron a llamar. Silencio.

—Era de esperar, Philip… —El tono significaba «cuanto antes te des por vencido, mejor para todos».

—No pienso rendirme tan fácilmente, si es lo que tratas

de insinuar. ¿No dices tú que preguntando se llega a Roma? ¡Pues vamos a ello!

La puerta de la izquierda estaba precintada, probablemente porque el deterioro de la casa resultara peligroso o acaso porque el piso hubiese servido de escenario a un crimen. Era imposible saberlo, ya que la nota pegada a la altura de la mirilla estaba escrita en húngaro y ninguno de los dos comprendía una palabra de ese idioma. Lejos de amilanarse, no obstante, Philip propuso:

—¿Arriba o abajo?

—Abajo, por favor.

Junto al timbre del primero una chapa de latón ennegrecido indicaba: SIMON BERENT. El susodicho tardó unos segundos en responder al timbrazo, pero acabó haciéndolo, al segundo intento. Eso sí; sin abrir. Se dirigió a ellos desde el interior de su vivienda, en esa lengua incomprensible llena de vocales raras. Les llevó algunos minutos más entenderse con él en inglés, a través de la puerta cerrada, hasta que finalmente Philip pronunció las palabras mágicas: Judah, Hannah, Joseph.

Tras un breve silencio que se les hizo eterno, oyeron descorrerse varios cerrojos con pulso nervioso, entorpecido por las prisas, y la puerta se abrió de par en par, con un rechinar de bisagras.

—Pasen, pasen, por favor. Si son familia de los Sofer, mi casa es su casa.


Simon Berent podía tener setenta y cinco años o cien. Era un hombrecillo menudo, de aspecto ágil, caminar saltarín y extremidades largas en proporción al tronco. También su cabeza destacaba por su tamaño, pequeño en relación al resto, así como por la ausencia total de cabello. El rostro, apergaminado, estaba dominado por una enorme nariz aguileña, indudablemente semítica. Su mirada clara, acuosa, a ratos perdida, se escondía tras el grueso cristal de unas gafas con montura de pasta. Era un rostro vivo, expresivo, curioso.

A Philip le llamó la atención lo bien que se expresaba en inglés. Según les explicó él ante una taza de té, servida por una mujer casi invisible, surgida de la oscuridad de un pasillo y desaparecida después en las sombras una vez cumplida su tarea, lo había aprendido de forma autodidacta, mientras estudiaba historia contemporánea en la universidad y trabajaba simultáneamente en una imprenta.

Carolina se fijó más en el extraño atuendo del personaje: pantalones de chándal azul pasados de moda, calcetines de deporte, chanclas tipo piscina, camisa blanca impecable, perfectamente planchada, y un chaleco de fieltro color beige que no recordaba haber visto desde que visitaba a su abuelo en la casona indiana de Pravia. Su anfitrión era un tipo realmente peculiar y fascinante a la vez, propio de una fantasía literaria.

—Así que es usted… —Berent se dirigía espontáneamente al varón, en un acto reflejo.

—Me llamo Philip Smith, aunque supongo que mi padre, Joseph, se cambiaría el apellido en Estados Unidos para que sonara más americano. Acabo de enterarme de que mi verdadero apellido es Sofer. Ella es Carolina Valdés, una amiga española.

—Han tardado mucho en venir. —La emoción humedecía los ojos del anciano—. Ya pensé que moriría sin noticias de mi amigo. Porque yo jugaba con su padre a la pelota y al ajedrez, ¿sabe usted? En los buenos tiempos, antes de que llegaran los alemanes.

Estaban sentados los tres en el salón, frente a frente, Carolina y Philip en un sofá desvencijado, Simon en una butaca, rodeados de libros, muebles viejos y polvo. Los cristales sucios de las ventanas apenas dejaban pasar la luz. Un reloj de pie adosado a la pared marcaba con voz clara su tictac, como para recordarles la necesidad de aprovechar el poco tiempo disponible.

Philip tenía tantas preguntas quemándole los labios que no sabía por dónde empezar. Carolina se sentía incómoda; una intrusa sin derecho a quebrar la ilusión frágil de ese encuentro, abocada a callar. Simon llevaba toda una vida cuidando de ese recuerdo. Estaba deseando liberarse de su carga.

—Se lo llevaron una mañana muy parecida a ésta, a finales de noviembre del 44. Los nazis. Lo metieron en un coche oscuro unos guardias de las SS y nunca volvimos a verle. También aquel día llovía.

—¿A quién? —inquirió el neoyorquino.

—A su abuelo, Judah, un hombre bueno. Un hombre recto. Un pilar de la comunidad. Él permaneció en esta casa después de que su familia se marchara. ¿No le habló de ello su padre?

Philip empezaba a cansarse de que todo el mundo subrayara una dolorosa obviedad que le había torturado durante buena parte de su existencia. ¿Por qué le preguntaban algo para lo que evidentemente no tenía respuesta? La incredulidad contenida en el tono del viejo judío era idéntica a la expresada por Carolina al conocer a grandes rasgos su historia en aquel hotel de Manhattan. Lógica, comprensible, esperable y terriblemente irritante a la vez, dado que él mismo carecía de explicación para el cúmulo de interrogantes dejados por su padre al morir.

Haciendo acopio de paciencia, contestó:

—No, señor. Mi padre jamás quiso recordar su infancia. Ni a su familia. Era completamente impermeable a mis preguntas.

—¿Cómo está?

—¿Mi padre? Murió hace años, en paz. Está enterrado en el cementerio judío de Brooklyn, en Nueva York.

—¡Qué ironía! —comentó el anciano, esbozando un gesto entre la sonrisa y la mueca—. Nueva York era el nombre del cabaret de moda en los días de la guerra. Todos hablaban de su gran orquesta y su pista giratoria, donde los burgueses ricos de Budapest bailaban, despreocupados, mientras la ciudad se hundía en la barbarie impuesta a golpe de terror por un cuerpo de facinerosos revestidos de poder absoluto. Los sicarios del Partido de la Cruz Flechada. El mal absoluto.

Philip y Carolina guardaron silencio, abrumados por la anécdota. Simon bebió un sorbo de té antes de retomar su deambular por la memoria. Les contó que en aquellos días se había acelerado la deportación de hebreos residentes en las provincias y las noticias que llegaban de allí, aunque filtradas con cuentagotas a los chiquillos de la casa, eran escalofriantes: irrupciones nocturnas en las viviendas, brutalidad policial, robos, frío, incertidumbre, deportación hacia lo desconocido.

Sus recuerdos de esos días permanecían intactos. En el edificio vivían entonces, además de los Sofer, una viuda ya mayor y su hijo, médico en el hospital más importante de la capital, sus dos hermanas, él mismo y los abuelos que los cuidaban.

—¿Qué ha sido de Raquel? —inquirió de pronto, como iluminado por su visión—. ¡Si supieran lo hermosa que era!

Estuve enamorado de ella desde que la vi por vez primera a los nueve o diez años, cuando vinimos a vivir a este barrio, hasta mucho después de su partida. Ella era algo mayor que Joseph y que yo, tan elegante, tan responsable, tan preciosa... Sigo soñando con ella de cuando en cuando —sonrió con malicia—, pero no se lo digan a mi mujer.

—Supongo que Raquel será la tía a la que nunca vi —respondió Philip—. Tampoco he sabido jamás de su paradero, señor Berent. Únicamente conocí a mi abuela, Hannah, que repetía obsesivamente esta dirección y hablaba de mi abuelo con evidente pasión, aunque en un idioma que yo no comprendía. Era un crío.

El anciano miraba al americano con creciente ternura, compadecido ante su abrumadora orfandad. Pese a que había evitado desde el principio dar la menor muestra de victimismo en el tono, Simon parecía saber muy bien lo que es sentirse solo en el mundo, necesitado de una mano tendida. Para Carolina, testigo mudo de la escena, aquello constituía una lección de humanidad que llenaba de sentido su presencia en esa casa.

—Su padre, su tía y su abuela, Philip, se salvaron gracias al diplomático español. El Ángel de Budapest, le llamábamos. A él debemos nuestras vidas muchos miles de judíos húngaros.

Y la espita del recuerdo se abrió a fin de que fluyera el relato.

—Yo acababa de cumplir entonces trece años. Vivía aquí, en esta misma casa, con mis abuelos y mis hermanas Chaya y Lena. A mis padres los habían reclutado en octubre para un destacamento de trabajos forzados, junto a millares de judíos «hábiles». Según supe al acabar la guerra, ella murió de agotamiento a las pocas semanas de partir. Él aguantó hasta el final. Sucumbió a la gran marcha a pie hasta Guns-kirchen, en mayo del 45. Un poco más y habría sido rescatado con vida por los soldados estadounidenses, junto al puñado de esqueletos andantes que pululaban por allí devorando la carne putrefacta de algún caballo reventado por las minas.

»No tuvieron esa suerte.

»El señor Sofer hizo lo que pudo por ayudarles, según nos contó más tarde nuestro abuelo, aunque fue en vano. Al ver que ni siquiera él, muy próximo al Consejo Judío, podía impedir esas deportaciones, decidió sacar a su esposa y a sus hijos de la ciudad, que a esas alturas se había convertido en un infierno para nosotros.

»Hasta poco tiempo antes, nuestros propios padres se habían hecho de algún modo cómplices de los antisemitas, señalando con desprecio a los judíos sucios, pobres e ignorantes, llegados de la Galitzia septentrional en los años de entreguerras, cargando sobre las espaldas sus escasas pertenencias, su lengua propia, el yiddish, y sus costumbres ancestrales. La negativa de esos inmigrados a integrarse en la sociedad magiar, solían criticar los hombres en la mesa del Sabbat, contribuía a difundir el estereotipo del hebreo usurero, mentiroso, desleal y estafador, responsable de todas las desgracias sufridas por la nación húngara tras la derrota de 1918. Y eso constituía una ofensa imperdonable para la mayoría de los miembros de la comunidad, fieles a su inquebrantable patriotismo. En nuestro hogar, al igual que en el de los Sofer, se había prohibido el uso del yiddish, con el empeño de educarnos a los niños en el idioma oficial de Hungría.

»¡Qué terrible ingenuidad!

»Pero vuelvo a su familia, que últimamente parece haberse acentuado mi tendencia natural a extraviarme…

»Su abuelo tenía un colega llamado Zoltán Farkas, abogado de la legación española en Budapest. Un hombre tremendamente valiente, que rescató a mucha gente de las garras nazis antes de ser asesinado en los últimos días de la ocupación. Claro que nada habría podido hacer sin el impulso de su jefe, el encargado de negocios español, Ángel Sanz Briz, quien se volcó en protegernos poniendo en riesgo su propia seguridad y supongo que también su carrera. Al fin y al cabo, representaba a un gobierno fascista, oficialmente neutral, aunque amigo de Hitler. ¡Incongruencias de la historia! Si yo estoy hoy aquí, hablando con ustedes, es gracias a él. Y si usted, señor Smith, ha venido al mundo, también es por lo que hizo ese hombre justo.

»Su abuela Hannah, la señora Sofer, tenía una hermana en Argentina, que le había escrito años atrás invitándola a visitarla. Esa carta bastó para que ella y sus hijos, mi amigo Joseph y Raquel, obtuvieran un pasaporte español de tránsito. Un salvoconducto providencial, con el que pudieron abandonar Hungría y viajar legalmente a España. En aquellos días, créame, aquello constituía un regalo impagable. Estábamos en octubre de 1944. Eran días muy negros.

»Recuerdo perfectamente el coche de la embajada, con su bandera y sus placas de identificación, parado aquí abajo, frente al portal, con el chófer uniformado y el señor Farkas esperando en la acera para recoger a sus familiares a fin de conducirlos hasta la legación, situada en la calle Eötvös. Joseph se despidió de mí con un apretón de manos, mientras Raquel me dio un beso en la mejilla. ¡Cómo olvidarlo! —Los ojos se le llenaron de lágrimas y tuvo que hacer una pausa para recobrarse—. La señora Hannah sollozaba e imploraba a su marido que les acompañara. Él la regañaba en voz baja, severo, asegurándole que pronto volverían a estar juntos.

»No en esta vida, desde luego. No fue posible...

»Supongo que por esas fechas el señor Sofer abogaría nuevamente por nosotros ante sus amigos españoles, o tal vez lo hiciera su abuela ante el propio encargado de negocios, porque muy poco después de la detención de su abuelo regresó aquí el mismo coche, con el señor Farkas al volante. En esa ocasión iba con él una mujer, madame Tourné, que dijo ser la secretaria de la legación. Era una señora enérgica, que hablaba perfectamente húngaro a pesar de su nombre francés. Nos dijo que los Sofer estaban bien y que habían pasado algunos días alojados en la buhardilla de la embajada, junto a otros refugiados, antes de partir en tren hacia Viena y Zurich, desde donde tenían la intención de trasladarse a Barcelona. El señor Farkas confirmó que él mismo les había dejado instalados en un vagón de primera clase, por supuesto libres de la estrella cosida a su ropa y con sus pasaportes españoles en regla.

»Esto último era muy importante, porque los cruces flechadas pedían la documentación a los judíos que veían por la calle, se la arrancaban de las manos a su antojo y la rompían en sus narices, antes de matarlos allí mismo o llevárselos para ser deportados. Las cartas de protección, proporcionadas por la Cruz Roja o las embajadas de los países neutrales, se habían convertido en el bien más preciado para un hebreo. Especialmente las selladas por la legación de España. Todo el mundo sabía que ésas eran las más valiosas, por ser las más difíciles de falsificar y por el respeto que infundían a las autoridades húngaras. Más que cualesquiera otras, no me pregunten por qué. Yo todavía conservo la mía. La encontré entre los papeles de mi abuelo después de su muerte, junto a las de mis hermanas y mi abuela.

»Nos tranquilizó mucho saber que nuestros vecinos estaban a salvo. Y mucho más, desde luego, ser conducidos a una casa protegida por la legación española. Nos trasladaron allí a los cinco. Mis dos abuelos, mis hermanas y yo. Y todos menos una sobrevivimos, ¡bendito sea Dios! La pequeña, Lena, sucumbió a una neumonía. Se llevaron su cuerpo una noche y nunca supe lo que habían hecho con él. Quiero pensar que mis abuelos nos ahorrarían la pena de pensar que no pudo recibir una sepultura digna.

Carolina y Philip escuchaban el relato de Berent en un silencio reverencial, sobrecogidos por la crudeza de lo que narraba con la precisión de un reportero de guerra. El anciano guardaba un recuerdo imborrable que necesitaba compartir con cualquiera que pudiese comprender el significado último de sus palabras.

—Poco antes de que falleciera Lena —prosiguió—, ya en la casa protegida, se había levantado el muro que cerraba el gueto y empezaba a escasear la comida. Los nazis vigilaban todas las entradas y salidas. Lo hicieron durante nueve semanas, que más bien parecieron años. Nos habían concentrado a todos los judíos que quedábamos en Budapest aquí, lo que suponía que compartíamos la casa con otras tres familias desconocidas. Pero eso no era lo peor. Lo peor, con diferencia, era la impunidad con la que los secuaces de la Cruz Flechada entraban a saquear lo poco que teníamos, a llevarse a la gente para matarla simplemente por gusto. Había cadáveres tirados en las calles. Los jardines de la Gran Sinagoga, decían, se habían convertido en una morgue. Y por la noche se oían disparos cuyo significado estaba claro incluso para un niño como yo.

»Salir de allí fue una liberación.

»El señor Farkas y la señora Tourné nos llevaron a un piso situado junto al parque de San Esteban, en la calle del mismo nombre, número 35, frente al Danubio. Entre los puentes de las Cadenas y Margarita, que había saltado por los aires a comienzos de ese mes. Desde las ventanas veíamos cómo los milicianos fascistas arrastraban hasta la orilla a hombres, mujeres y niños, los ataban con alambre de dos en dos, o en grupos, y los empujaban a las aguas heladas del río, con un único tiro de gracia. Algunos días veíamos el agua teñirse literalmente de rojo con su sangre…

Simon hizo una pausa. La narración de esos sucesos aterradores había ido desgranándose hasta entonces con una claridad sorprendente en un hombre de su edad, necesariamente más cercana a los noventa que a los ochenta. Su lucidez resultaba por momentos estremecedora y únicamente parecía explicable por la brutalidad del trauma sufrido durante esos meses terribles. Una cicatriz honda, dolorosa, imborrable, que le acompañaría hasta el último día de su vida.

La expresión de su cara al hablar revelaba que, mientras evocaba aquellos hechos, volvía a ver en su mente a los hombres, mujeres y niños asesinados ante sus ojos. Volvía a oír sus gritos. Volvía a padecer con ellos. Esas escenas habían quedado grabadas en su memoria con la tinta indeleble del horror, elevado a cotas inaccesibles para quienes le escuchaban libres de esa espantosa experiencia.

La voz, sin embargo, se le iba cansando. Los años parecían caerle de golpe, sin piedad, todos a la vez, junto al peso de los muertos. Sus manos grandes, retorcidas, se entrelazaban inquietas. A medida que la fatiga iba haciendo mella en él, se pasaba la lengua por el labio inferior con frecuencia creciente, en un tic nervioso incontrolado, angustioso para sus acompañantes. Carolina sugirió aplazar el final de la historia al día siguiente, cuando hubiera descansado, pero él se negó en redondo. Quería hablar. Lo necesitaba. Al cabo de unos instantes, tras apurar la segunda taza de té, recobró la fuerza suficiente para proseguir, aferrado a su deber de superviviente: dar testimonio de lo sucedido.

—El piso protegido tenía dos habitaciones y media, además de un cuarto de baño en el que también se habían instalado tablones sobre la bañera a fin de acoger a dos personas por la noche. Éramos cincuenta y uno en la casa. Dormíamos en el suelo, hacinados, dándonos calor unos a otros. Hacía frío. No había calefacción y todos los cristales habían saltado hechos añicos por las bombas rusas. Durante la noche tapábamos el hueco con cartones o mantas, pero durante el día entraba el aire helado del invierno húngaro. Algunos estaban enfermos, otros eran muy ancianos, todos teníamos piojos, estábamos sucios, débiles. Mi hermana Chaya, de diez años, echaba de menos a la pequeña y lloraba llamando a mamá. La abuela la consolaba, cantándole viejas canciones en yiddish. Pero estábamos vivos, ¿comprenden? Vivos. Dando gracias por ello a Yahvé y a la gente de la legación española.

»Los judíos no teníamos cartilla de racionamiento. Solo disponíamos de dos horas para comprar, por la mañana, aunque pocos lo hacían. Si salías de la casa protegida lo más probable era que no volvieras, por mucha carta de protección que llevaras. Ellos las destruían entre risotadas, especialmente al final, cuando se sabían perdidos y todo les daba igual.

»Nosotros sobrevivimos durante casi dos meses comiendo alubias de un gran saco que habían llevado mis abuelos con ellos al trasladarse a la casa, y de los alimentos que repartían Farkas y Perlasca, un colaborador italiano de Sanz Briz que se hizo cargo de nosotros cuando él tuvo que abandonar Budapest. Debió de gastarse una fortuna nuestro benefactor en financiar toda esa comida, el alquiler de los pisos protegidos (nueve en total), la manutención de los huéspedes de la legación y los sobornos que, supongo, pagaría a la policía para que custodiara los edificios señalizados con la bandera de España e impidiera las incursiones de los cruces flechadas... ¡Una fortuna! Pero era un hombre que pisaba fuerte y hacía valer su autoridad. Tanto él como sus colaboradores fueron hombres valerosos. Muy valerosos. Y justos.

»El tiempo transcurría despacio dentro de ese piso en la calle San Esteban. Era una vida rutinaria, casi vegetal, pero siempre comimos algo. A veces había electricidad y agua. Otras, no. Charlábamos, leíamos libros, recitábamos versos, tratábamos de aparentar normalidad. Vivía con nosotros un joven rabino que nos relataba partes interesantes de los libros sagrados y aprovechábamos para aprender escuchándole.

»Sobrevivimos al terror y la muerte.

»Cuando los rusos liberaron Pest, a mediados de enero del 45, los alemanes escaparon a Buda y pudimos salir de nuestros escondrijos. La mayoría de los judíos aún vivos no tuvieron ocasión de volver a sus hogares, que habían sido entregados a otras personas. Nosotros fuimos afortunados. El edificio estaba dentro del gueto y seguía en pie, por lo que se nos permitió regresar. Lo habían saqueado hasta destrozarlo, pero era nuestra casa. Nuestro hogar.

»El abuelo conservaba la fuerza necesaria para ocuparse de nosotros. En un almacén abandonado encontramos por casualidad una gran caja de sopa en polvo, que nos dio de comer varias semanas. Una gran suerte, porque la ciudad estaba completamente desabastecida. Al cabo de un tiempo mi abuela nos envió a los niños al campo, a casa de unos parientes lejanos. Yo pesaba treinta y siete kilos. Regresé al cabo de unos meses con cincuenta y ocho.

»A la hora de escoger un oficio decidí hacerme tipógrafo, siguiendo los pasos de mi padre y probablemente bajo el impacto de la montaña de libros escritos por judíos que había visto arder en junio del 44. Cerca de medio millón de volúmenes quemados en una enorme pira con fines propagandísticos. Inconscientemente, supongo, quería contribuir a reponerlos. Más tarde pude estudiar historia contemporánea en la universidad, gracias a los cupos establecidos por el gobierno comunista para trabajadores manuales.

»Estoy aquí. Estoy vivo. De los ochocientos mil judíos que había en Hungría antes de la guerra, algo menos de cien mil lo logramos. Todos los días doy gracias al Creador por ello.

Simon se había quitado las gafas, como quien se quita un peso, y las limpiaba meticulosamente con su pañuelo de algodón blanco. Carolina buscaba en vano palabras para expresar su conmoción. Fue Philip quien rompió el hielo, incapaz de disimular su rabia.

—¿Por qué se quedó mi abuelo? ¿Por qué se quedaron todos ustedes? Y ya que se quedaban… ¿Por qué no pelearon?

—Si supiera la cantidad de veces que me he formulado esa pregunta, joven. Nunca he hallado la respuesta.

El aire cargado del salón se hizo más denso tras el silencio que siguió a esa confesión de impotencia, hasta que la voz de la española lo rasgó de punta a punta, con una pregunta descarnada que llevaba largo rato planteándose en su fuero interno.

—¿Cómo se sobrevive al odio?

Berent la miró directamente a los ojos, amagando una sonrisa amarga.

—Sobrevivimos muy difícilmente al odio, señora. Muy difícilmente.

—Ya supongo… —comentó ella, tratando de apoyarle con su acuerdo—. Que sus vecinos, sus amigos, sus compatriotas vieran lo que les estaba ocurriendo y consintieran, sabiendo lo que sucedía… Que tanta gente callara… Debe de ser muy difícil hallar el modo de perdonar algo así, a fin de seguir adelante.

—«Perdonar» es un concepto demasiado amplio —respondió el anciano al cabo de unos instantes—. Yo he aprendido a asumir que las personas siempre actúan como las instituciones sociales y políticas les ordenan actuar. Obedecen. Declinan su responsabilidad sobre las espaldas de los poderosos y acatan. Tenemos que vivir con ello. La valentía no es una cualidad que abunde en la especie humana. Por eso hay que dar un gran valor a los pocos que muestran coraje.

El salón volvió a sumirse en el silencio en cuanto Berent acabó la frase, como para solemnizar la afirmación que acababa de hacer. Parecía difícil seguir con la conversación una vez alcanzado ese punto, aunque Philip no tenía intención de marcharse sin referirse al objeto que Carolina y él habían ido a buscar. No había llegado hasta allí para salir con las manos vacías.

—¿Sabe usted qué fue de las posesiones de mi abuelo, señor Berent?

Lo dijo abiertamente, con total naturalidad, como si estuviera preguntando la hora. Las disquisiciones psicológicas de la española habrían podido interesarle en otro contexto, pero al vecino de su abuelo se le notaba evidentemente cansado y no era cuestión de agotarle por completo antes de entrar en materia. De ahí la brusquedad de su abordaje, tan directo que dejó a Simon desconcertado.

—Había un cuadro en su comedor —precisó Philip—. Una pintura antigua, muy valiosa, que vi de niño en una fotografía de mi abuela. Le seré sincero. Ese cuadro sale ahora a la venta en una casa de subastas de Nueva York por una cifra multimillonaria, cuando es evidente que nos lo robaron.

Berent no se inmutó. Ni siquiera mostró su extrañeza. Se limitó a constatar:

—En 1944 los judíos no éramos propietarios ni de nuestras vidas, hijo. Nos habían despojado de todo, empezando por la dignidad.

—Comprendo…

—Ellos tomaban lo que se les antojaba, al amparo de las leyes antisemitas. Claro que a esas alturas ya no nos quedaba prácticamente nada de valor. Lo habíamos vendido todo para comer y calentarnos. Sus abuelos, a juzgar por lo que dice, debieron de ser la excepción. Al fin y al cabo él era un miembro destacado del Consejo Judío. Un hombre importante.

El viejo operario de imprenta volvió a limpiarse las gafas con el pañuelo, acelerando el ritmo de su tic nervioso. Se le notaba exhausto por el esfuerzo de hablar prácticamente sin interrupción durante más de dos horas, reabriendo profundas heridas no cicatrizadas. Y aun así, el pasado desfilaba de nuevo ante sus ojos con lacerante claridad.

—Ahora que lo menciona, el mismo día que se llevaron al señor Sofer hubo un gran trasiego de soldados alemanes bajando bultos embalados por la escalera. Probablemente tendría antigüedades valiosas que yo no era capaz de apreciar cuando subía a echar una partida de ajedrez con su padre. A los doce o trece años uno no se fija en esas cosas.

A los nazis, en cambio, los volvían locos las antigüedades, aunque fueran judías. Especialmente si eran judías.

—¿No recuerda un cuadro colgado en el comedor? —Philip insistía, empecinado en dar con una pista a la que agarrarse incluso a costa de ser grosero—. Una ciudad medieval amurallada, con un puente, dos torres, un río…

—No creo haber pisado nunca el comedor de la casa. —Simon sonrió con ternura, genuinamente apenado por no poder servir de ayuda—. Los niños no entrábamos en esa habitación. Nos quedábamos en la cocina o el dormitorio de Joseph, donde estaban sus soldaditos de plomo, su tren eléctrico y ese tablero de ajedrez gastado que me parece estar viendo.

—Ha sido usted muy amable, señor Berent. —Carolina se sentía sumamente violenta ante la situación y había decidido cortar por lo sano, dado que sus miradas suplicantes a Philip no causaban en él el efecto deseado—. Ya hemos abusado bastante de su hospitalidad.

—¿Les gustaría ver el piso? El de sus abuelos, quiero decir.

Era lo último que Carolina y Philip habrían esperado oír. La propuesta, no obstante, resultaba demasiado tentadora como para rechazarla por educación, máxime cuando Berent la planteaba motu proprio, con una expresión que invitaba a aceptar. Al fin y al cabo, habían cruzado el Atlántico exactamente con ese propósito. De ahí que contestaran al unísono:

—Si no es demasiada molestia…

—Denme unos minutos, voy a buscar las llaves. Los últimos inquilinos me las dejaron al marcharse. La casa ha pasado por varios propietarios desde que su familia desapareció, y no sabría decirles quién es el actual. ¿Por qué razón no la reclamaron ustedes al terminar la guerra? —Era casi un reproche—. Podrían haberla recuperado, ¿sabe? Otros lo hicieron. Los pocos que lograron sobrevivir al Holocausto.

Philip no dejaba de hacerse la misma pregunta desde que había entrado en el edificio y comprobado que la dirección tantas veces repetida por su abuela era real. ¿Por qué le había hurtado su padre esa raíz, levantando una cortina impenetrable de amnesia entre su familia y él? ¿Con qué derecho le había confiscado su herencia, imponiéndole ese olvido cruel? Estaba firmemente decidido a averiguarlo.

Simon se puso en pie de forma sorprendentemente ágil, invitándolos con un gesto a seguirle. Ya en el hall cambió sus chancletas por unas deportivas, se echó un chaquetón por los hombros y cogió un manojo de llaves de un armarito colgado en la pared.

—¿Desean pasar al baño antes de salir?

—No, gracias —declinó Carolina, sonriente—. Cuanto antes vayamos, antes le dejaremos tranquilo.


Los escalones eran viejos y estaban bastante desgastados, lo que los obligaba a subir lentamente, al paso que marcaba su guía. En la penumbra de la escalera, escenario de adioses amargos, Philip apenas podía contener la impaciencia. El corazón le galopaba en el pecho, desbocado por la ansiedad. Estaba a punto de traspasar una puerta mucho más impenetrable que la guardada por un cerrojo. La puerta de un pasado escurridizo, apenas atisbado en jirones de memoria conservada por su abuela Hannah y también por ese anciano, Simon Berent, que parecía haber conocido a su padre mejor que él mismo. La puerta de un misterio ajeno a toda lógica, carente de sentido.

Costó hacer correr la cerradura oxidada, pero al fin cedió.

Simon entró el primero y encendió la luz pobre de una bombilla de cuarenta vatios colgada de su casquillo. El piso olía a cerrado, una mezcla de polvo y humedad que hizo toser a Carolina, alérgica a los ácaros.

—Aquí nacieron su padre y su tía Raquel, señor Sofer. Agradezco a Dios haber vivido para ver este día. A ellos les habría gustado estar hoy en mi lugar, no tengo duda.

A Philip le faltaba el aire. Siempre se había tenido por un hombre templado al que pocas situaciones llevaban a perder la calma, pese a lo cual en ese instante apenas podía contener las lágrimas. Era como si se hubiese trasladado de golpe a otro tiempo, a esos años de la infancia en los que su mundo se reducía a las fantasías de tebeos leídos bajo las mantas para escapar de un padre hermético, abotargado por el alcohol, y una madre ausente. Años de soledad, de incomprensión, de interrogantes sin respuesta, de miedo. Años borrados del recuerdo a costa de enorme empeño, que de pronto rebrotaban entre esas paredes mudas, testigos del verdadero terror.

—¿Me permiten?

El vecino de abajo los condujo a través del pasillo hasta la cocina, los dormitorios y el aseo; las estancias familiares para él. Después, a instancias de Philip, los precedió solemnemente en el comedor, situado a la derecha del hall, al otro lado de unas puertas correderas acristaladas. La sala carecía de muebles. Las paredes, empapeladas al gusto dudoso de los setenta, perfilaban los contornos de varios cuadros antaño colgados de clavos todavía visibles, aunque ninguno situado en el lugar exacto que ocupaba el lienzo de la judería del Greco en la fotografía de Hannah. Toda huella de Judah o su mujer y sus hijos parecía haber desaparecido. Ninguna magia impregnaba el lugar. Ningún vestigio de vida pasada permanecía en el ambiente. No quedaba nada de los Sofer en aquella habitación cerrada. Nada en absoluto.

—En los días del gueto —explicó Simon, adivinando la decepción de Philip—, cuando los alemanes encerraron tras los muros levantados alrededor de estas calles a todos los judíos que aún quedaban en Budapest, la casa se llenaría de gente. Probablemente diez personas o más ocuparían esta misma habitación durante al menos nueve semanas y el piso albergaría a varias familias. Nosotros nos marchamos enseguida a la casa protegida de la legación española, pero vimos lo suficiente para saber que eso fue exactamente lo que sucedió. Cuando regresamos, al finalizar la guerra, todo el edificio mostraba las huellas de esa sobrepoblación, sumadas a las heridas causadas por los bombardeos. Todo estaba destrozado.

—No quiero ni pensar en lo que ocurriría aquí dentro —Carolina se estaba ahogando literalmente, y no solo por la alergia.

—Yo puedo decírselo. —El judío no les daba tregua ni se la daba a su propio espíritu—. Algunos murieron de hambre, otros de frío, muchos de disentería o pulmonía. Algunos fueron asesinados en los días previos a la entrada de los rusos por unos milicianos de la Cruz Flechada enloquecidos de ira, que volcaron en los más indefensos su frustración ante la derrota. Algunos sobrevivimos.

—Quiero pensar que también sonarían risas en algún momento. —Philip necesitaba sobreponerse a esa angustia.

—Las nuestras, hijo —convino Simon Berent—. Raquel, Joseph y yo fuimos niños felices entre estos muros. Nadie puede quitarnos eso.

Al salir, seguía lloviznando. Era la hora de comer. Las calles estrechas del barrio judío, convertido en centro de ocio, turístico, bohemio, de moda, estaban abarrotadas de gente entrando y saliendo de los múltiples locales diseminados por allí. Carolina y Philip se plantearon la posibilidad de ir a visitar la Gran Sinagoga, aprovechando su proximidad, aunque desecharon la idea. El cansancio hacía mella también en ellos, ávidos de sueño tras su viaje agotador. Acordaron por tanto regresar dando un paseo hasta el hotel, descansar un rato y después salir a cenar. Dejarían para el día siguiente las gestiones en la embajada de España, imprescindibles ante el giro inesperado que habían dado los acontecimientos tras las revelaciones de Berent.

—¿Habías oído tú hablar de ese Ángel de Budapest? —inquirió Philip—. Era compatriota tuyo.

—¿Habías oído tú a tu padre hablar de España o de Argentina?

—No.

—Yo tampoco. El caso es que el nombre me suena vagamente, pero no es alguien famoso en España. No es un nombre que se aprenda en el colegio o haya quedado inmortalizado en una gran calle de Madrid.

—Pues a juzgar por lo que nos ha contado el señor Berent, debería. ¿No te parece?

—Debería, no cabe duda. Ahora haré una búsqueda en internet, a ver qué encuentro. Cuando nos veamos más tarde para ir a cenar, te cuento.

—¿Hacemos esa búsqueda juntos?

El interés de Philip en esta ocasión era genuinamente histórico, relacionado con el diplomático y no con la oportunidad de compartir intimidad con Carolina. Su modo de expresarse, sin embargo, resultaba tremendamente seductor.

Una invitación a la siesta compartida que Carolina se habría planteado tal vez aceptar en otras circunstancias, si no hubiera estado tan cansada, si conociese mejor a ese hombre y si la posibilidad de involucrarse en una relación sentimental con él no la asustara tanto como la asustaba. Por todo ello declinó la oferta, esforzándose además en adoptar una actitud especialmente cortante.

—Prefiero hacerlo sola. Supongo que lo que encuentre estará escrito en español, así que perdería mucho tiempo traduciéndote. Veré qué puedo averiguar y te lo haré saber, descuida.

Una vez en la habitación, tumbada en la cama, se reprochó a sí misma esa actitud. Una parte de ella estaba permanentemente en guardia, alertándola contra cualquier peligro que amenazara a su corazón, pero otra ansiaba dar rienda suelta a los deseos, a las locuras incluso, aun a riesgo de llevarse un golpe. Y era esa Carolina, la que habría querido acercarse a Philip a fin de explorar la atracción que empezaba a sentir por él, quien la interpelaba, severa:

—¿Por qué te empeñas en parecer más antipática todavía de lo que ya eres naturalmente? ¿Se puede saber qué te pasa?

No tenía cuerpo para el psicoanálisis de vía estrecha, así que abrió el ordenador portátil y se conectó a la wifi del hotel. La esperaba un sinfín de correos profesionales por contestar, además de varios mensajes de WhatsApp en el móvil. Grupos de chat empeñados en saber por qué no daba señales de vida, dónde estaba y, sobre todo, con quién. Nada urgente. Una buena búsqueda en Google la distraería de sus perturbadoras reflexiones, librándola de enredarse en explicaciones que no deseaba dar a nadie hasta no tener las cosas claras.

Tecleó «Ángel de Budapest», recordando lo dicho por Simon sobre el modo en que los judíos se referían al diplomático. El ordenador respondió al instante:

Diplomático español apodado «el Ángel de Budapest» por sus acciones durante la Segunda Guerra Mundial.

Película española de 2011 sobre Sanz Briz.

La enciclopedia universal del ciberespacio, Wikipedia, ofrecía abundante información sobre el hombre cuya fotografía aparecía en el lado derecho de la pantalla. Un hombre atractivo, sin duda, al modo en que eran atractivos los hombres de los años cuarenta y cincuenta; con bigote, cabello oscuro engominado, mirada desafiante bajo unas cejas marcadas, frente despejada, voluntariosa, boca de labios finos y sonrisa apenas esbozada, casi tímida. Un hombre elegante, tanto ataviado con el uniforme de la carrera, de corte napoleónico, como luciendo traje de raya inglesa y corbata. Un hombre que inspiraba confianza a simple vista, al menos a ella.

A continuación leyó:

Ángel Sanz-Briz, llamado el Ángel de Budapest (Zaragoza, 28 de septiembre de 1910–Roma, 11 de junio de 1980), fue un diplomático español destinado durante la Segunda Guerra Mundial (en este conflicto, España se mantuvo como no beligerante) en Hungría. En 1944, actuando por cuenta propia según algunos autores, «oficialmente» con independencia del gobierno de Franco (pero sin sufrir tampoco represalia alguna por ello), contribuyó a salvar la vida de unos cinco mil judíos húngaros durante el Holocausto, proporcionando pasaportes españoles, en un principio a judíos que alegaban origen sefardí en virtud de un antiguo Real Decreto de 1924 del directorio militar de Primo de Rivera, y posteriormente a cualquier judío perseguido. Por estos hechos, fue reconocido por Israel como Justo entre las Naciones.

Posteriores descubrimientos en la correspondencia diplomática revelaron que Sanz Briz informó en 1944 al gobierno de Francisco Franco de la existencia del Holocausto, y que contó con la aquiescencia del gobierno español...

Más allá de la deplorable prosa, la información resultaba fascinante. Carolina había oído hablar de Raoul Wallenberg, el joven encargado de negocios sueco desaparecido en los días finales de la guerra, ya bajo la ocupación soviética, cuya heroica labor salvó a millares de hebreos húngaros. También, por supuesto, de Oskar Schindler, protagonista de una taquillera cinta de Hollywood firmada nada menos que por Steven Spielberg. El nombre de ese español, en cambio, le resultaba desconocido. Y eso que, según el buscador, el diplomático aragonés tenía ya calle propia en Madrid, inaugurada con cierto despliegue mediático en julio de 2014.

—Viajo demasiado —se dijo en voz alta—. No me entero de nada. Parezco extranjera en mi propio país.

La película dedicada a narrar la hazaña humanitaria de Sanz Briz estaba disponible en la red, de modo que la descargó y se dispuso a verla, interesada en descubrir nuevas facetas de ese compatriota admirable. No pasó de los títulos de crédito. El agotamiento, aliado con la postura, pudo más que la curiosidad, y antes de darse cuenta estaba profundamente dormida, entre sueños en blanco y negro de nazis que la perseguían a través de calles estrechas. Pesadillas que mezclaban la historia trágica de Simon con la búsqueda del cuadro que llevaban a cabo Philip y ella. Despropósitos típicos de quien se ha pasado de vueltas.

Algunas plantas más arriba, Philip daba vueltas por el reducido espacio de su habitación como un león enjaulado. Estaba furioso. Furioso con su padre, que había muerto sin responder a sus preguntas. Furioso consigo mismo por no haber investigado mejor el misterio que rodeaba a su familia. Furioso con esa mujer de sangre helada que tan pronto le atraía hacia ella con sus gestos insinuantes y su generosidad genuina como le apartaba de un zarpazo. Furioso con la sensación de impotencia que le abrumaba. Furioso con todos los testigos silenciosos de un Holocausto que podría haberse evitado a poco que las personas decentes, la mayoría de la sociedad, hubiesen tenido el coraje de actuar como había hecho ese hombre, Sanz Briz, al que, sin saberlo, debía su propia existencia.

No disponía de ordenador, pero utilizó el teléfono, desconectado durante todo el día, para revisar sus mensajes y tratar de averiguar algo sobre el diplomático. Dos de sus amigas con derecho a roce se extrañaban de su falta de noticias y querían saber de él. Su coordinador en la compañía de taxis, al que había dicho estar enfermo, se interesaba por su salud e inquiría cuánto pensaba prolongar la baja. En contra de lo que Carolina daba por hecho, la red atesoraba abundante información sobre Sanz Briz en lengua inglesa.

«Ángel Sanz Briz —leyó— llegó a la legación española en Hungría en el verano de 1944 y desde el primer momento se comprometió en la ayuda a los judíos perseguidos. En nombre de su gobierno, ofreció pasaportes a los sefardíes de origen español. Un total de doscientos documentos, según el permiso obtenido de las autoridades húngaras, que él convirtió en muchos más sustituyendo la titularidad nominal por la de familias enteras. A medida que la situación fue empeorando, Sanz Briz incrementó ese número varias veces con el fin de ayudar a un número creciente de judíos...»

El artículo de la Fundación Judía para los Justos entre las Naciones se refería a las casas protegidas de las que les había hablado Simon Berent, surtidas de provisiones y otros bienes necesarios por el diplomático, a costa de su propio bolsillo, concluyendo que sus esfuerzos habían salvado la vida a más de cinco mil hebreos. Una hazaña que le valió la distinción de Justo entre las Naciones, concedida por el Estado de Israel en 1966, que Sanz Briz no pudo aceptar ni mucho menos dar a conocer al público, ya que el régimen franquista entonces imperante en España se lo prohibió expresamente.

Sin haber dedicado mucho tiempo a pensar en ello, Philip siempre había situado a España entre las naciones fascistas aliadas de Hitler; es decir, antisemitas. Ni siquiera estaba al tanto de que no hubiese participado en la Segunda Guerra Mundial que asoló Europa entera. De ahí su extrañeza ante la conducta heroica de un diplomático español que por su cuenta y riesgo, sin ninguna necesidad ni motivación personal más allá del sentido humanitario del deber, había llevado tan lejos el empeño de arrancar de las cámaras de gas a cuantos judíos pudiera. Le parecía increíble que Carolina no supiese nada de él. Claro que, según lo que fue leyendo en la red, el hombre había fallecido de un cáncer en 1980, antes de cumplir setenta años, en el más absoluto anonimato. Sin homenajes, medallas o un simple gesto de gratitud por honrar del modo en que lo hizo el nombre de su país y su profesión.

—¡Qué asco de mundo! —espetó Philip.

Decididamente, se dijo, le sobraban motivos para estar furioso.

¿Por qué no le había contado absolutamente nada de ese ángel el padre al que tantas veces intentó sonsacar en vano? ¿Por qué bebía hasta aturdirse, según él para poder dormir? ¿Qué era lo que le quitaba el sueño? ¿Qué oscuro secreto envenenaba sus noches? ¿O acaso la clave de todo ese silencio estaba en lo que había insinuado Simon ante la pregunta de su compañera? «Sobrevivimos muy difícilmente al odio, señora. Muy difícilmente.»

Evocaba el rostro del viejo Simon Berent confesando esa enfermedad emocional y le parecía ver el rictus amargado de su padre.

Pasadas las ocho, puesto que Carolina no daba señales de vida, la llamó al móvil, sin obtener respuesta. El teléfono estaba apagado o fuera de cobertura. Probó entonces con el de la habitación, que sonó cuatro veces antes de que una voz de ultratumba respondiera:

—¿Quién es?

—Soy yo. ¿Estabas dormida?

—¿Tú qué crees?

—Siento despertarte, pero deberíamos ir a cenar algo. Es el mejor modo de combatir el jet lag.

—No puedo con mi alma…

—Date una ducha de agua fría, te sentirás mucho mejor. Te espero en el bar con un martini. Yo voy a ir pidiéndome uno… o dos.

Carolina profirió una imprecación en español y colgó.


La noche era desapacible, fría. Nada invitaba a salir ni mucho menos a pasear, pese a que Budapest se les ofrecía engalanada de luces, dispuesta a exhibir toda su espectacular belleza. Declinaron la propuesta del recepcionista, que les sugería recorrer el Danubio en un barco restaurante, y optaron por un local típico en Buda.

A través de las ventanillas del taxi, la ciudad monumental les mostraba todo el esplendor imperial de sus años de gloria. Seis décadas de comunismo no habían logrado borrar el alma señorial de esa capital burguesa, rica, orgullosa y conservadora, encantada de exhibir su identidad centroeuropea. Los edificios asomados a las aguas del río, como el de la universidad o el Parlamento, nada tenían que envidiar a los de París o Viena. Tampoco los nueve puentes de la capital, empezando por el bautizado con el nombre de Libertad. La guerra había sido mucho más piadosa con ellos que con las personas, tal como subrayó Philip, cautivado por lo que veía.

—Pensaba encontrarme una ciudad moderna, muy diferente de ésta.

—Budapest tuvo suerte, ésa es la verdad —convino Carolina—. La vecina Varsovia fue destruida al ochenta y cinco por ciento y, aunque parte del centro histórico ha podido ser reconstruido siguiendo los dibujos de Canaletto, ya no es auténtico.

—No sé quién es el tal Canaletto, pero seguro que vas a contármelo...

—Un artista italiano de comienzos del siglo XVIII. Sus pinturas de Venecia son célebres. También dibujó algunos palacios de Varsovia, con tanto detalle como la mejor fotografía. Por eso fueron utilizadas sus obras para reconstruir lo que los bombardeos arrasaron. Te sorprendería saber hasta qué punto el arte está relacionado con la guerra.

—¿Por Canaletto? —El tono era burlón.

—¡Ojalá! Pero no. Desgraciadamente el arte, el patrimonio artístico, arquitectónico o cultural, siempre ha sido objetivo de guerra. Y de saqueo, por supuesto. Desde la Antigüedad. Julio César mandó incendiar la biblioteca de Alejandría con sus más de cuarenta mil papiros. Los frisos del Partenón están en el Museo Británico, que se niega a devolverlos a Grecia. Los alemanes bombardearon la catedral de Reims hasta reducirla a escombros, dos veces, en las dos guerras, mientras los aviones aliados se cebaban en el palacio de Wurzburgo o en ciudades monumentales como Nuremberg, en Alemania. Y ahora los bárbaros del Estado Islámico dinamitan restos arqueológicos de incalculable valor en Palmira o Nimrud. Se trata de desmoralizar al adversario golpeando aquello de lo que se siente orgulloso, o robándoselo.

—¿Estás diciendo que somos todos iguales? —se escandalizo Philip—. Porque si es así, no estoy de acuerdo. Ni lo son todas las guerras ni tampoco todos los bandos. Imagínate lo que sería hoy el mundo si hubiera ganado Hitler, o en lo que se convertiría si ahora ganaran los que secuestran aviones civiles para estrellarlos contra edificios llenos de gente inocente.

—Estoy diciendo que ni siquiera las piedras están a salvo de la brutalidad humana —replicó Carolina, sin ánimo de discutir—. Ni más ni menos. Por lo demás, te doy la razón. Prefiero vivir en un mundo libre de la pesadilla hitleriana y me gustaría verlo igualmente a salvo del fanatismo yihadista. La historia no se divide entre buenos y malos, pero sí nos enseña que hay malos mucho peores que otros.

El taxi había dejado atrás el río y se dirigía a la parte alta de Buda, después de atravesar algunos barrios típicos del «socialismo real» compuestos por edificios de pisos uniformes, tristes, impersonales. A medida que se acercaban a la plaza del Castillo, en busca de su restaurante, la ciudad recuperaba el esplendor de las riberas del Danubio. Aquélla era la parte más cara de la capital, les informó el taxista. La reservada a gente pudiente. Había sido también el último bastión nazi tras la liberación a cargo de las tropas soviéticas. La última guarida de la bestia. Una circunstancia que los obligaba a contemplar su incuestionable belleza con ojos suspicaces.

El local recomendado por el recepcionista del hotel reunía todos los requisitos necesarios para satisfacer a un turista ávido de tópicos húngaros: camareros vestidos con el traje típico, un par de violinistas duchos en la ejecución de melodías zíngaras, vino tinto espeso del país, gulash, y por supuesto chocolate, en varias deliciosas modalidades. Ingredientes perfectos para la elaboración de una cena romántica, si los comensales hubiesen estado en disposición de disfrutarla.

Pero no lo estaban.

Una mirada de Carolina bastó para ahuyentar a los músicos que se acercaron a su mesa, al poco de sentarse, dispuestos a interpretar una danza húngara. Tampoco Philip deseaba soñar. Tenía asuntos más importantes que tratar con la española.

—He estado investigando sobre Sanz Briz. —A esas alturas sabía que con ella lo mejor era ser directo—. Al parecer, salvó a más de cinco mil judíos. Será difícil encontrar el nombre de mi padre entre tantos otros, supongo. Por no mencionar la ausencia total de pistas sobre el cuadro…

—¿Seguro que tu padre no dejó un testamento, una carta, algo que se te haya escapado?

—¿Crees que estaría aquí si lo hubiese hecho? A veces pienso que me tomas por idiota, de verdad…

—Debería controlar mejor su carácter, señor Smith —advirtió Carolina, afilada—. Me estoy hartando de sus comentarios hirientes y sus salidas de tono.

—Perdona. —Plegó velas el neoyorquino—. Será el cansancio. Y la frustración. En todo caso, mi padre está muerto. Muerto y enterrado. Muerto y enterrado sin revelar una mierda sobre su salida de Hungría, su paso por España, si es que pasó por allí, la ayuda del señor Sanz Briz y por supuesto la existencia de un cuadro valorado en quince millones de dólares.

—Mañana a las nueve nos plantamos en la embajada de España. Allí habrá archivos, documentos, un registro consular… Algo nos podrán decir, seguro. No pierdas la esperanza.

—Ojalá tengas razón. En todo caso, señorita —dijo la palabra en español—, jugaremos en tu campo. Tendré que confiar en ti.

# 4

## Justos entre las Naciones

—Así que están ustedes buscando los archivos de Sanz Briz, me dicen mis compañeros de arriba... ¿Puedo saber por qué?

El funcionario encargado de atender a la pareja llegada desde Nueva York se llamaba Janos Bensadón y esgrimía con ese apellido una procedencia inequívocamente judía de origen sefardí. Su despacho, si es que podía dársele tal nombre, se encontraba en la sección consular de la embajada de España, cuyas dependencias ocupaban un hermoso palacete ubicado en el número 13 de la calle Eötvös, la mejor zona de Pest.

Más que una oficina diplomática al uso, aquel espacio parecía el santuario oculto de un explorador del pasado. Un cubículo situado por debajo del nivel del suelo, carente de luz natural, repleto de papeles, documentos y carpetas que únicamente él habría sabido localizar en medio de semejante caos. Casi un refugio, ajeno por completo al lujo que se adivinaba en el resto de la legación, aunque desde luego más cómodo que la gélida intemperie exterior.

Carolina y Philip habían llegado hasta allí antes de la hora de apertura al público, impacientes por empezar sin demora sus gestiones. Ninguno de los dos tenía buena cara. El desfase horario parecía haber hecho estragos en su sueño, dibujándoles sombras oscuras alrededor de los ojos. El jet lag y los fantasmas. Porque ambos se habían pasado la noche combatiendo a sus respectivos espectros, sin conseguir derrotarlos. Claro que ni una ni otro tenía la menor intención de comentar esa lucha. Estaban acostumbrados a pelear en solitario.

Infiel a su costumbre de esmerarse ante el espejo, Carolina iba sin maquillar, con la melena recogida en una coleta, zapatos de tacón plano, pantalones de lana anchos y un jersey de cuello vuelto bajo la gabardina. Una mujer invisible como tantas otras a su alrededor. Philip se acurrucaba a su vez en una cazadora de cuero insuficiente para protegerle de la temperatura reinante, maldiciéndose en voz alta por no haber llevado a ese viaje algo más abrigado. Estaban todavía en septiembre, pero al raso hacía un frío considerable para aguantarlo en la calle, de pie, sin nada mejor que hacer que contemplar una puerta esperando a que se abriera. No una puerta cualquiera, eso sí. La de la embajada de España no pasaba desapercibida.

Dos grandes banderas, la española y la de la Unión Europea, ondeaban a sendos lados del escudo nacional, sobre el portón cerrado cubierto por un tejadillo acristalado del que colgaba un farol. La fachada acababa de ser limpiada y ofrecía al visitante un toque mediterráneo, con macetas de geranios adornando los balcones de forja negra, en un alarde de excentricidad completamente fuera de lugar en ese entorno. Geranios y Budapest formaban un matrimonio imposible.

La representación española seguía ocupando el mismo

emplazamiento que en 1944, lo cual acrecentaba en los visitantes la sensación de estar a punto de embarcar en la máquina del tiempo. Setenta y un años atrás, Hannah, Joseph y Raquel habían cruzado ese mismo umbral, pisado ese mismo suelo, sentido ese mismo frío, camino de la salvación y del adiós definitivo a Judah. Las piedras que los contemplaban habían sido testigos del drama protagonizado por los personajes cuyas huellas seguían Philip y Carolina desde Nueva York. Y esa evidencia intangible convertía el motivo de su presencia allí en algo mucho más trascendente que la mera realización de un trámite administrativo. De ahí su impaciencia.

A las nueve y un minuto se permitió la entrada del público al paso de carruajes que daba acceso al recinto donde se hallaban la residencia del embajador y las oficinas, asomadas a un patio interior común. Sordo a lo que le manifestaba en ese instante Carolina sobre lo asombroso de esa puntualidad germánica, Philip solo podía pensar en la infinita angustia que habría acompañado a su padre, su tía y su abuela en un trance muy similar vivido setenta y un años atrás, por distintas que fuesen entonces las circunstancias. Su mente estaba más con ellos, en un octubre helado y azotado por la guerra, que con la mujer a la que acompañaba. Ella era quien pisaba fuerte allí. Él se había resignado a ser un actor secundario, sabiendo de antemano que le tocaría sufrir el mal de la incomunicación. Por esa razón, también, se dejaba llevar sin lucha por una emoción intensa que le habría costado describir. Se sentía transportado a una dimensión distinta a la de los demás mortales.

Carolina se dirigía a todo el mundo en español, lo que resultaba tan lógico para ella como desesperante para él. Incapaz de comprender el significado de las palabras, estaba condenado a guiarse por los gestos y expresiones faciales, fiándose de lo que ella tuviera a bien compartir. Empezaba una dura prueba que, intuía, iba a ser larga.

Bensadón se excusó por hablar húngaro, rumano, ruso, alemán, español y algo de italiano, pero no inglés. Él mismo dijo ser hijo de hebreos, padre rumano, madre húngara, rescatados del Holocausto por mediación de Sanz Briz. Nacido en Bucarest, donde se instalaron sus padres después de la guerra, había regresado a Budapest en 1972 para entrar a trabajar en la embajada, recién restablecidas las relaciones diplomáticas entre España y Hungría. A punto de jubilarse, era una auténtica enciclopedia viviente.

—Lamentablemente no existen archivos propiamente dichos de nuestro benefactor —expuso en tono académico, una vez concluidas las presentaciones—. Lo más parecido a un registro de supervivientes salvados por él es una lista de 2.295 nombres contenida en el informe que envió al Ministerio de Asuntos Exteriores en diciembre de 1944, desde Berna, recién llegado de Budapest. Pero en realidad, a la luz de mis investigaciones, se queda muy corta, ya que la cifra real se aproxima más a las cinco mil personas. Tengo aquí copias de ese y otros documentos, hechas con los correspondientes permisos oficiales, por supuesto. Llevo años recopilando información para un libro que antes o después verá la luz.

El hombre sentado al otro lado de la mesa debía de haber sido muy atractivo y aún lo era, en cierto modo, cumplidos desde hacía un lustro los sesenta. De mediana estatura, delgado, en excelente forma física e impecablemente vestido, con pantalón de franela gris, chaqueta de tweed, camisa blanca y corbata, parecía fuera de lugar en esa oficina diminuta, escondida en el último rincón del subsuelo que albergaba el consulado español.

Su rostro apacible proyectaba serenidad. Unos grandes ojos azules conservaban todo el brillo de la juventud, iluminando facciones risueñas. El poco cabello que conservaba, de color ceniza, estaba peinado hacia atrás, sujeto con fijador. Miraba de frente, con limpieza. Su voz era cálida. Hablaba una encantadora mezcla de español y ladino que le hacía decir *agora* en lugar de «ahora» o *anyada* por «año», y ofrecer a sus visitantes una taza de *chay*. Cada vez que se refería al libro que trataba de escribir pronunciaba la «b» como una «v», silbando la consonante.

Desde el principio se mostró extraordinariamente bien dispuesto a colaborar con esos dos extranjeros llegados hasta sus dominios en busca del personaje a cuyo estudio había dedicado él su existencia. Siguiendo la corriente de simpatía espontánea que se estableció entre ellos tres a primera vista, les abrió sus archivos y su corazón, dando rienda suelta a una locuacidad largo tiempo reprimida por la obligación de ser cauto. Media vida bajo el yugo comunista, escarbando en el horror nazi, brindaba argumentos de peso para desconfiar de los extraños. Y sin embargo, con ellos, la necesidad de justificar treinta años de trabajo en la sombra, sin esperanza de recompensa, pesó más que la prudencia.

—En nuestro caso —se refería a su familia—, el pasaporte español que salvó la vida de mis padres no hacía sino recoger las disposiciones legales adoptadas en 1924 por el general Primo de Rivera. Fue uno de los pocos documentos legales, en sentido estricto, que emitió esta embajada.

—¿Quiere decir que los demás fueron ilegales? —inquirió Carolina sorprendida.

—Digamos que respondían a una interpretación liberal de las disposiciones vigentes.

La española iba extractando el contenido de la conversación a Philip, quien, pese a sus esfuerzos por dominarse, daba muestras visibles de estar sufriendo un calvario al no poder participar directamente en ella. El proceso ralentizaba las explicaciones, aunque Bensadón no parecía tener prisa. Se notaba que era un hombre forjado a la sombra de una dictadura férrea, acostumbrado a esperar sin alterarse ni protestar. Su concepto del tiempo no guardaba relación alguna con el del neoyorquino.

—El decreto en el que se ampararon Sanz Briz y algunos otros diplomáticos para proporcionar visados y pasaportes a unos diez mil judíos perseguidos en razón de su raza —continuó, prolijo— se remontaba a 1924 y había sido firmado por el general Primo de Rivera en tiempos del rey Alfonso XIII. Simplificando mucho, venía a decir que cualquier persona en condiciones de demostrar una ascendencia sefardí podría recuperar la ciudadanía española, con todos los derechos inherentes a ella, sin otro requisito que solicitarla en una dependencia diplomática.

—Pero en Hungría apenas había sefarditas, ¿no? —apuntó Carolina—. Si no me equivoco, las colonias de judíos descendientes de los expulsados por los Reyes Católicos estaban instaladas más bien en el norte de África y los Balcanes.

—Se ve que es usted una persona culta. —El funcionario sonrió, complacido de encontrar a alguien enterado con cierto detalle del éxodo sufrido por sus antepasados—. Efectivamente aquí el número de sefarditas no llegaba al medio centenar. Por eso Sanz Briz tuvo que hacer una lectura generosa de la ley.

—¿Es decir?

—Es decir, que repartió pasaportes y cartas de protección a todos los que se los solicitaron, fuesen o no descendientes de sefarditas. Las autoridades húngaras le habían concedido un cupo máximo de trescientos salvoconductos destinados a ese colectivo, que él multiplicó indefinidamente por el procedimiento de numerar los documentos del uno al trescientos sin sobrepasar esa cifra, pero haciendo series marcadas con distintas letras. De manera que expidió cuarenta y cinco pasaportes ordinarios y doscientos treinta y cinco provisionales, la mayoría incluyendo a varios miembros de una misma familia, como probablemente sería el caso de la suya —precisó, dirigiéndose a Philip—, y cerca de dos mil cartas de protección con el sello de la legación española.

El americano aprovechó ese momento para formular, a través de Carolina, una pregunta que le rondaba la cabeza desde la víspera.

—¿Qué tenían de particular las cartas de protección de esta legación?

—¿A qué se refiere?

—Nos han contado —no veía necesario precisar quién— que los documentos extendidos por el señor Sanz Briz eran más valiosos como escudos frente a los nazis y sus cómplices húngaros que los proporcionados por suizos o suecos. ¿Por qué motivo? Yo siempre había creído que España en esa época era un país fascista, aliado de Alemania.

—Hace usted muchas preguntas en una, amigo —repuso su interlocutor con un leve deje de reproche.

—Perdónenos, señor Bensadón. —Ella sabía ser diplomática cuando quería, por más que casi nunca quisiera.

—No se preocupe.

—Me preocupo, sí. El señor Smith y yo hemos hecho un

largo viaje a través del tiempo y el espacio. Muy largo y demasiado rápido. Lo que usted lleva toda una vida estudiando a nosotros nos ha sido revelado de golpe, en menos de cuarenta y ocho horas. En su caso, además, se trata de acontecimientos trágicos, que le afectan en lo más hondo, pues tienen que ver con su sangre y su familia, parte de la cual pereció en los campos. ¿Comprende?

—¡Comprendo, desde luego! —El reproche se había convertido en disculpa—. Trataré de ir por orden. La razón de que la protección española fuese más eficaz que ninguna otra la explicó el propio Sanz Briz en una de las pocas entrevistas que concedió en su vida. También de ella guardo una copia. Si me conceden unos minutos, creo que debe de estar por aquí…

Dio la vuelta a su silla giratoria para abrir el archivador situado a su espalda, repleto de carpetas clasificadas por orden alfabético. Se notaba que el gesto era para él tan habitual como abrocharse los cordones de los zapatos o remover el azúcar del té. En pocos instantes había dado con la que buscaba, identificada por una etiqueta blanca escrita en húngaro.

—Aquí está. Este fragmento pertenece a unas declaraciones hechas por él en junio de 1949 a la prensa española. Lean —dijo tendiéndole a Carolina la fotocopia del viejo periódico.

Cuando comenzaron a llegar, deshechos y famélicos, millares de campesinos húngaros de huida ante las tropas soviéticas que arrasaban todo a su paso, me dirigí a la autoridad superior húngara que había quedado en Budapest para saludarla y ofrecerle ayuda en lo que me fuera posible hacer en favor de esos fugitivos. Aquella autoridad, hombre duro, agradeció instantáneamente el valor humano que tenía el gesto. «Usted —me dijo— es el único diplomático que no se ha acercado aquí a protestar y a quejarse o a pedir algo. Es el único que viene a dar.» Todavía pude enviarle un donativo para los hambrientos húngaros. Estoy seguro de que desde entonces aquellos carteles que proclamaban la protección de España tuvieron un valor decisivo para que ante ellos se apaciguara el odio de los racistas exaltados y exacerbados por la inminencia de su final.

Concluida por parte de Carolina la lectura y traducción correspondiente, que Bensadón había aprovechado para rebuscar entre sus carpetas nueva documentación, éste retomó la palabra.

—Sin embargo, no crean que ese «escudo», como dicen ustedes, funcionaba siempre. En muchos casos, la policía o los cruces flechadas ignoraban la protección inherente a la posesión de un pasaporte español y se llevaban detenido a su titular, lo que provocaba sistemáticamente la protesta más enérgica del diplomático. Aquí tengo un ejemplo muy ilustrativo. Un fragmento de una carta remitida al ministro de Asuntos Exteriores húngaro en ese otoño terrible.

El Gobierno de España no va a admitir que las personas titulares de pasaportes españoles sean tratadas como enemigos y se vean desprovistas de la protección de la Legación… Lamento tener que informar a Su Excelencia de que sin la satisfacción inmediata de las condiciones de la Legación, el Gobierno de España se vería obligado a reconsiderar su actitud hasta el momento peculiarmente amistosa con Hungría, incluso con el gobierno actual, si éste, de un momento a otro y de forma tan violenta, se negara a reconocer nuestros derechos legítimos.

—Por lo que hemos oído contar —apuntó Carolina, admirada—, dirigirse con esa dureza a un ministro de Szálasi requería un notable valor...

—¡Y que lo diga! —convino el funcionario—. Incluso gozando de inmunidad diplomática, hacía falta mucho coraje para redactar una carta en esos términos. Y no fue la única. La precedieron incontables notas verbales de protesta ante los abusos cometidos contra los acogidos a la protección española, firmadas no solo por Sanz Briz, sino también por el embajador Miguel Ángel de Muguiro, jefe de la legación hasta su marcha forzosa en julio del 44. Más de veinte despachos remitió este último a Madrid con el único propósito de denunciar los decretos raciales promulgados contra los judíos. Fue él quien puso en marcha la primera misión salvadora, extendiendo visados españoles a quinientos niños húngaros de entre cinco y quince años.

Janos Bensadón estaba gozando de lo lindo con esa inesperada excursión por el paisaje de sus investigaciones. Cada vez se sentía más a gusto compartiendo el fruto de su trabajo con dos personas realmente interesadas en algo que siempre había tomado por una rareza suya. Y se explayaba.

Philip, en cambio, consideraba esas digresiones una pérdida de tiempo absoluta en relación con el asunto que los había llevado hasta allí. Ya le parecía haber satisfecho con creces el cupo de curiosidad debido a la buena educación, formulando un par de preguntas generales. Ahora lanzaba discretas patadas a Carolina al amparo de la mesa que los separaba del funcionario, dirigiéndole miradas cada vez más apremiantes... En vano.

—¿Sabía el gobierno de Franco lo que hacían sus representantes aquí? —preguntó ella, haciendo caso omiso de esos ruegos mudos.

Antes de que el funcionario se embarcara en una sesuda respuesta, el americano decidió cortar por lo sano.

—¡Perdonen que interrumpa esta clase tan interesante!

Había llegado al límite de su contención. La crispación se le asomaba al rostro tanto como a la voz, mucho más subida de tono de lo habitual. Carolina le fulminó con ojos acusadores, que él ignoró para terminar su frase.

—Ya que dispone usted de toda esta información, amigo Janos, me gustaría confirmar si mi padre, mi abuela y mi tía estuvieron refugiados aquí y si, como nos han dicho, partieron en tren hacia España antes de la liberación. ¿Le importaría consultar ese listado del que nos ha hablado?

El interpelado asintió, con un escueto «*agora* mismo», y se puso a revolver papeles. Carolina susurró en inglés:

—Hay formas y formas de pedir las cosas, ¿sabes?

—¿Y me lo dices tú? ¡Qué sarcasmo!

—Te lo digo yo, sí. Podrías haber sido más amable con un hombre que se está volcando en ayudarnos sin ninguna obligación de hacerlo.

—Está bien. Discúlpate en mi nombre, por favor, pero espera a que haya encontrado esos nombres. Me interesan mucho más que la política de tu general Franco.


Hannah, Joseph y Raquel figuraban en la lista de salvados por Sanz Briz. Según la documentación oficial, los tres habían sido incluidos en un pasaporte familiar de tránsito expedido en noviembre de 1944, que les permitiría pasar por España de camino hacia Argentina, donde acreditaban tener familiares. Este último aspecto resultaba determinante, ya que, según explicó Bensadón, salvo contadas excepciones y pese a la insistencia de un buen número de diplomáticos, el ejecutivo español no había aceptado repatriar en calidad de nacionales ni siquiera a los sefarditas, titulares de ese derecho de acuerdo con el decreto de Primo de Rivera.

A partir de ahí, todo eran conjeturas.

La embajada no conservaba registro alguno de los refugiados asilados en sus instalaciones, por lo que era imposible saber si esas tres personas habían estado alojadas allí o bien en alguno de los pisos amparados por la legación. La primera opción, apuntada por Simon Berent, no resultaba en absoluto descabellada, ya que el caserón en el que se encontraban había dado cobijo a unas sesenta personas. Treinta más se habían acomodado durante esos días atroces en la residencia privada de Sanz Briz, una villa situada en Buda, desaparecida después de la guerra, y el resto, varios centenares, debían su supervivencia a la protección que la bandera española brindaba a los nueve pisos alquilados por el diplomático español en distintos puntos de la ciudad.

—Cuando en 1972 abrimos la embajada a las relaciones consulares y comerciales —rememoró el funcionario—, todavía quedaban en las buhardillas grafitis garabateados por esos refugiados. Nombres y fechas escritos en las paredes por personas angustiadas ante la amenaza de ser deportadas, desesperadas por dejar su huella. Testimonios a los que nadie otorgó entonces el menor valor, razón por la cual no se pensó en preservarlos. Desaparecieron sin más, borrados por las obras de remodelación del edificio, junto al mobiliario viejo y los teléfonos de horquilla que colgaban de las paredes.

—¿Sería posible ver esas buhardillas?

En esta ocasión el ruego había sido formulado por el visitante norteamericano con toda la humildad del mundo.

Philip no esperaba que ese espacio hubiese conservado

más memoria sensorial que la casa de sus abuelos, pero tampoco quería dejar pasar la oportunidad de recorrerlo y empaparse de su atmósfera. Si escuchaba atentamente, si abría el alma y los oídos, tal vez lograra percibir allí algún rastro de ese padre que huía de sus preguntas incluso después de muerto.

—No merece la pena, créame. Ahora son oficinas modernas, integradas en la cancillería. No conservan nada del pasado. Lo que permanece más o menos igual son los sótanos, donde también hubo gente escondida. Puedo pedir permiso para acompañarles a dar una vuelta por allí, si no les asusta la humedad.

—Estornudaré unas cuantas veces más —aceptó Carolina, conciliadora—. Y si puede incluir en la visita el resto de la embajada, le quedaré enormemente agradecida. Soy historiadora del arte. Me encantaría averiguar qué esconde un palacete como éste.

Bensadón la conocía tan bien que habría podido recorrerla con los ojos cerrados hasta el último rincón. Para él constituía algo mucho más complejo que un edificio lujoso.

—Lo haré encantado, señora. Esta embajada, se lo aseguro, es un relato en sí misma. Un fragmento de memoria. El eco de un tormento compartido que un grupo de personas buenas, valientes, guiadas por principios sólidos, trataron de mitigar, poniendo en riesgo sus vidas: Miguel Ángel de Muguiro, Ángel Sanz Briz, Zoltán Farkas, Elisabeth Tourné, Giorgio Perlasca. A veces creo percibir sus espíritus deambulando por aquí. Pensarán ustedes que estoy loco…

—Si usted lo está —respondió Carolina al instante, tentada de abrazar a ese hombre por lo que acababa de decir—, yo también.

Ella había sabido siempre que ciertas emociones no mueren. Las dotadas de la fuerza suficiente para desafiar al tiempo y la distancia. Amor, deseo, odio, miedo, dolor, añoranza… Las más sublimes, las más violentas, las más auténticas, las más ardientes. Nuestro cielo y nuestro infierno en esta vida y en la otra.

El sótano de la embajada se conservaba exactamente igual que en 1944: inhóspito, siniestro, un laberinto de pasillos y trasteros de techos bajos recorridos por telarañas de tuberías escayoladas, más desabrigado aún, si es que tal cosa era posible, a la luz cegadora de los fluorescentes.

No hacía falta mucha imaginación para atisbar entre las sombras los cuerpos de niños, mujeres y ancianos acurrucados junto a las calderas en un intento inútil de combatir el frío y la humedad lacerantes del otoño húngaro. Bastaba ver llorar los ladrillos de esos muros desnudos para sentir el estremecimiento de cuantos habían hallado allí un rincón en el que esconderse. Seres aterrados, desvalidos, con la mirada fija en la puerta de acceso a la calle, temiendo ver aparecer en cualquier momento a la muerte, vestida de cruz flechada, mientras rezaban a un dios decidido a consumar su venganza. Un dios despiadado, sordo a las súplicas de sus elegidos.

—Aquí permanecieron decenas de refugiados hasta la marcha de Sanz Briz, que salió de Budapest el 7 de diciembre, cuando los soviéticos estaban ya a punto de tomar la ciudad.

—¿Y después? —preguntó Philip, sin saber exactamente cuándo había logrado huir su gente.

—Después nadie fue abandonado a su suerte. Perlasca, Farkas y Tourné se hicieron cargo de los protegidos, acogidos en pisos señalados con la bandera española. Los intereses de la legación quedaron bajo la tutela de la embajada sueca.

—A Wallenberg, el encargado de negocios sueco, le mataron los rusos, ¿no es así? —apuntó Carolina, que recordaba vagamente haber visto una película dedicada a ese personaje.

—Así es —confirmó el sefardí—. Desapareció sin dejar huella a los pocos días de caer la ciudad en manos del Ejército Rojo. Y lo mismo le habría ocurrido a Sanz Briz si hubiese permanecido aquí. De todos los países oficialmente neutrales, España era el más comprometido con los nazis desde el punto de vista soviético. La vida de su representante no habría valido un rublo, por mucho pasaporte diplomático que llevase.

»Síganme, por favor, voy a mostrarles su despacho.

Salieron a la luz del día a través de una escalera angosta que desembocaba en el patio de entrada, donde el frío al menos parecía puro. La antigua cancillería, convertida en residencia del embajador, había sido remodelada, aunque conservaba su antigua estructura, tabique más tabique menos. Lo que fuera antaño el despacho del jefe de la legación formaba parte ahora de un vasto salón, amueblado en los mejores anticuarios y alumbrado por lámparas de araña, anejo a un comedor revestido de tapices nobles cuya mesa, de una sola pieza, estaba dispuesta para sentar a catorce comensales.

—Aquí en cambio —comentó Philip con un deje sarcástico— nadie diría que pasó lo que pasó.

—¿Usted cree? —rebatió Bensadón con mansedumbre—. A mí, por el contrario, me parece estar viendo a un joven agregado de embajada de treinta y cuatro años, sometido a una presión brutal, soportando una tremenda responsabilidad sobre las espaldas y obligado a tomar decisiones de enorme calado. Decisiones de las que dependerían millares de vidas, incluida la suya propia. Vengan...

El funcionario los condujo hasta un extremo del salón, separado del conjunto por una doble puerta de madera maciza abierta de par en par. Un espacio muy similar al resto de la estancia, salvo por su historia.

—Exactamente aquí —se había plantado frente a un sofá de dos plazas adosado a la pared— estaba su buró de trabajo. Yo me lo imagino dando vueltas por la habitación como un animal enjaulado, esperando la respuesta del ministerio a alguno de sus múltiples telegramas. Lo veo asomándose a esa ventana —la señaló—, por donde entraría el eco de las bombas que lanzaban los rusos desde las afueras de la capital, y pensando en el modo de encontrar comida en una Budapest sitiada para alimentar a los cientos de judíos dependientes de él. Traten de ponerse en su lugar...

—*Touchée* —admitió Carolina.

Philip se limitó a callar. Ya conocía el significado de esa expresión y no podía sino asumirlo.


Concluida la visita, regresaron a las dependencias consulares, atravesando nuevamente la cochera, esta vez bajo la lluvia. Allí, entre sus cuatro paredes de siempre, el sefardí se sentía a sus anchas rodeado de sus archivos. Aquél era su reino, su mundo, el lugar en el que podía soñar con inmortalizar en un libro los hechos que daban sentido a toda una vida de estudio. Su único hogar.

—Permítanme mostrarles un documento más. El último. No tengo muchas ocasiones de compartir con alguien interesado en la materia este… digamos que este hobby mío. ¿Comprenden?

Carolina y Philip asintieron. ¿Cómo no iban a comprender?

El documento en cuestión era una carta escrita por Sanz Briz a Giorgio Perlasca en diciembre de 1945, desde San Francisco, su nuevo destino diplomático. Decía así:

> No sabía que se hubiese hecho Vd. cargo de la Legación. Conociéndole como le conozco, estoy seguro de que su actuación habrá estado siempre inspirada por su afecto hacia mi Patria. Acepte Vd. mi más sincero agradecimiento. Y no espere Vd. nada de nadie. Ni su gobierno ni ningún otro reconocerá sus méritos. Confórmese Vd. con la satisfacción que da el haber hecho una buena obra y con haber podido capear el terrible temporal del que todos fuimos víctimas inocentes. Mucho lamento el fallecimiento de mi buen amigo Farkas. Era un hombre de bien. Le ruego me escriba y, si le es posible, me envíe esa relación con todos los acontecimientos acaecidos en la Legación después de mi marcha. No olvide Vd. que la decisión de meter gente en los locales de la Legación fue de mi propia iniciativa, sin previo permiso de Madrid, y motivada por el terror que entonces reinaba en la capital húngara.

—O sea, que nadie agradeció a ese diplomático lo que hizo… —Philip no parecía excesivamente sorprendido.

—El Estado de Israel trató de premiarle, en 1966, otorgándole el reconocimiento de Justo entre las Naciones, concedido únicamente a las personas no judías que durante el Holocausto salvaron vidas humanas. Sanz Briz pidió permiso al Ministerio de Asuntos Exteriores para ir a recoger el galardón, pero la respuesta fue negativa. La política de buenas relaciones con los países árabes, imperante en aquellos años, desaconsejaba aceptar tan alta condecoración e incluso dar a conocer la noticia, por lo que el asunto quedó completamente silenciado. Él, como diplomático disciplinado que era, acató sin rechistar la decisión de su gobierno.

—Bueno, al fin y al cabo se trataba de un gobierno fascista —apuntó Philip—. Era lo lógico.

—Era un gobierno fascista y amigo de los nazis, sin duda —convino Janos—. De hecho, ayudó considerablemente a muchos de sus jerarcas tras la derrota. Mantengo desde hace años correspondencia con un estudioso del tema, Félix Arias, canciller ya jubilado del consulado de España en Bonn, que ha documentado un buen número de casos concretos, con nombres y apellidos.

—Conociendo mi país —terció Carolina con tristeza—, sospecho que en esa prohibición pesaría más la ingratitud que la política. Somos especialistas en maltratar a nuestros héroes patrios, especialmente mientras están vivos. En España resulta siempre más rentable nadar a favor de la corriente; obedecer y callar.

—¿Solo en España? —la interpeló Philip—. Si quieres reconocimiento, firma un contrato. En caso contrario, no esperes nada de nadie. Cuanto antes aprendes esa lección, menos disgustos te da la vida.

—¿Y qué hay del honor, de los principios, de la decencia humana? —protestó ella—. ¿No merecen ser premiados? ¿No tienen valor alguno?

—Tal vez en el mundo de tus cuadros lo tengan. En las calles de las que vengo yo, no. ¿Existe la gente decente? ¡Desde luego! La mayoría. Pero no es la que alcanza el poder ni mucho menos la que se hace rica. Los mayores hijos de puta son quienes toman las grandes decisiones en su propio beneficio, sin importarles una mierda el honor y los principios. Las personas buenas viven existencias grises, trabajan, cuidan de sus familias y mueren.

—Las personas como Sanz Briz son las que perduran en la memoria, las que hacen progresar a la civilización y convierten este mundo en un lugar más habitable —insistió Carolina.

—Memoria, progreso, gratitud, civilización... ¡Cómo te gustan las grandes palabras! ¿Sabes lo que te digo? Tú no conoces el mundo real, la jungla en la que vivimos la mayoría de nosotros. Ahí si no comes tú, te comen. Tan sencillo como eso. No hay lugar para la filosofía.

Bensadón no había entendido ese último intercambio de constataciones amargas, por lo que interrogó a Carolina con la mirada. Ella hizo una traducción parcial.

—El señor Smith señalaba que, dada la ideología del general Franco, era lógico que no premiara a un diplomático por salvar judíos.

—El señor Smith está en lo cierto. A Franco no le gustaban los judíos, a pesar de lo cual nos ayudó. Desde luego no por simpatía ni espíritu humanitario, sino por conveniencia. Pero la verdad es que gracias a la actuación de España se salvaron millares de vidas durante el Holocausto. De España y, sobre todo, de unos cuantos diplomáticos cuya conducta fue heroica.

Ante unos refrescos traídos de una pequeña cocina situada al otro extremo del pasillo, acompañados de frutos secos, el funcionario dio rienda suelta a su pasión histórica, relatándoles de viva voz el contenido de su ensayo nonato.

Habló de los prejuicios antisemitas del dictador, enunciados en sus discursos aunque nunca trasladados a la legislación nacional. De los más de veinticinco mil hebreos, procedentes de Francia, Italia, Rumanía y otros países, que se salvaron en los primeros meses de la guerra cruzando los Pirineos. De los esfuerzos baldíos del ministro Francisco Gómez-Jordana, anglófilo declarado y por ello enfrentado al ala falangista del gabinete franquista, por promover medidas de auxilio a los perseguidos, incluida la repatriación sin restricciones de los sefarditas. De la ausencia de discriminación alguna en España a los refugiados extranjeros de confesión judaica con respecto a los demás. Incluso de los cálculos mezquinos de general, desesperadamente necesitado de apoyo internacional para su régimen tras la previsible derrota del Eje fascista, al valorar el importante papel que podrían desempeñar en esa misión rehabilitadora entidades tan influyentes como el Congreso Mundial Judío en Nueva York, el Comité Sionista en Londres o la Agencia Judía en Palestina. Entidades ante las cuales, una vez finalizada la guerra, España esgrimiría esa protección como moneda de cambio a la hora de obtener avales.

Bensadón habló con frialdad pedagógica de estrategias y de consignas políticas. Cuando llegó a los diplomáticos, en cambio, sus palabras se tiñeron de emoción. Esas personas, cuya actividad había rastreado con minuciosidad de científico y perseverancia de arqueólogo, eran como su familia. Amigos desconocidos a quienes habría deseado poder abrazar. Nombres, rostros, apellidos no solo admirados, sino queridos.

José Rojas Moreno, Manuel Gómez-Barzanallana, Julio Palencia y Álvarez-Tubau, Bernardo Rolland de Miota, Ginés Vidal, Alfonso Fiscowich y Gullón, Eduardo Propper de Callejón, Alejandro Pons Bofill, José Luis Santaella, Carmen Schrader, Antonio Zuloaga Dethomas, Luis Martínez Merello, Fernando Canthal y Girón... Uno a uno fueron desfilando por la memoria del sefardí, aureolados de respeto y acompañados de sus hazañas.

La mayoría eran cónsules en Francia, Italia o los Balcanes. Todos habían sobrepasado los permisos recibidos de sus superiores para actuar en auxilio de los hebreos perseguidos, llegando a incumplir órdenes tajantes a fin de conceder visados de entrada en España a gentes amenazadas de muerte. Algunos llevaban esa conducta ejemplar al extremo de haber acogido en sus propios domicilios a personas señaladas para el exterminio o adoptado a sus hijos con el afán de protegerlos. Varios de esos hombres, católicos fervientes, ostentaban el título de Justos entre las Naciones en reconocimiento a su labor en favor de los judíos.

Unos habían salvado más vidas, otros menos, pero a todos ellos los unía el hecho de haber obrado únicamente guiados por sus convicciones e impulsados por su valentía, elevando su actuación personal y profesional muy por encima de lo que imponía el deber.

El último en comparecer fue Sebastián Romero Radigales, cónsul general en Atenas, valedor de 367 judíos de Salónica a los que intentó rescatar de las garras nazis, aun habiendo recibido instrucciones expresas del ministerio en el sentido de que se abstuviese de tomar cualquier clase de iniciativa y dejara correr el asunto.

Con el apoyo entusiasta de Eduardo Gasset y Díez de Ulzurrun, destinado en la legación, Radigales había insistido una y otra vez ante el gobierno español para que fuesen repatriados a España esos ciudadanos injustamente perseguidos, que, como no se cansaba de subrayar en sus despachos, antes que judíos eran españoles. Pese a fracasar en su propósito de traerlos de vuelta a su hogar originario, había salvado sus vidas, excepto dos, al conseguir sacarlos de Bergen-Belsen seis meses después de su llegada al campo de exterminio.

—En febrero del año pasado —comunicó Bensadón con orgullo—, Yad Vashem le otorgó póstumamente el título de Justo entre las Naciones. Cuando lean la documentación que recogeré en mi ensayo —añadió, dando por hecho que lo harían—, verán con qué cariño se referían él y otros compañeros suyos en sus telegramas al ministerio a «nuestros sefarditas» y «nuestros compatriotas», como si sus superiores en Madrid compartieran esa visión.

—Supongo que no era el caso —señaló Carolina, dándole pie para seguir.

—Hubo ministros más generosos en la concesión de visados y otros, como Serrano Súñer, poco amigos de favorecer a lo que denominaban «la judería». En general, todos los diplomáticos de quienes les he hablado actuaron a título individual, dando muestras de su gran humanidad y también de su compromiso con la carrera. Porque para esos cónsules, embajadores y agregados de embajada las víctimas de esa persecución eran tan españoles como cualesquiera otros, lo que los convertía en ciudadanos con pleno derecho a gozar de su protección.

—En cualquier caso, deduzco que de haber tenido un gobierno diferente habríamos podido hacer más —comentó Carolina, asumiendo su parte de culpa en tanto que ciudadana española.

—Y también menos —respondió Bensadón—. Muchos países gobernados por regímenes democráticos, dotados de mayor libertad de acción, no movieron un dedo por auxiliar a esos desgraciados. Como bien dijo Edmund Burke, «para que el mal triunfe solo hace falta que los buenos no hagan nada». Y los buenos rara vez hacen algo. De ahí que la historia se repita.

—Algunas personas desmienten esa afirmación y se desmarcan no solo de la mayoría, sino de lo que dicta el poder —replicó Carolina, recordando lo que les había dicho Simon Berent sobre la tendencia de la masa a secundar dócilmente la actuación de las instituciones, pero empeñada aun así en no perder la poca fe que le quedaba en la humanidad—. Estoy de acuerdo, no obstante, en que son las menos.

—Siempre es más fácil mirar hacia otro lado —constató a su vez Philip—. De historia yo no sé mucho, pero de la vida sí. Y puedo asegurar que por cada valiente que conozco cuento más de diez cobardes. No solo les sale gratis, sino que su vileza suele tener recompensa.

Janos Bensadón aprovechó la percha que le proporcionaba el americano para desmentir, con amargura, uno de los tópicos más extendidos como disculpa o justificación de la pasividad mostrada por la comunidad internacional ante el Holocausto: que nadie podía imaginarse la magnitud de las matanzas.

Tras rebuscar nuevamente en una de las cajoneras metálicas repartidas por la habitación, exhumó unas cuantas fotocopias de informes enviados al Ministerio de Asuntos Exteriores en el verano de 1943 con narraciones estremecedoras de lo que estaba aconteciendo. Telegramas llenos de horror, cursados desde las legaciones de Berlín y Budapest por Ginés Vidal y Ángel Sanz Briz, que aportaban detalles escalofriantes sobre la «liquidación en masa de judíos» en un lugar «de lúgubre reputación» llamado Treblinka, relatando además con crudeza aterradora el destino de los hebreos deportados a Auschwitz.

—Por eso llevo tanto tiempo trabajando en este libro —aseguró, a guisa de conclusión—. Es mi forma de devolver a esas personas lo que ellas hicieron por nosotros. Sabiendo lo que ahora sabemos, les aseguro que fue muchísimo.

—¿Ves como sí hay gente agradecida? —Carolina lo dijo en inglés, dirigiéndose a Philip—. Tal vez no en España, pero la hay. Nadie es profeta en su tierra.

—Tú y tus refranes incomprensibles... Claro que hay gente agradecida, no me cabe la menor duda. Dicho lo cual, apuesto a que ese libro no será un best seller ni hará rico a nuestro amigo.

—Ese libro y esa gratitud son su razón de vivir, ¿te parece poco? Viendo en lo que le han convertido, a mí me parece importante. Yo veo a un hombre feliz, además de bondadoso. Considerando su circunstancia, es casi un milagro.

—La gratitud no paga las facturas —se defendió Philip con obstinación—. Y hablando de facturas, ha llegado el momento de preguntarle por el cuadro, ¿no crees?


Carolina no sabía cómo plantear la espinosa cuestión de una obra de arte, que estaba a punto de alcanzar un precio altísimo en el mercado, a un hombre cuyo interés se centraba exclusivamente en establecer unas cuantas verdades históricas y subrayar el valor humano de ciertas personas. Temía que al mencionar la existencia de ese cuadro Bensadón reaccionara como lo había hecho ella misma en un principio, levantando un muro de desconfianza al sospechar un intento de estafa o algo peor. Si eso ocurría, toda la complicidad que se había establecido entre ellos tres desde el comienzo de la conversación saltaría hecha pedazos, lo que les cerraría esa puerta a cal y canto. No sabía por dónde empezar, lo que la tenía atrapada en un silencio sumamente incómodo.

El sefardí, poseedor de una notable empatía innata, se dio cuenta de esa turbación y le salió al paso con una sonrisa paternal, parecida a la que le iluminaba el rostro al hablar de «sus» diplomáticos.

—¿Qué es eso que no se atreve a traducirme? —inquirió—. Es evidente que tiene que ver con lo que acaba de decirle su ma... su compañero. —Iba a decir «marido», pero había rectificado a tiempo.

—Es que se trata de algo delicado.

—¡Dígalo! No se quede ese sapo dentro. —Guiñó él un ojo, divertido.

—Está bien. La familia del señor Smith era propietaria de una obra del Greco...

Resumió lo mejor que supo la historia que a esas alturas conocía casi tan bien como Philip, sin que el funcionario pareciese deducir de sus palabras nada susceptible de causarle sorpresa o rechazo. Antes al contrario, sus gestos de asentimiento indicaban que todo aquello le sonaba muy familiar, como si a lo largo de su vida hubiese escuchado decenas de relatos similares. Solo al final negó con la cabeza, en un movimiento que indicaba impotencia y no desaprobación.

—En esto no puedo ayudarles, lo siento. Me temo que bastante hicieron el señor Sanz Briz y sus colaboradores salvando las vidas de tantas personas. Preocuparse de sus bienes habría excedido el límite de sus posibilidades.

—Yo no pretendía insinuar...

—No se disculpe. No tiene por qué. Pese a lo desesperado de su situación, algunos de esos judíos en Atenas, por ejemplo, lograron poner a salvo su oro y sus joyas confiándolos a la custodia del consulado de España, que se los restituyó a los supervivientes o sus herederos una vez finalizada la guerra. Fueron una pequeña minoría. La mayoría de las víctimas no sabía que iba a una muerte segura en los campos y trató de llevar sus objetos más valiosos consigo, escondidos entre las ropas, pensando que les servirían de algo. Todos nos aferramos a aquello que nos proporciona seguridad, ¿no es así? Incluso cuando esa seguridad es poco más que un espejismo.

Philip escuchó la respuesta de Bensadón de labios de su intérprete, agradeciendo interiormente al funcionario que no insistiera de nuevo en inquirir por qué su padre no había reclamado esas propiedades al finalizar la guerra. Ya que no había sabido contestar a la principal de sus preguntas, al menos no contraatacaba con otra. Ese tipo le caía bien, aunque estaba deseando dar por concluida la entrevista y volver a expresarse en su idioma. Fue entonces cuando oyó a su acompañante proponerle al funcionario, risueña:

—¿Nos acompaña a comer?

Sus múltiples conquistas hispanas le habían enseñado el significado de esa palabra. Si las miradas hubiesen matado, ella habría caído fulminada en ese instante.

Pero Carolina tenía hambre. El tiempo se les había echado encima, a juzgar por los rugidos que lanzaba su estómago, y no se había molestado en consultar a Philip si secundaba o no esa invitación. Estaba demasiado acostumbrada a tomar sus decisiones sin necesidad de consensuarlas con nadie como para andar preocupándose de semejantes sutilezas. Ni se le había pasado por la cabeza que a él pudiera incomodarle.

—Se lo agradezco —respondió Bensadón con una expresión en el rostro que alivió al americano—, pero tengo una cita con la gente de PILnet.

Carolina arqueó las cejas en señal de interrogación, mientras Philip la apremiaba a salir cuanto antes de la habitación, pasándole un brazo por la espalda a fin de empujarla disimuladamente.

—Es una organización fundada por un abogado húngaro que se dedica a coordinar la prestación de asistencia legal gratuita a personas necesitadas que no pueden pagársela —aclaró el funcionario—. Si han estado cerca de la estación de ferrocarril, habrán visto la cantidad de refugiados que acampan allí. Estamos tratando de ayudarles.

—¿Es una especie de ONG? —inquirió Carolina tratando de ser cortés—. ¿Trabaja usted allí como voluntario?

—Yo diría que es mucho más que una ONG. Han logrado inculcar en las grandes firmas de abogados la cultura de la responsabilidad social aplicada al Derecho. Algo impensable en la Hungría de hace unos años. Yo les echo una mano en lo que puedo. Ahora ya cuentan con varios grandes bufetes dispuestos a colaborar *pro bono* en esa tarea, pero no siempre fue así. En todo caso, los visados son mi especialidad. Vamos a ver si conseguimos que algunos de esos desgraciados obtengan el estatus de refugiados políticos.

—Tengan cuidado —terció Philip, una vez oída la traducción—. Las televisiones norteamericanas alertan de que entre ellos podría haber terroristas.

—Las de aquí también —respondió Bensadón—. Por eso nos centramos en familias con niños. ¿Sabían ustedes que el padre de Ana Frank solicitó en 1940 un visado de entrada en Estados Unidos, que le fue denegado? Entonces cundía el miedo a los espías nazis, hoy a los terroristas, en ambos casos con razón. Lo cual no obsta para que esas pobres gentes necesiten nuestro auxilio, como lo necesitamos nosotros, los judíos, durante los años del Holocausto.

—No lo había contemplado de ese modo —admitió Philip.

—Esos jóvenes de PILnet llevan a cabo una labor muy necesaria en este y otros muchos casos, se lo aseguro. Porque sin igualdad ante la justicia no hay derechos ni garantías que valgan, ¿verdad? Esa es otra lección de la historia que debemos recordar.

—Janos —Carolina estaba ya en la puerta, con la gabardina sobre los hombros—, ha sido un honor y un privilegio conocerle. Estamos en deuda con usted.

—Soy yo quien les agradece esta visita. La he disfrutado mucho. Si me dejan su *adreso*, perdón, quiero decir su dirección, estaré encantado de enviarles mi libro en cuanto salga.

—Lo leeremos con sumo interés.

Ella dudaba de que llegara a ver la luz algo que leer, pero habría sido de una crueldad imperdonable decir cualquier otra cosa.


Almorzaron a la americana, comida rápida e insípida cargada de calorías, porque querían aprovechar la tarde para hacer algo de turismo por lugares emblemáticos de la ciudad.

Antes de acercarse a la Gran Sinagoga fueron caminando hasta la ribera del Danubio, donde Bensadón les había recomendado detenerse unos minutos ante el sencillo monumento al Holocausto situado a la altura del edificio del Parlamento, construido a imagen y semejanza del británico. Y efectivamente allí estaba, a ras de suelo, con toda la fuerza inherente a la más descarnada sencillez.

Era preciso fijarse para no pasarlo por alto. A orillas del río, sobre la piedra blanca del muelle, varios pares de zapatos desperdigados con aparente descuido, aunque en orden, rememoraban el sacrificio de millares de judíos obligados a descalzarse antes de ser asesinados y arrojados a las aguas heladas. Zapatos de bronce a la moda de los años cuarenta. De mujer, de niño, de hombre, de viejo. Zapatos gastados, zapatos elegantes, botas infantiles, patucos, zapatillas… cubiertos por los viandantes de flores, cintas y velas. Símbolos elocuentes del mal supremo reducido a gestos cotidianos, disfrazado de banalidad a fin de infligir mayor daño.

Caminando por la margen del Danubio, allá donde lo permitía el denso tráfico, llegaron hasta el pequeño parque de San Esteban. Frente a él, haciendo esquina, encontraron la casa protegida por la bandera española en la que había hallado refugio Simon Berent. Un bloque de pisos como cualquier otro, de aspecto absolutamente actual, que dos sencillas placas en la fachada identificaban como sedes de importantes hechos históricos. Una, de mármol negro con letras doradas, mencionaba a Ángel Sanz Briz. La otra, de caracteres oscuros sobre fondo blanco, honraba a Giorgio Perlasca. Ambas estaban escritas en húngaro, por lo que únicamente las fechas resultaban identificables. Las dos destacaban el año de 1944.

—¿Qué sentirá nuestro amigo Simon cuando pasa por aquí? —comentó Carolina, impresionada por el recuerdo de lo que les había contado el vecino de los Sofer.

—Ayer nos lo dijo bien claro, ¿no te acuerdas?

—¿Lo hizo?

—Te lo dijo a ti cuando le preguntaste sobre la forma de sobrevivir al odio. Admitió que era muy difícil. Muy difícil, repitió. Cuando pase por aquí, si es que pasa, volverá a vivir el horror de aquellos días y maldecirá con toda su alma a toda la estirpe de sus verdugos. Es lo que yo haría.

Ella no se atrevió a contradecirle. Cuando apenas empezaba a conocerle, le había desagradado sobremanera esa forma tan radical de enfrentarse a cualquier situación, viendo el lado negativo, poniéndose en lo peor y cargando al bulto, como un toro. Le parecía primitivo, simplista. A medida que iba pasando tiempo a su lado, no obstante, comprendía el porqué de esa fiereza instintiva, fruto de unas circunstancias vitales seguramente muy difíciles. Toda la violencia que estaban desenterrando juntos había formado parte de él, de sus raíces y su educación, incluso sin saberlo. Por algún lado tenía que asomar. Además, y ahí radicaba lo más importante, era un hombre que iba de frente, transparente, de los que nunca atacan por la espalda. Alguien en quien se podía confiar.

Que desahogara su enfado con palabrotas y gritos le resultaba cada vez más soportable. Tal vez tuviera ella ocasión de poner algo de dulzura en ese caldo de cultivo amargo, como había hecho descubriéndole la música de Brahms. ¿Quién sabía? Él también merecía ser feliz, reír, disfrutar del lado luminoso de un mundo que hasta la fecha se había empeñado en mostrarle su parte más fea. Merecía algún argumento que le hiciera cambiar de opinión, reconciliarse con la vida.

Habían reservado por internet una visita guiada a la Gran Sinagoga a las cuatro, y eran ya las tres y media, lo que los obligó a correr para llegar a tiempo. Carolina bendijo sus zapatos de tacón bajo, porque Philip parecía en plena forma y la presionó para que apretara el paso.

—¡Vamos, señorita Valdés, no tenemos todo el día!

Pese a estar en temporada baja, la cola de los menos previsores frente a la taquilla daba toda la vuelta a la manzana.

El grupo del que ellos formaban parte, congregado ya a las puertas del templo, era nutrido. La guía encargada de acompañarlos, Sonja, encabezaba la comitiva, paraguas en mano, presta a pastorear el rebaño con profesionalidad intachable.

—¡Por aquí, por aquí, los de las cuatro, síganme!

El recorrido oficial se iniciaba en un modesto museo dedicado a esbozar el día a día de la comunidad judía de Budapest antes del Holocausto y durante ese período oscuro. Candelabros de siete brazos, piezas decorativas, libros sagrados y otros objetos de culto compartían espacio en las vitrinas con imágenes de gran crudeza, uniformes rayados rescatados de los campos de concentración, escudillas, jabones fabricados con grasa humana y demás elementos testimoniales del horror. Sonja recitaba su letanía aprendida en un inglés perfecto, sin demasiada emoción, respondiendo con paciencia a las preguntas que formulaban los turistas, en su mayoría americanos. Philip se había ido directo a contemplar más de cerca las fotografías amarillentas, buscando entre los rostros demacrados de esos ancianos señalados con la estrella de seis puntas el de su abuelo, Judah Sofer.

No estaba.

La galería de retratos siniestros incluía famélicos habitantes del gueto, cadáveres tirados en las calles y vistas del patio de la sinagoga, convertido en una inmensa morgue, bajo la mirada avergonzada de un grupo de civiles húngaros, colaboradores de los nazis, obligados a enterrar a sus víctimas antes de ser juzgados por crímenes de guerra. Al final del recorrido, una instantánea de tamaño natural mostraba al dictador, Ferenc Szálasi, colgando de una soga. Philip experimentó una alegría salvaje al contemplar ese fardo sin vida con la lengua colgando. La nota explicativa adjunta decía que había sido detenido en 1945, cuando trataba de huir del país, y condenado a morir en la horca.

—¡Jódete, hijo de puta!

Lo dijo en voz tan alta que varias personas se le quedaron mirando. Carolina, que estaba a su lado, no encontró fuerza en su interior para censurarle.

Concluida esa parte de la visita, pasaron a la sinagoga propiamente dicha, construida a mediados del siglo XIX y orgullosamente presentada por Sonja a su grey como la mayor de Europa. La guía tenía bien aprendida la lección y la repetía como quien recita una letanía.

—Si se fijan en la forma cruciforme del templo y en los púlpitos situados a ambos lados de la nave, reconocerán el parecido que guarda con una iglesia católica. Este efecto fue deliberadamente buscado, encargado y financiado por los líderes de la comunidad judía en su momento, con el propósito de mostrar su voluntad de integrarse plenamente en la sociedad magiar de la época, mayoritariamente cristiana...

Philip comentó a Carolina con cierto sarcasmo:

—¿Recuerdas lo que te conté en el coche, yendo hacia Boston, sobre la interpretación que hacía mi abuelo materno del Holocausto? Estaba convencido de que había sido un castigo de Yahvé por abandonar nuestras tradiciones sagradas para abrazar las de los gentiles.

—Probablemente se refiriese a esto, sí —convino ella—. Aunque me cuesta pensar que sea posible creer en un Dios tan vengativo, capaz de urdir semejante crueldad.

—La venganza entusiasmaba a mi abuelo. No era un mal hombre, pero vivía obsesionado con esa idea. «Pagarás por tus pecados», repetía. «¡Todos pagamos por nuestros pecados!» Me parece estar oyéndole. Tenías razón, abuelo. Pagaron cara esta sinagoga los nietos de sus constructores...

Sonja estaba hablando de fiestas, ritos, celebraciones y torás intocables custodiadas en el sanctasanctórum escondido detrás de algo muy parecido a un altar, cuando el taxista cogió a Carolina del brazo y le urgió:

—¡Vámonos de aquí!

—¿Qué te pasa?

—No me pasa nada, pero vámonos de aquí, por favor.

—¿Te encuentras mal?

—Necesito aire. Si quieres quedarte hasta el final de la visita, te esperaré fuera.

Philip no tenía ganas de empezar a dar explicaciones referidas a un pasado que prefería olvidar. Se habría visto obligado a remontarse hasta los días de su niñez en Borough Park, encerrado en una secta ajena del mundo exterior, donde todo eran prohibiciones o imposiciones tan estrictas como causantes de fricción entre su madre y su padre, hasta el momento de la separación. Una ruptura drástica, lacerante, que le había privado para siempre del amor de esa mujer.

De aquel tiempo le quedaba grabada a fuego en el alma una aversión visceral a toda forma de manifestación religiosa, especialmente acusada en el caso de las judías. No se consideraba un ateo militante. Ni siquiera estaba seguro de ser ateo. Simplemente prefería no pensar en el Creador ni mucho menos invocarle. Dios había quedado fuera de su pensamiento y preocupaciones, junto a ese pecado omnipresente al que su abuelo aludía a toda hora, dirigiendo los ojos al cielo mientras insistía en la necesidad de pagar.

Salieron lo más discretamente posible, a la carrera, sin detenerse hasta estar en la calle. El cambio de humor de Philip había sido tan súbito, tan brusco, que Carolina le miraba como si le viera por primera vez, entre incrédula y preocupada. Esperaba una explicación.

—Lo siento —dijo al fin él con la boca chica—. Estaba ahogándome con tanta santidad. Demasiados recuerdos de la infancia, no precisamente buenos.

—¡Si la pasaste en Nueva York!

—Algunos barrios de Brooklyn no parecen Nueva York. ¿Podemos cambiar de tema?

—¡Desde luego! —El énfasis era sarcástico—. Lo que diga el caballero.

—Digo que estamos como al principio en lo que respecta al cuadro. No hemos averiguado nada que nos permita demostrar que llegó a estar en casa de mi familia, y mucho menos que fuera de su propiedad.

—¿Y tú te consideras un hombre de recursos? —Carolina le conocía ya lo suficiente como para saber que no dejaría de reaccionar a un reto.

—Siempre lo he sido, sí. ¡Qué remedio!

—Pues utilízalos para tirar de alguno de los hilos que hemos encontrado en este viaje, a tu parecer tan inútil.

—Si fuese tan fácil…

—Casi nada de lo que merece la pena en esta vida resulta fácil. ¿No lo has aprendido todavía?

—Vaya, la señorita Valdés vuelve a impartir clases de filosofía.

—A ver, señor Smith, se lo voy a preguntar por última vez. ¿Quiere usted rendirse aquí y ahora?

Carolina se había detenido en seco en medio de la acera, encarándose con él de tú a tú, erguida, desafiante, segura de ser la más fuerte de los dos en ese instante, pese a sacarle Philip la cabeza.

—¡Por supuesto que no!

—Pues entonces deja ya de repetir que estamos como al principio.

—Tal vez podríamos investigar a través de las compañías de seguros —reaccionó él al desafío, con una idea que acababa de ocurrírsele—. Esas obras tan valiosas se aseguran, ¿no es así?

—Hasta mediados del siglo pasado no existía esa costumbre, no. Las obras viajaban sin cobertura de riesgos, fiándolo todo a la suerte. Pero en todo caso tengo la sensación de que tu cuadro ha viajado poco. Quien lo robara ha debido de tenerlo muy bien escondido.

—Bien escondido, pero asegurado. ¿No se puede exigir confidencialidad en una operación de ese tipo?

—Se puede, y de hecho se pide con mucha frecuencia. En ese caso, por muchas llamadas que hagamos, nadie nos dirá una palabra.

—¿No pudiste averiguar algo a través de tus contactos en Nueva York?

—Nada. Precisamente porque el vendedor de la obra ha exigido a la galería máxima discreción. Lo habitual cuando se trata de particulares.

—Carolina, yo no puedo prolongar esta búsqueda mucho más tiempo. Tengo que trabajar y se me acaba el dinero.

—Muy bien, pues vuélvete a Nueva York y date por vencido.

—¡Qué dura eres!

Más que reproche, era expresión de amargura. Philip volvía a sentirse rechazado, humillado incluso por esa mujer cuya independencia y seguridad en sí misma le atraían cada día más, a la vez que le echaban para atrás. Él, tan acostumbrado a dominar, no sabía bandearse en esa nueva relación de fuerzas. Estaba perdido. Le habría gustado mostrarse indiferente e ignorarla, pero no podía evitar que sus desprecios le dolieran.

Carolina acusó el golpe. No era la primera vez que recibía esa acusación, unida a la de ser frívola, suficiente, arrogante e insensible. Y acaso tuviesen razón quienes la veían así. Al fin y al cabo ésa era exactamente la forma en la que solía mostrarse. Su máscara protectora. Su escudo.

Lejos de rebatir la apreciación de Philip o ablandarse, sentenció:

—Con esta dureza que me caracteriza, te voy a decir cuáles son las opciones. Una: tomas un avión mañana, te pones al volante de tu taxi y te olvidas del cuadro. Dos: te vienes conmigo a Madrid, donde te ofrezco mi casa. Es gratis.

—¿Y una vez allí?

—Una vez allí, o mejor dicho antes de partir, le pedimos a Bensadón que nos ponga en contacto con ese colega suyo que ha recopilado datos sobre nazis en España. Nunca se sabe lo que puede dar de sí ese filón. Y seguimos la huella de tu abuela, tu tía y tu padre, a ver hasta dónde nos lleva. Quizá no consigamos demostrar que el Greco es tuyo, pero al menos sabrás de dónde vienes.

—Como todos los judíos, del destierro. —Philip había tomado su decisión—. Y al igual que la mayoría, no pienso resignarme a ser un desterrado pobre.

# 5

## La carta

*Madrid*

El piso de Carolina se asomaba al parque del Retiro, verde y frondoso todavía en el verano tardío de Madrid. Ocupaba una planta entera de cuatrocientos metros cuadrados en la calle O'Donnell, con ascensor de rejilla, conserje uniformado en el portal, matrimonio filipino interno de servicio y un bargueño del siglo XVI presidiendo el hall de entrada. Mucho más de lo que Philip habría podido imaginar al aceptar la invitación de la española.

—¡La leche! —exclamó nada más entrar, después de proferir un ruidoso silbido—. Ahora entiendo que no te importe el dinero. ¿Por qué iba a importarte si es evidente que te sobra?

Carolina hizo caso omiso del tono un tanto hiriente que creyó percibir en esas palabras y optó por mostrarse acogedora.

—Considérate en tu casa.

—Sí que están bien pagadas las entrevistas sobre pintores...

De nuevo ella prefirió no darse por enterada del sarcasmo contenido en esa frase.

—La heredé de mis padres a los doce años, cuando ambos fallecieron en un accidente de coche.

—Siento oír eso —replicó él, sin dejar de mirar a su alrededor como haría un chiquillo en una juguetería—. Pero tienes que reconocer que te dejaron bien apañada. ¡Ya me habría gustado a mí!

—¿Quedarte huérfano a esa edad? —Ella empezaba a cansarse.

—Bueno, en la práctica me ocurrió algo muy parecido, que no viene al caso. Me refería a ser propietario de un lugar como éste. Ni en la Casa Blanca deben de tener muebles así —sentenció, pasando delicadamente el dedo índice por la marquetería del bargueño—. ¡Ya quisieran!

Philip expresaba su extrañeza ante un lujo nunca visto, con una espontaneidad cercana a la ordinariez muy propia de su carácter áspero, aunque sin acritud. Nadie le había enseñado que la sinceridad excesiva raya en la mala educación, especialmente cuando la persona a la que te diriges no ha requerido tu opinión respecto de un determinado asunto ni parece interesada en conocerla.

A oídos de Carolina, sin embargo, esos comentarios eran lluvia gruesa sobre suelo empapado. Desde pequeña había visto cómo la gente a su alrededor restaba mérito a sus logros académicos, personales o profesionales invocando como causa de los mismos el nombre de su familia, su dinero o los títulos nobiliarios que ostentaba por parte de padre y de madre. Unos títulos que jamás mencionaba en el extranjero, donde nadie tenía por qué conocerlos, en parte por pudor, en parte porque nunca les había otorgado importancia. Había trabajado muy duro toda su vida por labrarse un prestigio propio a base de esfuerzo y empeño, al margen del legado familiar. Estaba harta de chascarrillos referidos a su condición de privilegiada. Harta de resentimiento y resentidos. Harta de envidias. Tan harta, que tendía a saltar ante la primera insinuación.

Con él, sin embargo, decidió contar hasta diez.

—Deja aquí la maleta, si quieres, y pasemos a tomar algo en el salón mientras pensamos por dónde empezar a buscar. ¿Te parece?

—Pasemos al salón —la imitó Philip de forma burlesca, forzando modos grotescos de gran señor—. ¿Tomaremos té inglés o tal vez una copa de jerez?

—Toma lo que te dé la gana o no tomes nada. —Carolina no iba a contenerse mucho más—. ¿Cuánto tiempo piensas seguir con tu comedia?

—¡Oh!, le pido perdón, señorita Escarlata. —Ahora Philip adoptó la forma de hablar de Mammy, la esclava de Scarlett O'Hara en *Lo que el viento se llevó*—. No se enfade, señorita Escarlata.

—¡Vete al diablo! —saltó ella, furiosa.

—Te estoy tomando el pelo —repuso él, divertido.

—Pues no sé dónde ves la gracia.

—¡Cómo te ha mimado la vida, princesa! No aguantas una, ¿eh?

—No tengo por qué aguantar tus pullas, no. Si tanta hilaridad te produce esta casa o no te sientes cómodo en ella, puedes buscarte otro alojamiento ahora mismo.

—¿Lo dices en serio? —Él acababa de pasar súbitamente de la risa a la incredulidad.

—Muy en serio. —El tono de ella fue gélido.

—¿Quieres que me vaya?

—Haz lo que te parezca.

Transcurridos unos segundos de silencio tenso sin que ninguno de los dos diera marcha atrás, Philip se levantó del mullido sofá tapizado en seda azul sobre el que estaba sentado. Aquello era más de lo que su hombría podía soportar. Desde su punto de vista, esa mujer altiva, fría, esnob e inmensamente rica, a juzgar por el palacio que habitaba, acababa de echarle como se echa a un perro, señalándole la salida para que se marchara, obediente, con el rabo entre las piernas. Primero le invitaba a compartir su hogar y luego le ponía en la calle de esa manera humillante, a causa de una broma inocente. Si era así como acostumbraba a tratar a los hombres, estuvo a punto de decirle, lleno de rabia, no era de extrañar que siguiese soltera.

Mordiéndose la lengua a duras penas, caminó despacio hasta la entrada, abrió de par en par la puerta y se fue, dejándola abierta. Su maleta ya no estaba donde él la había dejado, probablemente porque el criado se la habría llevado a un dormitorio. No se molestó en reclamarla. Ya iría a buscarla en otro momento, cuando ella no estuviera. Continuaría su investigación él solo. Al fin y al cabo la soledad era su hogar natural. El único que había conocido.


Carolina vio partir a Philip, sabiendo que lamentaría su marcha. Estuvo a punto de frenarle en el último momento, diciéndole que hiciera el favor de regresar y tomarse una copa con ella, pero el orgullo pudo más que el deseo. Así que siguió sentada, sin mover un músculo, rogando al cielo que le hiciera volver sobre sus pasos. Ella no estaba dispuesta a pedírselo.

¿Quién creía ser ese taxista arrogante y faltón para mofarse de ese modo? Era ingenioso, era guapo, ¿y qué? ¿Acaso sus hechuras o su gracia le daban una patente de corso? ¿Recaía sobre ella la culpa de que su familia hubiese sido víctima de la barbarie nazi? Él tendría que estarle agradecido y no dedicarse a pincharla, como tenía por desagradable costumbre hacer. Le había metido en su casa sin apenas conocerle. Le estaba regalando su tiempo, sus conocimientos, su agenda, hasta su don de lenguas, a cambio de nada, simplemente por simpatía. Bueno, si había de ser absolutamente sincera consigo misma, tal vez también por lo mucho que le gustaba. Claro que eso él no lo sabía ni tenía por qué saberlo. Eso era cosa de ella y de nadie más. Él se comportaba como un grosero desagradecido. Un patán. Punto final.

Y pese a todo…

Al principio pensó que daría la vuelta enseguida. Pasado el calentón, quiso creer, recapacitaría, se daría cuenta de su error y desandaría el camino como quien no quiere la cosa, acaso con una disculpa. Era una buena persona, de eso ella estaba segura. Rudo, cabezota, desastroso en las formas, impaciente, fanfarrón y con un carácter del demonio, pero noble. Un hombre auténtico, sin dobleces, del que podría fiarse. Eso había intuido Carolina desde el primer día y, hasta la fecha, la intuición se había revelado acertada. Le faltaba, no obstante, una buena lección de humildad y le sobraban ramalazos machistas. Estaba demasiado acostumbrado a imponer su voluntad, especialmente a las mujeres, con ese arte para la seducción que emanaba de todo su ser. Lo cual constituía un contrapeso significativo a lo anterior, que no podía ser ignorado.

Si regresaba espontáneamente agachando las orejas, se

dijo, haciendo balance, le recibiría con los brazos abiertos. En caso contrario, seguiría su camino sin él. Al diablo con ese Greco errante, el impresentable Francis Burg, la Segunda Guerra Mundial, el expolio nazi y Franco. Guardaría en la memoria todo lo aprendido sobre la ejemplar labor desempeñada durante el Holocausto por un grupo de diplomáticos españoles relegados al desván de la memoria, y se olvidaría del resto. Tenía una vida muy plena como para llorar por un taxista neoyorquino.

Pasó una hora sin que nadie llamara al timbre. Treinta minutos más, con varias idas y venidas para escudriñar discretamente la calle desde la ventana, y nada. Más de una vez se acercó hasta la habitación de invitados en la que había pensado acomodarle, con la intención de abrir su maleta, como si eso fuera a devolvérselo. Todas ellas se contuvo en el último momento, por respeto a sí misma y a su sentido de la hospitalidad. Fisgar en las cosas ajenas era tan contrario a su educación y sus principios como dejarse avasallar.

Tratando de hacer tiempo y no pensar en él, deshizo su propio equipaje, puso a cargar ordenador y teléfono, devolvió un par de llamadas, consultó el reloj un millón de veces... sin resultado. Había caído la noche en Madrid cuando la doncella, vestida de uniforme oscuro con delantal de hilo blanco, anunció, de acuerdo con los usos de la casa:

—La mesa está servida para dos. ¿O cenará finalmente sola la señora?

Fue un revulsivo. Que se fuera al cuerno ese judío de Brooklyn y la olvidara para siempre. ¿Quién la mandaba a ella preocuparse de nadie?

—¡Más se perdió en Cuba! —exclamó, poniéndose en pie de un salto, ante el estupor de la chica.

—¿Prefiere la señora cenar más tarde?

—No se lo decía a usted, Merla. Cenaré yo sola. Ya puede servir.

Philip salió hecho una furia del piso, bajó las escaleras de dos en dos y se lanzó a la calle en busca de aire, reprimiendo las ganas de estrangularla. Le sacaba de sus casillas esa mujer altiva, su seguridad cercana a la indiferencia, la frialdad con la que aguantaba cualquier discusión, como si fuese inmune a las emociones. ¿Acaso lo era de verdad? ¿Era un ser completamente insensible, puro cerebro y frivolidad? Empezaba a creer que sí.

Con la mirada perdida echó a andar cuesta abajo, anotando de forma casi inconsciente algunas referencias visuales a fin de dar con el camino de vuelta cuando tuviese que ir a recoger la maleta. No le inquietaba alejarse. Su sentido natural de la orientación, desarrollado durante años al volante del taxi, le permitía localizar cualquier punto en una ciudad sin necesidad de mapa. Lo que debía hacer era calmarse, encontrar un hotel barato para pasar la noche y pensar detenidamente en cuál sería su siguiente paso. Sin la ayuda de Carolina todo resultaría más difícil, desde luego, aunque no imposible. «Imposible» era una palabra que no formaba parte de su vocabulario. Él era un hombre de recursos. Siempre lo había sido, y gracias a eso había salido adelante en circunstancias mucho más duras que las de esa pija heredera sin sentido del humor, ni aguante, ni la menor idea de lo que es llegar a fin de mes arañando céntimos cuando las cosas se ponen feas. Él sí conocía el significado de la palabra «agobio». Ella era una privilegiada que jugaba a ser buena con él.

Cruzó una gran glorieta en cuyo centro se alzaba una

especie de arco, siguió adelante y se internó en una calle bulliciosa, que le recordó vagamente a Wall Street, aunque sus edificios fuesen mucho más bajos. A medida que forzaba la marcha, espoleado por la ira, se le iba enfriando la cabeza, dando paso a una lucidez indeseada que trataba de impedir acelerando las pulsaciones. Al llegar a una plaza alargada, con una fuente en el centro, una estatua ecuestre y otra que representaba a un oso apoyado sobre el tronco de un árbol, se detuvo a respirar y junto al aire irrumpieron de golpe en su mente, por sí solas, ciertas ideas completamente ajenas a su voluntad. Ideas referidas a ella.

Carolina había sido bendecida por el destino con todo lo que a él le había sido negado. No solo no se avergonzaba de su condición social o sus privilegios, sino que alardeaba de ellos cada vez que tenía ocasión, tal vez de manera inconsciente o tal vez no, pero en todo caso de un modo terriblemente irritante. Encarnaba a sus ojos una tipología de gente tan envidiable en lo material como despreciable en términos sociológicos; falsa, fatua, irreal. Así había considerado él a esas personas desde que empezó a frecuentar el Upper East Side al volante de su taxi y vio cómo se comportaban. Y sin embargo… Era también una mujer generosa, sin cuya ayuda él no habría comenzado siquiera a descorrer el velo de misterio que rodeaba a ese cuadro del Greco con potencial para cambiar su vida de forma radical.

Lo quisiera aceptar o no, la necesitaba más de lo que habría reconocido ante cualquiera.

Apenas concebido ese pensamiento, lo rechazó por mezquino. Él jamás había utilizado a una mujer y no tenía intención de empezar con ésa. Habría sido una ruindad impropia de un hombre como Dios manda, de los que se visten por los pies. Pobre e ignorante tal vez, pero no un miserable ni mucho menos un chulo. De ningún modo podía pensar en aprovecharse de Carolina. Bastante había hecho ella ya. A partir de ese momento tendría que buscarse la vida como pudiera y olvidarse de esa española a la que había plantado de malas maneras, sin despedirse siquiera, incapaz de contener la cólera.

Él solito la había fastidiado, por capullo.

Siempre le pasaba lo mismo. Reaccionaba en caliente, se dejaba llevar por la furia y luego trataba de dar marcha atrás, cuando ya no había remedio. Ese pronto endemoniado le había costado muchos disgustos y puesto fin a las únicas dos relaciones de pareja que habían significado algo para él. Con Carolina serían tres, aunque ella no llegara a enterarse nunca de cuánto le había importado en realidad, más allá de sus contactos o conocimientos artísticos. De cuánto había disfrutado de su compañía y de su conversación ocurrente, culta, profunda, diferente a la de cualquier mujer que hubiese conocido antes. De cuánto había llegado a gustarle por la fuerza sensual que fluía a través de cada poro de su piel morena, llamándole a impregnarse de su perfume, hacerle el amor despacio, zambullirse en su cuerpo y en su alma hasta penetrar en lo más profundo de su ser, en busca de sus íntimos secretos.

Había dejado escapar ese tren. Conociendo lo orgullosa que era ella, podía darla por perdida. A él nunca le habían dolido prendas en pedir perdón, pero estaba convencido de que en esta ocasión, como en tantas otras, el daño causado sería ya irreparable. Si alguien le hubiese enseñado de pequeño a morderse la lengua, si hubiera aprendido a defenderse de las bromas de sus compañeros de otra manera que no fuese a puñetazos, se habría ahorrado muchos sobresaltos en la vida. Si, si, si… De nada servía ya lamentarse. A lo hecho, pecho. Eso sí, se despediría como un caballero. Era lo menos que podía hacer.

Entró en una pequeña tienda justo cuando estaban cerrando. Eran cerca de las diez. Compró un par de figuritas baratas, que pagó con su tarjeta de crédito, sin dejar que la dependienta las envolviera para regalo. Lo que pensaba hacer con ellas no requería envoltorio. Una simple bolsa de plástico sería más que suficiente.

Con el fin de darse ánimos, decidió tomar una copa de vino en el primer bar que encontró. Y ya que estaba, pidió un bocadillo de algo parecido al salami que resultó ser chorizo, de sabor fuerte, un poco picante, pero muy agradable. De no haber estado tan enfadado consigo mismo como estaba, se habría embarcado en una conversación con el tabernero sobre especias, condimentos, platos típicos y añadas, a fin de aprovechar la ocasión para alimentar su afición a la gastronomía. El único hobby digno de ese nombre del que podía presumir. De algún modo se las habría arreglado con el idioma, máxime cuando el tipo que le había servido parecía tan charlatán como él. Dadas las circunstancias, no obstante, comió deprisa, apuró el vaso, pagó y salió a la noche templada, con una idea mucho más clara de lo que debía hacer.

Estarían a punto de dar las doce cuando llamó al portero automático de Carolina, confiando en que, fiel a sus costumbres hispanas, ella aún no se hubiese acostado. La pesada cancela de cristal blindado y barrotes de forja se abrió al cabo de pocos segundos, franqueándole el paso. Subió algo más despacio de lo que había bajado unas horas antes, en parte porque estaba más tranquilo, sobre todo por temor a lo que iba a encontrarse al llegar al rellano. Si a Carolina, con cara de pocos amigos pero dispuesta a oír sus disculpas, o al criado filipino, con orden de entregarle la maleta y ponerle de patitas en la calle.

Al ver quién le esperaba ante la puerta, respiró aliviado. Bajo el umbral, con los brazos cruzados sobre el pecho, la espalda erguida, labios ligeramente fruncidos esbozando un reproche, y un signo de interrogación dibujado en la mirada, estaba ella, más guapa de lo que jamás la había visto.

Philip dejó la bolsa que llevaba en el suelo, juntó las palmas de las manos en un claro gesto de pedir perdón, amagó con hincar una rodilla en tierra y exclamó desde el fondo del alma:

—Soy un gilipollas.

La respuesta de Carolina no se hizo esperar y sonó más seca incluso de lo que ella habría querido.

—Estoy de acuerdo. Un perfecto imbécil.

—Tienes toda la razón —replicó él, evitando mirarla a la cara, abochornado por esa dureza—. Solo he venido a recoger mis cosas y despedirme como la persona educada que debería haber sido hace un rato, cuando he perdido los papeles.

—Muy bien, si eso es lo que quieres…

—Carolina —su tono ahora era un híbrido entre la súplica y la exasperación—, sabes muy bien que no es eso lo que quiero.

—¿Y qué es lo que quieres entonces? —Ella pretendía castigarle lo justo para satisfacer las apariencias, sin arriesgarse a que se volviera a marchar.

—Lo sabes muy bien.

—¡Dilo!

—Quiero darte esto.

No era un beso, como habría esperado Carolina.

Philip sacó de la bolsa un toro de juguete. Un toro de lidia, de color negro, muy apreciado por los turistas como souvenir, según le había explicado la propietaria de la tienda. Él no lo había comprado por ese motivo.

—Éste soy yo —afirmó, tendiendo la figurita a Carolina, que se había quedado perpleja al verla.

—Si tú lo dices…

Él extrajo entonces de la bolsa una muñeca vestida de sevillana, con pelo oscuro, traje de lunares y zapatos de tacón, en actitud de estar bailando.

—Y ésta eres tú —añadió, risueño, encantado de su propia ocurrencia—. Una española bella —dijo esta palabra en español— con tanto talento como genio.

Carolina se echó a reír a carcajadas, desarmada por esa salida completamente inesperada. Hacía siglos que no veía ese tipo de objetos supuestamente típicos, ni siquiera en los comercios del centro. ¿De dónde los habría sacado el americano? ¿Cómo se le habría ocurrido idear una cosa así en medio del arranque de ira que le había empujado a salir casi dando un portazo? Ese hombre era altamente desconcertante. Adorablemente desconcertante. Tan desconcertante que no pensaba permitir que se marchara.

Se le habría lanzado al cuello allí mismo, en el rellano, si la hubiesen educado de otra forma. Pero ella era hija de sus padres y su tiempo. Por eso, en vez de ceder al impulso, fingió una frialdad que estaba lejos de sentir, le indicó por signos que pasara y, tras conducirle en silencio hasta la habitación de invitados donde había sido trasladado su equipaje, le mostró la ubicación del baño, que la doncella había dejado perfectamente preparado para él, con toallas, gel, sales y hasta un cepillo de dientes a estrenar.

Esa noche le sintió cerca, muy cerca de su cama y de su cuerpo, sin llegar a saber, al despertar, si realmente él se había acercado hasta allí o a ella le había engañado la imaginación.

Félix Arias, el contacto proporcionado por Janos Bensadón, estaba enfermo. Contestó al teléfono con voz nasal, entrecortada por golpes de tos. Tenía un gripazo monumental que le impedía recibirles hasta encontrarse mejor.

—No obstante —dijo a duras penas, con el afán de ser útil a esas personas recomendadas por su buen amigo húngaro—, vayan al archivo del Ministerio de Asuntos Exteriores y pregunten por Pilar Sánchez. Díganle que van de mi parte. Es una documentalista formidable que conoce como nadie ese laberinto de papeles. Seguro que les proporciona alguna ayuda.

Carolina agradeció el consejo y quedó en llamar de nuevo pasados un par de días, con la esperanza de que se hubiese recuperado. Tras colgar, comentó, sonriendo:

—En España, quien tiene un amigo tiene un tesoro.

—Yo diría que eso es cierto en cualquier sitio —apostilló Philip, a riesgo de entablar con ella una nueva polémica.

—¡Sin duda! Pero aquí el tesoro no es intangible como en otros lugares. Aquí se cuenta y se mide. Gracias a los amigos se hacen negocios multimillonarios, se consiguen empleos, se asciende en el trabajo y se resuelven problemas que de otro modo requerirían meses de gestiones.

—Esa clase de amigos existe también en Estados Unidos, desengáñate.

—Pues en este caso, benditos sean. No sabes la diferencia que hay entre presentarse en un ministerio cualquiera como simple ciudadano de a pie y hacerlo con un buen enchufe.

—Nunca he tenido un buen enchufe, así es que la respuesta es no; no sé lo que significa.

—No empecemos…

Philip levantó las manos en señal de rendición, renunciando a dar batalla. Había tenido pelea suficiente para una temporada larga.

Llegaron al Ministerio de Asuntos Exteriores a pie, recorriendo durante un buen trecho el mismo camino que había seguido él la víspera. La temperatura era suave e invitaba a pasear por las aceras de esa ciudad de edificios chatos, a ojos del americano, aunque señoriales y en muchos casos cargados de historia, tal como le contó Carolina. Una urbe más amable que la Gran Manzana, por su escala hecha a la medida de seres humanos y no de gigantes.

Dejaron atrás la Puerta de Alcalá para llegar hasta la Cibeles, donde Carolina explicó al neoyorquino cómo celebraba sus victorias el Real Madrid, cuya alineación conocía él casi al completo. A buen paso subieron hasta la Puerta del Sol, repleta de gente, y la atravesaron con dificultad de este a oeste, antes de adentrarse en el barrio de los Austrias cruzando la plaza Mayor, sobre la que brillaba un cielo azul añil, despejado y limpio.

El palacio de Santa Cruz, sede del ministerio y de su archivo, llamó poderosamente la atención de Philip, quien, antes de Budapest, nunca había estado en Europa ni contemplado una construcción como aquélla, exponente de la mejor arquitectura barroca. Lo más antiguo que había conocido era el restaurante Union Oyster House de Boston, fechado en 1886 y de un estilo mucho más modesto. Carolina le prometió ofrecerle una visita guiada por la capital en cuanto tuvieran tiempo, si él prometía a su vez portarse bien. Cuando llegaron a las dependencias que buscaban, ubicadas en la planta baja de una de las alas del palacio, al fondo de un largo pasillo, todavía negociaban los términos de ese acuerdo, sin alcanzar un consenso sobre el significado exacto de la condición impuesta.

Encontraron a Pilar Sánchez al pie del cañón, en su pequeño despacho, enfrascada en el ordenador. Tenía algún año más que Carolina, no muchos, y desde luego no su estilo ni su figura. Los suplía con una sonrisa franca, casi maternal, y un leve deje asturiano especialmente entrañable al hablar la lengua inglesa, que accedió a emplear con ellos a pesar de no dominarla. Una vez hechas las presentaciones y escuchado el motivo de su visita, se puso inmediatamente a la tarea de ayudarles.

—Normalmente lo que me piden requeriría unos trámites bastante largos, pero dadas las circunstancias y que les envía el señor Arias, vamos a saltarnos las formalidades. A ver si hay suerte. No les prometo resultados, porque desde 1944 ha llovido lo suyo, pero por intentarlo no se pierde nada, ¿verdad?

Se la veía decidida; una mujer aguerrida de naturaleza optimista.

—Me han dicho… ¿Sofer?

—Sofer, sí —respondió Philip al instante—. Hannah, Joseph y Rachel Sofer. Judíos húngaros. Llegados a España en noviembre o diciembre de 1944 con un visado de tránsito emitido por la embajada en Budapest.

La archivera consultó sus registros informáticos, tomó algunas notas, contrastó lo que le decía la pantalla con el grueso fichero de cartón verde que estaba sobre su mesa, repleto de cartulinas escritas con letra apretada, y al cabo de un rato exclamó, triunfante:

—Me parece que vamos a tener suerte después de todo, sí. Esperen aquí. Voy a por el expediente.

Media hora después emergía de sus dominios, esgrimiendo un sobre de papel marrón a guisa de estandarte victorioso.

—Aquí está —proclamó orgullosa—. No crean que ha sido fácil, ¿eh? Gracias a que las personas en cuestión eran húngaras.

—¿Cómo es eso? —inquirió Philip, aguantándose las ganas de arrancarle el sobre de las manos.

—Verán, en 1945, tras la firma del tratado de Bretton Woods, del que tal vez hayan oído hablar…

—Lo conocemos, sí —la cortó Carolina.

—Bien. Pues entonces me ahorro el preámbulo. Con el propósito de aplicar los acuerdos alcanzados en ese tratado a los bienes procedentes del expolio nazi que pudieran haber sido escondidos en España, los gobiernos de Londres y Washington emplazaron al de Madrid a cumplir determinadas exigencias.

Philip estuvo tentado de interrumpirla en ese punto a fin de llevar la conversación al terreno que acababa de acotar, pero se reprimió. Antes quería saber lo que guardaba ese expediente rescatado del olvido por la eficiente mujer que seguía hablando.

—Entre esas demandas, encaminadas a sacar a la luz y congelar las propiedades tanto privadas como públicas de las potencias aliadas de Alemania, figuraba la de elaborar un censo detallado de todos los súbditos de países pertenecientes al Eje que hubiesen llegado a España después del 1 de septiembre de 1939. Ese registro debía ir acompañado de un informe sobre cada una de esas personas, incluyendo profesión, dirección, viajes, ocupación en ese momento, etcétera. Naturalmente, se trataba de identificar a posibles miembros de la jerarquía nazi refugiados en nuestro país. De eso sabe mucho don Félix Arias. Se pasa aquí la vida, revisando legajos.

—Pero la medida no se aplicó únicamente a los alemanes —dedujo Carolina.

—Así es. Se aplicó a todos los nacionales de países que hubieran luchado en la guerra en el mismo bando que Alemania. Y Hungría era uno de ellos.

—¿Podría echar un vistazo, por favor? —pidió Philip, sin contener más la impaciencia.

—¡Desde luego! Pero no espere encontrar mucho. Los medios con que contaban entonces los funcionarios de esta casa no eran como los de ahora. Bastante hicieron conservando esto...

El sobre de papel de estraza, con la goma aún intacta, contenía poca cosa: la fotografía descolorida de una mujer y dos chiquillos sentados sobre un fondo blanco, los tres con aspecto asustado, y un folio mecanografiado hasta media página en cuyo margen alguien había incluido una breve nota manuscrita. La información, fechada en enero de 1945, reseñaba que se trataba de una familia judía procedente de Budapest y en tránsito hacia Buenos Aires, poseedora de un permiso de estancia temporal en regla. La nota señalaba «pendiente de resolución», y recogía el nombre y dirección de una pensión de la calle Carretas.

Philip se llevó la foto a la cara para mirarla de cerca, como si quisiese absorber la vida, la emoción, el sentimiento que había animado a los modelos en el momento de posar para ella. La contemplaba fijamente, embelesado, tratando de reconocer a su padre en el adolescente larguirucho que aparecía retratado junto a una señora vagamente parecida a la abuela que recordaba haber visto en Nueva York.

Transcurridos unos minutos de diálogo silencioso con ellos, se dirigió a Carolina aguantando a duras penas las ganas de echarse a llorar.

—Ésta es mi abuela, la que te mencioné en el hotel la primera vez que charlamos, ¿te acuerdas? Y él es mi padre, aunque yo siempre le vi con barba. Ésta debe de ser mi tía Raquel, la que tanto gustaba al señor Berent. Son ellos, no cabe la menor duda...

Conmovida por la escena, la responsable del archivo ofreció:

—Si quiere quedarse la fotografía, adelante. No creo que nadie la reclame. Y si alguien lo hace, diremos que se ha perdido. No sería la primera vez.

—Gracias —musitó Philip, mientras guardaba la foto en su cartera—. Muchas gracias. No sabe usted la ayuda que nos ha prestado.

—Para eso estamos —respondió Pilar, feliz de que alguien reconociera un trabajo ingrato precisamente por su escasa proyección exterior—. Si necesitan cualquier otra cosa, ya saben dónde me tienen.

—¿A qué se referiría esa nota de «pendiente de resolución»? —inquirió Carolina antes de marchar.

—¡Vaya usted a saber! A algún trámite que tuvieran pendiente con la Administración. Una prolongación del permiso de estancia, de residencia, alguna solicitud de ayuda... Ya conoce usted el refrán: «Las cosas de palacio van despacio». Lo más sencillo para la persona encargada de redactar ese expediente sería añadir esa coletilla con el fin de curarse en salud ante cualquier eventualidad.

—Y una última cosa —añadió la experta en arte renacentista metida de hoz y coz a historiadora contemporánea—. Antes ha mencionado el tratado de Bretton Woods. ¿Cuál fue la política de nuestro gobierno con respecto a él? Confieso mi total ignorancia al respecto.

—Tampoco yo soy una autoridad en la materia —se disculpó la archivera—, pero algún protagonismo tuvo en ese asunto este ministerio y aquí se conservan actas y protocolos que he tenido ocasión de consultar.

—Seguro que se ha quedado con lo importante. —Carolina le lanzó una mirada cómplice.

—A mediados de 1945 —se arrancó Sánchez, espoleada por el comentario—, Franco accedió a las exigencias de los Aliados y ratificó expresamente su solidaridad con el tratado, prometiendo la puesta en práctica de cuantas medidas fuesen necesarias para garantizar su cumplimiento. Como resultado de ese compromiso, se decretó el bloqueo de todos los bienes pertenecientes a súbditos de cualquiera de las potencias del Eje y se facultó a esta casa para la regulación de ulteriores detalles y el arbitraje de casos dudosos.

—Qué curioso…

—Si realmente les interesa ese asunto, hablen con don Félix Arias. No creo que exista alguien más y mejor informado que él. Ya les he dicho que se pasa aquí la vida, encerrado durante horas entre papeles de esa época, rebuscando y contrastando nombres. Nunca he logrado que me dijera si tiene cuentas personales que saldar, pero sospecho que así es. En caso contrario, no se entiende tanto estudio.

—Lo haremos, desde luego. Ha sido usted de gran ayuda. Le dejo mi tarjeta —dijo Carolina, tendiéndosela—, por si algún día puedo devolverle el favor. Lo mío es el Greco…

—¡Lástima no haberla conocido antes! No conseguí entradas para la gran exposición del año pasado en Toledo.

—Si hacemos otra, cuente con una VIP. Será la primera en mi lista. ¡Prometido! De nuevo gracias, Pilar. Estaremos en contacto.

Philip, que fiel a la costumbre americana saludaba y se despedía con un apretón de manos, imitó a su compañera en el gesto de estrechar a la archivera entre sus brazos. Ella se ruborizó hasta los tuétanos, aunque agradeció un abrazo así de semejante cañón de hombre. No recordaba la última vez que había experimentado una sensación tan cálida.

Era la hora de almorzar y estaban en la zona idónea para hacerlo a base de tapas, de acuerdo con la tradición española puesta de moda en Nueva York por varios chefs de renombre. En una terraza de la plaza Mayor pidieron una jarra de sangría acompañada de tortilla de patatas, calamares a la romana, ensaladilla rusa y una cazuela de gambas al ajillo, pese a que Philip, cosa rara en él, no parecía tener apetito. Todo su ser estaba en ese instante centrado en otra cosa.

—¿Qué harían ellos en un hostal de Madrid cuando se suponía que iban a Buenos Aires y de aquí es evidente que no zarpan barcos?

—No tengo la menor idea. Solo se me ocurre acercarnos hasta esa dirección, que está a dos pasos de aquí, por si la pensión siguiese existiendo. Lo más probable es que no sea así, pero no perdemos nada. Es un paseo.

Después del tapeo, bajaron por la calle Atocha hasta la plaza de Jacinto Benavente y allí torcieron a la izquierda por Carretas, en dirección a Sol. El aspecto de la calle, no muy distinta a lo que debía de haber sido setenta años atrás y repleta de hostales, les hizo concebir esperanzas. Éstas se desvanecieron, no obstante, al llegar al número buscado y comprobar que en el emplazamiento de la antigua pensión ahora se alzaba una tienda de ropa íntima femenina. Los restantes pisos del edificio albergaban domicilios particulares.

—Nuestro gozo en un pozo —exclamó Carolina en español.

—No tengo el ánimo para refranes ni acertijos —replicó Philip, sombrío—. Esta ducha escocesa empieza a ser insoportable. ¡Voy a volverme loco!

—Peor sería haber dado desde el principio con una muralla insalvable, ¿no te parece? Ya seguiremos otras pistas, hablaremos con Arias en cuanto mejore… Vamos a tomar un café. Sin café después de comer yo no soy persona.

No tuvieron que ir muy lejos. Un poco más arriba de la calle, en la otra acera, una tasca un tanto cochambrosa congregaba a los pocos rezagados que a esa hora tardía seguían apurando el vino o la caña previos a la comida. Philip dudó de que allí les dieran café, aunque una máquina antediluviana situada detrás de la barra sugiriese lo contrario. Carolina le empujó a entrar.

—¿Qué va a ser? —preguntó el patrón, sin levantar la vista ni dejar de pasar un paño húmedo por la superficie del mostrador metálico. Iba ataviado con un delantal de color verde sospechosamente oscuro, insuficiente para contener la barriga que se desbordaba por ambos lados, y su tono era lo opuesto a una invitación cordial.

—Un café americano y un cortado —pidió Carolina.

—Americano no tenemos. —El hombre no parecía estar de buen humor—. Solo, cortado o con leche.

—Un café solo y un cortado entonces. Con modales, a ser posible —concretó la comanda ella, con los ojos convertidos en cuchillas afiladas—. Me gustaría mostrar a mi amigo extranjero lo hospitalarios que somos los españoles.

—Con modales para la señora —replicó el interpelado, acentuando el deje madrileño chulesco—. ¡Faltaría más!

Tras dar un primer sorbo al café, mucho más cargado de lo que estaba acostumbrado a tomar, Philip dijo de pronto:

—¿Por qué no le preguntas a él?

—¿Preguntar qué?

—Si sabe algo de la pensión que estaba aquí enfrente. Por su edad, es probable que la conociera. Este local no tiene pinta de haberse inaugurado ayer…

—No sé, Philip. Este señor no parece muy hablador, que se diga.

—Lo haría yo si pudiese. —La miró con aire suplicante—. Venga, sedúcele como tú sabes. Eso se te da muy bien.

—¡Vale! Pero me va a mandar a hacer puñetas, te lo advierto.

Los últimos parroquianos salían en ese momento por la puerta. El dueño aprovechó para plantarles delante un platillo de plástico con la cuenta, invitándoles a hacer lo propio. Lejos de mostrarse ofendida como había hecho poco antes, Carolina le regaló una sonrisa provocadora, acompañada de un sugerente:

—Muchas gracias.

Con gesto estudiado se pasó la mano derecha por la melena, ladeando ligeramente la cabeza, inclinó el cuerpo sobre el mostrador, dejando al descubierto un escote generoso, y lanzó su anzuelo.

—Dígame, caballero…

—¿Es a mí?

—¿A quién si no?

—Usted dirá.

—¿No recordará por casualidad el hostal Lupe, que hace años estaba aquí en Carretas, un poco más abajo?

—Lo recuerdo.

—¡Vaya! Pues me alegro. Hemos tenido suerte.

—…

—Lo digo porque estamos buscando a unas personas que se alojaron allí durante algún tiempo.

Philip asistía a la conversación en ascuas, sin entender apenas nada de ese intercambio telegráfico. Carolina no sabía qué más hacer para tirar de la lengua al orondo camarero, tan parco en palabras como áspero en los gestos.

—Y dígame —insistió, redoblando la coquetería al intuir que ofrecerle una propina sería del todo inútil—. ¿Hace mucho que cerraron?

—Unos diez años.

—¿Viven todavía los dueños?

—No lo sé.

—No es usted muy hablador, ¿eh?

—Si va usted al grano, ahorraremos tiempo.

—Es que las personas a las que buscamos estuvieron aquí a mediados de los cuarenta, fíjese si ha llovido.

—Más o menos por aquel entonces empecé yo a servir con mi padre en el bar al regresar de la escuela.

—¡Entonces es usted el propietario! —exclamó ella con fingida admiración—. Mucho gusto…

—¡Al grano!

Haciendo acopio de humildad en aras de sacarle la información que tenía, Carolina contó interiormente hasta tres antes de añadir, sin alterar la sonrisa:

—Tal vez recuerde a una familia húngara con dos chicos. Una madre y dos hijos llamados Joseph o José y Raquel.

—La rusa, sí.

—Rusa no, era húngara. Una mujer húngara con dos chicos.

—Sería como dice usted, pero aquí todos la llamábamos la rusa. Una mujer poco habladora, como yo. Nos vendía bollos y pasteles para el bar.

—¿Seguro que hablamos de la misma persona?

—Una extranjera con dos chiquillos. Chico y chica. No

se veían muchos extranjeros por aquí. La chica muy guapa, según decían. El chico, muy raro.

—No sabrá usted qué fue de ellos…

—Estuvieron un año o año y medio. Luego se mudaron. No sé decirle a dónde.

—¿No recuerda nada más que pueda orientarnos? —Carolina le miró con ojos de carnero degollado, empleando todas sus artes en el empeño de ablandarle—. Para mi amigo es muy importante. Se trata de su familia, a la que está buscando desde que era un niño —exageró deliberadamente.

—Creo que la mujer trabajaba en una confitería del barrio de Salamanca. Tal vez allí puedan darle razón.

—¿Mallorca?

—No, otra donde iba la gente bien de por allí.

—¿Una pastelería quiere decir?

—Pastelería, cafetería… Un salón para señoras de alcurnia.

—¿Embassy?

—¡Eso! Allí trabajaba la rusa. De allí traía los pasteles y los bollos. No sé si los sisaría o le darían los que sobraban, porque siempre eran de la víspera, aunque a mí me sabían a gloria.


Durante el trayecto de regreso a casa Carolina explicó a Philip lo que era y representaba Embassy en la historia de Madrid. Ella conocía bien el salón de té e incluso a su dueña, María Teresa Sarmiento, con quien coincidía a menudo en actos relacionados con el mundo del arte y la cultura. Embassy formaba parte de los recuerdos que atesoraba del poco tiempo compartido con su madre, antes de que el accidente se la arrebatara prematuramente. Siendo ella niña, las dos solían ir a merendar a la célebre confitería, donde las camareras, ataviadas con cofia almidonada, delantal y guantes de algodón inmaculados, saludaban efusivamente a la «señora marquesa» y la obsequiaban a ella con algún dulce.

—Si alguien ayudó a tu abuela en el Madrid de aquellos años, no me sorprende nada que fuera la propietaria de Embassy.

—¿La que dices es tu amiga? —preguntó Philip, confiado en que esa feliz circunstancia resolvería definitivamente el crucigrama.

—No. En los cuarenta el salón estaba regentado por Margarita Taylor, su fundadora. Una inglesa divorciada de un magnate americano, amante de un aristócrata español, que invirtió su dinero en levantar el local y utilizó sus instalaciones para dar cobijo a cuantos refugiados llamaban a sus puertas.

—Eso sigue sin explicar qué hacían mi abuela, mi padre y mi tía aquí, cuando se suponía que España era únicamente una etapa en su viaje a Argentina.

—Vete tú a saber. Tal vez no localizara a su hermana, o le faltara el dinero para los pasajes del barco, o se enamorara de un español, o no quisiera alejarse de Europa y de su marido sin saber qué había sido de él, o tratara de regresar a Hungría... Tal vez los retuviera aquí la policía franquista por algo. ¿Tampoco sobre esto te habló nunca tu padre?

El gesto de Philip se torció al instante.

—Mi abuela nunca estuvo enamorada de otro hombre, de eso estoy muy seguro. ¡No se le caía el nombre de mi abuelo de la boca! Y mi padre jamás me dijo nada de España. Nunca le oí hablar español ni mencionar el nombre de este país. No tenía la menor idea de que hubiese residido aquí, aunque fueran unos meses.

—¡Qué extraño!

—Mi padre era un ser extraño —subrayó él, acentuando el verbo—. Yo siempre pensé que vivía amargado por algo, y di por hecho que la culpa sería de mi madre.

—¿Por qué?

—Te lo contaré otro día. —Acababa de adentrarse en un territorio minado por el que no quería seguir—. Es una historia larga. ¿Qué más sabes de ese salón de té?

Carolina se había dado cuenta ya de que la mera mención de su padre descomponía a Philip. Era como tocar un resorte en su interior capaz de alterar todas sus emociones. Le habría gustado abrir esa espita y dejar que él mismo vaciara lo que tuviese que vaciar, pero era evidente que no estaba preparado para hacerlo. Todavía no. Y ella no podía sino respetar ese silencio. Mejor hablar de Embassy y seguir buscando a Hannah. Poco tiempo atrás, precisamente, había leído en *ABC* un reportaje dedicado al famoso establecimiento.

—Durante la Guerra Civil española y la Segunda Guerra Mundial —respondió a la pregunta del americano—, se hizo célebre por ser lugar de encuentro de espías de todos los bandos, centro de conspiraciones y ruta de escape de europeos o norteamericanos fugitivos de los nazis.

—¿Incluyendo judíos?

—Incluyendo judíos, sí. Más de treinta mil personas se salvaron gracias a las rutas organizadas por esa mujer y sus colaboradores, españoles y británicos, partiendo de los sótanos del café. Al final se vieron obligados a huir ellos mismos in extremis, a Inglaterra, cuando las autoridades estaban a punto de desarticular la red.

—¿Y pese a ello no se cerró el salón?

—Creo que sí, por breves períodos de tiempo, pero es

un clásico de esta ciudad. Son célebres su cóctel de champán y sus pasteles. Yo solía merendar allí de pequeña y todavía hoy quedo ocasionalmente con alguna amiga antes de ir de compras. Está muy bien situado, en el mejor barrio comercial. La Quinta Avenida con la Cuarenta y cuatro, traducida a Madrid, para que te hagas una idea.

—Podríamos ir a probar uno de esos cócteles...

—Iremos. Pero antes, déjame llamar a mi amiga. Ella lleva toda la vida trabajando allí. Desde mediados de los setenta, creo recordar. Tal vez pueda decirnos algo.

—Carolina —los ojos oscuros de Philip se humedecieron al mirarla—, no sé cómo agradecerte todo esto.

—Te va a costar caro, prepárate —bromeó ella, cortada.

—¡En serio! No eres lo que pareces a primera vista, ¿sabes? Al menos no siempre. —Sonrió—. De hecho, en ocasiones, como ahora, eres lo opuesto a lo que aparentas ser. Y yo me siento cada vez más atraído por ti...

Ahora era ella la que necesitaba escapar de una conversación que le resultaba terriblemente incómoda. Era ella la ansiosa por escabullirse. Se zafó como pudo del abrazo que la había sorprendido en plena calle, a la altura de la Puerta de Alcalá, bendiciendo para sus adentros a quienquiera que fuese el que llamaba en ese instante a su teléfono móvil.

—¿Dígame?

Era Félix Arias, para interesarse por las gestiones realizadas con Pilar Sánchez. Se alegró al enterarse de las buenas nuevas. Carolina, a su vez, quedó en ir a visitarle en cuanto él estuviese repuesto, a fin de compartir información sobre el patrimonio expoliado por los nazis y otros asuntos relativos al tema que los ocupaba. Cuando colgó, el peligro había pasado. Y con él, la magia del momento.

Una vez en su salón, marcó el número fijo de María Teresa Sarmiento. Descolgó ella misma, con su afabilidad habitual. Charlaron un buen rato de cosas triviales, hasta que Carolina encontró una percha adecuada para plantear la cuestión que le quemaba en los labios, de forma casual, restándole toda importancia.

—Por cierto, Teresa, ¿te suena de algo una mujer llamada Hannah Sofer?

—¿Debería? —La propietaria de Embassy parecía sorprendida.

—Te hablo de hace mil años. Es que hoy mismo me la ha mencionado alguien por quien siento una gran simpatía y se me ha ocurrido que tal vez la conocieras.

—Si no me das alguna pista más…

—Una judía húngara, madre de dos hijos. Llegó a Madrid en el 44 y estuvo trabajando en la confitería. No puedo proporcionarte más detalles, no los tengo.

—Yo entré en 1974, mucho después.

—Sí, sí, por eso te decía. Han pasado mil años.

—Pero espera…

Carolina alejó el auricular de su oreja, cubrió con la mano el micrófono e hizo signos a Philip de que estuviera atento.

—Tal vez hayamos encontrado algo —susurró en inglés—. ¡Cruza los dedos!

Luego retomó la conversación con su interlocutora, que empezaba a recordar.

—¿Hannah, dices?

—Hannah, sí. En el 74 debía de tener más de sesenta años.

—¡Claro! Ahora caigo. La rusa.

—¡Ésa!

—Pero dices que era húngara.

—Bueno, lo era, en efecto, pero al parecer la llamaban de ese modo. No me preguntes por qué.

—Coincidimos muy poco tiempo y si te soy sincera no podría ponerle cara. Ella estaba abajo, en la cocina, y yo arriba, en el salón. Era una gran repostera. Trabajaba con ella una hija que recuerdo mejor porque se quedó algunos años más. Después nos dejó para ir a cuidar a su madre, que al parecer cayó enferma. Te hablo del 77 o 78. Tal vez comienzos de los ochenta.

—No sabrás qué fue de ellas… —La propia Carolina estaba cruzando los dedos mientras trataba de disimular su ansiedad.

—Alguien me dijo que Raquel había terminado poco menos que en la indigencia, al no acumular años de cotización suficientes para solicitar una pensión.

—Pero ¿trabajaban legalmente?

—¡Desde luego!

—¿Cómo es eso?

—Lo ignoro, querida. Supongo que los anteriores propietarios regularizarían su situación. ¿A qué viene tanto interés? Ahora estás picando mi curiosidad.

—Nada especial —mintió Carolina—. Era por saber.

—Bien, pues si quieres saber más, pregunta a las Hermanitas de los Pobres, en su casa de Almagro. La última vez que me hablaron de esa mujer…

—¿Hannah o su hija Raquel?

—Raquel. La última vez que me habló de ella una antigua empleada, compañera suya, me dijo con mucha pena que había terminado allí. Y ya me contarás —concluyó, con retranca, imaginando alguna historia amorosa—. No pienso dejarlo correr.

La madeja seguía desenredándose. Despacio, mucho más

despacio de lo que hubieran querido quienes tiraban del hilo tendido por el Greco, pero nudo a nudo, nombre a nombre, ciudad a ciudad, recuerdo a recuerdo.

La residencia de las Hermanitas de los Pobres en Madrid ocupaba un edificio de ladrillo rojo en la esquina entre las calles de Almagro y Zurbarán. Una manzana entera que albergaba tanto la construcción en sí, amplia y maciza, como su claustro, auténtico remanso de paz poblado de santos esculpidos en piedra.

Carolina había concertado una cita con la madre superiora a las diez y media de la mañana, aunque ella y Philip llegaron antes de la hora, con excesiva antelación, movidos como siempre por la impaciencia.

Después de hablar la víspera con María Teresa Sarmiento, la historiadora se había puesto en contacto con la congregación, donde una de las hermanas le había confirmado que tenían registrada a una residente llamada Raquel Sofer. Por teléfono, añadió, no podía decirle más.

Con esa información taladrándole la mente, la noche transcurrió prácticamente en blanco para Philip, recluido en su bonita habitación de invitados sin la piel de la mujer con la que habría querido compartir la cama. Sin su voz. Sin más compañía que la de sus viejos fantasmas, sumados a los que ahora resurgían de un pasado brumoso.

Tampoco Carolina durmió gran cosa, escrutando los sonidos de la noche con la esperanza de oír en cualquier momento los pasos del americano en el pasillo. Ni siquiera corrió el cerrojo, como solía hacer habitualmente, convencida de que esa noche él acudiría a su cuarto a fin de sellar la paz con algo más que muñecos.

Por la mañana, desayunando, ninguno de los dos confesó haber extrañado al otro, aunque ambos se miraban de un modo diferente, mezcla de incomodidad y desencanto.

Carolina aprovechó el trayecto en taxi hasta el lugar de su cita para responder a las preguntas del americano sobre la congregación propietaria de la residencia y explicarle quiénes eran las Hermanitas de los Pobres. Una orden conocida por rechazar expresamente cualquier subvención pública y mantenerse fiel al carisma establecido por su fundadora, santa Juana Jugan: vivir al día, salir a pedir con humildad el pan cotidiano y ayudar a los pobres de entre los pobres confiando únicamente en la Providencia. Pese a sus esfuerzos por situar estas reglas en los distintos contextos históricos, a Carolina le costó lo suyo hacerse entender. La Providencia no era alguien o algo que resultara familiar a un judío de Brooklyn voluntariamente alejado de sus raíces religiosas, y la pobreza encajaba mal con lo que veían a su alrededor en ese próspero barrio.

—Sor María del Camino los recibirá en unos minutos. Si tienen la bondad de sentarse…

La recepcionista, una mujer de avanzada edad con un rosario entre las manos, les señaló un banco sobrio, de madera oscura, situado a la izquierda del mostrador desde el cual se controlaban las visitas y la centralita telefónica. Carolina se sentó, obediente, disponiéndose a hacer tiempo trajinando con el móvil. Philip en cambio permaneció en pie, dando vueltas de un lado para otro, incapaz de quedarse quieto.

El hall en el que se encontraban era relativamente pequeño en comparación con el tamaño de la edificación, austero y desnudo de mobiliario. El suelo de mármol blanco relucía de puro limpio. Frente al único asiento disponible, una vitrina baja, repleta de medallas, figuritas, libros y artesanía diversa confeccionada por los propios residentes, exponía a los visitantes la mercancía disponible para quien quisiera contribuir con su compra al sostenimiento de la obra llevada a cabo por la orden, que solo en Madrid daba cobijo en ese momento a noventa y cuatro ancianos de ambos sexos, carentes de recursos o beneficiarios de pensiones mínimas.

Las normas de la institución, leyeron en un folleto depositado sobre el mostrador, impedían acoger a personas capaces de subvenir a sus propias necesidades, por mucha insistencia que pusieran en solicitarlo. Y no debía de escasear la demanda, dadas las magníficas instalaciones con las que contaban las hermanas, así como el amor alegre que derrochaban en la atención de sus asilados. Eso saltaba a la vista. Allí dentro se respiraba tranquilidad, pulcritud, armonía, sosiego.

Transcurrido un buen rato, eterno en la percepción de Philip, por uno de los tres pasillos que se abrían al recibidor apareció una monja menuda, vestida con hábito negro y toca gris ribeteada de blanco, dirigiéndose a ellos desde la distancia.

—Ustedes me perdonarán, pero estaba terminando de arreglar a Josefina.

Era la madre superiora, aunque nadie la habría distinguido de cualquiera de sus hermanas. Hablaba con fuerte acento navarro y voz risueña. Sus ojos eran dos bombillas de luz clara enmarcados por un rostro regordete, rubicundo, de piel aterciopelada. Antes de darles tiempo a contestar, terminó de explicarse.

—Es que aquí todas tenemos al menos un residente al que atender y hoy me ha costado un poco más de lo habitual llevar a Josefina a la ducha, que es obligatoria para todos, sin excusas. Disponemos de personal, porque no podemos con todo el trabajo y gracias a Dios nuestros benefactores no nos fallan, pero nos gusta cuidar personalmente de nuestra gente. Confiamos en la Providencia —remachó, elevando la mirada al cielo con complicidad—, que se manifiesta a través de las personas generosas.

Philip le tendió la mano, vacilante, sin saber muy bien cómo saludar a una religiosa. Nunca se había visto en una situación así ni tenía elementos de juicio. Carolina, mucho más cómoda, amagó un beso y agradeció calurosamente la premura con la que había aceptado recibirlos.

—Me dicen que vienen ustedes buscando a Raquel…

Habían pasado a una especie de sala de espera contigua al hall e iniciado la conversación, sentados en torno a una mesa alta. Sor María del Camino se mostraba amable, aunque cauta, dispuesta a proteger a su interna de eventuales intenciones hostiles. No en vano estaba ante dos desconocidos que invocaban un parentesco que la propia Raquel nunca le había mencionado cuando aún mantenía largas charlas con ella en la cocina o el huerto, antes de que la enfermedad dejara su memoria en blanco. Ahora se hallaba completamente indefensa, víctima del mal de Alzheimer, y era deber de las hermanas velar por su bienestar el tiempo que le quedara. Un tiempo que, a tenor de su estado general, no sería ya muy largo.

Con el fin de despejar cualquier sospecha, Carolina tuvo que emplearse a fondo para aclarar las circunstancias que habían mantenido tan completamente alejados a esos parientes cercanos, relatando con detalle a sor María del Camino el periplo realizado por ella misma y Philip, que apenas había oído mencionar la existencia de una hermana mayor de su padre. Le habló del cuadro del Greco aparecido en Nueva York y de cómo, con su ayuda, el americano había rastreado su propia historia familiar desde Budapest a la pensión de la calle Carretas. Mencionó algunos nombres de conocidas comunes, empezando por el de la propietaria de Embassy, y fue desgranando argumentos hasta lograr que la madre superiora aparcara sus recelos iniciales y confiara en las intenciones que les habían llevado hasta allí.

—Desgraciadamente —respondió al cabo la religiosa con gesto apenado, tras escuchar las explicaciones recibidas—, me temo que su amigo no va a poder hablar con su tía.

—¿Por qué? —La expresión de Carolina era una señal de alarma que no pasó desapercibida a Philip.

—Hace mucho que nuestra pobre Raquel no habla. Al menos no con nosotras. De cuando en cuando lo hace ella sola, en un idioma que supongo será húngaro, despierta o en sueños. Casi siempre parece muy asustada y llora, hasta que logramos que se tranquilice y sienta que está a salvo con nosotras. Sabemos lo que pasó de niña, antes de llegar a España, y suponemos que revivirá esos días en sus delirios. Su desconsuelo en esos momentos rompe el corazón.

A medida que hablaba la religiosa, Carolina iba traduciendo sus palabras a un Philip cada vez más nervioso, empeñado en ser conducido cuanto antes hasta esa tía que tanto le había costado encontrar y que constituía su único asidero a la esperanza. Estaba empezando a calentarse hasta el punto de perder el control.

—¡Dile que quiero verla! —urgió a su intérprete, levantando la voz.

—Aun así, ¿podríamos visitarla, madre? —Carolina trasladó el ruego, en un tono completamente distinto.

—Por supuesto. No hay inconveniente. Solo quería advertirles de lo que van a encontrarse, para que no les pille por sorpresa.

Camino del dormitorio, situado en la planta destinada a personas necesitadas de asistencia, la superiora les contó que Raquel llevaba ya en esa casa más de veinte años, desde que había cumplido los sesenta y cinco.

—Nosotras no preguntamos oficio ni nacionalidad a quienes llaman a nuestra puerta. Acogemos, dentro de nuestras posibilidades, a todo el que lo necesita, y ella era un caso evidente. Se había pasado media vida cuidando a su madre enferma y por eso no tenía derecho a pensión, ni familia que pudiese auxiliarla. Subsistía con trabajos eventuales de asistenta, limpiando o guisando, porque es, o mejor dicho era, una gran repostera. Mientras pudo, nos ayudó en la cocina, especialmente horneando unos pasteles que nos pedían de todo Madrid. Luego empezó a írsele la cabeza y llegó el diagnóstico que nos temíamos: Alzheimer. Ha sufrido mucho, la pobre. Muchísimo.

Tal como había advertido la superiora, Raquel no estaba en condiciones de recibir a nadie. Mucho menos de entablar una conversación. La encontraron en su sencilla habitación individual, acostada en una cama recién hecha, peinada y aseada, oliendo a colonia infantil, aunque ida. Sus ojos, acuosos, no parecían ver. Sus manos huesudas, al igual que el rostro consumido por la edad y la cruel dolencia padecida, descansaban inmóviles sobre el embozo de la sábana. Apenas se la oía respirar. Si aún alentaba la vida en su interior, era por la obstinación de su corazón en seguir latiendo cuando el resto de su ser había abandonado este mundo. A Philip le recordó vagamente a su abuela.

El lecho estaba adosado a la pared, inmaculadamente blanca. Junto a él había una mesilla con una lamparita encendida, una radio y un vaso de agua. Enfrente, una ventana abierta al jardín. Al otro extremo del cuarto una silla, una butaca y una cómoda sobre la que descansaba un televisor.

—A ella le gusta más la radio —les informó sor María—. Antes solía escucharla cada noche y a menudo a la tarde también. Incluso ahora, en ocasiones, tenemos la impresión de que se alegra cuando le ponemos algún concierto de música clásica.

Philip se había acercado hasta el cabecero y estaba en cuclillas, hablando al oído de la durmiente con voz queda mientras le acariciaba una mejilla.

—¿Dónde estás, tía? ¿Adónde fuisteis mi padre y tú? También a él le gustaba la cocina, como a ti y a mí. Lo habríamos pasado bien juntos... ¿De qué seguisteis huyendo una vez acabada la guerra? ¿De quién?

La monja hizo ademán de salir, por respeto a ese reencuentro. Carolina, que apenas reconocía al neoyorquino en esa versión profundamente dolorida y a la vez tan tierna, la siguió. Philip las detuvo antes de que abrieran la puerta, haciendo un esfuerzo visible por recomponer el gesto.

—Carolina —dijo al cabo de unos instantes con la voz rota—. ¿Puedes pedir permiso a la hermana para que revise las cosas de mi tía?

Ella tradujo la solicitud, a la que la superiora accedió sin dificultad, señalando un armario empotrado de puertas correderas.

—Todo lo que trajo al venir está ahí. Lo que se fue comprando, también. No es mucho, ya verán, aunque para ella constituyese un tesoro que ordenaba y volvía a ordenar prácticamente a diario...

Carolina se retiró al pasillo acompañada por la hermana, dejando que fuese Philip quien descubriera lo que hubiese que descubrir o rumiara en soledad un nuevo desengaño. Apenas había dado tres pasos cuando le oyó gritar:

—¡Carolina, tienes que ver esto! Te lo dije, ¿no te lo dije? Lo que te dije era verdad.

El taxista había salido también al pasillo, empuñando una fotografía cual trofeo de caza o de guerra. No una fotografía cualquiera, no. Esa fotografía. La que había mencionado en su primera conversación con ella. La vieja fotografía plastificada que llevó su abuela a Nueva York siendo él un niño. La que mostraba al abuelo Judah sentado a la mesa de su comedor en Budapest, solemne, muy erguido, con el cuadro del Greco a la espalda. El tiempo había difuminado aún más los perfiles y contrastes de la imagen, haciéndola difícilmente reconocible, pero era sin lugar a dudas la fotografía. Su fotografía. Una fotografía equivalente a quince millones de dólares.

La había encontrado dentro de una caja de cartón amarillento, junto a un puñado de objetos variopintos: un misal de tapas negras, una mantilla del mismo color, un pequeño estuche de costura, un libro de recetas escritas a mano en húngaro, una cajita de nácar forrada de terciopelo rojo en cuyo interior descansaba una alianza, seguramente de la abuela Hannah, una medalla de san Hermenegildo, patrón de los conversos, y una carta manuscrita en español.

*En Madrid, a 16 de agosto de 1965*

Madre querida:

Le pongo estas letras para despedirme. Tengo que marchar. No sé si volveré a verla. Pensará usted que voy detrás de una mujer pero no es por eso. He visto a ese hombre, el que nos robó la vida. Ese oficial de las SS. Voy tras él.

Ahora se hace llamar Böse, el cabrón. Paul Böse. Vino a nuestra casa en Budapest, bebió nuestro vino, estrechó nuestra mano y la mordió como una serpiente. Lo recuerdo muy bien. Sueño con él muchas noches. Se ríe de nosotros en mis sueños. Y yo le odio con toda mi alma por mucho que usted diga siempre que debemos perdonar a los que nos han hecho daño.

Él le quitó a usted el marido y a nosotros el padre. Él nos obligó a dejar atrás nuestra patria y renunciar a nuestro Dios y nuestra lengua para bautizarnos en una fe que no es la nuestra y hablar un idioma extranjero. Por su culpa pasa usted las horas encerrada en una cocina con Raquel mientras yo reparto pasteles que no me puedo comer y sirvo a gentes extrañas vestido de camarero. Nosotros, descendientes del linaje de los Sofer, hijos y nietos de abogados y comerciantes ricos. Usted que siempre tuvo criada en Hungría. Ese hombre es el demonio, madre, y va a pagar por lo que nos hizo. Por estas que va a pagar el hideputa.

Lo vi ayer por la tarde en casa de un diplomático, creo que argentino o de por allí, por cómo hablaba. Yo pasaba una bandeja cuando lo vi. Casi se me cae al suelo. Él no me reconoció pero yo a él sí. Estaba igual que entonces, con alguna cana y algo más gordo, pero igual. Los mismos ojos asesinos. La misma sonrisa falsa. Alto. Orgulloso. Lleno de desprecio. Lo esperé en la calle y lo seguí hasta el hotel Ritz. Lo escuché pedir al portero un taxi para llevarle a la estación de Atocha a las seis de esta mañana. Voy a ir con él. Lo seguiré hasta su casa y le haré pagar. Le haré suplicar por su vida, aunque sea lo último que haga yo en este mundo.

No pene por mí, madre. Bastante penó ya por su marido, que en gloria esté. Si Dios quiere, regresaré con bien. Si no, me reuniré con padre y le contaré cuánto le amó usted y que no tuvo más hombre que él. No pene ni hable.

Si alguien pregunta por mí, diga usted que no sabe nada. Tampoco a Raquel, que ya sabe usted cuánto le gusta el chismorreo. Aun así, dígale que la llevo en mi corazón como a mi única hermana que es.

Adiós, madre. Le dejo con estas letras mis ahorros, quitando unas pesetas que me llevo para el tren. No es gran cosa pero no tengo más. Se lo doy de corazón por todo el bien que usted me ha hecho desde que era un chiquillo.

Que Dios la bendiga y la guarde.

Su hijo que la quiere,

JOSEPH

# 6

## El *kahal*

Carolina ahorró a Philip detalles que habrían sido dolorosos sobre las múltiples faltas de ortografía contenidas en la carta de su padre. Una redacción que daba cuenta de la escasa educación recibida en España por Joseph, obligado a trabajar probablemente desde muy joven para ayudar a su madre y hermana a sobrevivir en un país devastado por su propia guerra y asolado por su propia hambruna hasta bien entrados los sesenta. Por lo demás, tradujo literalmente el texto de la misiva, escrita a lápiz, con letra vacilante, en papel barato.

La voz de ese hombre, tan cercano y a la vez tan desconocido, bajó de golpe al americano de la nube a la que se había subido tras el hallazgo de la foto. Ya tenía la prueba que con tanto afán había buscado desde que había visto el cuadro retratado en las páginas del *Wall Street Journal*, si bien resultaba dudoso que bastara con esa imagen para reclamar la propiedad de la obra ante un tribunal.

A sus ojos, era evidente que confirmaba la veracidad de sus recuerdos infantiles, así como de la historia familiar rastreada hasta el piso de la calle Király. A los de Carolina, profundamente conmovida por lo que acababa de leer, también. Hacía mucho tiempo que ella no albergaba duda alguna sobre ese relato que al principio le había parecido tan inverosímil. Ambos sabían, a esas alturas, el historial de horror escondido tras esa obra de arte expoliada. Al menos parte de ese historial. Sin embargo, la pésima calidad de la fotografía, descolorida y difuminada hasta hacer prácticamente irreconocible la pintura, no garantizaba en absoluto un veredicto favorable. Necesitaban más y lo necesitaban pronto.

Para empezar, solicitarían un peritaje en condiciones de la instantánea a un experto acostumbrado a tratar con la justicia. Carolina, por su actividad, conocía a los mejores y tiró rápidamente de agenda, sabiendo que el trámite llevaría su tiempo. Luego estaba Félix Arias. El antiguo canciller en Bonn se encontraba algo mejor, aunque todavía no lo suficientemente bien como para mantener la entrevista prometida.

—La edad, saben ustedes, no perdona. —Se había justificado al teléfono, realmente contrariado por su indisposición—. Ese maldito clima alemán me quebrantó la salud… Llámenme mañana sin falta. A poco que me haya bajado la fiebre, les recibo.

Philip andaba corto de aguante. Quería respuestas inmediatas referidas al modo en que el cuadro que antaño presidió el comedor de sus abuelos en Budapest había terminado en una casa de subastas de Nueva York y, sobre todo, al hombre aparentemente responsable de la muerte de Judah Sofer. Ansiaba saberlo todo del tal Paul Böse, acusado en la carta de su padre de haber provocado la trágica caída en desgracia de su familia. Le urgía acabar de una vez por todas con los fantasmas empeñados en amargarle las noches.

Sentado frente a Carolina junto a la ventana abierta al Retiro, saboreando una copa de excelente Ribera del Duero, dejó fluir sentimientos y reflexiones tan íntimos que nunca habría pensado llegar a compartirlos con nadie.

—Nunca me dijo que hubiese vivido en España ni trabajado de camarero. ¿Por qué?

—Tal vez le avergonzara ese oficio —aventuró ella.

—No creo que fuese por vergüenza. No era algo de lo que pudiese avergonzarse. Según me contó alguna de las rarísimas veces que aceptó hablar conmigo del asunto, al llegar a Nueva York fue repartidor de una tienda de comestibles en Borough Park, al cabo de un tiempo dependiente en ese mismo establecimiento y, después de separarse de mi madre, durante buena parte de mi vida, vigilante nocturno en un almacén cercano al puente de Brooklyn. No es que fueran empleos de primera, precisamente.

—Parece claro que deseaba borrar de su currículum todo rastro del paso por España —respondió Carolina, contenta de que él empezara a soltarse al fin—. La cuestión es: ¿por qué?

—¡Exacto! Y te aseguro que voy a averiguarlo. Siempre consideré a mi padre un perdedor derrotado por la vida, sin más. Un fracasado. Durante años llegué a despreciarle por su adicción al alcohol y su incapacidad para superar la frustración de su divorcio. Tal vez me equivocara. —El tono de su voz denotaba verdadera angustia—. Le debo al menos el esfuerzo de rehabilitar su memoria.

—Nunca me has hablado de ese divorcio, que evidentemente también a ti te afectó mucho. Tal vez te desahogue hacerlo...

—No hay mucho que decir. Como ya te conté, mi madre y su familia eran judíos *jasídicos*, pertenecientes a una secta ultraortodoxa fundada hace tres siglos en Europa por el rabino Israel ben Eliezer, más conocido entre ellos como Baal Shem Tov. «Señor del buen nombre», según la traducción literal. En Brooklyn tienen un par de comunidades prósperas, dedicadas al comercio y la bolsa. Gente rica en su mayoría, con algunas excepciones como mi madre y mis abuelos.

—Eso no responde a mi pregunta —objetó ella, tratando de imprimir un deje tierno a sus palabras.

—Los *jasídicos*, para hacerte la historia corta, no creen en lo que los demás consideramos el progreso y rechazan frontalmente la cultura occidental. Utilizan las herramientas del mundo moderno, pero viven anclados a sus tradiciones, colocando a Dios como referente único de todas las cosas.

—Sigues sin responder —le interrumpió Carolina con dulzura—. Claro que si prefieres no hacerlo, podemos hablar de otra cosa.

Philip era consciente de haber entrado en una senda que no deseaba recorrer hasta el final, por más que se hubiese metido él solo en la trampa. Esa parte de su vida todavía le producía dolor y no era el tipo de persona que exhibe sus heridas en público. Tal como había intuido la mujer que le interrogaba, nunca había superado por completo los efectos de una ruptura que en la práctica le había dejado huérfano de madre en la adolescencia, con el agravante de no saber exactamente a quién culpar. ¿Cómo admitir semejante niñería? Aceptar la existencia de ese trauma le parecía demasiado humillante, demasiado infantil, demasiado contrario a su forma de entender la vida.

Habría podido cortar la conversación en seco, como tantas veces había hecho en el pasado, alcanzado un punto similar de cercanía al abismo de la verdad, pero prefirió seguir, a riesgo de exponer alguna parte vulnerable de su alma ante esa española cuya solidez, aunque irritante, le animaba a enfrentarse a sus miedos.

—Mi madre y su familia pretendían que yo siguiera el mismo camino que los otros chicos de la comunidad y estudiara en la escuela rabínica. Mi padre, por el contrario, estaba empeñado en que fuera a un colegio normal y aprendiera lo mismo que cualquier americano de mi edad; que me integrara en el país en el que había nacido. Para él era algo irrenunciable, casi una obsesión.

—Querría que tuvieras las oportunidades que él no había tenido —sugirió Carolina, evocando la carencia evidente de educación que reflejaba el manuscrito de Joseph—. Yo en tu lugar no se lo reprocharía.

—Eso decía él, sí. Aunque probablemente le defraudé tanto como él me defraudó a mí. Nunca fui un buen estudiante. Y aunque lo hubiera sido, nuestros medios jamás me habrían permitido ir a la universidad. Lo que vimos en Harvard cuesta muy caro, ¿sabes? En Estados Unidos solo pueden estudiar los que tienen mucho dinero, mucha voluntad o mucho talento para algún deporte. No pertenezco a ninguna de las tres categorías.

—¿Estás seguro? —De nuevo ella no pretendía reprochar, sino todo lo contrario—. Tal vez simplemente te faltara motivación o confianza en ti mismo.

—En cualquier caso —esquivó Philip la cuestión—, esa disputa acabó en divorcio y yo no volví a ver a mi madre.

Miento. La vi, de lejos, por el barrio, aunque no me fue permitido hablar con ella.

—¿Por qué? —El tono denotaba escándalo más que extrañeza.

—Bueno, los *jasídicos* son bastante radicales con sus creencias. Si no estás con ellos, estás contra ellos y cortan cualquier contacto. Supongo que eso también alejaría a mi padre, que nunca fue muy religioso.

—¿Y por qué se casó con una mujer de la secta?

—Nunca me lo confesó abiertamente ni yo lo sabré con certeza, aunque desde hace tiempo sospecho que lo hizo para obtener la nacionalidad estadounidense. Es la única explicación razonable. Le pregunté en muchas ocasiones cuándo, cómo y en qué condiciones había entrado en Estados Unidos, pero siempre obtuve la callada por respuesta. Después de lo que hemos ido averiguando, empiezo a pensar que tal vez no pudiera revelar a nadie la información que yo le pedía.

—¿Qué quieres decir?

—Sabes lo que quiero decir, Carolina. Lo decía él mismo en su carta. «He visto a ese hombre, voy a hacerle pagar.» ¡Cuántas veces he maldecido a mi propio pueblo por caminar dócilmente hasta los hornos crematorios sin ofrecer resistencia! Tal vez mi padre pensara lo mismo que yo pero, en su caso, actuara.

—Si lo hubiese hecho, si tus sospechas fuesen ciertas, habría recuperado el cuadro, ¿no te parece?

—Es posible que sí y es posible que no. El odio, el afán de venganza, son impulsos más fuertes que la codicia. Lo que te aseguro es que si lo hizo, si se vengó de ese nazi, hizo lo correcto. Solo lamento no haberle visto realmente feliz ni un solo día de su vida y no haber sabido juzgarle.

Carolina no se atrevió a contradecirle, aunque todos sus principios se opusieran frontalmente a semejante afirmación. Su concepto de la justicia no encajaba en absoluto con la implacable ley del talión a la que apelaba el americano: ojo por ojo, vida por vida. Claro que ella no era hija de una estirpe torturada como la de él, hasta el extremo de bordear el exterminio. No era quién para juzgar ni mucho menos condenar ese arranque de sinceridad, libre de la hipocresía al uso.

Estaban en un callejón sin salida y con toda una tarde por delante. El tiempo invitaba a pasear, lo que la llevó a concebir, de forma completamente improvisada, un plan destinado a distraerle.

—¿Te apetecería ver el paisaje pintado en el cuadro?

—Lo veo a todas horas —ironizó Philip.

—Me refiero al paisaje real, al lugar que pintó el Greco.

—¿Está cerca de aquí?

—A menos de una hora en coche. Bastante menos, si no hay atasco. Me gusta conducir rápido.


El automóvil de Carolina, un Mercedes descapotable gris metalizado, con muchas inspecciones técnicas a las espaldas, dormía en un garaje de la calle Velázquez. A cambio de una módica cantidad mensual, el encargado del mismo lo mantenía perfectamente limpio, con los asientos de cuero lustrosos, y todos los niveles en su punto, para cuando la señora tuviera a bien ir a buscarlo, como esa tarde.

Enfilaron la M-30, seguida de la A-42, sin encontrar retenciones. Vigilados de cerca por los radares de carretera, atravesaron las distintas ciudades dormitorio que sirven de cinturón a Madrid, en dirección a Toledo. En poco más de treinta minutos llegaban a la Puerta de Bisagra, tras la cual levantaba su majestuosa mole el Alcázar, en lo alto de su pedestal de roca.

Philip miraba a su alrededor, deslumbrado. Carolina, al volante, le observaba de reojo, sonriendo al constatar que tampoco él escapaba al influjo de una ciudad única, ante cuya magia ella misma había sucumbido siendo muy joven.

—Ese castillo no estaba todavía ahí cuando se pintó nuestro cuadro, ¿verdad? —inquirió él, señalando el Alcázar—. No lo recuerdo.

—¡Ya lo creo que estaba! —respondió ella, adoptando de buen grado el papel de cicerone tras detenerse unos instantes en una parada de autobús con los intermitentes encendidos—. Y mil años antes, también, aunque no se vea desde el lugar que eligió el maestro para pintar su judería. El Alcázar ha ido cambiando de forma con el transcurso de los siglos, pero domina la ciudad desde el tiempo de los romanos y es parte esencial de su historia, aunque en la actualidad conserve su nombre árabe. Eso explica que Nelson Mandela protagonizara una curiosa anécdota relacionada con él.

—¿Mandela el líder surafricano?

—El mismo.

—¿Cómo es eso?

—Verás, durante nuestra Guerra Civil, la que llevó al poder a Franco después de un golpe militar, esa fortaleza se convirtió en un símbolo de resistencia de las tropas franquistas frente a las leales al gobierno de la República.

—¿Y qué tiene eso que ver con Mandela? Si no me equivoco, vuestra Guerra Civil tuvo lugar antes de la Segunda Guerra Mundial…

—Correcto. Lo gracioso es que cuando Mandela visitó España, recién liberado de la cárcel, el gobierno socialista español le ofreció una comida homenaje en Toledo, tras la cual el invitado, o sea Mandela, levantó su copa por los «gloriosos defensores del Alcázar», obligando a todos los presentes a brindar por ellos.

—Sigo sin entender…

—Mandela pensó que los defensores del Alcázar, de los que alguien le habría hablado, eran los protagonistas de una batalla medieval gloriosa y no los sublevados franquistas atrincherados dentro de sus muros. ¿Me explico?

Philip asintió educadamente, sin terminar de captar el sentido de una anécdota imposible de comprender para un extranjero carente de las claves necesarias, tal como la propia Carolina tuvo que reconocer para sus adentros. Se había dejado llevar por la felicidad de estar en Toledo y también por la confianza que le inspiraba ese neoyorquino tan guapo y, de cuando en cuando, encantador, cuya compañía empezaba a disfrutar más de lo conveniente para la seguridad de su corazón blindado. No era su propósito, en todo caso, aleccionar al americano sobre los entresijos de la política española reciente, que a ella misma le daba cada vez más pereza seguir, por lo que arrancó de nuevo el motor con el fin de dirigirse hasta un punto concreto, perfectamente localizado en el mapa de su memoria, situado no muy lejos de donde estaban.

En lugar de enfilar la rotonda hacia al centro, siguiendo la corriente del tráfico, giró a la derecha, bordeando las murallas, al encuentro del puente de San Martín. Su impresionante estructura fortificada, del siglo XIII, era la que aparecía plasmada con detalle en la obra del Greco que los había llevado hasta allí.

—¡Me parece estar en un capítulo de *Juego de tronos*! —exclamó Philip, entusiasmado.

—Esto es historia de verdad —respondió Carolina, sonriendo—. Mucho mejor que *Juego de tronos*.

—¿Has visto la serie? —inquirió él, a punto de enzarzarse en otra discusión encendida, esta vez en defensa de la que consideraba una magnífica producción de televisión.

—Un par de temporadas —zanjó ella—. No aguanté más. Personalmente prefiero la historia real y aquí, en Toledo, no hay que inventarse nada. Basta con abrir los ojos. Por aquí pasaron, dejando su huella, romanos, visigodos, musulmanes, cristianos... Todas las civilizaciones significativas en la configuración de nuestra cultura. Es más: la mayor y más importante escuela de traductores de la Edad Media, el equivalente de entonces a la actual Universidad de Harvard o a la antigua Biblioteca de Alejandría, estuvo aquí, en Toledo.

—Te olvidas de los judíos —apuntó Philip, ofendido.

—Tienes mucha razón —se disculpó Carolina—. Te pido perdón. Además, los judíos forman parte nuclear de la historia de Toledo por derecho propio. Ellos estaban en la ciudad antes que los cristianos y contribuyeron decisivamente a levantar esta preciosidad. Aquí convivieron las tres religiones en un diálogo fructífero hasta que se produjo la expulsión de tus hermanos de fe y después la de los moriscos.

Philip lanzó una mirada penetrante a su conductora, dudando entre el enfado y la risa. Esa mujer le fascinaba, no podía evitarlo. Nunca había conocido a nadie remotamente parecido a ella, lo que constituía un aliciente poderoso a la vez que un motivo de prevención. En ocasiones ni siquiera la seguía, a pesar de que su inglés era impecable. Al final, optó por la ironía y le espetó:

—Tienes una forma de expresarte, corazón, que consigue volverme loco. Entiendo aproximadamente la mitad de lo que dices. ¿Quieres hacerme el favor de hablar como las personas normales? Soy yo, Philip, un taxista de Brooklyn, no uno de tus amigos esnobs.

—Yo hablo como las personas normales —replicó ella sin alterarse—. No es mi problema que tú no entiendas. Ya lo harás, con el tiempo…

—Hagamos un pacto —se avino él—. Yo te escucho con más atención, a ver si se me pega algo, y tú dejas de mirarme de arriba abajo desde tus alturas, ¿vale?

—¡Si mides casi dos metros!

—Tú me entiendes…

—Está bien. —Carolina zanjó la negociación—. Lo intentaré.

Sabía que iba a intentarlo con ganas, aunque en ningún caso se lo reconocería a él. El americano tenía sus propias armas y ella las suyas, entre las cuales la formación artística, el lenguaje, la cultura, nunca le habían fallado. Ésos eran los terrenos en los que se sentía segura. De ahí que siguiera hablando más o menos como lo había estado haciendo hasta entonces, sorda a las críticas de Philip.

—Te decía que aquí, en Toledo, vivieron juntos judíos, cristianos y musulmanes, en paz y armonía, algunos años. No muchos, hay que admitirlo. Pero lo intentaron. Al cabo de unos siglos, los reyes cristianos decidieron echar de sus dominios a los judíos primero y a los musulmanes un siglo después.

—Al menos no los gasearon como los nazis —constató sarcástico Philip.

—Cierto. Fueron bastante más humanos. Déjame aparcar para mostrarte lo que hemos venido a ver y después, si te parece, daremos un paseo por la judería y te seguiré contando lo que ocurrió.

—¿La judería, como el cuadro?

—Lo que vosotros llamaríais el gueto.

No tardaron en encontrar sitio para el coche en el mismo arcén, justo frente al lugar que buscaban. Cerca de allí habría colocado su caballete el artista para empezar a esbozar los primeros trazos de su obra. Philip estaba realmente excitado al bajar del vehículo, cruzar la carretera y asomarse al río que discurría bajo sus pies. Tenía ante sí una imagen muy parecida a la que llevaba grabada en la memoria, salvo por la luz, teñida de grises en su recuerdo, clara y azul en la retina.

—Te presento al río Tajo —señaló jovial Carolina, ejerciendo feliz de anfitriona en la que consideraba su segunda patria chica—. ¿Lo reconoces? Al otro lado se encuentra la judería.

—¡Desde luego! El río, el puente… Esto apenas ha cambiado. ¡Es increíble!

—¡Exacto! Toledo es, en esencia, la misma que era hace cuatrocientos cincuenta años, cuando el Greco llegó para instalarse aquí. Un escenario de película, como bien decías hace un momento, edificado sobre una roca de granito en medio de un páramo, cercada por el foso natural que abre el Tajo y rodeada de murallas allá donde la naturaleza no basta para protegerla. Un tratado de historia y estrategia militar en sí misma.

—Y concretamente aquí, donde estamos ahora mismo, la vista pintada en nuestro cuadro —subrayó Philip, asombrado.

—Sobre el puente, ligeramente a la derecha —de pie, junto al americano, Carolina señalaba con el brazo izquierdo el punto indicado—, tienes el monasterio de San Juan de los Reyes, mandado levantar por los Reyes Católicos con el fin de ser enterrados en él.

—¿Algo así como la Gran Pirámide?

Ella rió sinceramente el comentario, precisamente porque no estaba hecho con la pretensión de ser gracioso, sino cargado de ingenuidad. Despojado de su contexto religioso y cultural, ese edificio monumental, que en tiempos del Greco había sido aún mayor, podía perfectamente asemejarse, en cuanto a su intención, a la gran construcción funeraria egipcia. No era cuestión de embarcarse en una lección magistral sobre un particular tan complejo, máxime considerando el reproche que acababa de hacerle su compañero, por lo que resumió:

—Con la diferencia de que en un monasterio no solo reposan los muertos sino que viven monjes o monjas que rezan por la salvación de todos, incluidos los que todavía están vivos. En España abundan. Y en Toledo hay más de veinte, de distintos tamaños, junto a un centenar de iglesias. Además, Isabel y Fernando, los reyes en cuestión, no llegaron a ser enterrados allí.

—¿Qué es ese otro palacio contiguo? —Philip cambió de tercio, temeroso de tocar alguna fibra sensible con el espinoso tema de la religión, que en Estados Unidos estaba considerado un tabú susceptible de levantar ampollas y por ende vetado a cualquiera que trabajara en estrecho contacto con el público, como era su caso—. Ese que tiene tantas ventanas, rodeado de árboles…

—Actualmente, la Escuela de Arte. En su interior se conserva la capilla de otro antiguo monasterio, en esta ocasión de mujeres. El de Santa Ana, como tu abuela.

—No termino de entender, entonces, por qué razón dices que ése de ahí enfrente es el barrio judío ni por qué el periódico se refería a nuestro cuadro como «judería». ¿Dónde está el gueto?

La lógica del americano resultaba tan aplastante como su espontaneidad. Ése era otro de los encantos que le convertían en alguien sumamente atractivo a ojos de Carolina. Nada que ver con la impostura afectada de las personas que ella solía frecuentar. Ese taxista de Brooklyn decía las cosas tal como las pensaba y, en general, tendía a dar en la diana. Tanto era así que la historiadora del arte se prometió a sí misma revisar cuanto antes algunas de sus certezas, a fin de perfilar mejor ciertos marcos de referencia y aproximarlos a la realidad.

—De nuevo tienes razón —admitió con deportividad—. Es evidente que en cierta época hubo un gran interés por cristianizar un barrio originalmente poblado por judíos, en el que, dicho sea de paso, tenía su residencia el Greco. Pero eso no impide que lo que ves frente a ti, esas construcciones bajas colgadas del acantilado, que en el cuadro aparecen entremezcladas con paños de muralla hoy desaparecidos, fuesen el núcleo central de la judería.

—Si tú lo dices…

—Ya lo comprobarás por ti mismo. Viviendas en su mayoría modestas, como podrás observar cuando nos acerquemos. Si te fijas bien, a tu derecha, al final de la línea de tejados, sobresale la aguja de un campanario. Allí cerca se encuentra la sinagoga del Tránsito, la más importante de la ciudad. Una belleza que en los días del Greco se había convertido en la iglesia de San Benito.

Inspirado por las últimas palabras de Carolina, interpretadas bajo su prisma multicultural neoyorquino, Philip aventuró:

—Tal vez el artista colocara en primer plano el puente precisamente con la idea de sugerir un acercamiento, una comunicación entre judíos y cristianos...

Carolina volvió a enternecerse con la ingenuidad de ese acompañante que le hacía ver las cosas de un modo completamente nuevo. Cuanto más le conocía, más apreciaba la nobleza que habitaba bajo ese caparazón tan áspero.

—Me temo que no. —Negó tajantemente la posibilidad apuntada por el americano—. Ojalá, pero no.

Esforzándose por no resultar demasiado pedante, le explicó que Doménikos Theotokópoulos, nacido en la isla griega de Creta, había llegado a España hacia 1575, en pleno auge de la Inquisición, con un grueso manto de sospecha sobre las espaldas debido a su origen foráneo. Una presunción de culpabilidad que le obligaría a extremar la precaución y los signos externos de devoción, con el fin de eludir posibles investigaciones por parte del Santo Oficio, extremadamente riguroso en la comprobación de las denuncias anónimas llegadas a sus delegaciones.

Philip había oído hablar de la Inquisición, pese a lo cual ella tuvo que explicarle los rudimentos de su naturaleza, la finalidad con la que había sido creada y su funcionamiento. Le aclaró que el tribunal no juzgaba a nadie por ser judío, sino por ser hereje; es decir, por practicar en secreto los ritos judaicos habiendo adoptado formalmente la fe cristiana mediante el bautismo, como había hecho más de la mitad de la comunidad hebrea residente en los reinos de España en los albores del siglo XVI para evitar las discriminaciones sufridas por los fieles de otras religiones. Añadió que los inquisidores no perseguían solo a los sospechosos de adorar secretamente a Yahvé, sino a cualquiera que se desviara de la ortodoxia católica o fuese acusado, justa o injustamente, de realizar actos sacrílegos. También insistió en que habían quemado herejes en muchos lugares de Europa, sobre todo luteranos, a pesar de que España aparecía siempre como el referente único de esa institución vergonzante. Algo que le gustaba subrayar, en aras de la verdad histórica.

—Dentro de un rato, cuando paseemos por el barrio, retomamos si quieres ese asunto, que siempre interesa mucho a los extranjeros. —Zanjó el tema, deseosa de regresar a su pasión por el Greco—. Pero volviendo a lo que nos ocupa, que es el pintor de tu cuadro…

—Nuestro cuadro —corrigió él.

—Vuestro cuadro —precisó ella, negándose a compartir la propiedad de la obra—. Fíjate si sería prudente para evitar llamar la atención de los inquisidores, que no llegó a casarse nunca con la madre de su hijo, a pesar de convivir con ella, por miedo a ser acusado de bígamo.

—¿Porque ya estaba casado?

—Nunca lo sabremos, aunque parece que sí. Dejaría a una esposa en Creta, que nunca más supo de él. ¡Hombres! —Se parodió a sí misma, forzando un gesto despectivo.

Philip la habría besado allí mismo, en ese preciso instante, de haber percibido en Carolina el más mínimo signo de invitación a hacerlo. Estaban muy cerca el uno del otro, asomados al Tajo, ante un paisaje de película que parecía el marco perfecto. Y sin embargo, se contuvo. Ella rehuía su mirada, no sabía decir si por miedo o por rechazo. Rehuía su mano. Rehuía sus labios. Se escondía, de forma evidente, como había hecho desde el principio. ¿Cuánto tiempo más seguirían jugando ese juego? Antes o después uno de los dos tendría que correr el riesgo de equivocarse, y algo en su interior le decía que sería él y sería pronto.

A punto de subirse de nuevo al coche para cruzar al otro

lado del río y dejarlo en uno de los parkings del centro, Carolina, aparentemente inmune a esa llamada del deseo, señaló un nuevo punto en la distancia.

—A la izquierda del puente, un poco más arriba, se encuentra el convento de San Agustín, donde profesó como fraile el nieto del Greco. Allí fue a parar la biblioteca personal del pintor. Gracias a ella conocemos sus opiniones sobre cuestiones como el mercado del arte de su época.

—¿Había escrito él esos libros? —preguntó con su lógica habitual Philip.

—No. Pero, por suerte para nosotros, tenía la costumbre de apuntar sus reflexiones en los márgenes de los que leía. Las lecturas hablan de uno mismo más que cualquier otra cosa, ¿no te parece? Como decía Borges, «uno no es lo que es por lo que ha escrito, sino por lo que ha leído».

—Si eso fuese cierto, princesa, la mayoría de nosotros seríamos muy poca cosa. Hay una experiencia de vida más allá de las lecturas, me parece a mí. La verdadera escuela está en la calle, en el día a día, en cómo se las arregla uno para sobrevivir en esa jungla… Por no mencionar la piel. —Lanzó el anzuelo, acompañado de una mirada encendida.

—Borges se refería a su faceta de escritor —aclaró ella, conciliadora, sin darse por enterada de la insinuación—. No pretendía ofender a nadie.

—Entonces me callo, aunque, si me permites el consejo, deberías leer menos y vivir más. —Ahora sí hubo un deje inequívoco de reproche en el tono, súbitamente cortante—. ¿Qué me estabas contando de esos libros?

—Te decía que hasta mediados de los años ochenta del siglo pasado nadie conocía realmente al Greco y cada cual se lo inventaba a su gusto y conveniencia. Muchos lo habían tildado directamente de loco. Entonces aparecieron esos volúmenes, con anotaciones de su puño y letra, y supimos que le apasionaba la filosofía platónica, seguía todo lo que se publicaba sobre arte y desde luego estaba muy cuerdo. Fue un hombre extraordinariamente lúcido. Raro, antipático, arisco y es probable que no muy religioso, más allá de las apariencias, pero tan brillante intelectualmente como magistral con los pinceles.

Carolina se había metido de lleno en el papel de profesora y guía turística, llevada por la inercia, aunque no era tonta. Tampoco estaba hecha de piedra. Sentía la atracción del hombre que caminaba a su lado con la misma fuerza que la suya propia. Intuía que algo estaba a punto de suceder bajo ese cielo otoñal de su querida Toledo, donde todo era misterio y magia. Solo faltaba por saber quién de los dos se atrevería a dar el primer paso. Y no quería ser ella. Por eso seguía hablando como una cotorra.

A Philip la personalidad oculta de ese griego españolizado o sus gustos literarios le traían sin cuidado. Lo que le importaba, más allá de saber si esa mujer le deseaba a él tanto como él a ella, o no, era el valor de su pintura. Esto es, la cotización de sus cuadros, siempre que pudiera demostrar la propiedad de ese lienzo de la judería cuya subasta en Christie's tendría lugar en tres semanas. El tiempo corría en su contra a toda velocidad, aunque ahora tenía en la mano elementos suficientes para fundamentar una causa susceptible de ganar. Eso le había devuelto la esperanza.

Eso y Carolina.

La parte histórica de la exposición que acababa de oír de sus labios, a diferencia de la artística, sí le había interesado. Aunque solo fuese por las reminiscencias que la palabra Inquisición evocaba en su mente, todo lo relacionado con la persecución sufrida por los hebreos en España despertaba su curiosidad, por mucho que le costara comprender lo que a su modo de ver eran incoherencias flagrantes.

—Volviendo a la Inquisición y a los temores de nuestro artista —inquirió—, ¿los griegos no eran cristianos?

—Sí, pero ortodoxos. Una minoría mal vista en la España de la época por su proximidad geográfica con los turcos musulmanes. El pintor, además, tenía un hermano pirata que vino en una ocasión a visitarle, vestido con la ropa propia de su oficio de corsario, sin tomarse la molestia de disimular. ¡Imagínate el escándalo que se armó! Por la cuenta que le traía, nuestro pintor se comportaría como un perfecto devoto, aunque no lo fuera, y se mantendría alejado de todo lo que sonara a judío.

—¡Si acabas de decirme que su casa estaba en el gueto!

—Así es. Ahora iremos a verla si quieres. Yo comprendo que todo esto es difícil de entender. Mucho más enrevesado que *Juego de tronos*. Pero es que la realidad suele serlo y siempre supera a la ficción. Por eso yo prefiero un buen ensayo a la mejor serie de televisión. —Le guiñó un ojo, coqueta.

—¡Serás pija! —Era una sentencia salida del alma, aunque pronunciada sin acritud alguna.


Conociendo el terreno que iba a pisar, Carolina se había calzado unas zapatillas deportivas, indispensables para transitar por el empedrado de esas callejuelas empinadas, muy parecidas o idénticas a las que pisaría el Greco y, antes que él, los reyes godos. Vestía vaqueros cómodos, una camiseta ligera y, sobre los hombros, una sudadera de algodón. Se había recogido la melena en la nuca con un alfiler de plata rematado por una piedra azul que resaltaba el brillo de su pelo oscuro.

En Toledo hacía calor pese a lo avanzado de septiembre. De ahí que aún estuvieran desplegados sobre las calles principales los característicos toldos blancos destinados a dar sombra a los viandantes, a costa de tapar las estrechas franjas de cielo abiertas entre hileras de casas apretadas, tapias de convento y algún que otro palacio, ennoblecido con piedra y ventanas enrejadas de auténtica orfebrería de forja.

Philip miraba a su alrededor fascinado, escuchando atentamente el relato entusiasta que desgranaba su guía sobre las raíces antiguas de esa ciudad levantada una y otra vez sobre los cimientos de sus propios cimientos, con material reciclado de acueductos, anfiteatros, templos, mezquitas, sinagogas, basílicas, alcázares, iglesias y castillos.

—Cuando el Greco se instaló aquí —estaba diciendo ella en ese momento—, el rey Felipe II acababa de trasladar su corte al Escorial y Madrid, aunque Toledo seguía siendo el corazón cultural del reino. No sé si habrás oído hablar de ellos, pero en esos días convivieron aquí con él los mayores genios de nuestra literatura: Cervantes, Lope de Vega, Tirso de Molina, Góngora, Quevedo… Hasta santa Teresa de Ávila, una grandísima mujer. La mayoría, inconformistas como él. Ellos fueron parte de su clientela, porque entre los poderosos no triunfó.

—¿No triunfó? —se sorprendió Philip—. ¿Quieres decir que no vendía sus cuadros, como le pasaba a Van Gogh?

—Bueno, no tanto como a Van Gogh, pero casi. Hoy su obra alcanza cifras astronómicas. Tras su muerte, en cambio, su pobre hijo acabó en la cárcel al no poder hacer frente a las deudas contraídas por su padre. Los poderosos de su época le hacían un encargo, nunca el segundo, porque él se negaba a plegarse a sus mandatos. Le pedían que pusiera abundante sangre en el retrato de un mártir, por ejemplo, y él lo pintaba sereno, humano, aureolado de belleza, como a san Mauricio, dialogando con sus legionarios. No se sometía al poder. Defendía a muerte su libertad creadora, su particular criterio artístico. Y pagaba muy cara esa rebeldía. El poder tolera mal que se le lleve la contraria. Entonces y ahora.

—Ya empieza a caerme mejor ese Greco, mira tú por dónde...

—Eso fue también lo que más me atrajo a mí al principio. Esa negativa a plegarse a lo convencional, que lo convierte en un pintor único, precursor de Picasso o los impresionistas. Ya te iré convenciendo. —Le sonrió—. Acabarás apreciando su arte no solo por lo que representa en dinero sino por lo que realmente vale.

—No lo dudo —convino él, devolviéndole la sonrisa—, en especial si eres tú quien me lleva de la mano a conocerle. Sobre todo si para entonces hay quince millones de dólares en mi cuenta corriente. Bueno, quince no. Once y medio. Los cuatro y medio restantes estarán en la tuya, tal como acordamos.

El paseo los había llevado hasta la judería, tan repleta de turistas y bullicio como el resto de la ciudad, pese a la caída de la tarde. La casa del pintor, convertida en museo, acababa de cerrar al público, por lo que no pudieron visitarla, lo que no pareció apenar mucho al americano. Estaba un tanto harto de pintura y prefería caminar, tranquilamente, oliendo el suave perfume de esa mujer y escuchándola hablar de arte y de historia con una pasión que lograba trasladarle, a través de la palabra, a los tiempos y lugares que describía.

—Aunque hasta hace poco se pensó lo contrario —estaba diciendo Carolina—, la que tienes ante ti, por supuesto restaurada, no es en realidad la casa en la que vivió el Greco. Él ocupó otra muy cerca de aquí, justo al otro lado de la plaza, que pertenecía al marqués de Villena, noble muy influyente en la corte. Antes que él había sido propiedad de un platero llamado Samuel Leví, como verás por su apellido, judío. Uno de los expulsados.

—Pues si se parecía a ésta —apuntó Philip, refiriéndose al edificio en cuestión—, no debía irle tan mal al artista. No me parece precisamente una chabola.

—Cuando él llegó a Toledo el barrio no estaría como lo ves ahora, sino muy degradado. Noventa años antes, en 1492, los judíos habían sido expulsados de España, llevándose consigo las llaves de sus hogares. Y éstos, cerrados y abandonados, empezarían a desmoronarse. Estas calles además no constituían el centro de la ciudad, sino la periferia, el único sitio en el que aún era posible encontrar parcelas para construir. De ahí que la nueva nobleza, a la que pertenecía el marqués que te he citado, pudiese edificarse aquí sus palacios por un precio asequible. La especulación inmobiliaria no es algo que inventásemos nosotros.

—O sea que, a diferencia de lo que me pasa a mí ahora en Brooklyn, él pagaba un alquiler barato por vivir en un barrio judío —siguió con la broma Philip.

—Algo así.

Continuaron caminando lentamente por las callejuelas del *kahal*, algunas tan estrechas que no permitían el paso de dos transeúntes a la vez. En tales casos Philip cedía el paso a Carolina, galante, con el fin de disfrutar observando desde atrás el vaivén de sus caderas. Y ella sabía exactamente lo que él estaba mirando.

La judería se les ofrecía en todo su humilde esplendor,

vestida de sencillez. De cuando en cuando se detenían a contemplar un arco de ladrillo basto, un azulejo decorado con la estrella de David, un patio milenario, escondido tras una puerta entreabierta, o el escaparate de un artesano contemporáneo empeñado en emular a sus maestros de antaño. Philip estaba disfrutando como un chiquillo de la excursión, con sus múltiples y variados paisajes.

Pasaron de largo con prisa ante la antigua sinagoga de Santa María la Blanca, pues se les hacía tarde, y tuvieron que recurrir a un contacto de Carolina para poder entrar en la del Tránsito, que estaba cerrando sus puertas. Y es que, aunque él sentía verdadera aversión hacia los lugares de culto, ella quería mostrarle a toda costa ese espacio cargado de significado y simbolismo.

—Aquí mandó grabar la comunidad hebrea un texto alabando a su protector, el rey Pedro de Castilla, porque consideraba los dominios de ese soberano un refugio seguro para los judíos.

—No creo que exista un lugar seguro para nosotros —repuso Philip, de pronto nublado—. Ni siquiera las calles en las que yo me crié, que parecían una sucursal del Israel de Salomón —quitó hierro a su propio comentario.

—Hablamos de la Edad Media española, previa a la expulsión —insistió Carolina, mucho más seria—. Cuando en Europa central y en Rusia se desataban terribles pogromos que dejaban arrasados los guetos, los reyes de Aragón y de Castilla invitaban a los judíos a establecerse en sus reinos, con el fin de repoblar los territorios arrebatados a los musulmanes y fomentar la actividad comercial. Les regalaban esclavos, los empleaban en su servicio como médicos o consejeros, los defendían con sus leyes y su fuerza del odio o la codicia que les amenazaban en otros lugares. Alfonso VIII de Castilla, uno de los monarcas más célebres de esa época, llegó a echar de su ejército a los cruzados franceses que habían venido a combatir contra los moros en la batalla de las Navas de Tolosa, porque se dedicaban a saquear sistemáticamente las juderías que atravesaban a su paso. Para él esa conducta resultaba intolerable. Y estamos hablando del siglo XIII. Después de aquello, en algunas actuaciones fuimos claramente hacia atrás.

—Cuando yo era pequeño —rememoró el americano, observando sin excesivo entusiasmo la filigrana de estuco labrada en las columnas del templo—, tendría ocho o nueve años a lo sumo, mi abuelo materno solía contarme historias de matanzas ocurridas en esa época. Cuentos que me provocaban pesadillas horribles. Era su forma de recordarme que ser judío significa vivir rodeado de enemigos, desconfiar de los extraños y aferrarse a las tradiciones y al Dios de Israel como única tabla de salvación.

—¿Tu abuelo, el convencido de que el Holocausto había sido un castigo divino por vuestros pecados?

—¡El mismo! Yo era muy pequeño, pero se me han quedado grabadas las imágenes macabras que describía con detalle. Los millares de hombres, mujeres y niños asados vivos dentro de una iglesia, en Maguncia, hasta producir tanto calor como para fundir el plomo de los ventanales. Los que prefirieron inmolarse en Frankfurt, incendiaron su gueto y se arrojaron a las llamas llevando a sus hijos en los brazos. Los asesinados por las turbas, despedazados y lanzados sus despojos a las aguas del Rin dentro de toneles flotantes... ¡Dios, qué macabro era! Cómo le gustaba describir la sangre, el fuego, la crueldad de las torturas...

—Cuando me contaste eso del castigo de Dios a su pueblo —le interrumpió Carolina, viendo que lo estaba pasando mal—, recordé haber leído algo similar referido a la expulsión de los judíos de España. Ayer volví a consultar un clásico de Valeriu Marcu que tengo en la biblioteca y, efectivamente, comprobé que esa interpretación peregrina, esa forma terrible de culpabilizar a las víctimas, ya era manejada por importantes rabinos en la España de 1492.

Ahora la conversación había entrado en un terreno que fascinaba a Philip, aunque al mismo tiempo le produjera un profundo rechazo. Habría querido olvidarse para siempre de esa parte oscura de su vida, pero no se resistió a preguntar, con cierto sarcasmo:

—¿También entonces se oyó decir eso de «pagáis por vuestros pecados»?

—También —confirmó Carolina—. Según relatan los cronistas de la época, las sinagogas se llenaron de llantos tanto como de reproches. Muchos vieron en la expulsión el castigo de Dios por la opulencia y altivez que mostraban los más ricos, así como por la soberbia con la que habían actuado los que abandonaron la Torá para consagrarse a ciencias profanas tales como la medicina, en la que, por cierto, destacaron bastantes de manera notable. En la misma categoría entraban los traductores de los textos escritos por los filósofos antiguos, empeñados en averiguar la naturaleza de un Dios que, para vosotros, por no tener no tiene ni nombre, si no me equivoco.

—Tiene muchos —respondió Philip, que de niño había sido aleccionado en la materia con la insistencia necesaria para incrustarle la lección en la memoria—. Hashem, que significa literalmente «el Nombre», Adonai, Elohim, Jehová... El verdadero nombre de Dios es tan devastadoramente sagrado que no puede pronunciarse sin riesgo de perecer. Por eso nos referimos a él con eufemismos del tipo: el Nombre Sagrado, el Uno, el Único, el Creador, el Destructor, el Verdadero Juez, el Rey de Reyes, el Gran Arquitecto y cosas así.

—Creí que no eras ducho en asuntos religiosos —comentó sorprendida Carolina, a quien la parrafada acababa de dejar boquiabierta.

—Que me haya distanciado de la secta no significa que haya olvidado lo aprendido. Me enseñaron bien. Por eso puedo decirte que existen casi tantos apelativos para referirse a Dios como normas recogidas en los dieciséis volúmenes del Talmud: ciento veintiséis mandamientos y doscientas cuarenta y tres prohibiciones exactamente. Lo que no tiene ese Creador es rostro. No nos es dado representarlo, ponerle cara, imaginárnoslo con un aspecto humano. El nuestro es un dios severo, que no se ha cansado de ponernos a prueba echándonos de nuestros hogares, quitándonoslo todo, convirtiéndonos en esclavos o exterminándonos en hornos crematorios. Mi abuelo se empeñaba en creer que le dábamos motivos para ello. Yo no estoy de acuerdo. No puedo estarlo. Por eso hace tiempo que decidí renegar de un dios así. Lo borré de la agenda.


Con el cierre de los museos y la caída de la tarde la ciudad empezaba a recuperar lentamente su personalidad más auténtica, mostrando rincones ocultos horas antes por la aglomeración de turistas. Era el momento favorito de Carolina, quien, de camino, iba explicando a Philip lo que ella misma había aprendido a lo largo de los años, leyendo y escuchando hablar a quienes, como hacía ella ahora, la habían llevado de la mano por esa parte de la ciudad. Él se dejaba guiar, cada vez más cautivado, sintiendo acercarse, inexorable, el instante de perder la vergüenza y estrecharla entre sus brazos, a riesgo de ganarse un bofetón y verse obligado a disculparse.

—Casi todas las villas españolas medievales tenían una judería similar a ésta, aunque ninguna más importante que la toledana. Ni siquiera la de Sevilla. Eran auténticas ciudades dentro de la ciudad, provistas de puertas, gobernadas por sus propios alcaldes o rabinos y autónomas para establecer sus impuestos y sus normas.

—Sobre todo los rabinos —apuntó Philip, sarcástico—. He conocido algo muy similar en el Borough Park de hoy en día. Rabinos ultraconservadores dedicados a levantar barreras de prohibiciones y mandamientos absurdos, destinados a mantener a la comunidad sometida a sus reglas y su poder. No creo que ayudaran mucho a la integración.

—No lo hicieron, es verdad, pero tampoco la otra parte ayudó —convino Carolina, tratando de mostrarse justa—. No creas que los cristianos de entonces eran un portento de tolerancia. Los reyes de Castilla y Aragón anteriores a 1492 dieron mucha autonomía a sus súbditos judíos y les permitieron administrarse a su manera, aunque por razones fundamentalmente económicas; porque los ingresos más seguros de sus tesoros procedían de sus impuestos. Lo mismo ocurría con sus préstamos.

—De eso tal vez sepa yo más que tú —aseveró Philip sin disimular cierto orgullo un tanto irónico—. Si de algo entendemos los judíos del mundo entero es de préstamos. Todo lo relativo a esa cuestión está especificado en el Talmud, que contiene información exacta sobre metales preciosos, tipos de créditos, contratos y cálculo de intereses. Por eso se nos dan tan bien las finanzas. Bueno, debería hablar en tercera persona. Mi familia, en concreto, nunca ha destacado en esa faceta, al menos hasta donde yo sé.

—El cristianismo, en cambio, prohíbe o prohibía el préstamo con interés —replicó Carolina, haciendo gala de su saber, sin terminar de captar el humor judío—. Lo denominaba «usura» y lo consideraba un pecado. Hace mucho que debió de desaparecer ese precepto, porque hay multitud de banqueros que van a misa. Los conozco. Pero bueno, la cuestión es que los hebreos eran los que proporcionaban el dinero para cubrir las deudas reales, a cambio de lo cual los reyes dejaban en sus manos la recaudación de los tributos.

—¡Qué buena jugada! —captó de inmediato Philip—. Los reyes gastaban y los judíos recaudaban. No eran tontos vuestros reyes, no.

—Tú lo has dicho. Y los judíos recaudaban. Lo cual no tardó en convertirlos en objeto del odio generalizado. Sufrieron agresiones, persecuciones, hostigamiento… Muchos recaudadores fueron asesinados por turbas furiosas de campesinos sangrados a impuestos. ¿Recuerdas lo que te dije en Budapest sobre la ingratitud característica de los españoles? Debería haber precisado que cuanto más poderosos, más ingratos.

—Lo recuerdo. Pero te referías a Sanz Briz, el diplomático que salvó a millares de judíos, entre ellos a mi padre. Un hombre ignorado en gran medida por sus propios compatriotas, según me contaste.

—Efectivamente. Con los judíos de la época a la que me estoy refiriendo ocurrió algo parecido. Ellos eran españoles. Bueno, castellanos o aragoneses. Es decir, españoles. Tan españoles como los cristianos. Sirvieron lealmente a sus reyes, cumpliendo la función más desagradable e impopular de recaudar. Financiaron sus campañas militares, cubrieron sus gastos y necesidades cuando nadie más lo hacía, a cambio de lo cual los soberanos acabaron echándolos a los leones.

—Hace un momento me hablabas de la inscripción mandada grabar en la sinagoga para agradecerles su trato —replicó Philip, desconcertado—. Si te digo la verdad, no te entiendo.

—Es que estamos hablando de muchos siglos, a lo largo de los cuales hubo políticas muy distintas. Desde la tolerancia más o menos sincera, más o menos interesada, hasta la represión feroz en forma de disposiciones terribles contra tus hermanos de fe, que les obligaban a vestir y llevar el cabello o la barba de una determinada manera reconocible a distancia, a modo de estigma, además de prohibirles desempeñar la mayoría de los oficios.

—Ya te he dicho que yo ya no tengo hermanos —precisó Philip, algo molesto.

—Lo que tú digas, señor Smith —replicó ella, amagando una caricia en la mejilla que no llegó a consumarse—. No te enfades. Lo que trataba de explicarte es que a los judíos de Toledo y otros lugares de España, tras una larguísima convivencia mutuamente fructífera, acabaron confiscándoles sus bienes y, en última instancia, expulsándolos.

—Hasta donde yo sé, por lo que contaba mi abuelo, los reyes de otros lugares hicieron lo mismo. Los de Hungría, sin ir más lejos.

—Sí, desde luego. Supongo que aquí no inventaríamos nada, pero cada cual conoce su historia, repleta de luces y sombras, exactamente igual que las personas. Al fin y al cabo siempre son personas las protagonistas de esas historias.

—En todo caso, queda claro que Hitler no fue el primero en apuntarnos con sus piedras —constató Philip, apelando de nuevo al humor negro—. Hay que otorgarle, eso sí, el mérito de haber llevado a escala industrial lo que hasta entonces habían sido persecuciones digamos que artesanales. Su «solución final» intentaba ser literalmente definitiva. Ojalá creyera yo en el infierno para poder imaginármelo ardiendo en él por toda la eternidad, hijo de la gran puta...

La mera evocación del Holocausto provocaba en Philip una reacción aguda, mezcla de ira, dolor e impotencia, que se reflejaba al instante en su expresión. Todo su lenguaje corporal traducía tensión. Se le crispaban los músculos, apretaba las mandíbulas, su mirada, habitualmente tan seductora, se tornaba de hielo. Carolina podía comprenderle, aunque cuando se ponía así llegaba a asustarla. De ahí que recondujera la conversación hacia sucesos más lejanos. Quería recuperar al hombre con el que estaba dando ese paseo abocado a terminar en abrazo. Porque no podía acabar de otra manera. Ella no pensaba pasar ni una noche más escuchando en vano cualquier crujido en el pasillo con el deseo secreto de que fuesen sus pasos. Ansiaba oírlos.

—Cuando los Reyes Católicos terminaron de reconquistar toda la península a los moros, unificando así el reino de España —resumió, sin entrar en más detalles—, la mitad de los judíos se había convertido oficialmente al cristianismo. Se les denominaba «marranos» —dijo la palabra en español—, que no es un término muy bonito, la verdad. Significa literalmente «cerdo». La población desconfiaba de ellos porque se sospechaba que, en su fuero interno, seguían adorando a su dios, lo cual, al parecer, era cierto en muchos casos.

—Esos graves pecados de los que hablaba el abuelo —ironizó nuevamente Philip, más relajado—. La traición formal a Yahvé.

—Ellos fueron las víctimas principales de la Inquisición, aunque no acabaron en la hoguera tantos como se cuenta en las películas. Tampoco recurría el tribunal a la tortura de forma habitual, como cree mucha gente. Eso era excepcional. De hecho, en comparación con los tribunales seculares de la época, el de la Fe resultaba ser en general bastante benévolo...

—No pensaba que te oiría reivindicar la Inquisición —la interrumpió él, enfadado.

—Y no lo estoy haciendo —se defendió ella tratando de conservar la calma—. Simplemente intento explicarte los cómos y porqués de una institución muy mal conocida. Te voy a decir más. Lo peor de la Inquisición no fueron sus métodos ni su crueldad, sino su hipocresía y la semilla de odio racial que escondía. En el fondo de su pensamiento, los inspiradores de ese tribunal, empezando por Torquemada, confesor y confidente de la reina, estaban convencidos de que una persona con sangre judía llevaba al diablo dentro de sí y lo transmitía a sus descendientes. Una idea perversa, tan extendida en la sociedad que hubo planes para liquidar a todos los conversos. Aquí mismo, en Toledo, se descubrió una conjura cuyo desenlace fue un enfrentamiento armado con centenares de muertos.

—O sea, que Hitler tampoco fue el inventor de las teorías racistas.

—En absoluto. A eso me refería antes. La llamada «pureza de sangre» se convirtió en una obsesión en la España de ese tiempo, por más que fuese difícil encontrar un solo noble o plebeyo sin antepasados hebreos o musulmanes. Probablemente por eso mismo, ahora que lo pienso. Hubo incluso algún médico, precursor de Mengele, que intentó demostrar por métodos científicos las peculiaridades de los judíos, supuestamente taimados, astutos y cargados de odio hacia los gentiles. El porqué de tales características, aseguraba, se remontaba a la travesía del desierto, cuyos rigores habrían dejado una huella indeleble en la sangre de ese pueblo.

—Y acabaron echándolos a todos —zanjó Philip, resolutivo.

—A todos no. Solo a los que se negaron a convertirse…

—Que serían los más ricos, supongo, los que se sentirían más seguros a pesar de su religión.

—En eso te equivocas. Los más ricos eran los conversos, que en muchos casos habían medrado y obtenido títulos nobiliarios, prebendas e incluso elevadas posiciones dentro de la Iglesia. Esos, en general, se salvaron de ser condenados, fuesen o no fieles católicos.

—Los otros tuvieron que marcharse.

—Sí, pero no por razones económicas, o al menos no solo por eso.

—¿Estás segura? —Era una pregunta retórica.

—Eso dicen los estudiosos de la cuestión —respondió Carolina, esforzándose por ser respetuosa con la historia—. Hubo múltiples motivos: la oportunidad de aportar con ello cuantiosos recursos a la tesorería de un rey arruinado tras muchos años de guerras; la religiosidad de la reina Isabel la Católica, que despreciaba la riqueza pero estaba sinceramente convencida de su deber evangelizador; la voluntad de unificar la religión de un país que acababa de nacer y necesitaba con urgencia elementos de cohesión…

—Pretextos —sentenció Philip, tajante.

—¿Ah, sí? ¿No obligan los norteamericanos a jurar la Constitución a cualquier extranjero que quiera obtener la ciudadanía?

—Eso es distinto.

—No, señor, es lo mismo. Son principios ideológicos. Valores compartidos. Vuestra Constitución y lo que significa: la libertad, la igualdad de oportunidades, la búsqueda de la felicidad, y todos esos preceptos que cualquier niño americano conoce, es el alma de vuestra nación. En el siglo XVI, el alma de una nación que acababa de consolidarse tras muchos siglos de lucha era la religión católica. España necesitaba esa argamasa espiritual.

—Al final, se trata del dinero, del poder —rebatió él sin recular de su posición—. Todo lo demás es blablablá.

—No vamos a ponernos de acuerdo, Philip —replicó Carolina, decepcionada—. Tú crees que todo en la vida es una cuestión de dinero. Yo estoy convencida de lo contrario. Para lo bueno y para lo malo. El dogmatismo, el fanatismo, el racismo o la irracionalidad son mucho más dañinos que la codicia, del mismo modo que el amor, la felicidad, la lealtad o la verdadera belleza no se consiguen con dinero. Ya lo hemos hablado alguna vez. Lamento que no coincidamos.

Había anochecido en la ciudad vieja de Toledo, bañada por la tenue luz de las farolas. El aire se había vuelto frío casi de repente, como debería haber previsto Carolina, quien, pese a conocer de sobra ese clima, empezaba a tiritar de manera visible por no haberse llevado una prenda de abrigo. Philip le cedió caballerosamente su cazadora, echándosela él mismo sobre los hombros. Era la ocasión que había estado esperando y temiendo al mismo tiempo. Movido por un impulso imparable, aprovechó ese gesto para envolverla con sus brazos y plantarle en la boca el beso que llevaba todo el día quemándole los labios. Ella no lo rechazó.

Se habían quedado parados en un callejón solitario, congelados en ese abrazo interminable. Silenciosos. Sintiendo cómo sus cuerpos buscaban fundirse en uno solo. A ese primer beso siguió otro, más húmedo, más audaz, y otro más, casi desesperado. Perdieron la noción del tiempo entre caricias prohibidas, como dos adolescentes, hasta que las voces de unos transeúntes de avanzada edad, escandalizados por el espectáculo que estaban dando, los devolvieron a la realidad. Entonces fue Philip el primero en hablar, susurrándole al oído:

—En algo, como acabas de ver, sí coincidimos. Y no se trata de dinero.

Carolina se sentía feliz, aunque incómoda. Era la primera vez que la llamaban «sinvergüenza» en la calle, siendo como era allí una persona conocida. ¡La que se iba a armar entre sus amistades si trascendía esa escena! Sabía que su reputación corría grave peligro, aunque ni por un instante se arrepintió de haber caído en la tentación. En su fuero interno le daba exactamente igual lo que pensaran de ella. Es más: la situación que acababa de producirse, inédita en su vida, la excitaba más de lo que habría podido imaginar y sobre todo la divertía.

—Estamos transgrediendo todas las normas, ¿sabes?

—¿Van a detenernos por besarnos en público? —inquirió él, provocador.

—Tal vez… —respondió ella, insinuante—. Esto es Toledo y estamos rompiendo tabúes seculares. Las antiguas ordenanzas prohibían taxativamente cualquier contacto entre un hombre judío y una mujer cristiana, bajo pena de multa, de golpes o de perder el vestido, según quién fuese la mujer.

—¡Me gusta esa última parte!

—Sería exactamente lo que me ocurriría a mí, dado que soy una mujer soltera. Claro que para eso tendría que haber entrado en tu casa, y eres tú quien está durmiendo en la mía.

—A lo mejor entonces transgredimos alguna ordenanza más antes de que acabe el día... a riesgo de ser castigados. ¿Qué me dices?

—Es posible que sí y es posible que no —contestó Carolina, dejándose querer—. Si lo hiciéramos, y no estoy diciendo que vayamos a hacerlo, no seríamos los primeros. Por más trabas que se empeñaran o se empeñen en poner al amor entre gentes de distintos credos, supongo que siempre hubo y habrá quien se las salte. Uno no escoge de quién se enamora...

—... Aunque sea la persona equivocada.

—En efecto. Tal vez por eso también terminaran expulsándolos.

—¿A quién? —Philip tenía la mente, el corazón y la piel concentrados en algo completamente distinto de la conversación mantenida hacía un rato.

—A los judíos —concretó Carolina, recuperando el dominio de la mente sobre el instinto, como era norma habitual de conducta en ella—. Unos trescientos mil exactamente.

—¿Por robar a los cristianos sus mejores mujeres?

Era su forma de piropearla, aunque ella no se dio por aludida y siguió con su explicación histórica.

—Más bien porque resultaban ser un peligro para los conversos dudosos y no tan dudosos. Seguían relacionándose con ellos, dejándoles leer sus libros sagrados, enamorando a sus hijas, llevándoles pan ácimo para la Pascua… La gente los temía por eso, los odiaba. La gente, teme todo aquello que desconoce, que le resulta extraño y no alcanza a comprender. Especialmente la gente ignorante. A mayor ignorancia, mayor fanatismo y mayores prejuicios.

—¿Cómo acabó la historia? —Philip no pensaba ya tanto en la historia que le estaba contando Carolina como en la que acababan de empezar a escribir ellos dos, pero sentía curiosidad por conocer el desenlace de la tragedia.

—De una forma parecida a la que nos contaron en Budapest, si bien aquí los Reyes Católicos se mostraron mucho más clementes que los nazis. Ellos creían profundamente en Dios, a diferencia de Hitler, fiel discípulo de Nietzsche, quien estaba convencido de que, muerto Dios, todo estaba permitido.

—Cielo, céntrate en la historia y sáltate la parte filosófica, ¿quieres? —pidió él, tratando de no mostrarse demasiado brusco.

—La historia se parece mucho a la del Holocausto —insistió Carolina—. Los judíos intentaron defenderse de esa medida que no habían creído posible y reunieron pruebas de sus raíces hispanas, convencidos de ser tan españoles como el que más. Buscaron en la Biblia textos destinados a demostrar que sus antepasados habían emigrado a estas tierras mil años antes de Jesucristo, por lo cual no podían ser acusados de complicidad en su muerte. Ofrecieron mucho oro al rey, tratando de ablandar así su voluntad. Todo fue en vano.

—O sea, lo mismo que hicieron los judíos húngaros en los años treinta del siglo xx. ¡Parece mentira que no aprendieran de la experiencia pasada!

—Efectivamente, en ninguno de los dos casos sirvieron esos comportamientos de nada. El apaciguamiento nunca funciona ante el abuso. Jamás. Al final, se impuso el criterio de expulsarlos y se firmó el correspondiente edicto, el mismo año en que fue descubierta América: 1492.

—Se habla más de aquello que de esto.

—Lógico. A nadie le gusta rememorar un capítulo negro de su historia y éste lo es sin lugar a dudas. Aquel decreto era terrible. Los judíos disponían de apenas tres meses para salir del territorio español y se les permitía llevarse consigo sus bienes, siempre que no fuesen oro, plata o monedas. O sea, les dejaban quedarse con la ropa y poco más.

—Hasta en eso coinciden las dos historias…

—Así es. Y aún hay más. Según cuentan las crónicas de la época, marcharon juntos al exilio ricos y pobres, sanos y enfermos, niños, ancianos, mujeres que daban a luz a sus hijos en los caminos, y moribundos. Se dirigieron a toda prisa hacia los puertos, donde embarcaron con rumbo a Francia, Italia, el norte de África y sobre todo Turquía, que brindó refugio a la mayoría de ellos, pero muchos acabaron en la esclavitud, vendidos a los piratas por los mismos tripulantes de esos barcos cuyo pasaje habían tenido que pagar. Imagino que serían escenas muy similares a las de las marchas de la muerte que tuvieron lugar en Hungría, tal como nos relató Simon, el vecino de tus abuelos. Han dejado un rastro tremendamente conmovedor en muchos cuadros de la época.

—Tres meses no era demasiado tiempo en ese período, supongo…

—Sería como ahora tres días. La mayoría tuvo que malvender sus propiedades a cambio de mulas de carga, o bien dejar sus casas abandonadas. Antes te he contado cómo más de uno se llevó consigo las llaves. Algunos de sus descendientes todavía las conservan, junto a la lengua que se hablaba en Castilla en el siglo XVI; el ladino. Son sefarditas, originarios de aquí, como nuestro amigo Bensadón, de la embajada en Budapest.

—O sea, que se quedaron hasta el final, confiando en un milagro imposible, a costa de perderlo todo. Lo mismo que mi abuelo Judah. ¡Cretinos!

—Aferrarse a la esperanza no es propio de cretinos, Philip, es un rasgo común a todos los seres humanos. Y buscar consuelo en la religión, también. Por eso los rabinos acompañaron al exilio a sus comunidades, tratando de encontrar una explicación trascendente para una tragedia muy difícil de aceptar en términos meramente humanos. Es normal.

—Sí, pero otros pueblos más espabilados hacen algo aparte de esperar, quejarse, lamentarse y echarse a sí mismos la culpa de sus desgracias. Se defienden. Nosotros en cambio nos ponemos a pensar qué habremos hecho para merecerlo y escondemos la cabeza en la Torá. Me he hartado de verlo siendo un niño y te aseguro que he quedado vacunado para siempre.


Una vez en el coche, de regreso a Madrid, Carolina puso un disco de música clásica. El *Concierto para piano n.º 2* de Chopin. Amaba esa pieza, que había escuchado interpretar en varios auditorios del mundo por auténticos virtuosos. Identificaba sus notas melancólicas con el paisaje yermo de la meseta castellano-manchega. Pero la razón de fondo por la cual había introducido el CD en la disquetera era que no quería entablar una conversación con Philip. No después de ese beso ardiente cuya corriente eléctrica le había llegado hasta las entrañas, prendiendo fuego a su paso. No antes de reflexionar sobre cuál habría de ser su comportamiento a partir de entonces y qué podía esperar del americano. Si debería seguir adelante, tal como le pedían el alma y el cuerpo, o parar mientras estuviera en condiciones de hacerlo sin sufrir demasiado daño.

Él captó la indirecta y calló lo que deseaba escribir en la piel de esa mujer a la que habría hecho el amor allí mismo. Respetó su silencio a costa de morderse la lengua, porque si hubiese empezado a hablar le habría espetado todo lo que le bullía dentro; lo mucho que le atraía, las ganas que tenía de ella, lo muy nervioso que le ponía en ocasiones, las cosas que le haría si ella se dejara...

Decididamente lo mejor, dadas las circunstancias, era mantener la boca cerrada, no fuera a ser que lo estropeara todo. Ella marcaba los tiempos. Lo había hecho desde el comienzo de la relación, fuera cual fuese la clase de relación que existía entre ellos. Probablemente seguiría haciéndolo. ¿Acaso no eran las mujeres las que, a la postre, decidían siempre el cuándo, el cómo y el con quién? ¿O tal vez ésa en concreto le gustara tanto porque, precisamente, a diferencia de otras, era de las que sabían exactamente lo que querían y lo que no?

Se acomodó en el Mercedes lo mejor que pudo, echando todo lo posible el asiento hacia atrás, ya que ese automóvil no parecía diseñado a la medida de un hombre de su altura. Si finalmente se hacía con el dinero del cuadro, se dijo a sí mismo, se compraría un BMW de la Serie 6 Gran Coupé de color negro metalizado, deportivo y espacioso. Un coche con el que llevaba años soñando. Claro que, antes de eso, tendría que resolver algunos asuntos más urgentes. Por ejemplo, cómo pagar el alquiler de ese mes.

Philip vivía al día. Nunca había podido permitirse el lujo de ahorrar. El seguro médico, el del coche, la ayuda que durante algún tiempo había estado prestando a su padre, los impuestos confiscatorios, calefacción, gasolina, compra de alimentos, alquiler…Todo eran gastos y más gastos que se comían la recaudación del taxi, por más horas que se pasara al volante. Y desde que Brooklyn se había llenado de hijos de papá de Manhattan jugando a ser *hipsters*, el casero se había subido a la parra y le cobraba por su viejo apartamento, situado en la Cincuenta y cuatro con la Decimotercera Avenida, casi tanto como por un ático en Central Park. ¡Una locura! Cuántas veces había maldecido a esos niñatos pijos que estaban desnaturalizando su barrio. Williamsburg ya no parecía Williamsburg. Todo se había convertido en una sucursal del Upper East Side, al otro lado del puente.

Entre una cosa y otra llevaba más de una semana gastando lo que no tenía y sin ingresar un dólar, sabiendo que no podría afrontar la situación resultante. Cuando empezaran a llegar facturas y el banco las devolviera, tendría un problema serio. Carolina estaría en condiciones de hacerle un préstamo sin que sus finanzas se resintieran lo más mínimo, y lo haría además encantada, máxime conociendo mejor que nadie sus auténticas posibilidades de probar ante un tribunal la propiedad de ese cuadro del Greco valorado en una fortuna. Pero no pensaba pedírselo en ningún caso. Recurriría a cualquiera antes que a ella. Si tenía que vender el taxi para ganar tiempo, lo haría. Empeñaría hasta sus camisas, subastaría sus muebles en internet. Estaba decidido a sacar dinero de donde fuese para recuperar lo que era suyo. De donde fuese, excepto de esa mujer.

Con cierto temor y toda la delicadeza posible, puso su

mano izquierda sobre el muslo derecho de ella, dirigiéndole una sonrisa cargada de ternura. Fue una caricia amorosa antes que sensual. Una manera silenciosa de decirle que estaba disfrutando de su compañía y esperaba ir acortando distancias. Una forma sencilla de hacerse presente en sus pensamientos sin romper con su voz ronca de ex fumador la armonía de lo que estaba sonando.

El tacto de esa mano cálida en su piel, incluso a través del pantalón, hizo estremecerse a Carolina hasta el punto de llevarla a perder el control del coche unos segundos, por suerte en una recta. No era el primer hombre que la tocaba, ni el segundo, y el gesto de Philip, además, se notaba absolutamente inocente. Pese a lo cual lo percibió como un roce cargado de erotismo, preludio del sexo que habría de llegar más pronto que tarde. Claro que no era eso lo que la asustaba. El sexo era algo tan natural en su vida como la música o el baile. El sexo no dolía, no hacía sufrir, no entrañaba peligro. Lo malo era lo otro, lo que veía venir, lo que le estaba pasando.

Desde que había conocido a ese neoyorquino, no pensaba en otra cosa. Su existencia giraba en torno a él. Había dejado de lado la lectura, relegado el trabajo al mínimo indispensable para no perder buenos clientes, descuidado a los amigos, abandonado el deporte… En su agenda únicamente había sitio para él. Estaba inmersa en la historia de su cuadro y su familia hasta el punto de olvidarse de sí misma. Y sí, se trataba sin duda de una historia fascinante, aunque no hasta el punto de ocupar sus pensamientos día y noche.

En otras ocasiones había seguido la pista a un cuadro del Greco desconocido para el gran público, aunque nunca, ni remotamente, la había llevado esa aventura a encontrarse en un estado de ansiedad semejante. Una pregunta que no habría querido formularse martilleaba sin cesar su cabeza: «¿Será esto estar enamorada?».

La mera posibilidad le daba un miedo cerval. Nunca, en sus cincuenta años de vida, había creído de verdad que mereciera la pena enamorarse. Hasta ahora.

Ese hombre era opuesto a ella en todo. En carácter, cuna, experiencia vital, aficiones, intereses, educación, costumbres. Hablaban idiomas distintos. Discrepaban mucho más de lo que coincidían. Por no compartir no compartían ni la religión, si bien era verdad que ninguno de los dos daba excesiva importancia a esa faceta. Carolina era consciente, no obstante, de lo profundamente que marca a las personas la fe aprendida en la infancia. ¿Qué tenían en común entonces? Muy poca cosa. Alguna emoción además de la piel. Principios fundamentales. Un sentimiento naciente. ¿Dónde les llevaría eso?

De pronto, al embocar la M-30, le vinieron a la mente Embassy y las amigas con las que quedaba de cuando en cuando a merendar. Amigas del colegio, en su mayoría, de un entorno similar al suyo. «Gente bien de toda la vida», según su propia consideración. ¿Cómo encajaría en ese ambiente un taxista neoyorquino? ¿Se atrevería a llevar a Philip allí? La duda duró apenas unos segundos. Miró el rostro del hombre que iba a su lado, bajó la mirada hasta los hombros musculosos, marcados en la camisa vaquera, entrelazó su mano derecha con la izquierda de él, una mano grande, fuerte, hecha para acariciar despacio, y se contestó que sí. Le llevaría. Una media sonrisa pícara le dibujó un hoyuelo en la mejilla al constatar, con malicia, que no solo le llevaría, sino que sería la envidia de todas sus conocidas.

—¿Qué te ha parecido Toledo? —inquirió, a punto de terminar el concierto de Chopin.

Philip había intuido que no era eso lo que ella quería saber, por lo que formuló la pregunta correcta:

—¿Qué te ha parecido a ti ese beso?

# 7

## Ogros en España

*Madrid*

Un fuego de leña ardía en la chimenea del cuarto de estar, tiñendo de naranja encendido la penumbra de la habitación. En el equipo de música sonaba la voz envolvente de Norah Jones. Ni siquiera habían encendido velas. ¿Para qué? Preferían saborear sus copas en esa atmósfera cómplice, cargada de sensualidad, preludio de otros placeres llamados a llegar, si llegaban, cuando avanzara la noche.

Carolina había preparado dos gin-tonics de Seagram's en vaso ancho, con mucho hielo, corteza de lima y un toque de cardamomo. Una bebida cuya elaboración bordaba, probablemente por ser su favorita. La había servido acompañada de perlitas de chocolate amargo Lady Godiva, que degustaba muy lentamente, dejándolas deshacerse en su boca, sentada en el suelo sobre una alfombra de lana. Su espalda descansaba apoyada en las patas de una butaca.

Philip había preferido el sofá cercano. Tenía calor, pese a

estar en mangas de camisa. Un calor completamente ajeno a la temperatura de la habitación, donde la ventana abierta dejaba entrar la fresca brisa nocturna.

—Sin duda, los ricos sabéis preparar las copas como nadie —bromeó, dando un trago largo a la suya.

—No empecemos otra vez… —advirtió ella.

—Está bien. Haya paz, princesa. Pero lo dicho; es el mejor gin-tonic que he probado.

—¿Tu religión te permite beber alcohol? —inquirió Carolina, como si no estuviera viéndole hacerlo con deleite.

—Los judíos —matizó él, marcando distancias deliberadamente— pueden beber alcohol siempre que sea *kosher*. Mi abuelo bebía vino. Mi padre, cerveza, como yo. Pero definitivamente esto está mucho más rico.

—Si algo hacemos bien los españoles —sacó pecho Carolina—, es preparar copas. Cubalibres, mojitos, gin-tonics, caipiriñas, sangría… lo que quieras. Somos célebres en el mundo entero por eso.

—Y por las mujeres —añadió él con una sonrisa.

Un tronco estalló ruidosamente en la lumbre e hizo que Carolina se levantara para reordenar los rescoldos y así evitar que alguno acabara provocando un incendio. Concluida la tarea, recogió su vaso del suelo y fue a sentarse junto a Philip, que la recibió, cariñoso, levantando el brazo izquierdo con el fin de hacerle sitio junto a su pecho. Norah Jones los invitaba en su canción a «escaparse con ella donde nadie pudiera tentarles con sus mentiras».

—¿Recuerdas la bronca que tuvimos nada más llegar aquí? —preguntó, hecha un ovillo en su regazo, con la mirada fija en las llamas.

—¡Como para olvidarla! Casi me toca dormir en la calle…

—En serio, ¿te acuerdas de por qué fue?

—Porque no apreciaste mi peculiar sentido del humor —resumió Philip, deseoso de pasar página antes de que la conversación fastidiase un día fantástico que prometía acabar aún mejor—. Ya te pedí perdón por aquello.

—Lo sé. Pero quisiera explicarte por qué me enfadé tanto.

—Si lo consideras necesario, adelante. Yo ya he pasado página. No soy rencoroso.

—Me enfadé porque metiste el dedo de lleno en una herida mal curada. No sé si te lo han dicho alguna vez, pero tienes la sensibilidad de una roca.

—Todos tenemos heridas, corazón. Algunas, bien gordas. Pero a nuestra edad no tiene mucho sentido ir por ahí aireándolas, ¿no te parece? Hay que superarlas y seguir viviendo. Sí tengo sensibilidad. Lo que no soy es un blando.

—Hay una diferencia entre ser blando y llevar una piedra en el lugar del corazón. Pensar que alguien como yo pueda alegrarse por haber perdido a sus padres y así heredado su dinero entra dentro de la segunda categoría. Me pareció que te comportabas de un modo ruin considerándome afortunada. Por eso me puse como me puse.

—No quiero discutir, Carolina. Sabes que no iban por ahí los tiros.

—Pues dime que lo entiendes.

—Entiendo que es duro perder tan pronto a tus padres. Lo entiendo mejor de lo que crees. Sigo pensando, no obstante, que es más fácil soportarlo cuando no te falta de nada y vives...

—Algunas pérdidas no se superan nunca —le interrumpió ella con la voz quebrada—. Ciertas ausencias nunca dejan de doler. ¿Tanto te cuesta entenderlo?

—Déjalo estar, te lo suplico.

—Por eso amo tanto la música, la literatura y no digamos la pintura —siguió desahogándose ella, ajena a lo que él decía—. Por eso siempre he preferido la compañía de mis libros o mis cuadros a la de la mayoría de las personas. El arte perdura, permanece inmutable al paso del tiempo. Las personas se mueren, se van o se transforman en algo completamente distinto de lo que parecían ser.

Philip percibió por vez primera en esa mujer aparentemente inquebrantable un signo de fragilidad. Ella, siempre tan segura de sí misma, tan arrogante, tan elegante, tan adaptable a cada situación, estaba mostrándole su parte más íntima. Su secreto mejor guardado. Carolina Valdés le confesaba, sin pronunciar las palabras y sin mirarle a los ojos, que le resultaría difícil confiar en él. Que no sería sencillo amarla y romper esa coraza de cemento armado construida, capa a capa, con su propio miedo infantil a sufrir.

Esa mujer no iba a dejarse querer así como así; Philip lo había visto claro desde el principio. Le daría mucho trabajo derribar todas las barreras culturales, sociales y emocionales que le separaban de ella. Tumbar tanto prejuicio ancestral. Aun así, lo intentaría, porque merecía la pena.

Sabía que las parejas le duraban poco, en parte por falta de suerte, sobre todo por dejadez. Siempre había sido un entusiasta del aquí y ahora, convencido de que la vida misma se encargaría de frustrar cualquier plan que pudiera elaborar a largo plazo. Su fuerza de voluntad era tan firme como su rechazo al voluntarismo. Y pese a todas esas consideraciones iba a tirarse a la piscina de cabeza, en ese mismo instante, confiando en que, por una vez, la fortuna estuviese de su lado. Tenía a gala ser un hombre de recursos, optimista por necesidad. Ya encontraría el modo de conquistar ese fortín. La cuestión era iniciar el asalto.

Dándose la vuelta despacio, a fin de situarse al alcance de su cuello y recorrerlo lentamente con los labios, le susurró al oído:

—Los cuadros no besan…

Ella se estremeció, arqueando instintivamente el cuerpo en busca de más. Él la levantó en volandas para sentarla a horcajadas sobre sus piernas, ansioso por sentir más de cerca el calor de su deseo.

—Los libros no abrazan…

Llevaban mucho tiempo esperando, anticipando, aplazando un desenlace intuido y anhelado desde ese primer cruce de miradas intercambiado en un hotel de Nueva York.

—¡Ven! —ordenó Carolina, sin precisar a dónde.

—Un violín no te haría el amor como voy a hacértelo yo… Toda la noche.


Los despertó la doncella, bien entrada la mañana, con un discreto toque en la puerta.

—Preguntan por la señora al teléfono. Es un caballero, don Félix Arias, que ha llamado ya dos veces. Dice que la señora tenía mucho interés en hablar con él.

Carolina saltó de la cama, se echó una bata de seda encima y cogió el teléfono desde el salón. No tenía aparato en su cuarto para evitar ser molestada a horas intempestivas, dadas las múltiples relaciones de trabajo que mantenía con gentes residentes en distintos husos horarios. Además, para eso disponía de servicio. Un mal hábito de privilegiada, como diría Philip, al que se había acostumbrado desde niña.

De regreso a la habitación sacudió cariñosamente al hombre que había dormido desnudo a su lado, tentada de animarle a empezar otra vez desde cero. Viendo su espalda musculada, la nuca que tan bien conocía ya, esas manos expertas en explorar territorios prohibidos adentrándose en los más recónditos… estuvo a punto de acostarse junto a él y olvidarse del mundo exterior. Pudo más al final su sentido de la responsabilidad, desarrollado durante décadas de férreo entrenamiento.

—Cariño, era Arias.

—¿Quién? —musitó el americano entre sueños.

—Félix Arias. El amigo de Bensadón al que estábamos esperando, ¿no recuerdas?

—Sigamos esperando entonces un poco más —propuso él en tono sugerente—, y vuelve aquí.

—Ahora no, remolón. Hemos quedado dentro de un par de horas en su casa. ¿Qué prefieres desayunar? ¿Té, café, fruta, huevos revueltos?

—Me conformaré con un café, ya que lo que de verdad querría no está en la carta.


El canciller jubilado vivía en un cuarto piso de la calle Luisa Fernanda, a dos pasos de la plaza de España. Él mismo les abrió la puerta, enfundado en una gruesa chaqueta de lana tejida a mano, calzando zapatillas de fieltro, con una bufanda enroscada al cuello. Su cara mostraba signos evidentes de estar sufriendo la gripe y debía de pensar que se la curaría sudando. De hecho, mientras los conminaba a darse prisa en pasar, se sonaba ruidosamente la nariz con un pañuelo de los antiguos, tamaño sábana.

—Entren, entren, que se enfría la casa.

Rondaría los setenta años más o menos. De estatura baja, ligeramente zambo y entrado en carnes a la altura de la barriga, resultaba simpático a primera vista por la piel lustrosa de su rostro, surcado de venitas rojas, coronado a ambos lados del cráneo por sendos mechones de pelo que recordaban al profesor Tornasol, de *Tintín*, en canoso. Hablaba tanto el inglés como el español con una mezcla cómica de acento andaluz y alemán, adquiridos sucesivamente en su Almería natal y sus largos años de destino en Bonn. Cada cierto tiempo emitía un carraspeo destinado a aclararse la garganta, seguido de una sentida disculpa.

—Ese maldito clima alemán y mis bronquios… Ustedes perdonen.

Tras las presentaciones de rigor y la correspondiente mención agradecida a Janos Bensadón y Pilar Sánchez, cuya labor fue ponderada por los tres, pasaron a una salita situada al final del pasillo, donde tomaron asiento alrededor de una mesa camilla vestida con faldas de cretona que el anfitrión utilizó para abrigarse las piernas. Una vez acomodados, Philip abrió el fuego de inmediato, ahorrándose los preámbulos.

—¿Le dice algo el nombre de Paul Böse?

—¿Debería? —inquirió Arias con cierto recelo.

—Verá —terció Carolina, más diplomática—, es que estamos siguiendo la pista de un criminal nazi desde Hungría, y tenemos motivos para creer que en el año 1965 estaba en España. Según nos explicó su amigo Bensadón en Budapest, usted es una auténtica autoridad en la materia. «Nadie sabe más de nazis en España que Félix Arias», fueron, si no recuerdo mal, sus palabras textuales.

—Me temo que Bensadón exageró la nota. No soy más que un aficionado, aunque algo he estudiado la cuestión, eso sí.

—¿Y le suena ese nombre, Paul Böse? —insistió el americano.

—Así, a bote pronto, no. Tendría que revisar mis archivos, pero dudo que encontrara a nadie con esa identidad. No es un apellido corriente y, de haberlo leído en algún sitio, lo recordaría. No sé si voy a poder ayudarles.

—¿Sería plausible que un criminal nazi hubiese encontrado refugio en España después de la guerra? —Cambió el enfoque Carolina, reacia a rendirse fácilmente.

—La respuesta a esa pregunta nos va a llevar un buen rato —advirtió el funcionario, visiblemente satisfecho—. ¿Puedo ofrecerles un café, agua, un refresco tal vez? Desde que murió mi esposa, Angelines, me las arreglo como puedo yo solo, y no suelo comprar pastas y esas cosas que ella siempre tenía a mano para obsequiar a los invitados. Aunque algo de beber tiene que haber en la cocina...

La cortés negativa de sus huéspedes evitó al convaleciente tener que darse un paseo hasta la otra punta de la casa, que distaba de ser su lugar favorito. Él prefería refugiarse en su despacho, acompañado de sus papeles, aunque tuviera que alimentarse de bocadillos y cafés con leche. Esa mañana, además, disponía de público dispuesto a escuchar el fruto de sus investigaciones. No había tiempo que perder.


Ante la atenta mirada de una pareja que a primera vista le había parecido singular, por el contraste entre los rústicos modales de él y la refinada actitud de ella, Arias se dispuso a contestar, de la manera más sucinta posible, una pregunta cuyo contenido daba para elaborar varias tesis doctorales.

En aras de situar las cosas en su contexto histórico, se remontó al estallido de la Guerra Civil y la ayuda militar brindada en ese momento por Hitler al sublevado general Franco, para explicar el origen de los estrechos vínculos existentes entre ambos regímenes. Esos lazos, creados en circunstancias tan dramáticas, justificaban la hospitalidad que encontraron más tarde en España centenares si no miles de simpatizantes y dirigentes nazis derrotados, fugitivos de los Aliados. En esa guerra fratricida, añadió, a guisa de explicación complementaria, se cometieron incontables barbaridades por parte de ambos bandos, lo que dio lugar, durante lustros, a odios, amores, rencores, venganzas y gratitudes incondicionales, del todo ajenas al ámbito de lo racional e imposibles de comprender apelando únicamente al interés o la política.

—Todavía hoy seguimos revolviendo en esa herida con pasiones contrapuestas —apuntó, pesaroso—. ¡Imagínense ustedes cuál sería la situación en 1944 o 1945!

Sin necesidad de consultar papel alguno, ya que su cabeza parecía almacenar nombres y fechas mejor que el más sofisticado ordenador, relató a sus visitantes cómo, al calor de esa amistad y bajo el patrocinio del ministro del Interior y jefe de la Falange, Ramón Serrano Súñer, los distintos servicios secretos alemanes, así como la temible Gestapo, obtuvieron toda clase de facilidades por parte del gobierno franquista para instalarse en el país, moverse por él con absoluta libertad y desplegar una tupida red de informadores, especialmente activa en la prensa y la radio. Una red que el embajador inglés de la época, Samuel Hoare, calificó como la más poderosa que hubiese visto jamás.

—El amo de la propaganda y censura vigente en la España de los cuarenta se llamaba Josef Hans Lazar —añadió el veterano canciller, feliz de haber captado plenamente la atención de sus visitantes—. Era el agregado de prensa de la embajada alemana; un discípulo aventajado de Goebbels en el manejo conjunto del halago, el soborno y la amenaza, al que temían con sobrados motivos todos los reporteros españoles. Nativo de algún país balcánico, había llegado a Burgos en 1938 como corresponsal y estaba muy bien relacionado con el régimen. Los periodistas comían de su mano o sufrían duras represalias. De esos polvos vinieron los lodos que trajo consigo después el final de la guerra mundial.

Dado que Carolina y Philip habían preguntado específicamente por lo ocurrido a partir de ese momento, Arias pasó de puntillas por las inversiones multimillonarias realizadas durante el período hitleriano en la minería e industria pesada española, vitales para la maquinaria bélica alemana, que servirían de pretexto o justificación, durante los años de la contienda, para la llegada al país de incontables supuestos hombres de negocios embarcados en actividades de índole bien distinta, a menudo inconfesable. En esas personas, y esto era lo importante para el caso que les ocupaba, puso su foco después la Operación Safehaven (Puerto Seguro), establecida por los Aliados tras su victoria. Una operación cuyo objetivo era desarticular cualquier intento de reconstrucción del nazismo que pudiera utilizar como base el territorio de la península Ibérica, así como capturar a todos los criminales que trataran de esconderse en España o en Portugal, ya fuese con la intención de permanecer allí o bien como escala en la ruta habitual de escape hacia Sudamérica, destino favorito de los fugitivos.

El canciller, que había tenido acceso tanto a los archivos españoles como a los existentes en la antigua República Federal de Alemania, les contó con todo lujo de detalles cómo la estrecha relación de compañerismo y mutua admiración existente entre antiguos funcionarios alemanes y militantes de la Falange, al igual que entre miembros de la Wehrmacht y militares españoles de alta graduación muy influyentes en el entorno del dictador, había torpedeado desde el principio la labor de los Aliados e incluso la del ministro de Asuntos Exteriores, Alberto Martín-Artajo, encargado de ayudar a estos últimos a cumplir con su misión de control. Algo extraordinariamente difícil de cumplir, constató, al estar Martín-Artajo atado de pies y manos.

Ante la extrañeza de sus oyentes por esta última afirmación, Arias recurrió a una metáfora que había empleado en más de una ocasión al compartir sus conclusiones con su añorada Angelines, y dijo que el máximo representante de la diplomacia se encontraba «atrapado entre las fauces de una tenaza». Por una parte, debía honrar el acuerdo suscrito por el gobierno español con los vencedores, a quienes se había prometido entregar a todos los ciudadanos alemanes o austríacos sospechosos de haber perpetrado crímenes de guerra, incluidos en listas de repatriación forzosa elaboradas por los Aliados a tal efecto. Por otra, su misión se veía sistemáticamente boicoteada desde dentro por un sinfín de germanófilos muy bien situados en la policía, las fuerzas armadas, la Falange o incluso la Iglesia católica, empeñados en obstaculizar su trabajo y garantizar a sus amigos nazis una estancia lo más segura y agradable posible en España.

Claro que Franco presidía el gobierno de un país oficialmente neutral, aunque sin lugar a dudas alineado con los postulados ideológicos de los vencidos, se adelantó a la objeción que esperaba escuchar. Pero debido al hecho de que los nazis habían sido vencidos, la política exterior española necesitaba con absoluto apremio ganarse el favor de las potencias aliadas. Y ése era, precisamente, el cometido que se había confiado a Martín-Artajo. Un cometido muy difícil de llevar a cabo.

—Por veinticinco pesetas cualquier alemán podía comprar en el mercado negro una copia de esas listas de repatriación —expuso a título de ejemplo—. ¡Figúrense el papelón que tenía ante sí el ministerio para localizarlos, una vez que estaban alertados, máxime cuando tampoco faltaban policías partidarios de la causa o bien dispuestos a dejarse sobornar por cuatro duros!

La solución que encontró Artajo, enfrentado a ese callejón sin salida, siguió relatando el funcionario, con pasión de historiador, fue separar el grano de la paja. Es decir, centrar la persecución en los verdaderos criminales y jerarcas distinguidos del nazismo, permitiendo que los demás, miembros de una nutrida colonia de unas diez mil almas, segundones o ajenos al régimen del Tercer Reich, permaneciesen en el país sin ser molestados.

Incluso llevar a cabo esa criba resultó ser muy complicado, precisó Arias. Tanto, que hasta abril de 1946 apenas setenta y cuatro integrantes de un listado compuesto por doscientos cincuenta nombres, señalados como prioritarios, habían sido localizados y expulsados. Unos meses más tarde, en noviembre, el recuento final ascendía a ciento cinco. Entre los fugitivos había agentes de la Gestapo, los servicios de contraespionaje militar o los de seguridad civil, que durante la guerra habían estado involucrados en distintos actos de sabotaje; espías adscritos a diversas agencias, y empleados del gobierno del Reich reclamados por distintos motivos, que en su mayoría escaparon a la persecución. Los más nunca fueron repatriados y los otros, después de breves estancias en campos de internamiento, regresaron a España sin dificultad.

Ése resultaba ser el deprimente balance de Safehaven.

Philip había ido en busca de información específica sobre Paul Böse, aunque el relato que estaba escuchando le tenía fascinado y asqueado a la vez. Le repugnaba oír que los culpables de asesinar a seis millones de judíos, los causantes de la guerra devastadora en la que habían caído tantos valientes soldados norteamericanos, hubieran encontrado un país dispuesto a darles asilo. El mismo país al que habían servido diplomáticos como Ángel Sanz Briz y otros, recordados con enorme afecto por Janos Bensadón, gracias a los cuales se había salvado buena parte de su familia. Eso le parecía una incongruencia incomprensible.

Recordaba la ira que había experimentado en Boston al descubrir que incluso su patria, Estados Unidos, había abierto sus puertas a destacados representantes del nazismo en los años posteriores a ese conflicto terrible. Se sintió peor aún al saber que lo mismo podía decirse de otras naciones del continente americano, encantadas de recibir a los exponentes más aberrantes de esa ralea criminal, encabezados por Adolf Eichmann, responsable directo de la siniestra «solución final», o el diabólico doctor Josef Mengele, apodado el Ángel de la Muerte por sus víctimas de Auschwitz.

Carolina no tenía la menor idea de que ese siniestro personaje, culpable de torturar y asesinar con sus experimentos médicos a millares de inocentes en el campo de concentración polaco, hubiese pasado por España. Su quedó estupefacta al oír que él y otros individuos similares, como el oficial de las SS Reinhard Spitzy, ayudante del ministro de Exteriores Von Ribbentrop, o colaboracionistas condenados a muerte en ausencia en sus lugares de origen, de la talla del belga Pierre Daye, el francés Charles Lesca y muy probablemente Louis Darquier de Pellepoix, comisario general para Asuntos Judíos del régimen de Vichy, estuvieron asimismo ocultos en su país, algunos durante varios años, antes de trasladarse bajo nombres ficticios a la Argentina de Perón o el Brasil de la dictadura militar, donde recibieron asilo político.

Philip estaba desconcertado.

—Usted perdone —interrumpió el relato del canciller—, pero me he perdido. No me parece coherente que servidores de un mismo gobierno se jugaran la vida para salvar a unos judíos húngaros, como hizo el señor Sanz Briz, y al mismo tiempo ayudaran a los verdugos del Holocausto.

—Ésa es la especialidad de Bensadón, no la mía —desvió la pelota Félix Arias, con una sonrisa elocuente.

—Ya, pero ¿usted qué opina? ¿Lo entiende?

—Yo creo que la política del régimen franquista no estaba orientada a la salvación de judíos perseguidos, desde luego, aunque tampoco a su eliminación, como sí lo estuvo la de los países integrados en el Eje hitleriano. Franco permitió actuar a los diplomáticos que quisieron involucrarse en esa tarea humanitaria, porque le convenía poner una vela a Dios y otra al diablo en espera de ver quién ganaba la guerra. Nadó y guardó la ropa, en ésa como en tantas otras áreas, al igual que hacen hoy algunos distinguidos políticos… Salvando todas las distancias, por supuesto —matizó, temeroso de meterse en un jardín lleno de espinas.

Llegado a este punto, Arias reconoció que el alcance real de la ayuda prestada por las autoridades españolas a la fuga de criminales nazis nunca se había estudiado a fondo y probablemente nunca se podría investigar ya, por falta de testigos vivos, aunque era una realidad incuestionable. Estaba demostrada la existencia de varias redes creadas en la Península con el empeño de facilitar estas huidas, conocidas popularmente como «líneas de ratas», dirigidas por distintos personajes generalmente vinculados con las SS. Líneas que dieron mucho quehacer a los Aliados empeñados en capturar a esa «ratas» fugitivas, aunque ninguna tan eficaz como la comandada por una mujer de padre alemán, aunque nacida en España, llamada Klara, Clarita, Stauffer. Su caso merecía mención especial.

Clarita Stauffer era la hija del director de la fábrica de cervezas Mahou. Una joven moderna, amiga íntima de Pilar Primo de Rivera, hermana del fundador de la Falange y presidenta de la Sección Femenina, cuyo departamento de prensa y propaganda estaba a su cargo. Ella encabezaba también la Sociedad de Asistencia Alemana, organización muy vinculada al Auxilio Social falangista, creada legalmente con la finalidad de asistir a los alemanes necesitados, aunque dedicada en realidad a cuidar de los prisioneros de guerra alemanes fugados de los campamentos franceses, ocultar a los incluidos en las listas de repatriación forzosa y, sobre todo, facilitar la fuga a Sudamérica de los más altos gerifaltes del partido nazi atrapados en Europa, proporcionándoles dinero, transporte y documentación falsa.

—Los Aliados querían coger en su red a todos los peces posibles —precisó el funcionario, consciente del estupor que causaban sus palabras en quien jamás había oído hablar de ese asunto—, pero lo que más les preocupaba en aquellos días era la organización Werwolf, que en alemán significa algo así como ogro. Mucho más que la escasa o nula voluntad de cooperación que mostraban las autoridades españolas a la hora de expulsar a los nazis incluidos en esas listas, las cuales, por otra parte, tampoco contenían ningún nombre especialmente destacado; quiero decir uno de los realmente gordos, buscado a escala internacional, según el criterio de la Comisión de Crímenes de Guerra de las Naciones Unidas.

A ésos nunca llegaron a ubicarlos aquí, aunque algunos hicieran escala. La prioridad, por tanto, era el Ogro. No cabe ninguna duda.

La mera palabra «ogro» evocaba imágenes inquietantes. A medida que escuchaba hablar a Félix Arias, Carolina iba recordando haber leído algo al respecto, si bien le costó un rato atar cabos. Philip, a su vez, trataba de ponerse en la piel de su padre, obligado a convivir en un mismo lugar con los asesinos de su familia e incluso verse obligado a servirles. Se imaginaba lo que habría sentido al toparse cara a cara con ese hombre, Paul Böse, pavoneándose en una recepción de alto copete entre distinguidos invitados, mientras él pasaba bandejas. Le habría hervido la sangre hasta hacerle estallar la cabeza. ¿A quién no le habría ocurrido? De aquello hacía más de cuarenta años y le estaba hirviendo a él, sin conocer al personaje.

No sabía aún dónde había ido a parar ese tipejo, pero estaba decidido a descubrirlo.

—¿Qué clase de organización era ese Ogro? —preguntó al viejo canciller, tratando de hallar algún anclaje con el hombre que le obsesionaba.

—Era una red clandestina establecida por los nazis a fin de mantener vivos los ideales del Partido Nacionalsocialista después de la capitulación y, en la medida de lo posible, prepararse para un nuevo asalto al poder en cuanto surgiera la oportunidad. Con ese propósito habían almacenado grandes cantidades de dinero, y disponían igualmente de hombres entrenados para amedrentar a los alemanes residentes en España reacios a secundar sus planes o bien tomar represalias contra quienes se atrevieran a enfrentarse a ellos. Ya les he comentado la cantidad de agentes de diverso pelaje que habían estado operando en estas tierras. En muchos casos esos tipos seguían aquí, urdiendo planes.

—Me parece haber leído alguna novela de espías en la que se hablaba de esa historia, pero siempre pensé que era ficción —se sorprendió Carolina—. ¿Puede ser una de Frederick Forsyth?

—Tiene usted buena memoria —asintió el funcionario con admiración—. La trama de *Odessa* se centra en la organización Ogro, aunque en el terreno de la ficción, cuando lo cierto es que esa gente llegó a representar un peligro muy real. Aquí, en España, su máximo cabecilla fue un antiguo combatiente de la Legión Cóndor, intérprete del general Muñoz Grandes en la División Azul, llamado Hans Hoffmann. Un hombre muy poderoso y muy bien relacionado, a quien nunca pudieron tocar los Aliados porque Franco en persona lo protegía.

—¿Franco se metía en esos detalles? —inquirió Carolina, incrédula.

—La mayoría de las veces, no, pero en este caso hizo una excepción. También se interesó personalmente por el jefe del complejo empresarial Sofindus, Johannes Bernhardt, destacado miembro del partido nazi, que había contribuido decisivamente a la financiación de su golpe en el 36. No solo lo libró de caer en manos de los Aliados, sino que le regaló la nacionalidad española y una hermosa finca en Denia. Más tarde, ya en los cincuenta, él emigró a Argentina y de allí regresó con plena impunidad a Alemania, donde vivió plácidamente sus últimos años.

—Y volviendo al Ogro... —se impacientó Philip.

—Les estaba hablando de Hoffmann, uno de sus principales representantes aquí. Según los informes elaborados por los servicios de inteligencia estadounidenses, el propio Hoffmann participó, a mediados de 1944, en el secuestro de un diplomático alemán disidente y de su esposa, española, que terminaron sus días en el campo de concentración de Dachau. Pese a ello, fue nombrado cónsul honorario en Málaga, donde falleció a finales de los noventa a los ochenta y tres años de edad. Y por si no bastara con esa bicoca, ostentó asimismo la presidencia del Colegio Alemán en la Costa del Sol, que todavía hoy lleva su nombre. No fue el único beneficiario de atenciones similares.

—¿Quiere usted decir que incluso los responsables de esta red encontraron refugio en España? —inquirió el americano, cada vez más indignado.

—Así es. Al menos varios de ellos. Además de Hoffmann, otro destacado nazi de nombre Karl Albrecht, a quien los Aliados consideraban uno de los alemanes más peligrosos en Madrid, permaneció aquí sin ser molestado y siguió presidiendo la firma AEG, gigante de la electrónica, hasta que en 1948 se marchó a Argentina. Y mitad argentino mitad alemán era también el capitán Fuldner, intérprete en la División Azul al igual que Hoffmann, quien llegó a Madrid en marzo de 1945, procedente de Berlín, con mucho dinero y obras de arte cuya venta debía sufragar la creación de una macro «línea de ratas»...

Philip había oído las palabras «obras de arte», que actuaron como un resorte en su cerebro. Sin dejar que Arias concluyera lo que estaba diciendo, le volvió a interrumpir.

—¿Podría tratarse de un nombre falso?

—¿A quién se refiere?

—A Fuldner. ¿Podría el tal Fuldner ser el hombre que buscamos? ¿Podría tratarse de Paul Böse?

El funcionario se quedó callado, sorprendido por la pregunta, lo que indujo a Carolina a explicar el razonamiento de su acompañante.

—Verá, es que creemos que ese individuo, Paul Böse, sustrajo en Budapest una obra de arte muy valiosa, propiedad de la familia de Philip, que podría haber traído aquí, quién sabe si junto a otras, robadas a los judíos. De ahí nuestra sospecha.

—Comprendo... —Arias se rascó la calva, en un gesto típico en él cuando pensaba. Al cabo de unos segundos negó con la cabeza—. No. Siento decepcionarles, pero la identidad de Fuldner es bastante bien conocida. Me he encontrado en los periódicos y documentos de la época diferentes versiones de su nombre, Alberto y Carlos, pero el apellido es Fuldner. Seguro. Tal vez el nombre falso fuese el otro, el de Böse. ¿Sería eso posible?

—¿Hubo mucho tráfico de obras de arte en España en esos días? —retomó su hilo el neoyorquino, sin responder a la pregunta.

—¡Ya lo creo! Muchos españoles estaban pasando hambre por esas fechas y vendían lo que tenían a precios de saldo. Entre los alemanes con dinero había coleccionistas célebres. Sin ir más lejos, Ernst Hammes, nombrado jefe de la Gestapo en Madrid a finales de 1944, que fue repatriado fugazmente a Alemania pero regresó al cabo de un par de años y abrió un establecimiento de artículos de lujo. También el consejero de la embajada alemana, Fritz von Bibra, o el agregado de prensa, Hans Lazar, de quien les hablaba hace un rato.

—¿Sin control por parte de los Aliados ni tampoco de las autoridades españolas? —insistió Carolina.

—Bueno, digamos que con un control muy relativo. En los últimos días del nazismo, Von Bibra y Lazar se encargaron de arramplar con todos los objetos de valor existentes en los distintos edificios ocupados por organismos alemanes, incluida por supuesto la embajada. El encargado de negocios llegó a presentarse en la finca de un aristócrata español con una caja repleta de soberanos de oro de procedencia dudosa, que pretendía enterrar allí a fin de ponerla a salvo, cosa a la cual el español se negó.

—¿A qué se refiere exactamente al decir «procedencia dudosa»? —inquirió Philip.

—A que probablemente, al menos en parte, se trataba de oro obtenido mediante expolios que había sido transportado a Madrid por avión durante el otoño de 1944. Les repito que todo lo relacionado con ese asunto es muy turbio. De hecho, ese oro acabó siendo depositado «para su salvaguarda» en el Ministerio de Asuntos Exteriores, que se resistió durante largos meses a entregárselo a los Aliados y únicamente se avino a hacerlo después de que Von Bibra, repatriado e interrogado por los Aliados, confesara que lo había llevado allí.

—Acaba de comentarnos que ese hombre permaneció a salvo en España —terció Carolina.

—Me habré expresado mal —rectificó Arias—. Fue repatriado, pasado por el tamiz de los vencedores y enseguida liberado, después de lo cual regresó aquí.

—Pero ¿qué clase de justicia se hizo con esos criminales? —exclamó Philip, casi en un grito.

—La que fue posible hacer, hijo —le calmó el canciller—. Comprendo su enfado, aunque hay que entender también que la amenaza a esas alturas para los Aliados era ya el comunismo, impuesto por la Unión Soviética en toda la Europa del Este, y no el nazismo derrotado. En ese teatro geopolítico España era un punto estratégico, vital en la defensa de

Occidente. Ya sabe usted que en política no hay amigos y tampoco, o muy pocos, principios. Prevalecen los intereses.

—De modo que en razón de esos intereses se permitió el blanqueo libre de objetos de arte robados —concluyó el americano, cediendo a su tendencia natural al exceso simplificador.

—Yo no diría tanto. De hecho, los bienes de Lazar, una colección de arte y antigüedades de considerable tamaño, permanecieron embargados unos cuantos años por los Aliados, mientras él recurría a toda clase de artimañas para evitar ser repatriado. Lo consiguió, emigró a Brasil a mediados de los cincuenta, una vez levantado el embargo, y regresó a Europa poco después. Se suicidó en un tren, camino de Ankara, ingiriendo veneno. Tenía una enfermedad terminal y prefirió adelantarse al destino.

—¿Y sus objetos de arte?

—Lo ignoro. Pero no figuraba entre ellos ninguno significativamente valioso. He tenido acceso a varios de los inventarios que hubo de consignar a las autoridades españolas durante su litigio con los estadounidenses y los británicos. No creo que fuese Lazar el hombre que ustedes buscan. Lo siento de verdad.

Félix Arias era demasiado educado como para pedirles que se marcharan, pero se le veía agotado. Sus últimas intervenciones se habían visto interrumpidas por golpes de tos, que parecían dejarle cada vez más quebrantado. Además, tampoco disponía de información que pudiera ayudarles a encontrar a Paul Böse, por lo que carecía de sentido insistir.

—Me temo que hemos abusado de su hospitalidad —zanjó la conversación Carolina, mirando el reloj, que marcaba las dos—. Tendrá usted que comer.

—Ahora tomaré algo, sí —contestó el canciller, visiblemente aliviado—. Luego echaré una buena siesta.

—Muchas gracias por su ayuda y perdone mi brusquedad —se despidió a su vez Philip, consciente de haberse pasado de frenada.

—Lamento no haberles sido más útil, pero tienen mi número. Si hay algo más que pueda hacer por ustedes, no duden en llamar. Y si hablan con mi buen amigo Bensadón, denle muchos recuerdos. Tengo entendido que lleva su libro bastante avanzado…

—A punto de ser publicado, sí —mintió Carolina—. ¡Será un bombazo!

—Me alegro por él. Con todo lo que ha trabajado, se merece reconocimiento. No solo es un buen hombre, sino un gran investigador.

—Como usted, señor Arias —ensayó el halago el neoyorquino, forzando su naturaleza en el empeño de compensar las voces que acababa de dar—. Ni más ni menos que usted.


Salieron a la calle con ganas de dar un paseo aprovechando la temperatura, perfecta para sentarse al sol en una terraza de Rosales. De camino, Carolina explicó a su amigo lo que significaba el término «aperitivo», al que se disponía a invitarle. Una cerveza, unas aceitunas, patatas fritas, jamón, mejillones…

—Menos que un almuerzo y más que una simple tapa —resumió—. En España disfrutamos de todos los rituales gastronómicos.

—Y después, ¿una siesta? —inquirió Philip, con aire pícaro—. Creo que no me costaría mucho adaptarme a las costumbres de tu país.

—Tal vez —respondió ella, sugerente—. Nunca se sabe…

Los árboles del parque del Oeste empezaban a vestirse de otoño, lentamente, mezclando ocres, cobres y verdes. Carolina brillaba enfundada en un traje de chaqueta azul oscuro, de corte recto, que realzaba la longitud de sus piernas amén de su elegancia natural. Philip la llevaba cogida de los hombros, acompasando su paso al de ella, sintiendo cada movimiento de su cadera, cada respiración, cada toque de esa melena sobre la piel de su cuello como una caricia regalada. No se le escapaban las miradas que le dirigían muchos hombres al pasar. Se sentía afortunado al poder considerarla su mujer, al menos en ese instante, aunque, por lo demás, le frustrara la sensación de haber llegado nuevamente a un punto muerto en la investigación que juntos llevaban a cabo.

—Mucho nombre impronunciable, mucha fecha, pero estamos como estábamos —constató Philip, mientras apuraba su primera caña—. El amigo Arias no ha sido de gran ayuda.

—No hemos avanzado, no —convino Carolina—. Y no será por falta de información. ¡Ese hombre es la enciclopedia Espasa de los nazis!

—¿La qué?

—Déjalo. Era lo que existía en España antes de la Wikipedia. Quiero decir que es un sabio. ¿Qué extraño impulso moverá a alguien como él a pasarse horas y horas en los archivos de varios ministerios o la hemeroteca, rebuscando en un pasado tan feo?

—Tal vez tenga algún interés personal, como me ocurre a mí. Eso era lo que pensaba esa archivera tan amable que nos atendió en el Ministerio de Asuntos Exteriores, me parece recordar.

—Tal vez, aunque lo dudo. Hablaba con mucha frialdad para alguien cuyo objetivo es la venganza. Yo he percibido más bien un interés de índole histórica, académica. Me ha parecido un hombre intelectualmente honesto en busca de la verdad.

—Eso sí que sería una rareza —exclamó Philip, engullendo con deleite la enésima aceituna rellena de anchoa—. La verdad no tiene la menor utilidad. ¿Por qué perdería alguien tanto tiempo buceando entre viejos papeles, sin nada que ganar con ello?

—Tal vez precisamente para llenar ese tiempo —aventuró ella, divertida por su voracidad con las aceitunas—. Nos ha mencionado de pasada a su difunta esposa y no he visto fotografías de hijos o nietos, por lo que deduzco que no tiene. Es probable que haya encontrado en esa indagación histórica un modo de dar sentido a su vida. Hay gente a la que la verdad sí importa y que se esfuerza por rescatarla de la manipulación interesada.

—¿Así, sin un incentivo económico?

—Pues sí. Simplemente por el placer de saber. A mí no me cuesta entenderlo. Es un funcionario jubilado, cobrará la correspondiente pensión, que le dará para cubrir sus gastos, y será feliz desbrozando la maraña de hechos y nombres que hemos estado comentando con él. Leer, estudiar y escribir son ocupaciones muy baratas que proporcionan un inmenso placer.

—Si tú lo dices... —repuso Philip, escéptico—. A mí me cuesta creer que exista gente realmente desinteresada.

—¿Me estás hablando en serio? —Carolina se enfadó—. ¡Eres un perfecto ingrato!

—O una persona realista. Más realista que tú, en todo caso —se defendió él.

La española le lanzó una de sus miradas taladrantes al tiempo que empezaba a enumerar nombres, marcando cada uno de ellos con los dedos de la mano izquierda, comenzando por el pulgar.

—En estos últimos días hemos conocido a Janos Bensadón, que dedica horas y horas a honrar la memoria de diplomáticos españoles, como Ángel Sanz Briz, cuyo empeño desinteresado —subrayó el adjetivo— salvó la vida a millares de judíos. No contento con ello, el hombre aún encuentra tiempo para colaborar con una ONG de abogados solidarios. Nos hemos entrevistado con Simon Berent, que parecía estar esperándote para regalarte sus recuerdos y devolverte con ellos tu pasado. Nos ha brindado su ayuda imprescindible una archivera del Ministerio de Asuntos Exteriores, llamada Pilar Sánchez, sin la cual habría resultado completamente imposible rastrear los pasos de tu familia aquí en España. Has visitado a tu tía Raquel en la residencia de las Hermanitas de los Pobres, que viven de la caridad y acogen a personas carentes de recursos. ¿Puedes decirme qué ha sacado cualquiera de ellos de su encuentro con nosotros? ¿En qué les ha beneficiado?

Philip guardó silencio, literalmente noqueado por la paliza argumental que acababa de darle Carolina. Se había pasado una gran parte de la existencia enfocando su mirada en los motivos que tenía para sentirse agraviado por la vida y, de repente, alguien a quien respetaba e incluso empezaba a amar le obligaba a cambiar radicalmente de enfoque. Consciente de haber sido derrotado, reconoció:

—Tienes razón.

—¡Claro que la tengo! —Se creció ella—. En este mundo hay mucha más gente buena que mala. Muchísima. Lo que pasa es que estos últimos se hacen notar más y merecen la atención de periodistas e historiadores. Pero son la excepción, no la regla.

—Y los que siempre acaban mandando —apostilló él.

—En eso tienes razón tú, lo admito. Para llegar al vértice del poder en cualquier actividad hay que dejarse los escrúpulos y los principios en casa. Lo cual no impide que la mayoría de las personas con las que uno se cruza por la calle sean gentes de bien, dispuestas a cumplir con su deber y hacer algo por su prójimo.

—Yo no lo veo tan color de rosa, aunque, como buen negociador, estoy dispuesto a llegar a un «ni para ti ni para mí». Digamos que hemos tenido suerte, aunque estemos en un punto muerto.

—No tires la toalla antes de tiempo, señor Smith. Aún nos quedan algunos triunfos en la mano.

—¿Querrías compartirlos conmigo, miss Valdés? Ando un tanto perdido…

—Félix Arias me ha dado una idea. Hasta ahora nos hemos limitado a mirar en internet, donde no hay una sola entrada correspondiente a Paul Böse. Estamos buscando en el lugar equivocado. En los años cuarenta, cincuenta, sesenta y hasta bien entrados los noventa, solo existía el papel. Y ahí es donde vamos a ir a investigar desde mañana. A la Hemeroteca Nacional. Nos llevará más tiempo, pero tal vez demos con algo en los periódicos de la época.

—Yo no entiendo español —recordó Philip.

—Entonces seré yo la que vaya. Tú puedes aprovechar para hacer turismo.

—¡Ni lo sueñes! —La besó, para enfatizar su disposición a ir con ella a dondequiera que fuese.

—También voy a explorar otra vía, a través de un contacto en la sede de Christie's en Londres.

—¿Qué clase de vía?

—Te contaré más cuando me conteste, si es que lo hace.

Se trata de una mujer encantadora con la que he trabajado en el pasado. Se llama Ingrid. Con eso debería bastarte. Déjame guardar algún secreto. —Frunció el ceño, impostando enfado—. ¡No quieras saberlo todo! Necesito, eso sí, tu permiso para compartir con ella la información susceptible de ponerla de nuestra parte.

—¿Tú confías en ella?

—Sí.

—Entonces tienes mi permiso. Si algo me has demostrado a estas alturas es que eres persona de fiar. Pija —añadió, provocador—, altiva, repelente en ocasiones, picajosa, coqueta y repugnantemente rica, pero de fiar.

La respuesta le salió a Carolina del alma, en español:

—¡Gili...!

Querida Ingrid:

Te asalto a estas horas de un viernes porque necesito pedirte urgentemente un gran favor, relacionado con el lienzo del Greco que pronto saldrá a subasta en Nueva York. Como sabes, fui contratada por vuestra casa para redactar un informe sobre la autenticidad del cuadro, de cuya autoría no albergo la menor duda. Estamos ante una pieza sobresaliente de un Greco en plena madurez, que, sorprendentemente, ha permanecido oculta durante cientos de años. Y aquí viene mi petición: ¿podrías echarme una mano para localizar a quien ha lanzado esa obra al mercado?

Sé que te pido algo completamente irregular, por lo que voy a poner todas mis cartas boca arriba. Tengo motivos sólidos para pensar que ese lienzo procede del expolio nazi. Es más: en las últimas semanas he seguido su rastro hasta Budapest, la ciudad en la que se encontraba el cuadro antes de la Segunda Guerra Mundial, acompañada por un hombre que asegura ser su verdadero propietario. Los indicios que avalan su historia son muy sólidos, Ingrid. Mucho. De confirmarse ésta con los peritajes que hemos puesto en marcha, el asunto podría dar lugar a un escándalo que en nada beneficiaría el buen nombre de Christie's, ni tampoco el mío.

Te seré muy franca; no termino de fiarme de tu colega Francis Burg. En Nueva York, al ser contactada por esta persona y escuchar de sus labios las primeras noticias referidas a lo que te estoy contando, hablé con Burg para interesarme sobre el certificado de procedencia del cuadro, sin éxito. Como era de esperar, me dio largas, aunque su discreción me pareció excesiva incluso tratándose de un tipo tan hermético como él. Creo sinceramente que oculta algo. Además, estoy convencida de que me mintió. Lo que me pregunto, y te traslado, es si la casa de subastas está implicada en este turbio asunto o si se trata de algo que solo le atañe a él. Conociéndote y conociendo la solvencia de la empresa para la que trabajas, me resulta imposible creer que Christie's y tú podáis avalar una operación manchada por la negra sombra del Holocausto.

El tiempo corre en nuestra contra. Como te digo, hay algunos peritajes en marcha que servirán de base para las acciones judiciales que esta persona, la verdadera propietaria del cuadro, está dispuesta a emprender. Confío en que, con tu ayuda, seamos capaces de alcanzar un acuerdo amistoso y discreto que evite llegar a ese extremo.

Agradezco de antemano la atención que brindes a este asunto, así como la máxima reserva con la que, estoy segura, lo tratarás. Hay mucho dinero y prestigio en juego.

Un abrazo,

CAROLINA VALDÉS

Ingrid Egle era de lo mejorcito que había conocido a lo largo de su carrera profesional. Una prometedora ejecutiva británica del gigante dedicado a la compraventa de arte, encargada de gestionar todo lo relacionado con colecciones privadas, que en más de una ocasión le había demostrado saber poner los principios por delante de la ambición. Disponía de las herramientas y el poder necesarios para arrojar luz sobre una operación que apestaba a podrido. Si alguien podía averiguar quién estaba detrás de ese lienzo de la judería tanto tiempo perdido, era ella.

Carolina pulsó la tecla ENVIAR, satisfecha tras releer su escrito. Claro, conciso y apremiante. Tal vez hubiese cargado en exceso las tintas con lo de las «acciones judiciales», aunque, dadas las circunstancias, consideraba mejor pasarse que quedarse corta. Y lo dicho no faltaba a la verdad. Si no había otro remedio, acudirían a los tribunales a defender su causa. Ella misma correría con los gastos. Todavía no se lo había comunicado a Philip, pero la determinación era firme. Sabiendo lo que sabía de su familia, sintiendo lo que sentía por él, no tenía la menor intención de rendirse ni mucho menos dejarle colgado. Estaba decidida a ser leal con Philip hasta las últimas consecuencias.

La pantalla del ordenador portátil tardó apenas unos minutos en anunciar que había un nuevo correo en la bandeja de entrada. Se trataba de la respuesta de su corresponsal londinense, evidentemente alarmada por lo que acababa de leer.

Querida Carolina:

Me dejas de piedra. Dame cuarenta y ocho horas para hacer unas llamadas. Prometo tener una respuesta el lu-

nes. Y por favor, no hables con nadie más hasta entonces.
Haces bien no fiándote de Burg. Ya te contare por qué.

Saludos,

INGRID

Las cosas pintaban bien.

Philip estaba preparando unas copas siguiendo la receta mezclada por ella la víspera. Pretendía reproducir paso a paso los acontecimientos de la velada anterior, acaso con alguna variación innovadora en lo referente al desenlace.

La perspectiva de pasar otra noche al lado de esa mujer poderosa parecía infundirle paciencia, haciendo que la espera de noticias referidas a su cuadro resultara fácilmente llevadera. Al diablo el taxi y la cuenta corriente en números rojos. Al diablo esos quince millones de dólares. Al diablo el mismísimo Paul Böse. En ese preciso instante solo le importaba ella.

Carolina apagó el ordenador y le dirigió una sonrisa misteriosa.

—Ya está lanzado el anzuelo, señor Smith. Y parece que han picado.

—¿Es decir?

—Todavía es pronto para aventurar nada. Tú confía en mí, por una vez, y dame esa copa. Me la he ganado y es viernes. ¿Podemos, por favor, descansar el sábado, como harían tus abuelos?

—El sábado y el domingo… Pero solo del trabajo. Por lo demás, no pienso darte descanso.

El cuarto de los invitados quedó para la maleta.

# 8

# Las huellas de un asesino

*Madrid*

Cuatro horas llevaba Carolina encerrada en una sala de lectura de la
Hemeroteca Nacional, repasando en la pantalla del ordenador viejos ejemplares de periódicos plomizos, impresos en
cuerpos de letra minúsculos y columnas apretadas, casi ile-
gibles en versión digitalizada. Una tarea sumamente penosa,
que para colmo no había dado el menor fruto.

Ante la imposibilidad de revisar veinte años de prensa
escrita, Philip y ella habían acordado centrarse en la fecha de
la carta con la que Joseph Sofer se había despedido de su
familia al marchar tras los pasos de Paul Böse, agosto de
1965, con la esperanza de terminar la tarea en un abrir y cerrar de ojos. En el momento de concebirlo, ese plan les había parecido algo mucho más sencillo de lo que estaba resultando ser en realidad, dada la abundancia de periódicos
existentes en ese período en España: *ABC*, *Pueblo*, *La Van-
guardia* y *Ya*, por mencionar únicamente los de mayor tirada.

Todos ellos estaban compuestos como se editaba entonces la prensa diaria, con mucha tinta, poca o ninguna fotografía, titulares pequeños y la mayor concentración de información posible en la menor cantidad de papel, dado el alto coste de ese producto. Leer cualquiera de esos diarios en 2015 constituía un verdadero martirio.

A la media hora escasa de comenzar la búsqueda, el americano había empezado a dar señales claras de aburrimiento, levantándose a caminar por la sala de consultas, martilleando la mesa con los dedos o interrumpiendo la concentración de Carolina con preguntas y comentarios estériles. Diez minutos después, ella le había mandado a pasear a la calle, de no muy buenas maneras, recomendándole una visita al cercano Museo del Prado.

—Está a dos pasos de aquí, mirando a la estatua de Colón, a tu izquierda. Si no hay demasiada cola para entrar, aprovecha. Es una de las mejores pinacotecas del mundo, por no decir la mejor.

—No me parece bien dejarte aquí sola, la verdad —había replicado él, caballeroso.

—Pues aquí no haces nada más que distraerme, de modo que lárgate ya de una vez. Si no te llama la atención el Prado, vete al Museo de Cera, que está justo enfrente, o a ver escaparates de tiendas. Pero deja de darme la lata. Nos vemos a la hora de comer.

No era una sugerencia sino una orden, que no admitía discusión. Tampoco Philip tenía el menor interés en seguir allí, por lo que salió de la Biblioteca Nacional, cuyo grandioso edificio acogía la hemeroteca, secretamente satisfecho de haber podido escaquearse a instancias de ella, salvando de ese modo la cara.

Se sorprendió una vez más por la luminosidad de Madrid,

con su cielo limpio azul celeste, y echó a andar calle abajo, hacia el café más cercano donde poder encontrar alguien con quien pegar la hebra en su deficiente *spanglish*. Le apetecía una charla intrascendente de las que solía mantener en el taxi. Echaba de menos esa faceta social de su vida, por más que disfrutara de la intimidad con la española. Y tenía hambre, como de costumbre.

Carolina pasó revista a un mes entero de noticias nacionales, internacionales y hasta de la agenda social, dando gracias al cielo de que en agosto los periódicos fuesen más delgados de lo habitual. Aun así, recorrió meticulosamente cada ejemplar de principio a fin, sin encontrar una sola mención a Paul Böse y muy pocas que tuvieran alguna relación con alemanes residentes en España. Llegada la hora de almorzar, cuando apenas le quedaban por mirar una docena de números de *Ya*, órgano oficial de la Falange, empezó a pensar que todo ese trabajo era una pérdida de tiempo absurda, dado que Félix Arias se le había adelantado en el rastreo, con idéntico resultado negativo. Pese a ello, se dijo que terminaría lo que había iniciado, aunque solo fuese por fidelidad a su norma de no dejar nunca las cosas a medias.

Se había citado con Philip en la cafetería Riofrío, situada en la orilla opuesta de la plaza de Colón, para tomar un plato combinado antes de proseguir con la lectura hasta agotar las posibilidades. Cuando llegó, él ya la estaba esperando en la barra, con una caña recién servida y un interrogatorio en toda regla sobre el resultado de su investigación.

—Nada. Nada de nada. Una mañana tirada a la basura —fue su respuesta, malhumorada.

—¡No me digas eso! Ese hijo de puta nazi tuvo que dejar alguna huella...

—Si lo hizo, no fue en los periódicos, te lo aseguro. Yo

soy de las que, por deformación profesional, se fija bien en los detalles. Ni una referencia a él en los cientos de páginas que he mirado. Es como si nunca hubiese existido.

—¿Algo que mereciera la pena? —inquirió Philip, intentando animarla y de paso animarse a sí mismo.

—Por mi parte, no. Debería haberme ido contigo al Prado —le lanzó ella el anzuelo, consciente de la mirada escéptica con la que horas antes él había acogido su sugerencia.

—No he podido entrar —improvisó el taxista sobre la marcha, necesitado de una excusa—. Tal como temías, había mucha cola.

—Ya veo… ¿Y qué has hecho?

—He ido de aquí para allá, tomado un par de cafés… Me gustan los españoles, ¿sabes? Es gente abierta, habladora como yo. Creo que me adaptaría a este país. —Probó suerte, atento a la reacción de ella.

—¿Qué te apetece comer?

Carolina habría podido explicarle lo que era una «larga cambiada», apelando al lenguaje taurino, aunque no hizo falta. Él captó a la perfección la directa y cambió de tema. Tal vez no fuese tan culto como ella, pero de tonto no tenía un pelo. Sabía que cada mujer se mueve a su propio ritmo y marca implacablemente sus tiempos. Tocaba pisar el freno y poner el punto muerto.

De regreso a la biblioteca, tras un almuerzo frugal, Carolina hizo partícipe de su frustración a la documentalista que se había hecho cargo de la atención al público en el mostrador, diferente a la de la mañana. Una chica joven, mejor dispuesta que su compañera, con ganas de hacer bien su trabajo. Se llamaba Irene y parecía conocer la forma de resultar útil a los usuarios. Había oído hablar de la mujer que requería sus servicios, una historiadora del arte muy famosa, aunque nunca había visto su rostro ni podía imaginárselo así, más parecido al de una actriz de teatro que al de una intelectual al uso. Con el afán de ayudarla, una vez escuchada la naturaleza del problema, le preguntó por el motivo de su investigación y el perfil del personaje en cuestión.

—En ocasiones hay que orientar las pesquisas en otra dirección, buscar caminos paralelos —se justificó—. Por eso las preguntas. Tal vez si mirara usted en antiguos folletos o revistas especializadas... ¿Es o era el tal Paul Böse alguien relacionado con la pintura o la escultura?

Carolina rió para sus adentros al constatar que, en efecto, lo era, aunque desde luego no de la manera que daba a entender esa muchacha encantadora. De ahí que negara con la cabeza e intentara explicarse, sin entrar en demasiados detalles.

—En realidad se trata más bien de alguien vinculado con la política. Por eso esta mañana solicité las colecciones de los diarios de información general. Me falta por ver algún ejemplar de *Arriba*, pero dudo que traiga algo distinto de lo que ya he visto en los otros.

—Qué raro... —musitó Irene, llevándose un dedo a la boca en un gesto inconsciente.

—Bueno, al menos lo habremos intentado. No te preocupes y gracias por tu ayuda —la tuteó con afecto Carolina.

—Espere un momento. —La bibliotecaria mostraba el empeño de alguien movido por la vocación y no solo por el sueldo—. ¿Podría esa persona haberse visto involucrada en algún tipo de suceso?

—Pues ahora que lo dices, sí —respondió la interpelada, evocando las palabras lúgubres con las que el padre de Philip se había despedido de su madre en esa misiva rescatada de una caja de zapatos: «Ese hombre es el demonio y va a pagar por lo que nos hizo»—. ¿Te da eso alguna pista?

—Bueno —repuso Irene, feliz de haber dado en el clavo—, podríamos intentarlo con *El Caso*.

—¡Dios mío! —exclamó Carolina, en un *flashback* a la niñez—. Hacía años que no oía hablar de esa publicación. Jamás se me habría ocurrido pensar en ella. ¿Tú crees que ahí...?

—Si el hombre que le interesa estuvo relacionado con algún delito, como un robo célebre o no digamos un asesinato, es probable que se hiciera eco de los hechos el semanario de sucesos más popular en esa época. Su tirada superaba a la de muchos periódicos y todo el mundo lo leía. Hice un trabajo en la facultad sobre la revista, que ahora sobrevive en formato digital, aunque entre 1952 y 1997 era la reina de los quioscos. Por eso lo sé. Era la favorita de los emigrantes, muchos de los cuales estaban suscritos. Imagínese la imagen que tendrían de España los pobrecillos.

—¿Por qué?

—Ya lo verá usted misma cuando lea algún ejemplar. —La joven sonrió, tomando lápiz y papel para apuntar—. ¿Qué fechas le interesan?

—Agosto y septiembre de 1965. ¡A ver si hay suerte!

La noticia aparecía en el último número de agosto, elaborado y cerrado, según informó Irene a Carolina, con varios días de antelación. El director no había considerado oportuno hacer una llamada en portada. Sí destacaba el suceso en páginas interiores, con un titular a ocho columnas en letras enormes color rojo sangre:

# LE SACARON LOS OJOS ANTES DE MATARLE

Dos sumarios, a un cuerpo algo más razonable y tinta negra, precisaban:

**Brutal asesinato de un ciudadano suizo en su mansión de Sotogrande.**

**La Guardia Civil sospecha del hijo, que permanece detenido en la comandancia.**

El reportaje estaba ilustrado con dos fotografías. Una del difunto, Paul Böse, probablemente extraída de su pasaporte, dado que mostraba rastros de un sello circular en la parte inferior izquierda. Otra mayor, también en blanco y negro, del escenario del crimen: muebles volcados, porcelana rota, ligaduras de cuerda cortadas a los pies de un sillón de anticuario con brazos de madera, y al fondo del salón la silueta de un agente de la Benemérita, agachado, recogiendo algo del suelo.

La entradilla, impresa en negrita, decía así:

**La pequeña localidad costera de Sotogrande se ha visto conmocionada por el brutal asesinato de Paul Böse, perpetrado en la madrugada del pasado 18 de agosto con una saña que ha causado estupor a los propios agentes encargados de la investigación. Según ha podido saber este reportero, el cadáver de Böse fue descubierto por el servicio el lunes, atado a una silla, con las cuencas de los ojos vaciadas y otros signos inequívocos de haber sido torturado. Siete puñaladas certeras habían acabado con la vida del finado. Aunque la Guardia Civil centra sus pesquisas en el hijo de la víctima, el miedo se ha extendido entre la**

colonia extranjera afincada en la Costa del Sol, temerosa de enfrentarse a un psicópata asesino en serie.

A lo largo de tres páginas, el texto del reportaje aportaba algún detalle escabroso más sobre la naturaleza del crimen, como por ejemplo que la víctima no parecía haber sido amordazada, a pesar de los gritos que habría proferido en su agonía, o que el asesino, no contento con sacar los ojos a su víctima mientras aún estaba viva, le había partido el pómulo derecho a golpes. Semejante ensañamiento, subrayaban las fuentes consultadas por el redactor, era característico de los asesinatos perpetrados por odio o por venganza, lo que llevaba a la Guardia Civil a descartar en principio el móvil del robo, pese a ser el difunto un hombre de gran fortuna. Tampoco la hipótesis del asesino en serie, que se había extendido rápidamente entre los extranjeros, en su mayoría alemanes, residentes en la zona, merecía a esa hora credibilidad a la Benemérita, centrada en investigar otras pistas.

Según el atestado, al que había tenido acceso el periodista, los agentes que se personaron en el lugar de los hechos no encontraron puertas ni ventanas forzadas, lo que les llevó a dar por hecho que Böse conocía y confiaba en su verdugo. Los sirvientes, oportunamente interrogados, no echaron a faltar ningún objeto de valor, por lo que pronto fue desechado el móvil del robo. A falta de confirmación notarial, el único hijo del difunto, en su calidad de heredero, aparecía como el más claro beneficiario de esa muerte y, en consecuencia, primer y principal sospechoso a ojos de los investigadores.

Carolina pasó de puntillas sobre la descripción que se hacía de las heridas halladas en el cuerpo de la víctima y el modo en que habían sido infligidas, horrorizada por la minuciosidad de los detalles. Tal como había subrayado la documentalista, semejantes relatos ponían la carne de gallina a cualquiera.

El autor de la información añadía, ya con menos entusiasmo, que en las horas siguientes al crimen la Guardia Civil había procedido al arresto de Alexander Böse, de veintiún años de edad, hijo de la víctima, que se hallaba ausente de la casa en el momento de descubrirse el luctuoso suceso por encontrarse en el domicilio de una mujer de mala fama cuyo nombre omitía el reportaje.

Al cierre de la edición, concluía el redactor, las indagaciones se centraban en el detenido, residente habitual en Zurich, quien precisamente en esos días estaba de visita en el municipio gaditano. Al parecer, según el testimonio de algunos vecinos, el joven mantenía una mala relación con su progenitor, al que veía muy poco desde que su madre y él se habían separado. Era, siempre de acuerdo con las mismas fuentes, un chico taciturno, solitario y poco dado a hacer amigos. Todo lo contrario que su padre, cuyas obras de caridad gozaban de merecida fama.

De acuerdo con lo que el reportero había podido averiguar, Böse, empresario de éxito y gran deportista, era muy popular entre los habitantes de Sotogrande, donde pasaba largas temporadas disfrutando de su lujosa mansión frente al mar. Precisamente la situación de la casa, aislada del pueblo y emplazada a pie de playa, había impedido que la noche de autos alguien pudiera oír sus gritos desesperados y alertar a la Guardia Civil o acudir directamente en su auxilio. Al presentarse a trabajar en la mañana del lunes, la cocinera y su marido, que ejercía labores de chófer además de jardinero, descubrieron a su patrón en un charco de sangre y avisaron al benemérito cuerpo.

Ahí terminaba la historia.

Una narración escalofriante que Carolina deseó de corazón no haber leído.

¿Cómo iba a contarle a Philip lo que acababa de desenterrar en esa antigua publicación? ¿Cómo se lo tomaría él? ¿Querría ella en su lugar saber una verdad tan espantosa? ¿Le merecería semejante pena el dinero que pudiera conseguir por el cuadro? Era muy consciente de que no tenía esas respuestas. La decisión no era suya. Le contaría al americano, de la forma más suave posible, lo sucedido en Sotogrande, y él habría de elegir entre seguir adelante, a riesgo de reabrir viejas heridas, o dejar las cosas como estaban. Philip no se parecía a ella en ese aspecto ni gozaba de sus circunstancias. Le cabían pocas dudas de que iría hasta el final.

Mientras Irene sacaba copias en papel del reportaje, incluida una ampliación de la foto de Paul Böse que también ella había guardado, por si acaso, utilizando la cámara de su teléfono móvil, Carolina trató de ponerse en el lugar de Joseph. Intentó imaginarse cómo habría reaccionado ella ante un individuo de la calaña de Böse. Un camaleón capaz de hacerse rico aprovechándose de una víctima del Holocausto y construirse después un personaje ficticio, como el que describía el reportaje, pura bondad y entrega a la comunidad de vecinos.

Ella no se veía capaz de arrancar los ojos a nadie, aunque comprendía la rabia que había movido al asesino. De pronto le vino a la mente una frase lapidaria oída en boca de Simon Berent: «Sobrevivimos muy difícilmente al odio, señora. Muy difícilmente». Algunos, era evidente, no lo habían conseguido. ¿Quién era ella para juzgarlos?

—El viejo llevaba dentro de sí a un *gólem* y nadie lo sospechó nunca —comentó Philip, admirado, arqueando las cejas hasta convertir su frente en un código de barras dibujado con arrugas—. ¡Quién lo hubiera dicho!

Estaba sentado junto a Carolina en un banco del paseo de la Castellana, a pocos metros de la biblioteca, donde ella le había pedido, muy seria, que tomara aliento para escuchar lo que tenía que decirle. El semblante pálido de su compañera, su gesto descompuesto, le habían indicado que algo grave había salido a la luz en esa hora escasa transcurrida desde la comida, y una vez oída la historia, prácticamente una traducción literal de lo publicado en la revista, le parecía que los hechos relatados justificaban con creces esa cara entre horrorizada e incrédula. A él mismo le costaba creer que el autor de esa carnicería fuese realmente el hombre al que había llamado padre.

—¿Qué significa «*gólem*»? —inquirió Carolina, preguntándose si se trataría de alguna clase de trastorno de la personalidad.

—Otra de las viejas historias de mi abuelo —respondió Philip, todavía bajo el impacto de la noticia—. Siempre me hablaba de una criatura monstruosa, una especie de gigante vengador, creado en tiempos remotos por el rabino de Praga para proteger a los habitantes del gueto. Un ser terrible, incontrolable, cuya furia, una vez desatada, resultaba imposible frenar.

—En tal caso tu padre no se le parecía en nada —rebatió ella—. Si fue él quien asesinó a ese nazi, cosa que aún está por ver, se detuvo ahí. No siguió actuando como un justiciero de película barata.

—Bueno —replicó Philip en tono firme, sin ánimo de justificar algo que a sus ojos se justificaba por sí solo—, saldó sus propias cuentas, las de nadie más. Lo suyo era algo muy personal, no una cuestión de principios ni de religión o raza. Su venganza era de sangre. La sangre de los Sofer. Lo que no comprendo es por qué nunca me dijo nada.

—¿Tú le confesarías a un hijo tuyo un crimen así? —La forma de preguntar era en sí misma un reproche—. ¿Presumirías de haber torturado a un hombre hasta matarle?

—Sí.

—No digas eso, Philip, no lo piensas, no puedo creer que lo digas en serio.

Por unos segundos se hizo un silencio denso entre ellos dos, pese al bullicio de la calle. Carolina, que hasta ese momento le tenía cogida la mano, la soltó, como si de pronto abrasara. Él aprovechó para sujetar entre las suyas la fotocopia ampliada de la fotografía de Paul Böse, que descansaba sobre el regazo de ella con el resto de los papeles, y acercársela a los ojos. Contempló una vez más el rostro sonriente de ese depredador, irreconocible a primera vista bajo su disfraz de galán hollywoodiense. Observó su pelo claro, engominado, perfectamente peinado con la raya a la derecha; su mirada orgullosa; el bigotillo recortado a lo Clark Gable; la mandíbula prominente... Escrutó cada rasgo de ese rostro en busca de culpa o compasión, sin encontrar el menor rastro de una u otra en su corazón. Ni en el del alemán ni en el suyo propio. La mala muerte de ese individuo le dejaba indiferente. Tan indiferente como le habían dejado a Böse las de los seis millones de judíos enviados a las cámaras de gas. Joseph Smith, por el contrario, cobraba una nueva dimensión en su recuerdo. Mayor, mejor, digna de gratitud y reconocimiento.

—Voy a serte completamente sincero, Carolina —dijo con voz profunda, la mirada convertida en un taladro—. Después, podrás permanecer conmigo o alejarte; lo que prefieras. No sé si yo habría tenido las pelotas que tuvo mi padre para seguir a este cabrón hasta su agujero y cobrarme una vieja deuda de la manera en que él lo hizo. Tal vez sí o tal vez no. Lo que te aseguro es que me alegra mucho saber que él aprovechó la ocasión. Hizo lo que debía hacer, y quiero creer que le arrancaría algo más que los ojos.

—¡Por Dios, Philip, basta ya!

—No; tienes que saber cómo me siento, no voy a engañarte ni a permitir que se creen equívocos entre nosotros por esto. Si mi viejo torturó a este tipo para hacerle confesar dónde guardaba el cuadro y el dinero que le había robado a nuestra familia, actuó como debía y yo le aplaudo. Ojo por ojo, dice la Biblia.

—Hasta quedarnos todos ciegos, puntualizó Gandhi con acierto.

—Mejor ciegos que muertos. Tu pueblo no estuvo a punto de acabar exterminado en los campos de concentración. Dudo que puedas comprender lo que siento.

—Tal vez, pero no me gusta lo que dices. Me da miedo esa faceta tuya.

—¿Quieres dejarlo aquí? —Más que un desafío, era una puerta abierta—. Puedo seguir yo solo. Y por supuesto te daré tu parte, tal como acordamos, si logro recuperar la pintura.

—No quiero dejarlo. Quiero saber si tú también llevas dentro un *gólem*, como tu padre.

—Mi padre no acabó en un horno crematorio en Auschwitz. Yo no tuve que esconderme en el sótano de una embajada y escapar de mi país prácticamente con lo puesto para librarme de la muerte. No nací rico y me vi pobre de la noche a la mañana. Yo no tengo motivos para vengarme de nadie… Si no es de mí mismo.

—¿Eso es un no?

—No soy un hombre violento en absoluto, si es lo que quieres saber. Nunca lo he sido. Me educaron desde niño en el respeto a las normas.

—Entonces seguiremos juntos. —Había alivio en la voz de ella mientras volvía a coger la mano que había soltado instantes antes—. Iremos a Sotogrande a ver si, por casualidad, queda allí alguien con vida que pueda resultarnos útil. Buscaremos en los archivos de la Guardia Civil. Volveremos a pedir ayuda a Félix Arias. Vamos a demostrar que ese Greco te pertenece, aunque tengamos que ir hasta Creta tras los pasos del pintor. Solo prométeme que te atendrás a lo que decidan los tribunales y no te tomarás la justicia por tu mano. Júrame que no dejarás que aparezca el *gólem*.

Philip sintió crecer en su interior un cúmulo de emociones rara vez experimentadas juntas con tal grado de intensidad: amor, gratitud, admiración, excitación, orgullo, ternura… También ganas de estrangularla allí mismo, a qué negarlo. Esa mujer siempre tan perfecta le volvía loco, en todos los sentidos de la expresión. De deseo y de ira. Le atraía tanto como le exasperaba. Podía ponerse a discutir con ella sobre la legitimidad de la defensa propia, describirle las hazañas de esa criatura mítica, casi sagrada, cuyo nombre su abuelo pronunciaba con veneración, o hacerla callar con un beso. Optó por el beso, un beso totalmente impropio de un banco en la calle a plena luz del día, porque ésa era la única forma de ganarle una discusión. A esas alturas de su relación era una lección que tenía bien aprendida.


Félix Arias aceptó recibirlos sobre la marcha, esa misma tarde, picado por la curiosidad. Al teléfono Carolina no se había mostrado demasiado explícita, aunque había mencionado la existencia de una fotografía que inmediatamente el ex canciller había convertido en un reto. ¿Cómo era posible que un antiguo nazi, protagonista de semejante suceso, hubiese escapado a su tamiz? Griposo o no, necesitaba averiguarlo.

Recibió a sus visitantes con las mismas viejas zapatillas del viernes y la misma chaqueta raída, sonándose la nariz con idéntico vigor. Los hizo pasar al cuarto de estar, donde una estufa eléctrica elevaba la temperatura hasta cotas saharianas, y una vez allí fue directo al grano.

—¿Puedo ver ese retrato, por favor?

Philip le tendió la fotocopia sin pronunciar palabra, sujetándola con dos dedos como si fuese a mancharle. Arias se puso las gafas de vista cansada que llevaba colgadas al cuello, acercó la foto a la luz y la estudió durante unos segundos, antes de sentenciar:

—Yo he visto antes este rostro. Juraría que lo he visto.

—¿Dónde? —saltó Carolina.

—Eso es lo que estoy tratando de recordar. Pero hay algo que no cuadra. Aguarden aquí, por favor. Enseguida vuelvo.

Tras unos minutos de interminable espera, oyeron las voces de su anfitrión por el pasillo, exclamando triunfante:

—Ya sabía yo que algo no encajaba. ¡Si lo sabría yo!

Arias regresó con la foto de Böse en una mano y en la otra una carpeta azul de gomas, de la que extrajo una instantánea tomada al pie de las escalerillas de un avión. En ella se veía a tres hombres vestidos a la moda de los años cuarenta. Uno era sin duda Paul Böse.

—Aquí está su hombre, llegando a Barcelona en 1948. Junto a él pueden ver a Ernst Hammes y Heinz Singer, destacados miembros de la Gestapo en España. Solo que el tercero en discordia, al que ustedes llaman Paul Böse, es en realidad Kurt Kaltmann, asistente personal de Hammes.

—¿Cómo es eso posible? —inquirió Philip, indignado.

—Si se refiere al hecho de que tres conocidos agentes de la Gestapo entraran en España sin mayor dificultad, creo habérselo explicado en nuestro anterior encuentro. El régimen hacía la vista gorda a poco que los interesados tuvieran algún contacto en la policía o la Falange, como sin duda era el caso. Esta fotografía, de hecho, fue tomada por los servicios de inteligencia británicos, que la utilizaron, junto a otras muchas, para protestar formalmente ante el Ministerio de Asuntos Exteriores, con escaso por no decir nulo éxito.

—Pero ¿no habían sido repatriados tras la guerra los nazis más significados? —insistió Carolina.

—Lo fueron, en efecto, para regresar poco después. Con la excepción de los implicados directamente en crímenes de guerra, que fueron muy pocos. Los demás investigados superaron sus procesos de depuración y quedaron libres para continuar con sus vidas. En 1948 los controles se habían relajado considerablemente y las zonas de ocupación occidentales se mostraban bastante laxas con los permisos de salida. Eso, suponiendo que Kaltmann fuese repatriado.

—¿Qué quiere decir?

—Que centenares de nazis burlaron las órdenes de repatriación y permanecieron en España con total tranquilidad. Para adquirir la nacionalidad española solo se necesitaba el apoyo de un ciudadano español y una cantidad cercana a veinte mil pesetas para comprar ese servicio. Ya les expliqué el viernes que eran tiempos muy duros aquí.

—¿Y el nombre, la identidad falsa? —siguió con su interrogatorio Philip, cada vez más airado—. ¿Cómo se las arregló ese Kurt Kaltmann para convertirse de la noche a la mañana en Paul Böse, ciudadano suizo?

—Para eso no tengo respuesta —admitió Arias—. Lo que sí sé es que por aquellos años corrían rumores sobre la existencia de un mercado negro de pasaportes españoles por los que se pagaban entre seis mil y ocho mil marcos. También se decía que una de las vías de escape utilizadas por los nazis deseosos de abandonar Alemania era precisamente Suiza. No creo que a alguien con la suficiente cantidad de dinero le resultase muy difícil comprarse una nueva identidad. Por si no bastara con el tráfico clandestino de pasaportes válidos, Madrid acogía a falsificadores de renombre, como Armin Schmidt, sobradamente conocido por las SS y por los servicios secretos de los Aliados.

—¿Qué puede decirnos de Kurt Kaltmann? —quiso saber el americano, algo más calmado al menos en el tono.

—No gran cosa. De acuerdo con los datos que obtuve de los británicos, debió de conocer a Hammes en Berlín, antes de que fuese enviado a Madrid, en el verano del 44, para sustituir a Paul Winzer al frente de la Gestapo. Hammes, alias Holms, tenía entonces treinta y tres años, dos menos que Kaltmann, y muy buenos contactos en España, donde había combatido en la Guerra Civil como piloto de la Legión Cóndor. Su misión principal consistía en relacionarse con la policía española, informar de las tendencias políticas del país y vigilar a compatriotas potencialmente peligrosos para el régimen nazi.

—Nos interesa Kaltmann —se impacientó Philip—. Céntrese en él, por favor. ¿Se sabe si vino aquí con su familia? ¿Tiene alguna idea de cómo podríamos seguir su rastro?

—No puedo decirles más —respondió Arias, mostrando en la voz su desagrado ante el apremio de ese huésped, evidentemente falto de educación—. Ya han visto la prueba de que entró por Barcelona en 1948. Si tenía esposa e hijos que acabaron uniéndose a él en España es algo que desconozco. A partir de ese momento, hasta donde yo he averiguado, se le perdió la pista. Tampoco sé si estuvo aquí antes de esa fecha, aunque no me extrañaría nada que así fuese, teniendo aquí a su amigo Hammes. En los meses anteriores al desmoronamiento del Reich todo el mundo andaba buscando el modo de sacar dinero de Alemania, y España era un buen lugar para esconderlo.

—¿Esconderlo cómo? —preguntaron al unísono Carolina y Philip.

—De múltiples maneras. —El ex canciller disfrutaba de lo lindo exhibiendo su dominio de la cuestión, por mucha falta de tacto que demostraran sus invitados—. Examinando la documentación incautada a bancos y empresas alemanas en España tras la derrota, los Aliados detectaron la entrada de enormes sumas de dinero procedentes de Alemania, camufladas como pagos por la compra de mercancías o servicios inexistentes. También descubrieron un trasvase considerable de divisas destinadas a convertirse en pesetas, así como indicios de un tráfico a gran escala de oro, diamantes y otras piedras preciosas.

—¿Por parte del Estado alemán o de particulares? —inquirió Carolina.

—Es difícil decirlo. Había tantas agencias oficiales, tantas empresas estatales, que cualquiera con buenos contactos habría podido poner a salvo sus ahorros. Lamento ser tan crudo, pero es la verdad. La terrible verdad de esa justicia ciega y coja.

—¡Es increíble! —exclamó Philip.

—No imaginan ustedes hasta qué punto. Solo en el edificio de la embajada alemana los servicios secretos británicos y estadounidenses hallaron decenas de millares de francos oro, libras esterlinas y francos suizos, además de cincuenta kilos de oro en monedas y varios kilos de opio, repartidos por distintas dependencias. Imagínense lo que se escondería en las múltiples oficinas y pisos francos de los que disponían las diversas ramas de la inteligencia nazi en Madrid, por no mencionar lo que pudo ocultarse en domicilios particulares y cajas de seguridad. Yo siempre he sospechado que lo que apareció fue únicamente la punta del iceberg.

—¿Y qué se sabe de los objetos de arte expoliados? —Afinó el tiro Carolina, adelantándose a Philip.

—En ese campo, como creo haberles dicho ayer, los Aliados no obtuvieron aquí grandes resultados. Únicamente apareció un furgón cargado con cuadros y otros objetos de arte sin excesivo valor. Pero ojo, el que no aparecieran no quiere decir que no se escondieran. Yo nunca lo he descartado. Siempre me ha resultado extraño que España, tan acogedora con las personas, fuese tan poco propicia a la ocultación de bienes procedentes del expolio.

Arias siguió desgranando durante un buen rato información detallada sobre los múltiples artificios empleados por los vencidos para escamotear bienes y recursos buscados por los Aliados en su afán de conseguir reparaciones de guerra, a menudo con la complicidad más o menos abierta de las autoridades españolas. Su conclusión amarga apuntaba a que, pese a los esfuerzos desplegados por ingleses y estadounidenses para acorralar a los criminales nazis, España había servido de refugio no solo a los sicarios del sanguinario Tercer Reich, sino también al botín obtenido en su rapiña.

—Por eso me resisto a dejar constancia escrita de mis

averiguaciones. No estoy muy orgulloso de lo que hicimos...

—Será de lo que hicieron otros —le corrigió Carolina—. Ni usted ni yo tuvimos nada que ver con eso.

—Me refiero a lo que hizo nuestra patria —repuso Arias, sombrío, esta vez en español.

—Las naciones no son buenas o malas. Ni siquiera las personas lo son de manera absoluta, con algunas excepciones notables. Nuestra patria también salvó al padre del señor Smith y, como él, a millares de judíos —le rebatió ella en el mismo idioma—. Sanz Briz, Romero Radigales, Rolland de Miota y los otros diplomáticos cuyos nombres no recuerdo también eran españoles y actuaban en nombre de España.

—Ellos y algunos otros, sí. Tiene usted razón. Su heroísmo nos redime a todos de algún modo, gracias a Dios. Estoy deseando leer el libro de Bensadón. ¿Cuándo dice usted que llegará a las librerías?


Salieron a la calle aún de día, a esa hora de la tarde en que los madrileños se lanzan a llenar bares y cafeterías mientras el resto de los europeos se recluye en sus hogares. Era pronto para cenar y tarde para charlar paseando, lo que dio a Carolina una idea.

—¿Qué me dirías si te llevara a conocer el local en el que trabajaron tu abuela y tu tía?

—¿Tú qué crees?

—Pues vamos. Aquí cerca hay una parada de taxis.

Una cortina de cretona estampada en figuras geométricas ocupaba en la entrada el lugar de la clásica lisa en terciopelo verde que la propia Carolina había conocido no mucho tiempo atrás. El salón de Embassy había sido redecorado recientemente, lo que imponía a Philip un esfuerzo de imaginación considerable para evocar lo que habría sido ese lugar en tiempos de su abuela Hannah. Claro que en lo esencial, su clientela, el local seguía siendo el de siempre.

Entre las paredes inmaculadamente blancas, las mesas vestidas con manteles del mismo color, los sofás tapizados en verde musgo, idéntico al de los chalecos del servicio, y los inmensos jarrones colocados a modo de biombos entre los dos ambientes de la sala, un público selecto charlaba animadamente de lo divino y lo humano, sin estruendo. Un grupo de señoras de mediana edad apuraba una merienda tardía entre risas; algún padre hablaba seguramente a su hijo de «cosas de hombres» en el rincón más tranquilo del fondo; jubilados de teba y corbata hacían tertulia en el extremo opuesto, sin una voz más alta que otra; dos matrimonios compartían en mesas contiguas sendos tés con pastas, escasos de conversación, y un abuelo solitario degustaba su copa de vino en la barra... Gente encantada de ver y ser vista. Gente bien de Madrid de toda la vida a la que los camareros del establecimiento, excelentemente aleccionados, llamaban con respeto por su nombre, precedido del indispensable «don» o «doña».

Suspendido en una burbuja intemporal de hilo musical y luz un tanto fría, Embassy ya no era el típico salón de té inglés concebido por su fundadora, ni tampoco una cafetería genuinamente madrileña, sino un extraño híbrido de ambos en el que a las ocho de la tarde se servían todo tipo de bebidas, ya fueran calientes o frías.

Carolina entró la primera, subida a sus botines de tacón, luciendo tipo con un pantalón ajustado y una americana abierta. Philip la siguió de cerca, calzando sus Nike un tanto raídas, sus inseparables vaqueros y una sudadera gris. Instantáneamente todas las miradas se clavaron en ellos. El atuendo del americano constituía casi un desafío en ese templo del Madrid más conservador, en especial acompañando a una mujer como ella, reclamo irresistible a los ojos de la clientela masculina. En cuanto a él, sin pretenderlo ni ser del todo consciente de suscitar semejante atención, había despertado un enjambre de cuchicheos entre las féminas. Una pareja así no pasaba desapercibida en Embassy. Tampoco en cualquier otra parte.

—En los años treinta —informó la española a su amigo—, cuando se inauguró el local, la embajada alemana estaba situada a dos manzanas de aquí y a similar distancia se encontraban la inglesa y la francesa. De ahí el nombre, supongo.

—En lo que a mí respecta, podríamos haber entrado ahora mismo en la máquina del tiempo y estar en 1930, en 1950 o en 1900 —comentó Philip, divertido—. ¡Qué lugar más asombroso!

—¿No te gusta?

—¡Sí! Solo que me parece extraño. No he estado en muchos sitios así.

—La pena es que ya no existen las cocinas en las que trabajaron tu abuela y tu tía. La verdad es que no sé dónde se elaboran los dulces, aunque la repostería de Embassy sigue siendo célebre. La venden en la tienda que hemos visto al pasar.

—Me cuesta imaginar a los dueños de un salón como éste ayudando a judíos fugitivos, la verdad.

—Pues te equivocas. ¿Recuerdas a Talen, el de la biblioteca de Harvard?

—Lo recuerdo.

—Las apariencias engañan. En su caso y en éste. Por aquí

pasaron miles de judíos, combatientes aliados escapados de campos de prisioneros y demás víctimas de los nazis necesitadas de auxilio. La propietaria de entonces, Margarita Taylor, era una irlandesa de convicciones firmes, con más valor que muchos hombres. De hecho, se jugó el tipo durante años, hasta que se vio obligada a huir justo antes de ser detenida.

—¡Brindo por ella! —dijo Philip, levantando su vaso de whisky.

—Además, aquí se daban cita espías de todos los bandos en busca de información. Todavía hoy se dice que se dejan caer de cuando en cuando agentes del CNI, el servicio secreto español, a ver qué pescan.

—¿En serio? —rió él—. Pues vamos a ver si pillamos a alguno…

Mientras apuraban sus respectivas copas, sentados a una de las mesas altas colocadas junto a la barra, bien a la vista de todos, jugaron a buscar espías entre los parroquianos. No parecía probable que desempeñara ese oficio ninguna de las amigas reunidas para merendar, ni el abuelo de la barra, ni cualquiera de los matrimonios que acababan de pedir la cuenta, ni tampoco el hijo o el padre, que conversaban muy serios. ¿Serían más identificables los agentes que pululaban por Embassy en los años de la guerra? Probablemente no. Hollywood no había sido muy respetuoso con la historia. O sí… Resultaba imposible saberlo.

Llegada la hora de cenar, la clientela empezó a marcharse y Carolina aprovechó para ir al baño. Philip experimentó entonces de pronto una fuerte sensación de orfandad, consciente de lo que ese lugar, esos muros, ese establecimiento habían significado para él y su familia. Nada menos que la supervivencia en un mundo sumamente hostil, en el que la vida para una viuda judía húngara y sus hijos no debía de ser fácil, por mucho que se hubiera convertido al cristianismo. Se sintió tan solo y tan pequeño como tantas veces se habría sentido ella y se alegró de estar con esa mujer morena, racial, fuerte y de principios sólidos, a la que empezaba a querer más de lo que habría deseado. Desechó inmediatamente esos pensamientos, por inútiles. Debía centrarse en recuperar los quince millones de dólares que valía el cuadro robado, sin distraerse con menudencias. Ya pensaría después en cómo gestionar sus sentimientos.

Carolina regresó del tocador consciente de ser objeto de toda clase de juicios y comentarios por parte de las pocas personas que aún quedaban en el local. Lo había sido desde su llegada, de forma notoria, sin que esa certeza le molestara en lo más mínimo. Sabía que no tardarían en llegarle ecos de las habladurías suscitadas por su aparición en Embassy, el Embassy de su madre y su abuela marquesas, en compañía de un tipo con «pinta rara». Lo aceptaba y lo asumía. Es más: le alegraba. Se había puesto a prueba y la había superado. Había conseguido encontrarse a gusto con él incluso en ese ambiente tan completamente ajeno a su procedencia y forma de ser, lo que debía de significar algo, ¿no? ¡Claro que sí! Por eso llegó sonriendo, con una nueva luz entre divertida y pícara en los ojos.


Una vez en la calle, de camino a casa, retomaron la conversación centrada en el objeto de su búsqueda, evitando cuidadosamente hablar de amor. Era demasiado pronto para eso. Ni uno ni otra habrían sabido qué decirse... ni siquiera a sí mismos. Mejor pensar en el cuadro del Greco.

Siguiendo la pauta habitual desde el arranque de sus investigaciones, a medida que hallaban respuestas surgían nuevas preguntas, para desviarlos del objetivo al que apuntaban y enmarañar aún más la situación. Habían empezado rastreando pruebas que permitieran a Philip acreditar la propiedad de esa obra aparecida súbitamente en Christie's y, de repente, se veían metidos hasta el cuello en un crimen horrendo acaecido cincuenta años atrás, que implicaba nada menos que al padre del americano. Les gustara o no lo que temían averiguar, estaban obligados a seguir las pistas hasta el final.

¿Dónde se encontraba en la actualidad ese hijo y heredero único de Böse del que se hablaba en la información de *El Caso*? ¿Habría cumplido pena por un delito del que con toda probabilidad era inocente? ¿Sería él ese misterioso cliente de la casa de subastas que Francis Burg se negaba a identificar? ¿Y si era el padre de Philip quien había robado el cuadro, después de arrancar al nazi bajo tortura el lugar en el que lo tenía escondido, para después malvenderlo a cualquier receptor a fin de pagarse la huida a Estados Unidos? ¿Sería posible que jamás hubiera mencionado una palabra de todo esto a su propio hijo?

La acumulación de interrogantes resultaba desesperante y estimulante al mismo tiempo. Tanto más angustiosa y apremiante cuanto más se acercaba la fecha fijada para la subasta. Tenían que darse prisa en dar respuesta a esas preguntas, so pena de ver desaparecer para siempre ese tesoro. El tiempo corría cada vez más rápido.

Luego estaba lo otro, ese comecome inconfesable instalado en el territorio hostil de las emociones, la mala conciencia retrospectiva en lo referente a su padre, empeñada en arañar las entrañas del taxista. Pensando en el hombre callado, apocado, derrotado por sucesivos fracasos, que le había criado de pequeño a costa de grandes sacrificios, Philip se dijo que de regreso en Nueva York localizaría a la única persona de su familia materna con la que había mantenido algún contacto después de la separación de sus padres y la sometería al tercer grado. Se trataba de una hermana varios años menor que su madre, casada con un buen hombre, que, a diferencia de los demás, no le había dado la espalda siendo un niño, cuando sus abuelos y sus otros tíos le ignoraban de manera cruel por razones que no comprendió hasta convertirse en adulto.

Ella, la tía Sara, siempre se las había arreglado para hacerse la encontradiza a la salida de la escuela y darle un abrazo clandestino. También algún caramelo, unos guantes de lana o un par de calcetines en invierno. Nunca habían hablado mucho ellos dos, pero Philip suponía que debía de saber más de lo que aparentaba bajo su aspecto inocente y su indumentaria *jasídica*. Más que él, desde luego.

Sí, definitivamente, en cuanto llegara a Brooklyn trataría de dar con Sara y la obligaría a contarle lo que hasta entonces unos y otros le habían estado ocultando. Ya era hora de conocer toda la verdad sobre un pasado lastrado por demasiados secretos.

# 9

# Marchantes de muerte

*Campo de Gibraltar, Cádiz*

A l llegar a casa, esa noche, el correo electrónico de Carolina mostraba treinta y siete mensajes sin leer en la bandeja de entrada: invitaciones a eventos, publicidad, una solicitud de mediación para la cesión de un Greco a un museo de Hong Kong y dos contestaciones a gestiones suyas que ella esperaba impaciente. La de Ingrid Egle, desde Londres, a su consulta sobre Francis Burg, y la del perito encargado de evaluar la fotografía hallada en poder de Raquel Sofer.

Tras un instante de vacilación, se decidió por abrir la del perito, de cuyo dictamen dependerían en gran medida sus posibilidades de éxito en los tribunales. La decepción no tardó en dibujarle una arruga en el entrecejo. Se trataba de un informe tan breve como inútil a los efectos esperados, ya que del análisis de la fotografía, aseguraba el experto, no resultaba posible extraer conclusiones definitivas. Estaba demasiado borrosa como para determinar al cien por cien de certeza si la pintura que aparecía en ella era o no la atribuida al Greco y, en su opinión, ningún profesional de reconocido prestigio se atrevería a atestiguar otra cosa ante un juez. El hecho de que el papel fotográfico original estuviese recubierto por una capa de plástico, añadía el texto, impedía someter el material a los procesos de recuperación al uso, lo que supondría un obstáculo añadido en cualquier causa judicial. Por todo ello, sentenciaba el perito, era su obligación desaconsejar la utilización de esa fotografía como prueba ante la justicia, ya que cualquier abogado de la parte contraria no tendría la menor dificultad en invalidarla.

Acompañaba al dictamen una factura que a Carolina le pareció desorbitada en relación a la escasa ayuda aportada, si bien se dijo que la pagaría, sin rechistar, como no podía ser de otra manera. En la vida había que saber perder con la misma dignidad que ganar, cuando las cartas eran malas... ¡Y nunca mejor dicho! Ojalá que la de miss Egle fuese algo más positiva.

Lo era, sin lugar a dudas.

Querida Carolina:

Ya está localizada la persona que buscas. No puedo revelarte su nombre, aunque sí hacerle llegar un mensaje de tu parte, si es tu deseo. Te ruego que nos des la oportunidad de mediar en este lamentable equívoco antes de hacerlo público, en la certeza de que podremos conseguir un acuerdo infinitamente mejor para todos que un pleito.

Dada la gravedad de los hechos que desvelabas en tu correo, me he visto obligada a ponerlos en conocimiento de las más altas instancias de la casa, en aras de evitar el escándalo monumental en el que, como bien señalabas, podríamos vernos implicados de la noche a la mañana, sin tener conocimiento previo ni mucho menos culpa. Esto ha llegado al despacho del presidente en persona, quien, como podrás imaginar, se lo ha tomado muy en serio. Con su autorización, y rogándote la máxima reserva, comparto contigo una información sumamente delicada que confirma tus sospechas y podría explicar la de otro modo inexplicable vinculación de Christie's con el tráfico de una obra procedente del expolio nazi. Algo que, como comprenderás, no solo nos repugna moralmente, sino que sería susceptible de dañar nuestro negocio de manera irreparable.

Desde hace un par de meses está en marcha una discreta investigación interna referida a Francis Burg, a quien algunos indicios todavía vagos vinculan directamente con el expediente Gurlitt. Conoces tan bien como yo el tufo que desprende ese caso, por lo que no necesito insistir en el daño que podría ocasionar a nuestra firma el hecho de que se confirmase una noticia de tal magnitud. De ahí que todo se haya llevado hasta ahora con el máximo secreto, en espera de confirmar o desestimar esas sospechas. Burg es el responsable nada menos que de la delegación en Nueva York, una de las que más factura, y tiene entre las manos una subasta que, por la naturaleza extraordinaria del cuadro, ha atraído sobre nosotros las miradas del mundo entero. De ahí que tu correo cayera como una bomba atómica en el peor momento.

Apelo a nuestra excelente relación, Carolina, para rogarte que hables con ese amigo tuyo que dice ser el legítimo propietario del lienzo de la judería y le convenzas de las múltiples ventajas inherentes a intentar la negociación antes de emprender acciones legales. Nosotros vamos a hacer lo propio con nuestro cliente, dejando por supuesto al margen a Burg. Ojalá lleguemos a un arreglo amistoso.

Espero ansiosa tus noticias.
Un cordial saludo,

INGRID

O sea que no solo su intuición respecto del impresentable Francis Burg era correcta, sino que el farol había dado resultado. Porque se trataba de un farol. Sin la prueba de la fotografía, que se confirmaba inservible, el recurso a los tribunales se quedaría en mera amenaza, carente de viabilidad alguna. Claro que eso lo sabían ella, el perito, obligado por contrato a callar, y nadie más. Tampoco nadie más tenía por qué saberlo. Lo importante era que el relato inicial de Philip había resultado ser absolutamente cierto y esa verdad parecía bastar para que recuperase el cuadro. Un Greco valorado en quince millones de dólares.

Claro que no todo era de color de rosa. Si llegaba el momento de destapar todas las piezas de ese juego enrevesado, el auténtico propietario de la obra, o sea, Philip, se vería obligado a explicar cómo había averiguado la identidad de Böse-Kaltmann y a desvelar la vinculación del nazi con su familia. Más pronto que tarde, saldría a la luz la historia del asesinato perpetrado por su padre, con todo lo que esa revelación entrañaría en términos emocionales para él. Las consecuencias no menores en el ámbito legal escapaban por completo a lo que Carolina era capaz de prever.

Antes de comunicar a Philip las nuevas recién conocidas, acompañadas de las sempiternas dudas, se dio una vuelta por Google para refrescarse la memoria en lo concerniente al caso Gurlitt. Había leído lo publicado en los periódicos hacía algunos años, por supuesto, pero deseaba recuperar todos los detalles de esa turbia trama en la que, al parecer, andaba envuelto el responsable neoyorquino de Christie's. De un miserable como él podía esperarse cualquier cosa.

Hildebrand Gurlitt era un coleccionista alemán contemporáneo de Hitler a quien los Monuments Men encargados de recuperar las incontables piezas robadas por los nazis apodaron el Marchante del Führer en razón de sus andanzas. Nacido en Dresde, en el seno de una familia de artistas, y dotado de extraordinarias habilidades para el comercio y el engaño, Gurlitt estaba muy bien relacionado con los más altos jerarcas del régimen, a pesar de contar con una abuela judía entre sus antepasados. Esta mancha en su expediente le hizo perder a principios de los años treinta la dirección del Museo de Zwickau, aunque no impidió que se dedicara a la compraventa de cuadros de gran valor entre altos dignatarios de la élite nacionalsocialista y que, junto a otros tres expertos, fuese encargado por la Comisión para la Explotación del Arte Degenerado de vender en el extranjero las más de dieciséis mil obras retiradas de los museos germanos por ser consideradas impropias de la nueva Alemania.

Uno de los acompañantes de Hildebrand en esa tarea, leyó Carolina con repugnancia, se llamaba Karl Buchholz y formaba parte de la larga lista de nazis acogidos a la hospitalidad que Franco brindó a los derrotados seguidores de la esvástica. El tal Buchholz, al parecer, simultaneaba el tráfico de obras confiscadas con el negocio editorial a escala internacional, lo que le dio la oportunidad de abrir una librería en Lisboa y posteriormente otra en Madrid, en 1945. Una tienda que permaneció operativa hasta 1966, si bien él emigró a finales de los cuarenta a Colombia, donde levantó un nuevo emporio comercial sin haber sufrido más molestias que un paso fugaz por el campo de internamiento de Miranda de Ebro. Otro caso típico de criminal de guerra impune gracias a la complicidad española.

Pero no era ésa la información que más le interesaba a ella en ese momento concreto. Buchholz nada tenía que ver con Francis Burg, a quien se investigaba por su probable vinculación con la comercialización de obras procedentes de la formidable colección de arte expoliado, valorada en más de mil millones de euros, hallada en febrero de 2012 por los agentes de aduanas alemanes en un apartamento de Munich. Un piso perteneciente a Cornelius Gurlitt, hijo del Marchante del Führer, que en 1945, al finalizar la contienda, tenía doce años y residía junto a su familia en un castillo bávaro alejado de los frentes de batalla. Eran ellos, Cornelius y su padre, Hildebrand, quienes centraban toda la atención de la historiadora mientras navegaba de página en página por ese océano de información.

Gurlitt padre, el creador de ese patrimonio gigantesco del que se habían rescatado nada menos que 1.406 obras, saqueadas por los nazis durante su sanguinario imperio y ocultas a la luz de la verdad durante más de cinco décadas, había sido un superviviente nato. Un virtuoso capaz de sacar partido a la situación aparentemente más penosa, rentabilizando al máximo la desgracia ajena. Un actor consumado, que logró fingirse víctima de sus propios abusos de manera tan convincente como para engañar a los integrantes de la brigada especial enviada desde Estados Unidos a recuperar el arte expoliado, curtidos en el desenmascaramiento de los mayores sinvergüenzas. Su expediente constituía un prodigio de habilidad camaleónica, toda vez que había persuadido a sus captores de ser el héroe salvador de múltiples obras rescatadas de la destrucción a costa de grandes peligros, cuando en realidad era y siempre había sido un depredador sin escrúpulos.

Poco después de la caída de Francia, en pleno avance de las tropas del Reich, Gurlitt había recibido del mismísimo Hermann Göring el encargo de revisar a conciencia los inagotables fondos almacenados en diversos museos del país galo y engrosar con las mejores obras su propia colección privada. Para cumplir ese cometido disponía de carta blanca, lo que significaba que estaba autorizado a inspeccionar sin restricción alguna, requisar lo que le pareciese oportuno, alegando el carácter degenerado de la pintura en cuestión, comprar a precio de saldo en las subastas a las que se veían forzadas a recurrir las personas arruinadas por la ocupación, e incluso entrar en los domicilios de las familias hebreas deportadas con el fin de llevarse de allí todo lo que tuviera valor. Pese a ello, al ser interrogado por los oficiales norteamericanos, había declarado entre lágrimas: «Tuve que elegir entre la guerra y el trabajo para los museos. Nunca compré una pintura que no me ofreciesen voluntariamente».

Según las conclusiones de los Monuments Men, junto a las adquisiciones efectuadas por cuenta de sus mandatarios nazis el marchante había acumulado una colección propia de considerable magnitud, que aseguró haber visto arder en el incendio de su domicilio de Dresde, tras uno de los bombardeos aliados. De acuerdo con su testimonio, únicamente había logrado salvar algunas obras, confiscadas en un principio y recuperadas con posterioridad, una vez exonerado de todos los cargos que le fueron imputados inicialmente. Entre ellas había telas de Beckmann y Kandinski, expuestas en 1956 en Nueva York, donde de manera incomprensible, a juicio de Carolina, no levantaron sospechas.

La patraña estaba tan bien urdida que se mantuvo en pie

durante cincuenta años, hasta que la policía de fronteras germana halló en poder de su hijo, Cornelius, nueve mil euros en billetes que se disponía a pasar a Suiza. Se abrieron entonces unas pesquisas que culminaron con el hallazgo de esa auténtica cueva de Alí Babá repleta de objetos preciosos escondidos a los ojos del mundo, a excepción de los de algunos buitres encargados de venderlos. Buitres como Francis Burg, insaciable en su apetito de dinero.

¿Cuántas víctimas del expolio, como el propio Philip, andarían por ahí sin saberse propietarias de verdaderas fortunas? ¿Cuántas habrían muerto en la miseria, en situaciones similares a la que sufría Raquel Sofer, mientras Gurlitt, Buchholz y otros tipos semejantes disfrutaban sin preocupación del fruto de ese saqueo? Carolina no pensaba contar nada de esas averiguaciones a Philip, por miedo a provocarle más rabia de la que ya sentía él, pero le ardía la sangre en las venas al cerrar la tapa del ordenador y levantar la voz para decir, con la intención de ser oída desde el otro lado de la puerta:

—¡Cariño! Tengo una noticia mala y otra buena. ¿Cuál prefieres conocer primero?

Philip optó por quedarse con la buena.

Acordaron enviar inmediatamente un mensaje al cliente de Christie's, que a esas alturas identificaban sin mucho margen de error como el hijo del antiguo oficial de las SS. En él mantendrían el farol, por supuesto, aunque evitarían mostrar sus cartas. Era imprescindible conservar a los responsables de la casa de subastas de su parte, si querían evitar un proceso tan largo como difícil de ganar. Y además, desconocían la clase de persona con la que iban a encontrarse al fin, cara a cara. Cuanta más ambigüedad, mejor.

Querida Ingrid:

Una vez consultada tu propuesta con mi amigo, el señor Smith, ambos estamos de acuerdo en celebrar ese encuentro con vuestro cliente. Me ha costado bastante trabajo convencerle, porque como podrás comprender está indignado y empeñado en acudir a la policía, la Fiscalía, las televisiones y la prensa, pero al final me ha escuchado. Hablará con quienquiera que sea el que ha puesto en venta el cuadro, antes de emprender acciones legales. Me pide, eso sí, que le digas de su parte lo siguiente: que sabe quién fue Paul Böse, también llamado Kurt Kaltmann, que tiene pruebas contundentes y que está dispuesto a llegar hasta donde haga falta.

¡Ojalá encontremos otra forma de arreglar este desastre!

Por cierto, ya me contarás de qué modo y hasta qué punto está implicado Burg en el escándalo Gurlitt. Nunca me cayó bien, pero… ¿traficar con obras de arte expoliadas durante el Holocausto? ¡No se puede caer más bajo!

Quedo a la espera de tu respuesta.

Un abrazo,

CAROLINA

—Y ahora —afirmó la española nada más pulsar la tecla ENVIAR—, vamos a hacer una visita a la Guardia Civil de Algeciras. A ver qué pueden contarnos de lo que pasó en Sotogrande. Cuanta más información tengamos antes de esa entrevista, mejor armados estaremos para negociar.

Carolina sacó los billetes de AVE a Málaga y reservó por internet un coche de alquiler en la misma estación, con el fin de trasladarse desde allí a San Roque, donde, según había averiguado llamando a la Dirección General de la Guardia Civil, estaba ubicado el puesto de Guadiaro, responsable de Sotogrande. Abonó ambas cosas con su tarjeta, consciente de la precaria situación económica que debía de estar soportando Philip. Ninguno de los dos había abordado de frente esa espinosa cuestión, aunque no hacía falta. Era evidente que él no disponía de recursos para sufragar el coste de una investigación tan necesitada de viajes, y también lo era que llevaba muy mal dejarse invitar a todo por una mujer. Lo decía la expresión de su cara cada vez que ella sacaba la cartera para pagar algo. En ese aspecto y alguno más, como su empeño en abrirle las puertas, era un hombre chapado a la antigua.

El trayecto pasó volando, en la comodidad de un tren capaz de devorar kilómetros a toda velocidad sin provocar al viajero la menor sensación de vértigo. Luego el taxista se puso al volante de un Audi A4 de la compañía Avis, que en poco menos de dos horas los trasladó hasta la pequeña localidad algecireña donde alzaba su estructura típicamente andaluza el cuartelillo de la Benemérita.

Situado a las afueras del pueblo, como manda la costumbre, el puesto de Guadiaro parecía no haber cambiado mucho desde 1965. Sobre los tres arcos de la entrada, abiertos a un amplio porche en un muro primorosamente encalado, la divisa del cuerpo saludaba al visitante: CASA CUARTEL DE LA GUARDIA CIVIL. TODO POR LA PATRIA. Carolina sonrió ante esa consigna familiar, asociada en su mente a la seguridad de ver a la tradicional pareja patrullando por la Asturias de su infancia, y traspasó el umbral con paso firme, seguida por el americano. Él contemplaba ese entorno con ojos de turista asombrado por el tipismo español, aunque sin prestar excesiva atención. Estaba demasiado impaciente por averiguar lo que pudieran revelarles allí del asunto que le interesaba.

Tras identificarse con su documentación ante el guardia de puertas y esperar unos minutos, fueron conducidos al despacho del comandante del puesto, un sargento joven, de ojos negros y tez bronceada, que a ella le pareció bastante guapo. Se presentó con un apretón de manos como Héctor Cárdenas, para ponerse de inmediato a su disposición. La conversación demostró enseguida que además de guapo era servicial, ya que, tras escuchar atentamente el relato que le hizo Carolina, se tomó la molestia de revisar los archivos y hacer algunas llamadas, con el afán de ayudarles en su búsqueda.

—Me dicen que el cabo Parmenio Arenas, un veterano del puesto ya jubilado, participó en aquella investigación —les informó, hechas las oportunas gestiones, con marcado acento del sur.

—¿Y dónde podríamos encontrar al señor Arenas? —preguntó Carolina al instante.

—Aquí *mihmo*, en San Roque —cantó el sargento Cárdenas, que por su forma de hablar debía proceder de Cádiz—. ¿Quieren *uhtés* que le avise de que van a ir a verle?

—¿Nos recibirá? —inquirió ella esperanzada.

—*Ehtará encantao* —aseguró el suboficial, mostrando una dentadura perfecta—. ¡No le *guhta* a él *ná* una batallita…!

Esa primera parada en San Roque había dado mucho más fruto del que se habrían atrevido a esperar en el momento de subirse al AVE. Y lo mejor aún estaba por llegar.


Parmenio Arenas era un hombre enjuto, más bien bajo, curtido al aire de muchas sierras. Su rostro, de pergamino, mostraba una nariz menuda sobre una barbilla huidiza y una boca abierta de un hachazo, con dos brasas de carbón ardiente alumbrando bajo las cejas. Llevaba una década retirado del servicio, pero seguía fiel a la convicción de que «oír es obedecer». Y su sargento le había dado minutos antes por teléfono instrucciones claras.

Acogió a esos forasteros en su casa, un bajo situado a trescientos metros del acuartelamiento, ataviado con sus mejores galas e inmejorablemente dispuesto.

—Los señores dirán qué se les ofrece. —Abrió el fuego, solemne, una vez instalados sus huéspedes en sendos sillones de mimbre que ocupaban casi todo el patio—. ¡Manuela, trae una jarra de vino! ¿O prefieren una cervecita fresca?

—Nada, nada, no se moleste —declinó Carolina.

—¡No es molestia, mujer! Seguro que el caballero me acepta una manzanilla. —Se dirigió a Philip—. ¿A que sí?

El americano asintió, pese a haber entendido a medias, deseoso de entrar cuanto antes en materia. Y mientras la esposa del guardia depositaba ante ellos en una mesita baja unos platos con jamón, aceitunas, queso curado y picos de pan, destinados a «empapar el vino», Carolina explicó el propósito de su visita. Parmenio recordaba el caso del extranjero al que habían arrancado los ojos. ¡Vaya si lo recordaba!

—Entonces era yo un chaval. —Se arrancó a hablar enseguida, haciendo bueno el augurio del sargento respecto de su afición a rememorar batallas»—. Estaba recién llegado del Colegio de Guardias Jóvenes de Valdemoro. Porque yo soy *polilla*, ¿saben ustedes? ¡A mucha honra!

—¿Polilla? —se extrañó Carolina.

—Huérfano del cuerpo. Así nos llaman los compañeros, sin ánimo de ofender, ¿eh? Con cariño.

—Comprendo —zanjó ella la cuestión, lo más sutilmente que supo—. Pues ahora, si puede contarnos lo que recuerde de ese crimen...

—No sé lo que habría hecho ese *desgraciao* en vida —el tono del guardia había pasado de jovial a fúnebre—, pero quienquiera que le matara se vengó de él a conciencia. Un despojo estaba hecho el hombre. Daba penita verle...

El cabo Arenas narró sin escatimar detalles lo que se habían encontrado su comandante de puesto, otro compañero y él la mañana de ese 18 de agosto, al responder a la llamada angustiada de un vecino de Sotogrande, jardinero en casa de un acaudalado extranjero: una habitación revuelta de arriba abajo, muebles volcados, un par de vitrinas reventadas a patadas, cosas rotas por todas partes y, en medio de ese jaleo, un hombre atado a una silla, molido a palos, con las cuencas de los ojos vaciadas, chorreando sangre. Se le había quedado grabada la escena para siempre, confesó. ¿Cómo olvidar aquello?

Hasta entonces, dijo a guisa de explicación, solo se había ocupado de robos de poca monta, peleas de bar y algo de contrabando. El «crimen del extranjero», como se conocía el caso en el cuartelillo, había dejado honda huella. Él mejor que nadie había visto de cerca el destrozo, porque ese día llevaba la cámara y era el encargado de sacar las fotos mientras el jefe del puesto redactaba personalmente el atestado y el otro guardia recogía pruebas.

—¿No llegaron a coger al asesino? —Carolina había aprovechado la pausa de Parmenio, destinada a echarse un trago al coleto, para interrumpir la morbosa descripción e ir a lo suyo.

—No, señora, no. ¡Y mire que nos empleamos a fondo...! En el pueblo casi todos señalaban al hijo, un chaval raro al que se había visto discutir en alguna ocasión con el padre. Lo detuvimos en una casa de alterne, esa misma mañana, y el sargento nos ordenó: «Al loro, Parmenio, que a éste hay que sacarle todo lo que tenga dentro». Tres días estuvimos intentando hacerle hablar, pero que si quieres arroz Catalina. Ni confesó ni se le pudo probar nada. Y si quieren saber mi opinión, yo nunca creí que fuese él.

—¿Por qué?

—No daba el tipo. Era un muchacho callado, cobardica… En cuanto le apretamos un poquito empezó a llorar como un chiquillo. No tenía un móvil, no había un porqué, y la chica con la que había estado en el puticlub confirmó su coartada. Además, ¿para qué iba a hacer una cosa así? ¿Con qué fin?

—Por dinero. —Probó suerte Carolina, en busca de una explicación más tolerable que la señalada por la lógica de los hechos descubiertos hasta entonces.

—Ese chaval no necesitaba dinero, se lo aseguro. Seguimos el rastro de las cuentas familiares hasta donde pudimos, que fue una fundación en Suiza —dijo la palabra «fundación» con retintín, marcando las sílabas de forma despectiva a fin de subrayar el carácter dudoso de esa institución desconocida— cerrada a cal y canto. Una cosa extraña, que aquí en España no se estilaba. Al menos en San Roque nunca lo habíamos visto.

—¿Alguien se trasladó a Suiza a comprobar esas cuentas?

—No, señora. —Parmenio la miró como si acabara de decir la mayor tontería del mundo—. Preguntamos en el banco de aquí, llamamos al banco de allí, donde nadie hablaba español, y finalmente se puso en contacto con el comandante de puesto un abogado del difunto que le explicó lo de la fundación. Una especie de caja de ahorros particular, reservada a los miembros de la familia y sus amigos, por lo que pude entender yo. Ese señor dejó muy claro que el hijo del finado tenía acceso ilimitado al dinero desde los dieciocho años, en vida de su padre, lo que terminó de descartarlo como sospechoso.

A Carolina no le sorprendió que Parmenio Arenas no alcanzara a comprender el alcance y significado de una fundación privada en Suiza. Apenas alcanzaba a comprenderlo ella, y eso que llevaba años trabajando con clientes encuadrados en estructuras de ese tipo: organizaciones societarias destinadas a proteger grandes fortunas ocultando o diluyendo la verdadera identidad de sus titulares, que tenían la ventaja añadida de reducir su carga fiscal. Entramados tan legales como opacos, que habrían sido el vehículo perfecto para que Kurt Kaltmann blanqueara el patrimonio acumulado a través del expolio de arte, oro y otros objetos preciosos procedentes del Holocausto.

Era inútil preguntar a ese viejo guardia civil por algo que escapaba por completo a su conocimiento y que tendrían que averiguar de otro modo, seguramente a través de Ingrid Egle. Más valía zanjar ese capítulo cuanto antes y regresar a la investigación llevada a cabo en su día, en busca de respuestas para Philip.

—O sea, que el hijo no fue —retomó la conversación Carolina.

—No, señora, no —repitió el cabo, apoyando su negativa en un elocuente movimiento de cabeza—. Nadie le hace a un padre esas burradas, por muy cabrón que haya sido. Y perdone usted el lenguaje… que me caliento.

—No se preocupe. —A Carolina le caía bien ese veterano—. Si no fue el chico, ¿quién cree usted que pudo ser?

—Ni idea. Seguimos la pista a un forastero al que se había visto en la estación de ferrocarril ese mismo día, sin éxito. Preguntamos en todas las fondas de la comarca, en bares y en pensiones, pero nadie recordaba especialmente a nadie. Nadie nos dio razón. Quien lo hiciera debió de ser muy hábil, se cuidó de no llamar la atención y se largó enseguida. Al final, el juez terminó archivando el caso y hasta hoy.

—¿Sin más?

De nuevo el guardia dirigió a su visitante una mirada aviesa, a medio camino entre la incredulidad y el reproche, evidentemente ofendido por las implicaciones de ese comentario. Antes de contestar, se afianzó en el sillón de mimbre colocando las palmas de las manos sobre los muslos, a la vez que se encaraba con ella, conteniendo a duras penas las ganas de mandarla al carajo.

—Sin más no, señora. Llegamos hasta donde pudimos, dejándonos la piel en ello. El muerto tenía muchos amigos en Madrid, la mayoría muy poderosos. Aquí llamó desde un subsecretario de Gobernación a medio cuerpo de policía, interesándose por la investigación. Nos dieron mucha guerra. ¡Mucha! Ese extranjero debía de ser un pez bien gordo. Hasta vino por aquí un jefazo de la Dirección General de Seguridad haciendo preguntas. O sea, que no se archivó «sin más», se lo garantizo. Se archivó cuando no quedó otro remedio.


Philip había seguido la conversación muy atento, con la ayuda de la traducción que Carolina hacía de cuando en cuando. Ambos conocían de sobra a esas alturas la identidad del asesino, por mucho que ella hubiese preferido hasta el último momento aferrarse a la posibilidad de que fuese otra la mano negra. Él no compartía esos escrúpulos. Lo que le preocupaba era descubrir el paradero del cuadro robado y, en la medida de lo posible, esclarecer cómo se las había arreglado su padre para escapar de la Guardia Civil. Eso último por pura curiosidad, sin otro fin que contribuir a elevar aún más la estima que se había ganado a sus ojos, en los últimos días, ese hombre misterioso cuya auténtica naturaleza empezaba a salir a la luz.

—Pregúntale por el Greco —urgió a Carolina, impaciente por despejar sus dudas—. Y de paso, entérate de dónde y cómo pudo obtener mi padre un pasaporte y un visado para marcharse a Estados Unidos.

Ella se le quedó mirando un instante con cara de «¿manda usted algo más?»... pero accedió a trasladar sus demandas. Era consciente de haber incomodado a su anfitrión con su último comentario, por lo que recurrió a toda la capacidad de seducción que le daban su melena oscura y sus piernas, a fin de derretir el hielo. Parmenio Arenas, en cualquier caso, no necesitaba mucho estímulo para arrancarse a hablar. Era lo que más le gustaba en la vida.

Entre aceituna y aceituna, les contó que en la casa de Sotogrande no se había echado en falta ningún cuadro ni tampoco el servicio de café o la cubertería de plata. Todo estaba intacto, aunque desperdigado aquí y allá, motivo por el cual se había descartado en un principio el móvil del robo. Claro que varios muebles habían aparecido literalmente reventados, lo que daba pie a pensar que pudieran esconder dobles fondos donde ocultar pequeños objetos de valor, monedas o billetes de banco. Nunca lo sabrían.

—Si alguien está en disposición de saberlo, Parmenio, es usted —le halagó Carolina, consciente del poder ilimitado de ese recurso—. Suponiendo que alguien hubiese robado esos pequeños objetos de valor; monedas de oro, por ejemplo, ¿cómo podría convertirlos en dinero?

—En los bajos fondos, señora —replicó al punto el guardia—. El *colorao* es muy fácil de vender. Cualquier quinqui de medio pelo conocería a un perista dispuesto a comprar monedas de oro. Siempre han sido un buen negocio.

—¿Y con suficiente dinero podría uno obtener documentación falsa? ¿Un pasaporte, por ejemplo?

—Esto requiere otro trago —sentenció el cabo Arenas, moviendo de sitio su butaca para escapar al sol que caía en el patio—. ¡Manuela! Otra ronda…

Haciendo alarde de su pericia en la materia, el guardia civil relató el proceso a seguir para hacerse con un DNI falsificado y, una vez obtenido éste, lograr un pasaporte legal sobre el cual estampar un visado lo suficientemente bueno como para dar el pego en la frontera. Todo era, dijo, cuestión de precio en esos bajos fondos por los que se movía la gentuza a la que se enfrentaba el cuerpo: ciertos tugurios de puerto, puticlubs, sitios así.

Los mejores documentos se estampaban sobre cartulinas vírgenes, con su filigrana auténtica, robadas en alguna comisaría o vendidas por funcionarios o policías corruptos. Una vez conseguida ésta, solo hacía falta una máquina de escribir corriente y otra de plastificar. En cuanto a la identidad, lo normal era irse a las esquelas de *ABC* y buscar a un difunto de edad parecida a la del cliente, para utilizar su nombre y dos apellidos.

—Entonces no había ordenadores ni bases de datos interconectadas ni aparatos de esos que leen los carnets, como los de ahora —concluyó, nostálgico—. Algeciras está muy cerca y de allí salían barcos cada día a todas partes. También llegaban. Los chorizos lo tenían más fácil para moverse libremente, por mucho que nosotros fuésemos también mejores. Porque lo éramos, se lo digo yo. *Habíamos* sobre todo hijos del cuerpo y polillas, como un servidor. Hombres de honor. Ahora entra de todo.

—Ya será menos, Parmenio —terció Carolina, conciliadora.

—¡De todo, señora mía! Y en especial —la voz se le tiñó de desprecio—, mucho titulado superior.


El asfalto desplegaba ante los viajeros su monotonía gris, iluminado por los faros del coche. La noche les había caído encima con las prisas propias del otoño, mientras se acercaban a Málaga. Philip conducía, como a la ida, y llevaba el peso de la conversación, sin dar muestras de cansancio. Estaba ansioso por hacer balance de la información conseguida.

—O sea, que nuestro cuadro no viajó con mi padre a Nueva York. Tuvo que llegar hasta allí de otra manera.

—Espero que la descubramos pronto —respondió Carolina, saliendo con esfuerzo del sopor que le provocaba el coche—. Confío en que Ingrid, mi contacto en la sede de Christie's de Londres, consiga concertarnos una entrevista con el misterioso propietario que ha puesto en venta la obra y que éste se haya tragado el farol. Porque si vamos a los tribunales, vamos a tenerlo muy crudo.

—Nada de misterioso, corazón. Tú y yo sabemos de quién se trata. Ese hijo gallina y llorón al que interrogó nuestro policía. No puede ser otro.

—Guardia civil, Philip, guardia civil. No es lo mismo.

—Lo que sea —gruñó el americano.

—En todo caso, si se trata del hijo, ha tenido que falsificar los certificados de procedencia de la obra y hacerlo bien. Uno no saca al mercado un Greco así como así. Claro que tampoco sería un caso único. Como nos ha explicado el cabo Parmenio, todo tiene un precio: un pasaporte, un visado y ese certificado indispensable para subastar una pieza tan valiosa. Imagino que, transcurridos setenta años desde el final de la guerra, considerará que ya no queda nadie vivo capaz de relacionar a su familia con el cuadro.

—Pues se equivoca. Y con mayor motivo espero que ese Kaltmann, o Böse, o comoquiera que se llame ahora el hijo de puta, se llevara un buen susto mientras estuvo en manos de los guardias. Es lo mínimo que merecía.

—¿Por qué? —Ella se había despertado de golpe, enfadada—. ¿Por ser hijo de su padre? ¿Por no ser un asesino? Los hijos no han de cargar con las culpas de los padres. ¿O sí? Parece mentira que tú, precisamente tú, digas eso.

—Ese hijo ha disfrutado de todo lo que me pertenecía —repuso Philip, huraño, sin querer dar su brazo a torcer—. Lo menos que puedo hacer es alegrarme de que pasara un mal rato.

—Pues no deberías. Él es tan inocente de lo que pudiera haber hecho su padre como lo eres tú de lo que hiciera el tuyo. Y sabe Dios que no fue poco. Si lo que leí en *El Caso* me dejó horrorizada, lo que nos ha contado el cabo Arenas me ha revuelto el estómago. Arrancarle los ojos a un muerto… ¿Por qué haría alguien una barbaridad así?

—Tal vez se los sacara mientras todavía estaba vivo —especuló el americano con absoluta frialdad.

—¡Peor aún! ¿Tú te estás escuchando?

—Supongo que mantendrían una conversación muy poco amistosa —prosiguió Philip, como si hablara solo—. Mi padre acumularía una larga lista de agravios que echarle en cara y es probable que el otro sacara a relucir su arrogancia. Un antiguo oficial nazi, rico, impune, rodeado de gente poderosa dispuesta a protegerle… Tal vez se pusiese chulo hasta el punto de volver loco con su desprecio a un hombre de treinta años lleno de ira y de rencor. No estaría acostumbrado a que un judío como él se le metiera en casa de noche para reprocharle su pasado. No habría aprendido a tener miedo ni mucho menos a ser prudente.

—¿Eso es lo que crees que pasó?

—Sé tanto como tú, cariño, pero trato de ponerme en su piel. ¿Qué habría hecho yo en su lugar? ¿Cómo habría reaccionado?

—¿Y si sencillamente le torturó para saber dónde guardaba el dinero y el resto de cosas valiosas?

—Es otra posibilidad. Eso explicaría que los armarios estuviesen reventados en busca de dobles fondos donde esconder monedas de oro, por ejemplo.

—Lo dices como si te diera igual —le escupió Carolina, apenada.

—Es que me daría igual —reconoció él, decidido a ser sincero hasta las últimas consecuencias—. Aunque prefiero pensar que esa mutilación obedeció a una razón simbólica. Que mi padre quiso convertirse en la última visión de ese asesino nazi. Sería una venganza redonda, perfecta. «Ojo por ojo» en sentido literal. Los dos que tenía mi abuelo.

Ya en el tren, mientras Carolina dormitaba acurrucada junto a la ventanilla, tratando de no pensar en el miedo que le inspiraba ese hombre cuando dejaba asomar al *gólem* escondido en algún lugar oscuro de su alma, Philip se acordó de su tía Raquel, perdida en el caos brumoso de una enfermedad aterradora. Le vino a la memoria sin saber por qué, mientras trataba de acostumbrarse a la nueva imagen de su padre con la que habría de familiarizarse a partir de entonces. La vio consumida en esa cama de sábanas limpias, que cada mañana arreglaban las hermanas de la residencia donde iba a terminar sus días gracias a la caridad de un credo diferente al suyo, y sintió cómo la rabia se apoderaba de él.

La vida de esa mujer era exactamente lo opuesto a un camino de rosas. Su padre al menos había saboreado el gusto de la venganza, aunque a juzgar por su perenne mal humor, su carácter hosco, su soledad y su dependencia del alcohol, ese plato no le había satisfecho en absoluto. No debía de merecer la pena si el precio a pagar era tan alto. Claro que para saberlo era necesario probarlo. Su tía no había tenido ni siquiera ese triste consuelo.

Tal como la describía Simon Berent, el que fue su vecino en la calle Király, Raquel había sido una joven hermosa, alegre, abocada a casarse con un buen chico de similar condición y llenar la casa de nietos. En lugar de cumplir ese feliz augurio, se había visto condenada a una vida miserable, viendo pasar un año tras otro sin ninguna posibilidad de disfrutarlos. Primero encerrada en la cocina de un salón de té, ahorrando hasta el último céntimo, y enseguida al cuidado de una madre enferma que, por lo poco que recordaba Philip de su fugaz visita a Nueva York, se pasaba las horas llorando, añorando el hogar perdido, hablando de un marido muerto desde hacía lustros y lamentándose de su desgracia. O sea, amargada.

Decididamente, Raquel se había llevado la peor parte en esa historia tremenda de injusticia y mala suerte. Él la había conocido demasiado tarde, cuando ya su mal era irreversible, pero de algún modo se sentía responsable de esa tía a la que nadie, excepto las hermanas de los pobres, había tendido una mano en sus horas más bajas.

¿Qué había dicho la monja al cargo de la residencia en la que estaba apagándose poco a poco? Era algo así como que no aceptaban subvenciones públicas y vivían de la caridad, confiando en la Providencia. Bien; Philip no creía en la Providencia, pero sí en el valor de un cheque. Si lograba recuperar el cuadro robado y sanear sus maltrechas finanzas, firmaría uno de seis cifras a nombre de la congregación. A su tía no le faltaría de nada y esas mujeres buenas podrían ayudar a otros en su misma situación. Él sería esa Providencia en la que tanto confiaban ellas. Un judío alejado de Dios. ¡Qué ironía!

Estaba sonriendo para sus adentros ante su propia ocurrencia cuando Carolina despertó de un sueño profundo. Tuvo que sentirse desorientada, porque miró a su alrededor con cara de susto, como preguntándose qué hacía allí. Su aplomo característico, esa seguridad que la acompañaba en cualquier circunstancia, parecía haber desaparecido como consecuencia del cansancio acumulado. Tardaba en reaccionar. Philip la abrazó, inundado de ternura, susurrándole al oído:

—Todo está bien, tranquila, estás conmigo, llegando prácticamente a Madrid.

Ella se calmó, le besó en la mejilla, cariñosa, y apoyó la cabeza en su hombro. Su mente estaba todavía en blanco, tratando de recuperar el ritmo. Le costó comprender el significado de lo que decía él en ese momento, en un tono de voz completamente ajeno a la dureza que había mostrado un rato antes. Un tono optimista, alegre, luminoso:

—El pasado, pasado está, Carolina. Solo falta darle sepultura. El futuro no existe de momento. Tenemos el aquí y el ahora. Nos tenemos el uno al otro. Sin odio, ni rabia, ni miedo, ni culpa. Somos muy afortunados. ¿Te das cuenta? ¡Mucho!

Ella empezaba a darse cuenta también. Lentamente, atrapada todavía en parte por ligaduras antiguas hechas de culpa y temor, pero cada vez con menos dudas. Ellos eran hijos de otro tiempo y otro espacio, sí. Un tiempo más piadoso. Un entorno mil veces preferible al sufrido por Raquel y Joseph. Ellos eran dueños de un aquí y un ahora libres. Capitanes de sus almas, le vino al pensamiento, evocando el poema de William Henley que recitaba Mandela atrapado entre los cuatro muros de su celda en Robben Island. Amos de su destino.

—¡Philip! —Carolina se había espabilado por completo y estaba exultante—. No te lo vas a creer.

—¿Qué es lo que no voy a creer, corazón?

Acababan de llegar a casa, agotados. Él se había ido a la ducha. Ella estaba repasando el correo, abandonado desde la mañana. No recordaba haber ignorado de un modo tan absoluto el teléfono móvil desde que habían salido los primeros aparatos «listos». Estando con él, se le olvidaba su existencia. Ni WhatsApp, ni Twitter, ni Facebook, ni siquiera mensajes de trabajo. Ese taxista neoyorquino llenaba todos sus ratos.

—Me ha contestado Ingrid. ¡No ha tardado ni veinticuatro horas!

—¿Y qué dice?

—Que nos vamos a Londres. Te lo leo:

Querida Carolina:

Ya está hecho. Nuestro cliente se reunirá con vosotros mañana, a las siete y media de la tarde, en nuestras oficinas de South Kensington. Yo misma estaré allí para presentaros. Sé que es un horario impertinente, pero ha insistido en la hora, con el fin de evitar encuentros no deseados. Por lo que deduzco de la conversación mantenida con él, se trata de un hombre extraordinariamente reservado, que detesta cualquier forma de publicidad. Debe de ser enorme la gravedad de lo que os traéis entre manos, porque ha sido trasladarle tu mensaje y recibir en cuestión de segundos una llamada pidiéndome organizar la reunión cuanto antes. Confírmame que puedes arreglarlo, por favor.

Saludos,

INGRID EGLE

# 10

## Todo tiene un precio

Philip había recorrido más mundo durante las dos últimas semanas que en los cuarenta y ocho años de vida que llevaba a las espaldas. Esperando en la cola de embarque para subir al avión con destino a Londres, le vino a la mente ese concurso de televisión al que era tan aficionado, cuyo premio gordo consistía en un viaje de tres días para dos personas a cualquier lugar del planeta que eligiera el ganador. Él lo seguía siempre que estaba en casa, y hasta se había sacado el pasaporte por si el azar obraba el milagro de que sonara la flauta. De ser así, se habría ido a París con alguna amiga a cenar en La Tour d'Argent. Hasta había tratado de consultar la carta, a través de internet, por ver de llevar el menú ya escogido. Si alguien le hubiera dicho entonces que volaría todavía más lejos en compañía de un pedazo de mujer como Carolina Valdés, le habría dado un puñetazo o invitado a una copa, dependiendo de su humor.

Carolina, que se había hecho cargo de los billetes recurriendo nuevamente a sus puntos, lo notó ausente, cosa muy rara en él. Motivos de preocupación no le faltaban, desde luego, por lo que probó a tirarle de la lengua.

—¿Estás nervioso?

—Estoy deseando ver el rostro de ese tipo. Oír lo que tiene que decir. Saber si es capaz de mirarme a la cara y negar que conociera el origen del cuadro. Escupirle el desprecio que me inspira la gente como él.

—A lo mejor te llevas una sorpresa... —Ella deseaba fervientemente que los hijos no heredaran las taras de sus padres, igual que, estaba convencida de ello, no tenían por qué cargar con sus culpas. Intentaba siempre dar una oportunidad a las personas antes de colocarles la correspondiente etiqueta.

—O a lo mejor se la lleva él —replicó Philip a la defensiva—. Tú no me has visto enfadado, pero te aseguro que doy miedo.

—¿Yo no te he visto enfadado? —Era una pregunta retórica.

—No, Carolina. Y espero que no llegues a verme. Hace mucho que no me enfado. Es malo para la salud.


A ella le gustaba Londres. Ese pequeño hotel victoriano en Fulham, un paseo por cualquiera de los viejos cementerios supervivientes a la expansión de la urbe, *brunch* en PJ's, el mejor pub de la ciudad, con huevos benedictine, té y zumo de naranja, antes de callejear, sin prisa, observando a la peculiar fauna de la metrópoli imperial detenerse a curiosear los escaparates. Londres le parecía, de hecho, un escaparate en sí misma. El epicentro de la diversidad, crisol de razas y lenguas. Un gigantesco mostrador empeñado en exhibir sin vergüenza ni pudor su amor por todos los lujos, acaso por la necesidad de compensar un clima sencillamente miserable, según la definición inglesa.

Philip, por el contrario, no parecía impresionado. A diferencia de lo que le había sucedido en Budapest, donde la magia de la vieja Europa le conquistó a primera vista, los contrastes arquitectónicos del Támesis le dejaban frío. Su mente estaba en otra parte, junto a la capacidad de emocionarse ante un paisaje postindustrial o sorprenderse por el hecho de que el tráfico discurriera en sentido contrario al habitual. Estaba ensimismado. Enredado en sus batallas fantasmales.

Ajeno al hormiguero humano que pululaba a su alrededor, el neoyorquino iba enfrascado en sus reflexiones, pensando en las mentiras o medias verdades que habían jalonado su existencia; en las posibilidades que le habían sido hurtadas junto a la fortuna familiar representada por ese cuadro; en el infierno que habría vivido su padre, torturado por la culpa, el miedo, o una feroz alianza entre ambos, para quedar reducido a la clase de hombre que él recordaba. Un ser vencido, anímicamente postrado, envilecido hasta el extremo de inspirar lástima a su propio hijo. Roto.

Philip esperaba ansioso el momento de encararse con Alexander Böse y decirle cuatro cosas bien dichas.

Carolina percibió enseguida el gesto dolorido de su compañero, el leve rictus de su boca, sus músculos tensos, la mandíbula apretada hasta rechinar los dientes. Era evidente que no tenía ganas de hablar, por lo que respetó su silencio. Decir cualquier tontería con el propósito de animarle en ese momento habría sido inútil. Pedirle paciencia o contención con vistas a la reunión que se disponían a mantener, directamente contraproducente. Solo esperaba que, llegada la hora de la verdad, fuese capaz de dominarse. A esas alturas de su periplo compartido le conocía ya lo suficiente como para saber que ese pronto suyo explosivo saltaba a la menor chispa. Ésa era una de sus facetas más inquietantes, por más que se quedara ahí y no pasara a mayores. Claro que nadie es perfecto, ¿verdad? Eso al menos se decía ella al sopesar pros y contras de seguir adelante, o no, con la peligrosa aventura en la que se había embarcado.

En el taxi panzudo que los trasladaba al lugar de su cita, a falta de conversación, la española recordó la última vez que había visitado las oficinas de Christie's en South Kensington, con motivo de una exposición de arte chino. Se encontraba en Londres por razones de trabajo y había aprovechado para contemplar esos tesoros milenarios de jade y marfil, codiciados por coleccionistas de nuevo cuño enriquecidos al calor del *boom* económico experimentado por el gigante asiático. Ellos eran en la actualidad los principales clientes de las casas de subastas y galerías de arte. Auténticos magnates anónimos, desconocidos para el público occidental, poseedores de fortunas tan imposibles de cuantificar como difíciles de justificar sin entrar en territorios oscuros.

A Carolina le gustaba mucho Londres, a pesar de sus luces y sus sombras. Precisamente por sus luces y sus sombras. Le apasionaba el alma de esa megalópolis capaz de atraer a lo peor y lo mejor de la especie humana para alimentarse de su savia. El corazón de esa ciudad en la que nada parecía excesivo: ni los precios exorbitantes cobrados por cualquier servicio, ni las cilindradas de los Ferraris que recorrían las calles, ni el ruido ensordecedor producido por el tráfico. Le gustaba Londres con su cielo permanentemente gris y la lluvia constante. De no ser por ellos, acaso no existieran los museos que acogían todo el saber acumulado a lo largo de la historia para regalárselo al visitante de manera gratuita. Y le gustaba más aún ahora que estaba llena de españoles prodigando sus sonrisas en tiendas y restaurantes. Compatriotas que habían tenido el valor de hacer las maletas y salir a buscarse el pan allá donde existía una oportunidad de triunfar. Confiaba en que los británicos rechazaran la idea lanzada por un partido xenófobo de abandonar Europa y limitar el acceso de extranjeros.

Estaban atravesando Piccadilly Circus, epicentro del caos, cuando le vino a la memoria José, *maître* en un local situado en las inmediaciones. Su último descubrimiento en esa ciudad asombrosa. Le había conocido unos meses atrás, mientras se comía un sándwich entre prisa y prisa. Le había contado que a sus cuarenta y un años, con dos hijos y otras tantas licenciaturas, había vuelto a empezar allí. Que estaba feliz porque su inglés alcanzaba ya el nivel suficiente para «dedicarse a lo suyo, la ingeniería». ¿Se podía ser más valiente?

A Carolina le gustaba Londres casi tanto como la gente dispuesta a luchar, en lugar de sentarse a llorar por lo amargo de su destino. Gente del tipo del americano que la acompañaba en el coche, capaz de buscarla en un rincón perdido de Manhattan, presentarse en su habitación de hotel esgrimiendo un ejemplar de periódico y convencerla para ayudarle a recuperar su herencia. Ésa era la gente que movía el mundo, ya fuese en Londres o en Nueva York, donde las condiciones de vida eran prácticamente idénticas. A ella le seducía esa gente y la cautivaba el empuje imparable de esas ciudades, aunque su hogar estaba en Madrid. Eso lo tenía claro. Otra de las circunstancias que pesaban en el «contra» de atarse más estrechamente a Philip.

Ingrid Egle los esperaba en su despacho de Christie's, oculto a la vista del público tras un panel de madera pintada. La española había tratado muchas veces con ella a través del teléfono y el correo electrónico, pero no la conocía en persona. Le sorprendió encontrar a una mujer mucho más joven de lo que esperaba, más cercana a los treinta que a los cuarenta, de sonrisa franca y cara lavada. Una verdadera niña, para ser la máxima responsable de lidiar con los coleccionistas privados, principales clientes de la casa, y además una escultura, como evidenciaba la mirada cautivada de Philip. Ingrid era sin lugar a dudas una muchacha encantadora, firmemente asentada, por añadidura, en el tradicional aplomo británico. En definitiva, una aliada impagable o bien una formidable rival, dependiendo del papel que decidiera desempeñar en el pulso que estaba a punto de tener lugar allí mismo.

Tras un firme apretón de manos seguido de un incómodo silencio, ella misma inició la conversación, eludiendo cualquier rodeo.

—¿Puedo hablarles con absoluta franqueza, confiando en su discreción?

—¡Desde luego! —respondió Carolina, decidida a alinearla en su bando.

—Para eso hemos venido hasta aquí —añadió el neoyorquino en tono notablemente más áspero.

—Entonces empezaré diciéndoles que Christie's está a punto de despedir a Francis Burg. Si no lo ha hecho ya es por el daño que esa noticia causaría a la subasta del Greco, de la que se esperan obtener beneficios importantes, sin mencionar el prestigio que proporciona a la casa una operación de tal envergadura.

—Natural… —convino Carolina.

—Dicho lo cual —prosiguió Egle dirigiéndose a ella—, debo reconocer que la denuncia velada contenida en tu carta no hizo sino confirmar las sospechas existentes respecto de esa persona.

—¿A saber? —inquirió Philip.

La inglesa vaciló unos instantes. Sus ojos, dos aguamarinas de gran tamaño, interrogaron a la española en busca de complicidad. Ella no conocía de nada al individuo que le pedía explicaciones, cuya hostilidad manifiesta no invitaba precisamente a explayarse. ¿Debía confesarse ante él, jugándose una destitución fulminante si Smith hablaba con quien no debía? Carolina comprendió su inquietud y le hizo un gesto elocuente, indicándole del mismo modo callado que siguiera adelante con su relato. Que, a pesar de sus modales incivilizados, ese americano de Brooklyn era una persona de fiar.

—Según hemos podido averiguar —retomó la palabra, más tranquila—, Burg ha estado cobrando comisiones personales de ciertas ventas en las que ha participado, detrayéndolas de la comisión oficial correspondiente a la empresa. Y no contento con ello, ha negociado por su cuenta algún traspaso directo entre vendedor y comprador, aprovechando la agenda de clientes de Christie's.

—¡Pero eso es gravísimo! —exclamó Carolina, conocedora del efecto devastador causado por algo así en el buen nombre de un negocio cuyo principal capital es la confianza.

—Peor aún es lo que sigue.

—¿Peor que eso?

—Ya te dije que se le relacionaba con el caso Gurlitt. —La mujer se dirigió nuevamente a Carolina, evitando cuidadosamente encontrarse con la expresión furiosa del americano—. Al parecer, y subrayo esto porque todo está aún por confirmar, algunas de las obras que habría colocado Burg bajo cuerda a esos clientes nuestros, recurriendo a métodos tan... reprobables —escogió cuidadosamente el adjetivo— podrían tener esa procedencia.

—¿Y las comprobaciones de rigor? —Carolina no salía de su asombro—. ¿Los certificados indispensables para avalar una operación de esa naturaleza? ¿La autenticidad, la movilidad, los seguros, el papeleo que tú y yo hemos hecho tantas veces?

—Eso es lo más desconcertante, querida —concedió la interpelada—. Tal vez recurriera a falsificaciones o tal vez sencillamente los obviara. Como bien sabes, algunas personas compran objetos de arte por el mero placer de poseerlos, aunque jamás puedan exhibirlos o reintroducirlos en el mercado legal. El precio que piden por esas piezas quienes las ponen en circulación a través de canales opacos ya contempla tales limitaciones. Los descuentos aplicables son enormes. De ahí que los intermediarios como Burg obtengan pingües beneficios, libres de impuestos y pagaderos generalmente en *cash*. Un negocio redondo, aunque repugnante, debo decir.

—¿Cómo conecta todo esto con nuestro Greco? —preguntó Philip en ese punto, harto de especulaciones—. Hasta donde sabemos, el cuadro no formaba parte de ese alijo, ¿no es así?

—Así es, en efecto —confirmó Egle—. Lo que sospechamos es que Burg entró en contacto con Gurlitt precisamente a través del actual propietario del lienzo de la judería del Greco, con el que ya habría mantenido alguna relación comercial en el pasado.

Philip estaba a punto de protestar sonoramente ante esa afirmación que consideró insultante, cuando quien acababa de hacerla se dio cuenta de su resbalón y matizó, tras un ligero carraspeo:

—Quiero decir, por supuesto, de quien afirma ser el propietario y ha puesto en venta la obra. Ya es hora de que conozcan su nombre. Se llama Alexander Böse.

La británica volvió a pedirles máxima discreción antes de contarles que, según la investigación interna llevada a cabo por Christie's, Francis Burg ya había asesorado a ese cliente en operaciones de dudosa legalidad antes de incorporarse a la plantilla de la prestigiosa casa de subastas. Se trataba de un viejo conocido suyo, mantenido oportunamente en la sombra, cuya reputación en el mercado del arte, el legítimo y transparente, dejaba mucho que desear. Por todos esos motivos la cabeza del responsable máximo de la oficina neoyorquina estaba definitivamente sentenciada, a falta de ejecución en cuanto fuese prudente accionar la guillotina.

Carolina sintió un placer algo salvaje al escuchar perfilar ese retrato de Burg, que lo dibujaba exactamente como siempre había sido a sus ojos. Un tipo sinuoso, resbaladizo, viscoso como una serpiente. Un individuo capaz de vender a su madre por dinero o por subir un escalón en el reducido círculo de la intelectualidad neoyorquina. Un miserable refinado.

Nada de lo que oía en boca de Ingrid Egle le resultaba excesivo con arreglo a su propia impresión de él. Antes al contrario, le parecía que apenas habían descubierto la punta del iceberg. De ahí que se dejara llevar por un impulso primario y espetara a su anfitriona:

—Espero que seas tú quien le comunique su despido, así como una eventual denuncia ante la policía. ¡No sabes lo que daría por estar presente en ese instante y poder contemplar la escena!

Se estaba relamiendo por dentro al imaginar la cara de estupefacción que se le pondría a ese baboso machista, a ese misógino visceral, al escuchar su condena a muerte profesional, tal vez incluso a prisión, de labios de una mujer guapa, inteligente y honrada.

Acababan de dar las siete cuando la secretaria anunció la llegada de Alexander Böse, acompañado de su abogado. Carolina y Philip se miraron con preocupación, antes de clavar sus ojos acusadores en la responsable de Christie's. La presencia de un letrado en la reunión era algo que ni una ni otro habían previsto al concertar la cita, por más que resultase perfectamente previsible dada la catadura del personaje. Egle tampoco los había alertado. Y ahora que era demasiado tarde para rectificar su error, empezaban a negociar en una posición de evidente desventaja, descubriendo que el contrario llevaba un as en la manga. Un tropiezo grave susceptible de costarles caro.

Después de hablar con el guardia civil Parmenio Arenas en San Roque y enterarse de que el difunto Paul Böse tenía todos sus bienes registrados a nombre de una fundación en Suiza, la española había explicado de forma somera al taxista cómo funcionaban ese tipo de organizaciones, también denominadas *family office* en versión moderna. Ambos habrían debido saber, por tanto, que el hombre con el que iban a reunirse se escondería tras un entramado legal encargado de administrar un patrimonio difuso, propiedad de alguna sociedad impersonal, en las mejores condiciones fiscales y de manera tal a obstaculizar cualquier operación de rastreo. Habrían debido saber que se enfrentarían a un individuo asesorado por personal altamente cualificado, motivado y con experiencia acreditada en el desempeño de estas funciones. Habrían debido saber que sería un hueso duro de roer. Suiza era un país célebre, incluso en Estados Unidos, por resultar muy atractivo para las familias ricas reacias a esclarecer el origen de su dinero.

¿Cómo diablos se habían presentado allí ellos dos a pecho descubierto para lidiar con semejante tiburón? Hasta el aspecto físico del abogado, todo vestido de negro, incluidas camisa y corbata, recordaba el de un escualo con varias hileras de dientes.

Los saludos fueron más que fríos, gélidos. Alexander Böse y su letrado tomaron asiento en un sofá de tres plazas colocado en el extremo opuesto de la mesa de despacho, y otro tanto hicieron Carolina y Philip, justo enfrente. Ingrid Egle se acomodó en una butaca situada entre ambos, a modo de árbitro, demostrando con su actitud estar sobradamente provista de la flema indispensable para lidiar situaciones tensas.

Antes de que hubieran acabado de instalarse, el tiburón del traje oscuro abrió el fuego a bocajarro.

—Querían vernos y aquí estamos. —Hablaba con marcado acento alemán, de Zúrich—. ¿Puedo saber qué es lo que quieren? El tiempo es un bien muy costoso.

—Quiero un cuadro que me pertenece —respondió Philip sin arredrarse ni dejarse intimidar por el maletín metálico que acababa de depositar el abogado sobre una mesita baja, con la intención manifiesta de impresionarle—. Un cuadro que ustedes robaron a mi abuelo y ahora pretenden vender por quince millones de dólares.

—Me temo que se equivoca de cuadro —repuso el suizo, imperturbable, rebuscando entre los papeles de la valija que acababa de abrir—. Y no solo se equivoca sino que formula acusaciones muy graves, por las cuales mi cliente podría llevarle ante los tribunales.

—¡¿Me está amenazando?! —Saltó el americano, rojo de rabia—. ¡¿Encima me amenaza?! Canalla hijo de puta...

—Creo que deberíamos calmarnos y reconducir esta conversación hacia términos más constructivos —terció Ingrid Egle, recurriendo a su mejor sonrisa—. El señor Smith alega que esta pintura perteneció a su familia húngara, de origen judío...

La inglesa hizo un resumen de la situación sin dar ni quitar razones, sorteando con elegancia constantes interrupciones de las partes en disputa. Philip gritaba, insultaba, levantaba el puño, juraba. El hombre-escualo objetaba, puntualizaba, rebatía, constataba, con una sangre de anfibio que exasperaba al americano. Böse aún no había pronunciado palabra. Se limitaba a observar, desde la retaguardia, cómo su mercenario a sueldo desplegaba un verdadero arsenal leguleyo destinado a desarmar a ese desagradable individuo resurgido de un pasado que consideraba enterrado. Un espectro del ayer empeñado en remover muertos.

—Ese cuadro fue expoliado por su padre aprovechando el Holocausto. ¿Me oye usted, señor Kaltmann? —Philip ignoraba al tipo del maletín y se dirigía a voces al septuagenario canoso que le habían presentado con el nombre de Alexander Böse—. Tengo pruebas de lo que digo. Una fotografía. Testimonios. Testigos vivos. Se le acabó la impunidad, nazi de mierda. La verdad va a salir a la luz por mucho dinero que se gaste en tratar de impedirlo.

—¿Podríamos ver esa fotografía? —El asesor de la fundación, sin alterar el semblante, actuaba de escudo y pantalla, fiel a su cometido—. En caso contrario, comprenderá usted que nos atengamos a la documentación que obra en nuestro poder y acredita la compra de ese cuadro por parte del señor Paul Böse, padre de mi representado, a quien usted, evidentemente, confunde con otra persona.

—Esos certificados pueden falsificarse —intervino Carolina en auxilio de su compañero—. No es muy difícil. Y si se hizo hace setenta años resultaría muy complejo demostrar esa falsedad. Complejo pero no imposible. Créame, soy una experta.

—¿Que confundo a ese cobarde con otra persona? —añadió a su vez Philip, cada vez más caliente, señalando a la estatua silente sentada a un extremo del tresillo—. No, señor, yo no confundo nada y también eso puedo probarlo. Existen fotografías, gentes que han estudiado lo sucedido en esos años durante los cuales ustedes, hijos y herederos de esos nazis, trataron de borrar sus huellas. La sangre deja manchas imposibles de limpiar. Esta vez no se van a ir de rositas. ¡Por encima de mi cadáver!

—¡Adelante entonces! —El tiburón, lejos de amilanarse, enfilaba a su presa para el ataque final—. Si eso es lo que quiere, litigaremos en los tribunales suizos. El señor Böse nada tiene que temer y tampoco le urge vender la obra.

Ingrid Egle apenas dejó traslucir su desazón, aunque esa última frase supusiera, en la práctica, desmontar de un día para otro la subasta más sonada de Christie's en años. O sea, un revés formidable para la casa que le pagaba el sueldo. Por mucho que disimulara, el rostro se le descompuso. Con el fin de asestar la dentellada definitiva, el hombre-escualo añadió, dirigiéndose a ella:

—Ya pueden considerar cancelado el contrato y enviar la pintura de vuelta a Zurich.

La mujer se disponía a proponer alguna solución de compromiso, menos drástica, cuando se le adelantó el americano, decidido a vender cara la piel. Llevaba demasiado tiempo aguardando el momento de ajustar cuentas.

—¿El señor Böse? ¡Deje ya de hacer teatro! Se llama Kaltmann. —Philip volvía a mirar directamente al mencionado, como si el letrado fuese transparente. Estaba empeñado en provocarle, en quebrar con ese nombre la coraza de mutismo que rodeaba al personaje—. Böse es un nombre tan falso como los papeles que dice tener de ese cuadro. Usted lo sabe, yo lo sé, ambos sabemos muchas cosas que saldrán a la luz en un juicio. Y será ante la justicia de Estados Unidos, nada de Suiza. No olvide que la pintura se encuentra ya en Nueva York y allí se quedará en cuanto interpongamos la demanda. En mi país nadie simpatiza con los nazis. Murieron demasiados buenos chicos para acabar con ese hijoputa de Hitler.


Alexander Böse, nacido Kaltmann, era el vivo retrato de su padre, con más años, más peso en los hombros, menos arrogancia en la mirada. A medida que avanzaba la discusión, había ido encogiéndose en su asiento, incapaz de aguantar el envite. En su rostro, de mejillas descolgadas y gruesas bolsas bajo los ojos, no había rastro alguno de la seguridad desafiante que mostraba la cara de Paul Böse en la fotografía publicada por *El Caso*. Se le veía un hombre débil, abrumado por la carga de unos hechos que de pronto regresaban de la tumba para amargarle sus últimos años.

Philip, acostumbrado a tratar con todo tipo de personas y juzgarlas en base a pequeños gestos, no tardó en darse cuenta de que, antes o después, acabaría por derrumbarse. El abogado, por el contrario, quería seguir discutiendo. Él no se había tragado el farol. No parecía en absoluto preocupado por la posibilidad de ir a juicio, probablemente porque supiera que, cuanto más largo fuese el litigio, más facturarían su bufete y él. De ahí que, en vez de achantarse, lanzara una contraofensiva.

—Pleitearemos en varios frentes e incluiremos a Christie's en la demanda. —Ese dardo iba nuevamente dirigido a Ingrid Egle—. Parece mentira que una casa tan seria como ésta preste oídos a esta clase de reclamación sin base alguna. Les va a salir muy caro el error. O el intento de estafa. Veremos cómo queda la cosa.

La acusada se disponía a replicar airada, tocada en su orgullo profesional, cuando el convidado de piedra, que hasta entonces había permanecido mudo, dejó a todo el mundo perplejo con una pregunta directa, extemporánea, lanzada al plexo solar de Philip.

—¿Sabe usted quién mató a mi padre?

El hombre-escualo estuvo a punto de caerse del sofá, noqueado por ese gol en propia meta que desmontaba de un plumazo su elaborada estrategia. Carolina e Ingrid intercambiaron gestos desconcertados. A la responsable de Christie's esa crispación inaudita empezaba a superarla, por mejor voluntad que pusiese en hallar un arreglo conveniente para todo el mundo. La española, a su vez, conocía la respuesta a la pregunta, aunque se cuidó mucho de abrir la boca. Sabía que ese duelo no la concernía. No concernía en realidad a ninguno de los presentes, excepto a Philip y Alexander. Suya y solo suya era la pugna. Los demás, por discreción, habrían debido marcharse, pero nadie movió un músculo.

El americano también se había quedado helado. Bastaba ver al hombre envejecido al que pretendía destrozar para saber que sucumbiría rápidamente a sus ataques. Jamás habría imaginado, no obstante, que lo haría de ese modo. En su pregunta no había atisbos de cobardía, cinismo, indiferencia o desafío. Era más bien curiosidad. Una necesidad de saber más poderosa que la codicia o la más elemental prudencia. Una de esas cuestiones pendientes que uno tiene que dejar zanjadas antes de abandonar este mundo.

Philip acababa de descubrir que su padre era un asesino y, pese a los reproches de Carolina, le admiraba por haber tenido el valor de cometer ese crimen, consumando con él una venganza en cierto modo ritual, extensible a todo un pueblo. Böse o Kaltmann, como quiera que se llamara el suizo, hijo de un alemán miembro de las SS, lo había sabido siempre. Tenía que haberlo sabido siempre. ¿Qué juicio le merecía al hijo ese padre cuya conducta impune, aprovechando la guerra, había brindado a su familia riqueza y posición social? ¿Cómo había sobrevivido a su muerte extremadamente violenta, jamás esclarecida? ¿Se sentía huérfano? ¿Se sentía culpable? ¿Se sentía vacío? ¿Sentía deseos de venganza? ¿Alivio tal vez? ¿Era capaz de sentir algo?

En el despacho de Ingrid Egle el silencio se cortaba con cuchillo y fue la voz grave de Böse la navaja encargada de rasgarlo.

—¿Sabe usted quién mató a mi padre? —El tono ahora era más apremiante.

—Lo sé, sí. —Philip le sostuvo la mirada—. Y usted sabe quién robó ese cuadro del Greco, aunque tal vez no sepa a quién. Se lo diré yo. Fue a mi abuelo, Judah Sofer, abogado de prestigio en la Budapest anterior al nazismo. Un judío exterminado, junto a seis millones más, en los hornos inventados por los camaradas de su padre.

—Yo no sabía nada de eso. —A Böse le temblaban las manos—. Juro por Dios que nunca lo supe. Y usted no ha respondido a mi pregunta.

—Lo haré cuando usted me cuente quién fue en realidad Kurt Kaltmann y cómo se convirtió en Paul Böse. —Philip no estaba dispuesto a aflojar—. ¿Usted no sabía? ¿Usted no supo nunca? O miente o no quiso saber. ¡Hipócrita!

—Esta conversación está llegando demasiado lejos —trató de mediar el tiburón, interponiéndose dialécticamente entre su cliente y ese americano faltón—. No diga una palabra más, herr Böse. Déjelo en mis manos, se lo ruego.

Alexander Böse, nacido Kaltmann, ignoró el consejo de su letrado, movido por el mismo resorte que le había llevado a preguntar. La necesidad de saber para justificarse o justificar a su padre, y de ese modo legitimar su legado. Una herencia cuyo origen nunca había querido investigar —en eso el americano estaba en lo cierto— por falta del valor suficiente para afrontar las consecuencias de un hallazgo inconfesable. Ahora esa procedencia había llamado a su puerta y no tenía más remedio que abrirla de par en par.

Con un leve titubeo al comienzo de cada frase, probablemente debido al hecho de expresarse en una lengua extranjera, Alexander, a quien sus escasos amigos llamaban Alex, levantó poco a poco las compuertas.

—Ese cuadro le obsesionaba. Tenía otros, aunque de menor valor, que consideraba meras inversiones y han ido vendiéndose en el transcurso de los años. Ese Greco era distinto... Para él representaba mucho más que una pintura. Lo llamaba su «clave de bóveda», su carnet de ingreso en el selecto club de los coleccionistas.

»Le recuerdo sentado en el sótano de nuestra casa de Zurich, acondicionado como una verdadera caja fuerte, contemplando durante horas ese paisaje. Cuando yo le preguntaba, siendo niño, por qué no lo colgábamos en un lugar más digno, como el salón, respondía que le había costado mucho conseguirlo, que era demasiado bello para compartirlo y que por eso lo reservaba para disfrute exclusivo de sus ojos y los de sus seres queridos, que éramos mi madre y yo. Aseguraba que estaba bien donde estaba, a salvo de miradas curiosas. Pero le juro por lo más sagrado que nunca me dijo que lo hubiera robado. ¡Nunca!

»Él siempre sostuvo haber comprado ese cuadro a una familia judía, a cambio de algún dinero y un salvoconducto para abandonar Hungría. Decía que ellos eran reacios a vendérselo, porque se trataba de una especie de reliquia familiar traída por un antepasado desde Toledo, aunque habían acabado cediendo, movidos por la necesidad, al igual que otros hebreos amenazados. Él no consideraba que aquello fuese inmoral ni mucho menos ilegal. Hablaba siempre de "negocios", de aprovechar oportunidades además de salvar vidas utilizando el poder de su cargo en las fuerzas de ocupación alemanas. Jamás me dio motivos para pensar que mentía, hasta que lo mataron del modo en que lo hicieron y mi madre me contó lo que hasta entonces me habían ocultado ambos.

No debía de resultar fácil escarbar en semejantes recuerdos, porque, a pesar de que en el despacho la temperatura era agradable, Böse había empezado a sudar profusamente. Pidió agua a miss Egle, se limpió la frente con un pañuelo de papel que sacó de su bolsillo y reanudó, trabajosamente, la narración de su historia.

—Mi padre, originario de Prusia oriental, se había trasladado con mi abuela a Berlín siendo niño, cuando la derrota tras la Gran Guerra la dejó a ella viuda con cinco bocas que alimentar y a él y sus hermanos, huérfanos. Gracias a la ayuda de parientes más afortunados, había logrado ir a la escuela, según mi madre con notable provecho, aunque su anhelo de estudiar arquitectura en la Universidad Técnica de la capital se viera frustrado por la falta de recursos con los que pagar la matrícula y mantenerse. Eso sí solía repetirlo él, al hablarme de las injusticias de la vida. ¿Por qué un mediocre como Albert Speer tocaba el cielo con las manos mientras él, pese a sus magníficas calificaciones, debía conformarse con aprender un oficio? Ésa era una afrenta del destino que había jurado vengar en cuanto le fuera posible.

»En 1933, recién cumplidos los veinte años, se afilió al Partido Nacionalsocialista Obrero Alemán, cuya trayectoria ascendente auguraba, según su pronóstico, mayores posibilidades de medrar deprisa que cualquier otra organización política o carrera profesional. Su físico, de metro ochenta y cinco de altura, constitución atlética, ojos y cabello claros, así como un irreprochable árbol genealógico, le franquearon muy pronto las puertas de las Schutzstaffel, donde el instinto le decía que sabría hacer valer sus talentos. Esto ya lo supe yo después por mi madre, ya que él jamás confesó haber formado parte de las SS. Según su versión, había servido en la Wehrmacht, como tantos otros chicos de su edad, movilizados a la fuerza.

»Entre las múltiples habilidades que atesoraba mi padre, eso sí puedo atestiguarlo, siempre destacó su capacidad para escoger el bando ganador. Él atribuía esa facultad a su gran dominio de sí mismo, cultivado con esmero desde la más tierna infancia, que me inculcó de igual modo, sin la menor contemplación. Estaba persuadido de que las pasiones solo conducen a perder la cabeza, motivo por el cual se tenía severamente prohibido incurrir en cualquiera de ellas. Tan prohibido como a mí. Ni amores, ni animadversiones, ni apetitos carnales prohibidos, ni desahogos inútiles como la ira. Tampoco escrúpulos innecesarios. Método, visión a largo plazo, un proyecto claro de futuro y perseverancia en su persecución. Ésos eran los ejes de su conducta, encaminada a conseguir lo antes posible la cantidad de dinero suficiente para vivir sin preocupaciones una vida larga y placentera, rodeada de objetos de arte; la única pasión que se permitió. Lo que les sucediera al Führer o a la mismísima Alemania, me comentó en alguna ocasión, le traía sin cuidado. Él velaba por sí mismo.

El asesor enlutado había tirado la toalla y se revolvía en su asiento, decidido a desprenderse de un cliente que estaba haciéndose el harakiri. Ingrid, Carolina y Philip, en cambio, escuchaban el relato embobados, tratando de calibrar la auténtica intención con la que ese hombre indescifrable se desnudaba con semejante descaro. Su propósito real. Sus razones.

Philip, que al principio había sentido hacia él únicamente hostilidad, rechazo incluso físico, de puro visceral, empezaba a percibir en sus palabras la sombra de una derrota en cierto modo semejante a la suya propia; alguna clase de carencia similar a la que él mismo había sufrido desde pequeño, persiguiendo en vano a un personaje impostado que se hacía llamar padre. Un vacío. Alexander Böse o Kaltmann, tanto daba, no era ni había sido nunca feliz, eso saltaba a la vista. Solo hacía falta escuchar el desgarro con el que rememoraba hechos acaecidos hacía más de seis décadas.

—Al finalizar la guerra, regresó con mi madre y conmigo a Berlín, donde sobrevivíamos a duras penas, entre ruinas, gracias a las raciones de la Cruz Roja. Yo era un bebé, por lo que no conservo memoria de ese tiempo, aunque ella hablaba de esa época con gran dolor. A saber lo que pasaría la mujer en esa ciudad devastada, donde las violaciones estaban a la orden del día...

»Poco después nos trasladamos a España porque allí mi padre tenía buenos amigos, hechos, según decía, en el frente. Llegamos en avión de línea regular a Barcelona. Lo sé porque mi madre conservaba una fotografía de ese momento, que solía mostrarme cuando repasábamos el álbum familiar. Enseguida nos instalamos en Madrid. Más tarde supe, por él, que en los meses previos a la derrota definitiva había estado trasladando a España el fruto de lo que él denominaba sus "negocios" en Hungría, camuflados entre los envíos de material variado que el Reich efectuaba frecuentemente al país, con el fin de establecer allí una base de operaciones desde la cual intentar una contraofensiva de última hora. Así puso a salvo sus ahorros. Él lo consideraba una prueba fehaciente de su capacidad de previsión, que le llenaba de orgullo. Yo también, hasta que le mataron y pude conocer el resto de la historia.

Böse no había dejado traslucir la menor emoción en el modo de contar lo sucedido hasta entonces. A partir de ese punto y aparte, muy a su pesar, quienes le escuchaban pudieron ver cómo un rictus apenas esbozado por sus labios ponía al descubierto el asco o la decepción que le causaba lo que venía a continuación.

—Nada más llegar a España, mi padre cambió de identidad, lo que al parecer resultaba muy sencillo si se disponía de dinero suficiente. Así fue como dejamos de llamarnos Kaltmann y adoptamos el apellido Böse. Según mi madre, él ponía un cuidado extremo en dejar la menor cantidad de rastros posibles. Estaba convencido de que los alemanes, con su maldita manía de registrarlo todo en documentos perfectamente archivados, se habían autoinculpado en causas tan graves como la del Holocausto. De ahí que él evitara con meticulosidad dejar constancia escrita de sus actos. Ni siquiera firmaba cheques. Yo mismo le recuerdo pagando siempre en metálico. Pensaba que nuestra supervivencia dependía de su capacidad para ocultarse y se convirtió en una sombra, al menos hasta que adquirió la confianza suficiente para emerger a la luz como Paul Böse.

»También compró en esa época el terreno en el que edificó la casa de Sotogrande. Al principio su intención era que nos quedáramos a vivir allí, donde parecía fácil echar raíces. Después el gobierno de Franco empezó a conceder extradiciones de nazis que habían buscado asilo en España, como Pierre Laval, y se asustó.

»A finales de 1949 nos mudamos definitivamente a Zurich y adquirimos la ciudadanía suiza, por un procedimiento similar al que había comprado la española, aunque en ese caso legal. Con todo, él nunca quiso desprenderse de la residencia de Sotogrande. Le encantaba ir allí, disfrutar del sol, navegar, beber vino. Nunca imaginó que precisamente a esa casa iría a buscarle la muerte...

»Y ahora dígame, Mr. Smith. —Unas profundas ojeras enmarcaban la mirada inquisitiva de Alexander, ávido por conocer al fin la respuesta a la pregunta que llevaba clavada en el alma—. ¿Quién mató a mi padre?


Philip había dado por hecho que se encontraría en Londres con una réplica exacta del personaje que había ido cobrando forma en su imaginación desde que puso un pie en el segundo piso de la calle Király, en Budapest. Un nazi sanguinario, despiadado, causante del rosario de desgracias acaecidas a su familia a partir del Holocausto. El hombre sentado frente a él en ese despacho, sin embargo, poco tenía que ver con ese retrato robot.

Pese a todo su dinero y todo su poder; pese a toda la capacidad de intimidación del escualo que había llevado consigo a guisa de guardaespaldas, ese desgraciado sangraba por las heridas de una infancia traumática, exactamente igual que él. El hijo de un padre fallido sabe reconocer a otro. Ni su dinero ni su poder le habían hecho feliz.

Philip era incapaz de identificar con exactitud la naturaleza de su mal y discernir entre la culpa y el miedo, aunque detectaba la presencia de esas dos enfermedades del alma en la actitud del que había sido su enemigo y todavía lo era. Todavía lo era, tuvo que recordarse a sí mismo, por más que sintiera crecer cierta empatía perversa hacia ese hombre tan distinto y al mismo tiempo tan parecido a él. A los dos les había fallado el mismo pilar esencial. Los dos vivían pagando los pecados de sus mayores. Era hora de saldar la deuda.

—A su padre, Kurt Kaltmann, lo mató el mío, señor Böse. Se llamaba Joseph Sofer. Era hijo de Judah Sofer, el legítimo propietario de ese cuadro, a quien su padre envió a la cámara de gas. No se lo compró, se lo robó antes de matarle y condenar a mi familia al exilio y la pobreza. Esa pintura no le pertenece. Bastante tiempo ha vivido ya del fruto de una rapiña.

—¿Me está confesando un asesinato brutal y se atreve a hablarme de rapiña? —El acusado se revolvió, súbitamente fortalecido—. Sus manos están manchadas de sangre. No acepto lecciones morales de usted.

—El asesinato no tiene vuelta atrás —respondió Philip con frialdad—, y el asesino lleva mucho tiempo muerto. El expolio, en cambio, aún puede remediarse. La ley está de mi parte.

—¡Eso ya lo veremos! —terció el abogado, presto al quite.

—Quizá pudiésemos hallar una solución mutuamente beneficiosa, capaz de darles satisfacción a los dos y zanjar de una vez por todas este engorroso asunto —intervino con suavidad Ingrid Egle, viendo el cielo abrirse de pronto.

La responsable de Christie's debía de llevar bien preparada la propuesta, porque la expuso al detalle, de corrido, sin dar ocasión a las partes para poner objeciones.

En síntesis, se trataba de un arreglo amistoso consistente en repartir al cincuenta por ciento, entre Böse y Smith, el precio de martillo que alcanzara el Greco en la subasta, previo pago de la comisión debida a la casa encargada de llevarla a cabo. Una comisión que la empresa estaba dispuesta a rebajar del diez por ciento habitual hasta un cinco por ciento, en atención a las molestias ocasionadas por la disputa de propiedad. El precio de reserva del cuadro, esto es, el mínimo por debajo del cual no se vendería, quedaría establecido en quince millones de dólares, cantidad que, a juicio de Egle, sería superada con creces durante la puja. Los abogados de Christie's se encargarían de preparar la documentación necesaria para garantizar que el único consignador visible fuese Alexander Böse, aunque éste se comprometiera previamente, por escrito, a ceder la mitad del importe alcanzado finalmente en la subasta a Philip Smith, una vez pagados los impuestos de rigor.

—De ese modo —concluyó Ingrid convincente, ante la atenta mirada de los presentes—, nadie tendría por qué enterarse de nada de cuanto se ha dicho aquí esta tarde y el pasado podría permanecer donde estaba, a salvo de escándalos.

Instigado por su letrado, Böse pidió prestada otra sala en la que evacuar las necesarias consultas antes de responder. Carolina y Philip hicieron lo propio. Una parte de él le empujaba a negarse y mandar al diablo ese cambalache en el que intuía un nuevo engaño, aunque otra, más profunda, le instaba a desconfiar de la justicia agarrándose al pájaro en mano.

Cuando se quedaron solos, la española se mostró abiertamente partidaria de aceptar la oferta.

—Es mucho dinero, Philip. Cerca de diez millones, dado que yo no pienso quedarme con un solo dólar.

—Tú cobrarás tu parte. Te la prometí y soy un hombre de palabra.

—Lo sé, cariño. No lo dudo. Soy yo la que renuncia. Nunca pensé aceptar. Te dije desde el principio que, si te ayudaba, no sería por dinero. No lo necesito; tú sí. Y además, es lo justo. Ese cuadro perteneció a tu familia durante varias generaciones, como acaba de contarnos Böse. Lo trajeron de Toledo, curioso… Claro que no podía ser de otra manera. Por eso nunca fue catalogado ni se tenía registro de él. Quién sabe cuándo y dónde lo adquiriría ese antepasado tuyo.

—El nazi lo vería en casa de mis abuelos —Philip estaba más interesado en su historia familiar que en la del cuadro—, donde se encapricharía de él. Y allí también, en ese piso, vería por vez primera a Kaltmann mi padre. Por eso lo reconoció, tantos años después, cuando volvió a encontrárselo en Madrid. Debía de habérsele grabado a fuego su rostro.

—Acepta el trato —insistió ella—. Deja descansar a los muertos. Si tu padre no te contó lo que hizo sería porque, de algún modo, aquello le avergonzaba. No creo que quisiera ver aparecer su nombre, tantos años después, como el del autor de ese crimen horrible.

—No puedo dejar que se salgan con la suya, Carolina. No es solo por mi padre. ¿Qué hay de mis abuelos, mi tía, yo mismo? ¿He de permitir que quien les amargó la vida quede impune?

—Quien les amargó la vida fue asesinado hace muchos años, después de arrancarle los ojos, mi amor. —La precisión, certera como una daga, fue acompañada de una tierna caricia en la mejilla destinada a paliar su capacidad de hacer daño—. Si eso es lo que te preocupa, fueron vengados con creces. Piensa en ti, en tu futuro.

—¿Debo renunciar a ocho o diez millones de dólares porque sí? ¿Por falta de huevos para pelearlos?

—Debes renunciar, en primer lugar, para preservar un secreto que tu padre jamás quiso desvelar. Y además, porque no tienes la menor seguridad de ganar en los tribunales. Te recuerdo que la fotografía de tu abuela, la que encontramos en la habitación de tu tía, no sirve como prueba. Ya nos lo advirtió el perito. Por no mencionar que unos certificados de procedencia falsificados hace más de medio siglo serían muy difíciles de desmontar. Hazme caso. Acepta y reza por que Böse haga lo propio.

Philip se sumió durante algunos minutos en un mutismo obstinado. Le costaba dar su brazo a torcer, incluso sabiendo que ella tenía razón y estaba ofreciéndole un buen consejo. Era tanto como aceptar tablas en una partida que había salido a ganar. ¿Debía dejar que la sensatez se impusiese a sus pelotas? Eran ellas, las pelotas, las que le habían sacado siempre de los aprietos. De sensatez sabía poco. Jamás había visto que sirviera para nada.

Carolina observaba al taxista, de reojo, viendo cómo libraba una batalla campal interna entre el afán de revancha, el odio, el pragmatismo y también la compasión. Había creído percibir atisbos de comprensión, incluso de lástima, en el americano, mientras escuchaba el relato de Böse instantes

antes. Su expresión reflejaba algo muy próximo a la empatía mientras el hijo del nazi admitía implícitamente los crímenes perpetrados por su padre. Y esa compasión, esa capacidad de empatía la seducían más que todos sus recién adquiridos millones.

—Está bien —se rindió finalmente él—. Me avendré al arreglo si él se aviene. En caso contrario, que el juez de jueces le ayude. Iré a por él sin piedad. No sabe lo que es enfrentarse a un superviviente nato.

Nunca llegó a averiguarlo, porque Alexander Böse firmó. Contra el criterio de su abogado, dijo amén a la propuesta de Egle, movido por el afán de expiar así su culpa y alcanzar el ansiado perdón.

Bajo su apariencia inalterable, impermeable a la emoción, era un hombre torturado. No había querido saber pero sabía. Siempre había sabido. Había crecido rodeado de privilegios manchados de sangre inocente, a los que nunca se planteó renunciar. ¿Cómo habría podido hacerlo? Le faltaban para ello seguridad en sí mismo, capacidad para tomar sus propias decisiones, principios sólidos, fuerza y motivación. Un padre como Paul Böse dejaba cicatrices profundas. Un padre como Kurt Kaltmann podía castrarte el alma.

Alexander Böse firmó porque necesitaba hacerlo. Esa solución salomónica encajaba a la perfección con su modo de entender la vida. A él le repugnaba la procedencia de ese Greco, aunque no lo suficiente como para renunciar a la fortuna que representaba. En algún rincón de su ser trataba de hacerse oír una conciencia, que era mucho mejor no escuchar. Firmó para ahorrarse un pleito sumamente desagradable. Firmó y se quitó de encima el problema.

Cuando salieron de Christie's era cerca de medianoche. Demasiado tarde para encontrar un restaurante abierto en una zona residencial como South Kensington. Tomaron pues un taxi para ir hacia el barrio chino, en busca de cena y descanso. La tarde había resultado ser tan larga como extenuante, aunque hubiese acabado bien. Mejor que bien, de hecho, en opinión de la española.

Ya en el Soho, ante un sabroso pato laqueado y sendas pintas de cerveza, brindaron por el feliz desenlace de la aventura emprendida apenas dos semanas antes.

—Quién lo hubiese dicho... —Carolina parecía más contenta incluso que Philip—. Ahora puedo confesarte que la primera noche, cuando llamaste a mi puerta, te tomé por un estafador.

—Yo habría pensado lo mismo —contestó él, sonriente—. ¿Qué otra cosa podías creer? Un loco al que no conoces de nada viene a buscarte a tu hotel hablándote de su abuela, a la que apenas ha visto una vez en su vida, de una foto desaparecida y de un cuadro que vale una fortuna. Lo raro es que aceptaras tomar una copa conmigo. Yo en tu lugar te habría mandado al diablo.

—¿Seguro? —inquirió ella, coqueta.

—Si es un cumplido, lo acepto. —Él había captado la indirecta—. Y te doy las gracias. Poca gente en tu lugar se habría portado como lo has hecho tú. Confesión por confesión, debo reconocer que al principio tampoco yo tuve una gran opinión de ti. Me parecías una niña mimada, una pija sin corazón, una cretina. Es evidente que me equivocaba porque eres...

—¿Qué soy? —le tiró ella de la lengua.

—Todavía no lo sé. —Philip se había puesto de pronto serio, aunque en su gesto no hubiese rastro de crispación.

Todo lo contrario. Una luz que ella nunca había visto en él parecía iluminar la mesa con más intensidad que el farolillo de colores colocado en su centro—. No sé con seguridad lo que eres, aunque sí sé lo que yo querría que fueras.

—¿Lo sabes?

Carolina no buscaba una declaración formal de amor ni mucho menos un anillo. Solo estaba disfrutando del momento, «pescando halagos», según la expresión inglesa. De hecho, se arrepintió de haber colocado a Philip en semejante tesitura nada más pronunciar las fatídicas palabras, cuando era ya demasiado tarde para retirarlas. Él se dio cuenta y reculó.

—Voy a pedirte un último favor, Carolina. Comprenderé que te niegues, porque bastante he abusado ya. Aun así, quisiera que me acompañaras de vuelta a Nueva York.

—No creo que me necesites —repuso ella con sinceridad—. Los contratos de los que ha hablado Ingrid serán formalizados aquí, en Londres. Si te parece, puedo pedir a mis abogados de Madrid que los revisen, para mayor seguridad, pero eso puede resolverse a través del correo.

—No he dicho que te necesite. —Él la miraba con deseo impregnado de ternura—. He dicho que me gustaría que me acompañaras porque quisiera tenerte a mi lado para hacer lo que me queda por hacer.

—¿Lo que te queda por hacer? No me asustes…

—Averiguar toda la verdad. —Le había costado decirlo—. Voy a regresar a Borough Park, llamar a mi tía Sara, hermana pequeña de mi madre, y suplicarle que me ayude a cerrar definitivamente el círculo. Me tranquilizaría saber que estarás allí conmigo.

El hombre de recursos había desaparecido del restaurante, como por arte de magia, y Carolina vio por vez primera en ese gigante a un ser realmente vulnerable. Casi un niño. Sus ojos oscuros, su frente orgullosa, estaban libres de ira, furia, rabia o codicia. También de miedo. La sed de venganza que durante algún tiempo parecía haberse adueñado de él había quedado saciada. Carolina solo percibió en su expresión una interrogación callada. Un hambre largo tiempo sofocada que anhelaba colmarse de verdad.

# 11

## Donde habita la verdad

*Nueva York*

El cuadro de la judería del Greco, reproducido en carteles que multiplicaban por diez su tamaño real, llamaba a gritos a los viandantes desde todos los escaparates de Christie's asomados al Rockefeller Plaza. La casa calentaba la subasta.

Carolina y Philip habían regresado a Nueva York la víspera, agotados tras un periplo extenuante tanto para el cuerpo, duramente castigado por la estrechez de los asientos de avión, como para el espíritu, sometido a una ducha escocesa de emociones capaz de tumbar a cualquiera. Ellos, no obstante, parecían resistir bastante bien. Mucho mejor de lo que lo habrían hecho de no haber contado con la satisfacción de traerse de la vieja Europa una victoria que parecía imposible y un camino por andar repleto de promesas.

El apartamento del taxista en Brooklyn era un pañuelo de dos habitaciones con baño situado en el cuarto piso de un viejo edificio carente de ascensor. Un cuchitril amueblado sin otro lujo que una bonita vista del emblemático puente. Ante la imposibilidad de ofrecerle nada parecido a lo que tenía ella en Madrid, el taxista había sugerido llevarla al hotel de Manhattan donde solía alojarse durante sus estancias en la Gran Manzana, asegurándole que allí estaría mucho más cómoda. Carolina le había mandado a la mierda.

La mañana era fresca, pese a que un pálido sol norteño iluminase el cielo lejano, acariciado por los gigantes de cristal pobladores de Manhattan. El aire silbaba entre los edificios, creando corrientes gélidas. Carolina, tiritando en un abrigo de entretiempo y tapada hasta los ojos por un pañuelo anudado de manera tal a no dejar una grieta abierta, se acurrucaba entre los brazos de Philip, acostumbrado a ese clima. Estaban los dos parados en la acera de la calle Cuarenta y nueve, entre la Quinta y la Sexta avenidas, contemplando la impresionante fachada de Christie's, toda ella decorada con fotos de la judería. Allí, ese lienzo pintado con sangre, dolor y lágrimas representaba solo un negocio. Un negocio altamente lucrativo, pero un negocio a fin de cuentas. Ellos lo miraban de otro modo.

Un portero ataviado de librea beige inmaculada les franqueó el paso, desplegando una sonrisa amable, que no servil. Era un hombre con clase, al igual que todo lo demás en ese espacio exclusivo. Dentro, el lujo podía respirarse junto al ambientador perfumado de fragancias orientales. Una legión de asesores discretamente colocados aguardaba para ayudar al cliente en todo aquello que éste precisase, desde consejo artístico o financiero, con vistas a una adquisición, hasta un buen masaje en el ego. Viéndolos actuar, a Carolina le vino en mente esa escena de *Pretty Woman*, una de sus películas favoritas, en la que Richard Gere entra con Julia Roberts en una boutique de ropa carísima y dice a la dependienta: «Háganle más la pelota, mucho más, voy a gastarme una fortuna».

Philip, a su vez, se sentía en ese ambiente como un pulpo en un garaje. Miraba las vitrinas de cristal blindado, esparcidas aquí y allá bajo la atenta vigilancia de hombres vestidos de negro con aire de pocos amigos, fijándose más en ellos que en los iconos y joyas antiguas expuestas a la vista del público. Allí estaba claro que no había llegado la crisis. Quienes frecuentaban ese laberinto de salas pulcras, silenciosas, aisladas del bullicio exterior, ni siquiera debían de conocer el significado de esa palabra. Solo esperaba que alguno de ellos dispusiese de liquidez suficiente para pujar por su cuadro y pagar al menos los quince millones de dólares establecidos como precio de salida. Si era más, mucho mejor.

Carolina se acercó a una de las ventanillas de cobro y entrega de las piezas adquiridas, en cuya trasera se encontraban las oficinas, a fin de preguntar por Francis Burg. Había llegado a la ciudad para la subasta, dijo a la señorita que la atendió, y quería saludarle, si es que el director disponía de unos minutos.

—El señor Burg no se encuentra en este momento en su despacho —le informó una secretaria a la que no conocía, en tono fingidamente doliente—. ¿Puedo dejarle algún recado?

—Sí. Dígale que ha pasado a verle Carolina Valdés y añada, por favor, que le traía recuerdos de su colega de Londres, Ingrid Egle. Él sabrá a quién me refiero...

Le habría gustado observar al aludido mientras recibía el recado, aunque tendría que conformarse con imaginar su cara. Burg estaría seguramente ya sobre aviso de lo que le esperaba con carácter inminente y andaría ocupado preparando su defensa. Tanto peor para él. Cuanto más larga fuese su agonía, peor sería su muerte. Ese sinvergüenza sin escrúpulos no merecía clemencia.

Punto y aparte, pensó la española para sus adentros. A otra cosa.

A pesar de que existieran en él personajes como Burg, Gurlitt y por supuesto Böse, Carolina sabía que ese universo de refinamiento y belleza era el suyo. En él había nacido y también crecido, no solo como consecuencia de su cuna, sino por libre elección. Porque era el entorno en el que siempre había hallado paz y seguridad. En ese cálido templo dedicado al arte que era Christie's debería haberse sentido feliz, a salvo del mundo exterior. Un universo hostil donde el hormigón y el vidrio formaban fauces verticales dispuestas a cerrarse sobre las hormigas humanas que corrían de aquí para allá. Donde el pulso de la vida entrañaba un riesgo de pérdida o abandono inexistente en los compases de una melodía o los colores de una pintura. Donde todo era efímero y cambiante, a diferencia de la perdurabilidad inherente a una buena novela. ¿Por qué razón, entonces, no terminaba de encajar? ¿Se debía ese desasosiego al descubrimiento del sucio tráfico clandestino que había rodeado a la obra del Greco, o a que detectaba de forma palmaria la incomodidad de Philip? Tal vez fuese simplemente que necesitaba más. Sus viejos anclajes de antaño se le habían quedado cortos. Estaba en tierra de nadie, necesitada de nuevas certezas.

—¡Vámonos! —ordenó, con autoridad, agarrándose al brazo del taxista—. Aquí ya no hacemos nada. Te invito a almorzar.

—Que te crees tú eso. —El tono de él no dejaba resquicio a la réplica—. Éste es mi territorio. Aquí mando yo y también invito. Te vas a comer el mejor solomillo de vaca que hayas probado jamás.

—¿Sabías que el cuadro más famoso del Greco se refiere a un pleito por dinero?

Sorteando el tráfico endiablado de Manhattan habían regresado a Brooklyn, donde compartían mesa en un pequeño local cercano a Prospect Park. Uno de los múltiples restaurantes con encanto surgidos como setas al calor de lo que Philip consideraba la invasión de su barrio por los yuppies procedentes del otro lado del puente.

Tras las hamburguesas y los brownies de chocolate, acompañados de cerveza, se disponían a rematar el atracón de calorías con sendos gin-tonics. No serían comparables a los que preparaban en España, había advertido el americano, pero eran de lo mejor que podía tomarse en Nueva York.

—Un pleito relacionado también con los judíos, supongo —comentó Philip, sin saber muy bien cómo tomarse la pregunta de Carolina.

—Te equivocas, listillo —le guiñó un ojo ella, cariñosa—. Un pleito entre cristianos. Concretamente entre los feligreses y el cura de una parroquia cercana a Toledo.

Interrumpiendo de cuando en cuando el relato para dar sorbitos a la ginebra apenas diluida en tónica, la española recordó casi palabra por palabra el contenido de la solemne inscripción colocada en la iglesia de Santo Tomé, bajo *El entierro del conde de Orgaz*. Una inscripción tantas veces leída, antes o después de contemplar esa obra, que se la sabía de memoria:

Aunque vayas deprisa, pasajero, detente aquí un momento y escucha una vieja historia de nuestra ciudad, contada en pocas palabras. Don Gonzalo Ruiz de Toledo, señor del Burgo de Orgaz, notario mayor de Castilla, quiso que este templo, hasta entonces humilde y donde quería él ser enterrado, fuese ricamente restaurado, para lo cual hizo generosas donaciones de oro y plata. En el momento en que los sacerdotes se disponían a sepultarlo, los santos Esteban y Agustín descendieron del cielo para enterrarlo aquí con sus propias manos...

—Bonito cuento para viejas —interrumpió Philip, fiel a su línea anticlerical.

—Ésa es la escena que retrata el cuadro —repuso Carolina, haciendo caso omiso del comentario—. Bueno, el cuadro en realidad retrata ese hecho milagroso y retrata, sobre todo, a la sociedad española de la época. Es una auténtica obra maestra. Pero no es del cuadro en sí de lo que quería hablarte, sino de la pugna que vino después de ese enterramiento y recoge la leyenda que dio lugar a la pintura. ¿Quieres oírla o no?

—Quiero —asintió él, con un beso.

—El conde murió en el año de Cristo de 1312 —continuó recitando ella—. El dicho Gonzalo dejó por testamento dos carneros, dieciséis gallinas, dos odres de vino, dos cargas de leña y cierta cantidad de dinero que el cura de esa iglesia y los pobres de la parroquia debían recibir anualmente de los habitantes de Orgaz. Pero como éstos creyeron que con el tiempo ese derecho caducaría y, al cabo de los años, se negaron a pagar...

—¡Pues claro! —cortó de nuevo el americano, solidario con los rebeldes—. Hicieron bien en negarse. Iban a seguir pagando a los rabinos ociosos con el sudor de su frente...

—Pues siguieron, sí —le terminó de contar Carolina—, no les quedó otro remedio. La Justicia dio la razón al cura y obligó a los habitantes de Orgaz a satisfacer la deuda. De modo que ese cuadro del Greco, que no vimos en Toledo porque la iglesia en la que se encuentra cierra a las seis y media, conmemora un pleito económico ganado por un cura a los feligreses de su parroquia. Es un fiel exponente de algo que dejó escrito un crítico andaluz del siglo XVII, llamado Francisco Pacheco: «El arte no tiene otra misión ni otros fines que atraer a los hombres a la piedad y conducirles a Dios».

—Chorradas —sentenció Philip.

—¿No captas el mensaje? —inquirió ella, enigmática.

—¿Qué mensaje hay que captar?

—La capacidad del arte para embellecer algo tan ruin como una pugna de esa naturaleza. Si vieras lo que hizo el Greco con esa vieja leyenda, la magia que encierra ese cuadro, su perfección… ¡Tengo que llevarte a verlo! No se puede describir con palabras. Cuando lo veas, lo entenderás.

A Philip le costaba aceptar que un cuadro pudiese cambiar ciertas opiniones tan profundamente arraigadas en su interior como la que tenía él sobre la religión, aunque se mostró dispuesto a realizar esa visita. Si era con ella, de su mano, hasta podía darse el caso de que lograra convencerle. Todo dependía del empeño que pusiera en conseguirlo.

—Ya hemos hablado de eso en otras ocasiones —siguió diciendo Carolina, que acababa de pedirse su segunda copa—. El precio de una determinada pieza artística y su valor no siempre son coincidentes. Ni siquiera el valor es necesariamente el mismo, dependiendo de quién sea el juez.

—Esperemos que el precio de mi paisaje de la judería en la subasta se aproxime al valor que tú le das a ese pintor —repuso el americano, siempre prosaico.

—Si se aproxima al que él mismo ponía a su trabajo, te

convertirás en un hombre muy rico. El Greco tenía un altísimo concepto de sí mismo. En eso se parecía a la mayoría de los hombres que conozco.

—¿He hecho algo sin darme cuenta para merecer ese coscorrón? —inquirió Philip, pesaroso, con un signo de interrogación dibujado en las cejas.

—No estaba pensando en ti —se disculpó Carolina, rubricando sus palabras con una caricia y un beso—. Es que nuestro pintor era un tipo muy peculiar, tan genial como vanidoso. Y exigente. Al morir dejó por único legado doscientos cuadros manchados; es decir, emborronados. No los juzgaría lo suficientemente buenos como para ser mostrados al público. Se creía muy superior a todos sus contemporáneos, empezando por Miguel Ángel, el de la Capilla Sixtina. Habrás oído hablar de él, supongo.

—Michelangelo, el de las tortugas Ninja, sí —respondió el taxista a la provocación—. Creo que hasta ahí llego.

—Bien, pues en cierta ocasión le preguntaron a nuestro artista qué consideraba más importante, si el dibujo o el colorido. No lo dudó. El maestro, por entonces ya viejo, respondió que el colorido, para añadir, a título de ejemplo, que Miguel Ángel era «un buen hombre que no supo pintar, sino dibujar grupos estatuarios». Miguel Ángel, que pintó muchos de los frescos de la Sixtina tumbado de espaldas sobre un andamio, a la luz de las velas. ¿Te imaginas?

—Un poco sobrado tu Greco, sí. Como buen español. —Aprovechó él para devolver el golpe recibido unos segundos antes.

—Doménikos Teotokópoulos era cretense, te recuerdo.

—Pero recriado en España. ¿O no?

—Él y muchos de sus contemporáneos en mi tierra tuvieron más orgullo que fortuna, es cierto —hubo de admitir

Carolina—. Él mismo, al morir, envió a su hijo a la cárcel por sus deudas, como creo que ya te conté en Toledo. No fue el único. Miguel de Cervantes, el inventor de la novela, uno de los más grandes hombres de letras que ha dado la historia, murió en la miseria a pesar de alcanzar un merecido reconocimiento como el genio que fue. Y es que España nunca ha sido muy generosa con el talento creativo. Siempre hemos adorado más al becerro de oro.

—¡Pecadores! —la increpó en broma Philip, emulando a su abuelo.

—Por desgracia... —concedió ella—. Aunque no todos. El Greco fue una maravillosa excepción a la regla. ¿Sabes que nunca vendía sus cuadros? Los empeñaba. O sea, los dejaba en depósito allá donde se los habían encargado, a cambio de una elevada cantidad de dinero, reservándose el derecho a recuperarlos si devolvía ese importe. Algo que nunca ocurría, por supuesto, dado que era un derrochador nato. Vivía como un marqués, con servicio, músicos y manjares exquisitos. Se hacía traer lapislázuli de Afganistán, pagando una verdadera fortuna, para componer su paleta de azules.

—Pensaría que él lo valía —volvió a bromear el neoyorquino, en referencia al anuncio de cosméticos.

—Desde luego que lo pensaba. En una ocasión los monjes de un monasterio le encargaron que pintara una Sagrada Cena, encargo que él pasó a uno de sus discípulos. Una vez acabada la obra, éste pidió doscientos ducados por ella. Pon que fuesen cinco mil dólares de los de ahora o algo más. Los frailes respondieron que les parecía un precio caro, tratándose de un artista tan joven, y pidieron la mediación del maestro. Éste vio el cuadro, montó en cólera y estuvo a punto de golpear a su alumno, al que llamó «deshonra de la pintura».

Los frailes se las prometían muy felices, cuando el Greco increpó nuevamente a su discípulo por vender un lienzo tan hermoso por menos de quinientos ducados y ordenó a los criados que le acompañaban que se lo llevaran a su casa inmediatamente, a menos que fuese abonada esa cantidad.

—Un tipo sin problemas de autoestima —aplaudió el taxista, alzando su copa en un improvisado brindis—. Como a mí me gustan.

—Un auténtico genio. —Secundó el brindis Carolina.

Una cosa llevó a otra, hasta que acabaron buscando en internet los precios alcanzados por obras de grandes maestros del arte clásico en las últimas subastas celebradas en el mundo. Aunque la cifra de quince millones de dólares constituía una referencia, querían saber más. Y la búsqueda dio resultados altamente esperanzadores.

Un dibujo de Miguel Ángel, el creador de «grupos estatuarios», en opinión del engreído cretense, había sido vendido por más de doce millones de dólares en 2011, pese a tratarse de un simple boceto. Diez años antes, una obra similar firmada por Leonardo da Vinci, de apenas siete centímetros por doce, había superado los once millones. Y en 2013, precisamente en la sede de Christie's en Londres, un cuadro del Greco titulado *Santo Domingo en oración* había doblado el precio de salida y alcanzado un remate cercano a los once millones de euros, fijando un récord para el artista y el precio más alto jamás pagado por una pintura antigua española en una subasta.

Sí, decididamente existían motivos sobrados para el optimismo.

—Creo que el problema de cómo pagar el alquiler el mes que viene estará resuelto muy pronto —declaró con solemnidad Philip, poniéndose enérgicamente en pie tras depositar un billete de cien y otro de cincuenta en el platillo de la cuenta—. Es hora de apuntar más alto. Voy a llamar a mi tía. Cruza los dedos para que no haya cambiado de número en los últimos veinte años.

Sara terminó accediendo a encontrarse con su sobrino al día siguiente, en un Starbucks situado en el Distrito Financiero, al otro lado del río, donde las posibilidades de ser vistos por algún miembro de la comunidad *jasídica* resultaban ser muy escasas. A regañadientes, pero accedió. Ella era la más pequeña de las cinco hermanas de Erzsébet y había hecho un buen matrimonio con un muchacho dotado para los negocios, cuya mentalidad resultó ser algo más abierta que lo habitual entre sus correligionarios. Gracias a la influencia benéfica de ese hombre, o al recuerdo vívido de un niño triste, solitario, al que su propia madre había vuelto la espalda obligada por las circunstancias, ella desoyó la voz de la prudencia y dijo que sí. Philip siguió su propio consejo cruzando los dedos de ambas manos mientras rogaba en silencio por que, llegado el momento, no le dejara plantado, como en tantas ocasiones anteriores ancladas en ese tiempo infeliz que necesitaba dejar atrás de una vez por todas.

Ya en la calle, ante la mirada inquisitiva de Carolina, sugirió:

—Tenemos toda la tarde por delante. ¿Te apetece dar una vuelta por los escenarios de mi infancia?

—¡Me encantaría! —respondió ella con una sonrisa franca—. La pena es que no he escogido un calzado cómodo para andar, pero me las arreglaré. ¡Vamos!

Philip le lanzó una de esas ojeadas suyas con las que parecía desnudarla.

Ella llevaba puestos unos zapatos salón de tacón alto que estilizaban aún más sus piernas, elevándola hasta una altura perfecta para encajar con la de él. Parecía una modelo. Y no terminaba ahí la provocación a los cánones del barrio en el que estaban a punto de adentrarse, porque Carolina se había vestido ese día a conciencia para la visita a Christie's con una falda tubo beige claro por encima de la rodilla, camisa de seda a juego, terriblemente sexy, y un abrigo de entretiempo rojo, entallado, que marcaba a la perfección las curvas de su anatomía, realzando al mismo tiempo el moreno de la melena que bailaba al compás de su paso.

Decididamente, pensó el taxista, esa mujer de bandera iba a provocar más de un comentario entre los hombres y mujeres uniformados con los que se cruzarían en su deambular por la Decimotercera Avenida, entre las calles Cuarenta y ocho y Cincuenta y cinco que habían sido su hogar y también su cárcel. Más de una discusión, incluso. Él fue consciente del riesgo y lo aceptó de buen grado, con la satisfacción casi perversa de quien está a punto de cobrarse la revancha sobre un agravio incrustado en lo más profundo del alma.

—¿Conoces Borough Park o Williamsburg? —inquirió.

—La verdad es que no.

—Son las plazas fuertes de los seguidores del rabino Teitelbaum. Los dominios de mis abuelos. Prepárate para una inmersión en otra época, otra cultura y hasta otra lengua. Aquí el inglés se considera un idioma impuro. «Un veneno para el alma», decía mi *zeyde*, el padre de mi madre, tronando como el mismísimo Yahvé. Cuando me sorprendía hablándolo con algún amigo, su larga barba blanca parecía desprender llamas y ordenaba, severo: «Habla yiddish, la lengua de tus antepasados, la que resulta agradable a Hashem».

—¿Y qué hablabas entonces con tus padres?

—Con mi madre y mis abuelos, yiddish, que prácticamente he olvidado. Con mi padre, inglés, supongo. La verdad es que él nunca terminó de hablar bien ni inglés ni yiddish ni nada. A veces me decía alguna cosa en húngaro, aunque yo nunca llegué a entenderlo. No debió de ser fácil para él, no señor...

Philip no se había excedido un ápice en la definición de la plaza.

En un abrir y cerrar de ojos, Carolina abandonó la capital de la globalización y se sintió transportada a la España del No-Do, entre casas bajas, calles estrechas a menudo sucias, olor a especias, comercios anticuados, ropa femenina que en los sesenta habría estado ya muy pasada de moda y una sensación generalizada de estrechez un tanto cutre, en contraste con destellos fugaces de lujo deslumbrante.

Le llamó la atención la abundancia de floristerías repletas de flores y plantas... ¡de plástico! Las tiendas de pelucas donde maniquíes sin cuerpo ni rostro mostraban al público una misma versión de peinado en varios tonos y texturas, desde el cabello natural a una fibra sintética sospechosamente brillante. La profusión de joyerías con escaparates repletos de objetos de oro y plata de gran tamaño. La presencia de bancos, sucursales de todos los grandes del mundo, en cada esquina.

Pese a la aparente decadencia del lugar, allí no faltaba el dinero; saltaba a la vista. Bastaba fijarse en las marcas y precios de los coches aparcados en las inmediaciones o de los relojes expuestos con total naturalidad en multitud de vitrinas. Tampoco andaban escasos de orgullo. Lo exhibían a su manera, bajo gruesas capas de disimulo, dentro de los límites permitidos por su rígida interpretación de la religión judaica. La condición humana se evidenciaba también en ese barrio encerrado en sí mismo, con sus contradicciones y enigmas. Por extrañas que resultaran a la vista, por más que semejaran una colonia marciana, esas gentes peculiares eran personas como cualesquiera otras. Aunque realmente, pensaba Carolina a cada paso, fuesen raras. Raras hasta decir basta.

Caminando despacio por la Cuarenta y ocho llegaron a New Utrecht Avenue, bajo la sombra de los raíles elevados del metro. A su alrededor, esos seres singulares, como salidos de una película de ciencia ficción, iban de aquí para allá afanados en sus quehaceres, sin prestarles atención, al menos en apariencia. Claro que allí la apariencia lo era todo, y nada o apenas nada tenía que ver con la realidad subyacente.

—Como podrás constatar, aquí nadie hace el menor esfuerzo por parecer normal, de acuerdo con la interpretación que se hace generalmente de ese concepto —apuntó Philip al cabo de un rato.

—Lo había notado, sí —reconoció Carolina—. No deben de tener ningún complejo.

—Es más profundo que eso —corrigió él sin disimular su repugnancia—. Aquí nadie desea parecerse a los *goyim*, los gentiles del otro lado del puente, o los judíos asimilados, considerados una categoría aún peor por su condición de renegados. Mi abuelo y mis maestros, de pequeño, se pasaban la vida repitiéndome que la causa del Holocausto fue precisamente la asimilación. Tratamos de desafiar a Dios apartándonos de sus mandamientos y Él castigó esa traición como había hecho otras veces. Pagamos por nuestros pecados de una manera tan brutal que todos ponen buen cuidado en mostrar al mundo entero lo diferentes que somos.

—Bueno —repuso ella conciliadora—. No hacen daño a nadie ni parecen molestos porque estemos invadiendo su territorio.

—¿Tú crees? —preguntó él con una sonrisa escéptica—. Yo sé que no es así. Aunque no lo notes, nos están mirando y pensando para sus adentros: «¡Qué vergüenza!».

—¿Por qué? —se sorprendió ella, apartándose ligeramente de él.

—Porque te llevo cogida del hombro, porque tus piernas son muy largas y tus tacones muy altos, porque yo voy afeitado... Todo son motivos de vergüenza; la palabra favorita de mi madre: «No me avergüences haciendo esto, qué vergüenza no poder permitirnos tal cosa...». La vergüenza iba con nosotros a todas partes. Y para un buen miembro de la comunidad el objetivo primordial de la vida es no avergonzar a sus familiares. Ella misma no cantaba, salvo durante la celebración del Sabbatt, para no avergonzar al abuelo. Porque, según él, desde la destrucción del templo de Salomón cualquier manifestación de júbilo estaba fuera de lugar. La vergüenza aquí es un estigma, en ocasiones imborrable.

—No veo que un chaval guapo e inteligente como tú pudiera avergonzar a su madre en modo alguno —le animó Carolina, notando el dolor que ese término producía todavía en los labios de su pareja, por muchos años que hubieran transcurrido desde entonces.

—Pues lo hacía, te lo aseguro. Con cualquier travesura. Y después, cuando nos marchamos mi padre y yo de casa... A partir de ahí se quemaron todos los puentes. Su vergüenza pudo más que el cariño. Más que la sangre.

El niño convertido en hombre estaba dejando que saliera a la luz todo el veneno que había sepultado en lo más oscuro de su corazón durante años. Poco a poco, apoyado en esa compañera cuya seguridad resultaba contagiosa y en la victoria que acababa de cobrarse frente a las injurias del pasado, libraba su espíritu de rencores, afrontando los fantasmas que le habían acompañado desde la infancia. Se sentía fuerte.

—El día que dije adiós a esta vida —sentenció—, me dejé la vergüenza aquí. Desterrada.

Luego calló y siguió andando, en silencio, estrechando contra el pecho a esa española sensual, hermosa, cálida, llena de personalidad y de energía, tan distinta a las mujeres clónicas que se movían a su alrededor emulando a muñecas mecánicas. Todas vestidas igual, con faldas largas, jerséis anchos, medias tupidas, zapatos hombrunos; prendas deformes destinadas precisamente a cubrir y encubrir sus formas. Todas tocadas de pañuelos, turbantes o pelucas idénticas, de media melena corta con la raya a un lado, como si de robots se tratara. Todas rodeadas de cinco o seis niños pequeños, a menudo en sillitas dobles, auténticas gallinas cluecas acompañadas de sus polluelos.

—Repoblar el mundo de buenos judíos fieles a los mandamientos de Dios es una obligación sagrada, especialmente después del Holocausto. ¿Lo sabías? —comentó él, a guisa de explicación—. Tener hijos aquí no es una decisión individual, sino un imperativo religioso. Tal vez ésa sea la razón de que yo no haya tenido ninguno. O que los viernes siempre he trabajado. —Rió.

—¿Y qué tiene eso que ver?

—El Talmud establece la frecuencia con la que los casados han de acostarse con sus esposas —explicó Philip, forzando un tono profesoral—. Si se trata de comerciantes, cada seis meses. En el caso de los obreros, tres veces por semana. Y si hablamos de estudiantes de la Torá, alumnos de escuelas rabínicas, el «día feliz» es el viernes. Como en esta comunidad hay muchos de ésos, la regla del viernes es la que se ha impuesto.

—¡No hablas en serio!

—Absolutamente en serio, princesa. Pero no temas. Hace mucho tiempo que salí de la secta. Y además, soy un obrero. —Le guiñó un ojo—. Ya puedes ir preparándote...

Carolina tenía la sensación acusada de haber cruzado una puerta invisible abierta a otra dimensión.

—¿Por qué se tapan de ese modo la cabeza las mujeres? —preguntó, curiosa.

—Por pudor, humildad y sobre todo obediencia —repuso Philip en tono escéptico—. Mi abuela me contaba cómo un día, mucho antes de que yo naciera, había llegado el abuelo a casa y le había pedido que se afeitara la cabeza; cómo ella se había negado, alegando que su propia madre no seguía esa costumbre en Hungría, y cómo él la había presionado apelando a la vergüenza. El rabino exigía que todas las esposas acataran la nueva regla. ¿Iba a ser ella la única que avergonzara a su marido rehusando someterse? De modo que la buena de mi *bubby*, mi abuela, obedeció, despidiéndose de su cabellera rubia. Ahora es una práctica habitual. Mi madre solía quejarse de lo mucho que le picaba el cuero cabelludo cuando empezaba a crecerle el pelo.

La española se pasó la mano por la melena en un gesto instintivo, dando gracias por haber nacido en un mundo libre, abierto al progreso, tan diferente a ese gueto donde los relojes de oro mostrados en las joyerías llevaban siglos parados.

En el transcurso de sus conversaciones, y siempre a preguntas de ella, Philip había ido contando a Carolina los rasgos distintivos de la comunidad *jasídica* en la que había sido criado: sus orígenes geográficos situados en la frontera entre Rumanía y Hungría, su radicalismo ortodoxo, su oposición frontal al sionismo o cualquier otro intento de recuperar la Tierra Prometida antes del advenimiento del Mesías, su rechazo absoluto del Estado de Israel y su aceptación resignada de la diáspora como castigo divino.

Él hablaba del asunto de mala gana, con distancia y siempre en un plano muy teórico. Se notaba que la mera evocación de Borough Park le causaba una incomodidad profunda. Viendo con sus propios ojos lo que era aquello, Carolina comprendió finalmente el porqué de ese desapego emocional. Nunca habría imaginado que en medio de la Gran Manzana pudiese existir un universo tan opuesto a la ciudad misma; un organismo tan ajeno al cuerpo en el que habitaba.

Allí hombres y mujeres parecían personajes de una obra costumbrista. Ellos, rubios, morenos, pelirrojos, altos, bajos, gordos, flacos, ancianos, adolescentes, atractivos, insignificantes, simples tenderos o altos ejecutivos, quedaban igualados por una misma vestimenta que evocó en Carolina las imágenes de *El violinista en el tejado*. Todos parecían personajes de esa película, ataviados con sus levitas negras largas, sus pantalones, calcetines y zapatos del mismo color, las camisas blancas, los sombreros de ala ancha o bien de piel en forma cilíndrica, una especie de chal en tonos claros, con largos flecos, sobre los hombros, barba, salvo que fueran lampiños, y largas patillas peinadas en tirabuzones.

Si en los adultos ese atuendo resultaba llamativo, en el caso de los niños la cosa era aún peor, porque muchos de ellos llevaban además la cabeza prácticamente rapada bajo una especie de bonete oscuro, a ambos lados del cual colgaban sendos mechones de pelo. Carolina miraba a su alrededor con los ojos como platos.

—Se llaman «payos» —explicó el americano, sin necesidad de ser preguntado.

—¿El qué?

—Las patillas que tanto llaman tu atención. Yo fui uno de esos mocosos. Llevé esos tirabuzones y esa frente pelada. Fui de la mano de mi padre por estas calles, como los críos que ves. Exactamente igual que ellos. Aunque él no era un hombre como los demás. Ni por fuera ni por dentro. A los doce años me sacó de aquí, me llevó al norte, me dejó crecer el pelo y me inscribió en una escuela normal, con chicos normales. Entonces le odié por hacerme esa putada. Hoy quisiera darle las gracias y no puedo.

El barrio se ofrecía a ellos sin disfraces, o disfrazado de sí mismo, embutido en un corsé del que no debía de haber sido fácil escapar, y menos sobreviviendo a la experiencia prácticamente incólume. Carolina empezaba a comprender muchas cosas. Sin más motivo que esa comprensión, hizo detenerse a Philip para regalarle un abrazo espontáneo, cargado de admiración y cariño.

—¿Ves ese bloque de pisos pintado de amarillo? El que está encima de la licorería —preguntó él, transcurrido un buen rato de paseo. Señalaba un gran rótulo en el que Carolina leyó: L'CHAIM, KOSHER WINES AND SPIRITS.

—Sí, ya me habías dicho que os está permitido beber alcohol.

Pero la intención de la pregunta no era ésa.

—Tras el balcón del segundo piso crecí yo hasta la separación de mis padres, en un apartamento más pequeño aún del que tengo ahora. Y a dos manzanas vivían mis abuelos. Ellos tampoco nadaban en la abundancia. Hacían lo que podían, como todos.

En la esquina con la calle Cuarenta y cinco, una tienda

de comestibles ofrecía al público fruta y verdura en cajas de cartón expuestas en la vía pública, a ras de suelo. Dentro, un empleado provisto del correspondiente delantal despachaba leche, cereales, mermelada, aperitivos, patatas fritas y refrescos *kosher*; es decir, acordes con las exigencias rituales de la ortodoxia hebrea, a unos precios ridículamente baratos en comparación con los vigentes en cualquier otro barrio de Nueva York. También Coca-Cola, símbolo universal de la globalización, inasequible a las fronteras culturales. Un cartel colocado sobre el mostrador alardeaba de mercancía «siempre limpia y fresca».

—Mi padre empezó aquí, de chico de los recados, llevando pedidos —confesó Philip sin mirarla a los ojos—. Tenía más de treinta años.

—Y una vida muy difícil a las espaldas —le disculpó ella, adivinando su vergüenza.

—Aunque te parezca mentira, el hecho de que yo llegara a conducir mi propio taxi para él significó una gran conquista. El día que compré mi primer coche, lo celebramos por todo lo alto.

—Tu padre debió de quererte mucho, Philip. Muchísimo.

—Ésa es una de las cosas que quiero preguntar mañana a mi tía. Una de tantas. Como creo haberte dicho ya, él era hombre de muy pocas palabras.


El paseo tocaba a su fin. No existía una frontera física que separase al gueto del resto de Brooklyn, aunque a medida que ascendían por la Decimotercera Avenida, hacia las calles Cincuenta y seis y Cincuenta y siete, el número de levitas y pelucas iba reduciéndose a ojos vista, sustituidas por chalets típicos de cualquier suburbio norteamericano, jardines perfectamente cuidados y banderas de barras y estrellas ondeando en las fachadas. El mundo volvía a ser real... Hasta que llegaron a Williamsburg, otro feudo de la comunidad ortodoxa, más próximo a Manhattan y al domicilio de Philip, donde la mezcla de modernidad y tradición resultaba incluso más llamativa dada la abundancia de *hipsters* circulando por allí subidos en sus bicicletas.

—Aquí nos mudamos mi padre y yo cuando él dejó definitivamente a mi madre —reveló con cierta emoción el taxista, decidido a confesarse sin ocultar nada—. Como verás, no fuimos muy lejos, aunque estos cientos de metros supusieron el fin de mi relación con ella.

—¿Te dijo alguna vez por qué la había dejado? —quiso saber Carolina, más por aliviarle de su carga que por necesidad de descorrer esa cortina.

—Nunca. Y ésa es otra de las cosas que tendrá que decirme mi tía. Para poder pasar una página hay que haberla leído antes.

—O aceptar que lo pasado, pasado está —corrigió ella—. Agua pasada no mueve molino.

—¿Otro de tus refranes españoles?

—En efecto. ¡Y uno muy sabio!

—Pues hablando del pasado, ahí tienes la mansión que compartí yo con mi padre hasta que murió. Ni siquiera la heredé después, porque era alquilada. —La española captó la pulla, aunque optó por no entrar al trapo—. Primer piso, puerta derecha de esa casa de ladrillo rojo. La que está cubierta de hiedra.

El taxista se había detenido ante un edificio estrecho de cuatro plantas situado a su derecha, del que bajaba una escalera de incendios rodeada de enredaderas. Un típico autobús escolar amarillo, rotulado en inglés y yiddish, con caracteres hebreos, estaba aparcado justo enfrente del portal metálico. Se notaba que no albergaba precisamente viviendas de lujo, pese a lo cual a ella le pareció lleno de encanto. El rostro de él expresaba lo contrario.

Carolina no aguantaba más de pie, en lo alto de sus tacones, por lo que decidieron cenar temprano en un restaurante francés cercano, al que Philip nunca había podido permitirse entrar, dados los precios marcados en la carta expuesta a la entrada del local: Maison Première.

—Hoy me voy a dar ese gustazo —proclamó ufano, abriendo la puerta a su mujer—. ¡Vamos a quemar la tarjeta de crédito!

—¿No tenías la cuenta corriente en números rojos?

—Morados deben de ser ya. Pero no por mucho tiempo. Un día es un día. ¿Te gusta el champán francés?

—Haré un esfuerzo…

Cenaron langosta y ostras regadas con burbujas rosadas, bajo el emparrado de un pequeño patio calentado con setas de gas. De postre, la casa les ofreció un chupito de absenta que por poco no los tumba a los dos. Claro que un día, como decía Philip, era un día. Y aquél estaba resultando ser realmente especial.

—Viendo lo que he visto hoy —a Carolina el alcohol le había soltado la lengua—, me parece increíble que hayas salido tan bien como lo has hecho de una infancia tan traumática.

—¿Eso es un piropo, señorita? —La última palabra había sido dicha en español.

—Lo es, caballero. Y también la constatación de un hecho. En serio, Philip, ¿cómo consigue uno liberarse de tantos prejuicios y tantas normas inflexibles como las que debiste soportar siendo niño en esa secta?

—¿Tú crees que me he librado de ellas? —La mirada del americano suplicaba un sí por respuesta.

—De algunas sí, desde luego. —Rió ella—. Y espero que de las demás también.

—Yo también lo espero, de todo corazón, porque no es fácil, ¿sabes? Nada fácil.

El hombre de recursos, galante, retador, malhumorado en ocasiones hasta resultar desagradable, resuelto, decidido, seductor, indoblegable, se puso súbitamente tan serio como si hubiese visto aparecer al fantasma de su abuelo bajo un estandarte negro bordado en letras rojo sangre: ¡PAGARÁS POR TUS PECADOS! Necesitaba seguir hablando hasta apurar completamente el cáliz.

—No es fácil pero sí necesario, si quieres ser fiel a ti mismo. Cuando te das cuenta de que tú no eres así, de que no es eso lo que quieres ni aquello en lo que crees, de que todo lo que te rodea te parece falso y en muchos casos seguramente lo sea, hay que salir de la secta. Supongo que a mi padre le pasaría eso, igual que me ocurrió a mí cuando tuve que decidir por mí mismo.

—Tal vez ellos, los que hemos visto esta tarde, sean felices con esa vida. Más felices que tú y que yo, a salvo de las dudas que nos asaltan a nosotros.

—Es posible. La secta te proporciona seguridad, protección, certezas y ayuda en caso de necesidad. Es un lugar resguardado en el que, cumpliendo las normas, te garantizas un refugio al abrigo de contingencias. Sin embargo, mi padre nunca fue feliz ni supo hacer feliz a mi madre. Su vida fue una mierda. Un puto infierno, te lo aseguro. Claro que tal vez fuese la culpa lo que le roía por dentro y no la incomodidad de estar donde no quería estar.

—Tal vez…

—En mi caso no fue eso. Yo podría haber regresado al gueto. Tuve ocasiones de hacerlo, sabiendo ya lo duro que era abandonar el nido. Porque cuando sales de la secta nadie te lo perdona y nadie te lo agradece tampoco. Los que considerabas tuyos reniegan de ti por traidor y los otros te miran siempre con recelo.

—Bueno, eso quedó atrás hace tiempo —le consoló Carolina—. Ahora vuelves a empezar, y no precisamente desde cero.

—Así es —convino él—. Atrás quedaron mi madre, mi familia, mis amigos, la seguridad, los apoyos… a cambio de poder vivir mi vida sin hipocresía ni mentiras ni engaños. En congruencia con lo que soy.

—Si quieres saber mi opinión, hiciste un buen negocio. Un negocio magnífico, diría yo.

Philip tomó las manos de ella entre las suyas, sobre la mesa, y notó la suavidad de su tacto cálido. Carolina arqueó las cejas, sorprendida por ese gesto delicado tan impropio de su forma de ser. Él bajó la voz hasta convertirla en un susurro, antes de confesar:

—Hay algo más, princesa. Siempre había pensado que el precio a pagar por ser libre era estar solo. Ahora ya no estoy seguro.

La noche cerrada, de luna nueva, los aguardaba al salir para envolverlos en su magia. Un taxi los condujo en cuestión de minutos hasta el apartamento de Philip, situado a pocas manzanas de allí. Mientras él pagaba, Carolina se acercó a la embocadura del puente tendido entre Brooklyn y Manhattan, donde a esa hora el tráfico era ya escaso. Ante sus ojos, la Gran Manzana ofrecía una vista espectacular de luces y colores empeñados en vencer a la más negra oscuridad. Un cuadro impresionante, grandioso, reflejo de esa ciudad única en el mundo. Los rascacielos arañaban el firmamento nocturno eclipsando a las estrellas. Y entre ellos, coronándolos, destacaba la orgullosa construcción levantada en la Zona Cero tras los atentados del 11-S, en el lugar ocupado hasta entonces por las Torres Gemelas derribadas a golpe de terror. Un monumento a la fuerza de un pueblo empeñado en no someterse ni rendir su dignidad. La Torre de la Libertad.

Sara no faltó a la cita. A las nueve y cuarto, con un leve retraso de buen tono en una dama de su edad y condición, entraba por la puerta del Starbucks, perfectamente maquillada, enfundada en un traje de chaqueta de buen corte y tocada con un elegante turbante marrón oscuro. Le costó reconocer a su sobrino en el hombre hecho y derecho que aguardaba sentado a una mesa del fondo, junto a una mujer a la que no había visto en su vida, aunque no podía ser otro. Conservaba el porte erguido de su juventud, las mismas facciones hermosas que evocaba una y otra vez su hermana mayor, Erzsébet, antes de morir, añorando al hijo que le habían arrancado de los brazos.

—Tu madre no te abandonó, te quiso muchísimo, Philip. Eso quería decirte y por eso he venido hoy aquí, rompiendo nuevamente la palabra dada a mi padre hace muchos años, como cuando tú eras un niño y yo te llevaba bizcochos, ¿recuerdas? Tu madre siempre te quiso. No tengas la menor duda.

Apenas se habían tomado el tiempo de hacer las presentaciones debidas y decidirse por un café que Carolina fue a buscar a la barra a fin de dejarlos solos. Ambos sabían bien lo que había propiciado ese encuentro. De ahí que ni siquiera hicieran falta preguntas.

—¿Llegó a contarte tu padre cómo y por qué vino a Estados Unidos?

—Esperaba que me lo contaras tú. —Pese a los buenos recuerdos que guardaba de su tía, Philip se mantenía en guardia—. Porque ni él ni ninguno de vosotros pareció tener nunca interés en aclarármelo.

—Pues parece que ha llegado el día.

Y la verdad, largo tiempo silenciada, empezó por fin a abrirse paso.

—Tu padre apareció un buen día por el barrio, hablando húngaro, sin un mendrugo de pan que llevarse a la boca. Debía de ser el año 1965 o 1966, a comienzos del invierno. Llevaba más de un mes vagando por las calles, con documentación falsa, tras haber desembarcado de un carguero procedente de Europa. Alguien le había dicho que tal vez aquí encontrara ayuda, por aquello del idioma húngaro, ya que en esa época todavía quedaban vivos bastantes inmigrantes de los que llegaron justo antes o después del Holocausto, como nosotros mismos.

»Era un hombre muy apuesto Joseph Smith. Casi tan guapo como tú, aunque no tuviese donde caerse muerto. Bueno, tampoco en eso os diferenciáis mucho, ¿verdad?

Philip no la sacó de su error. ¿Para qué? No sentía la necesidad de sincerarse con esa pariente a la que no guardaba rencor aunque tampoco creía deber gran cosa.

Ella siguió con su historia.

—Contó al rabino que se había salvado de los campos de milagro, junto a parte de su familia, gracias a la ayuda de un diplomático español, y que más tarde había sido bautizado contra su voluntad, a fin de poder permanecer en España sin sufrir persecución por ser judío. Él seguía siendo fiel a su religión y por eso había escapado, aseguró a todo el que le preguntaba; porque quería reencontrarse con el pueblo al que pertenecía. La comunidad le acogió con los brazos abiertos, como al hermano que regresa a casa.

»Pronto encontró un trabajo en la tienda de ultramarinos, con un sueldo modesto aunque suficiente para ir tirando. En Borough Park estaba a salvo de la amenaza de deportación, ya que, como sabes, la policía rara vez aparece por allí y los oficiales de inmigración no lo hacen nunca. Nosotros nos gobernamos con arreglo a nuestras propias normas y las autoridades saben que pagamos los impuestos y no causamos problemas. Así ha sido desde la llegada del primer rabino y así seguirá siendo mientras permanezcamos aquí, en espera del Mesías.

—¡Céntrate en los hechos, tía! —urgió Philip, cautivado por la narración.

—Pues como te estaba diciendo, aquí habría estado a salvo en cualquier caso, pese a lo cual tu padre se empeñó en conseguir cuanto antes la ciudadanía estadounidense con la intención de regularizar su situación legal. Para eso la vía más sencilla era casarse, y ahí fue donde entró en juego tu madre. Él no tenía dinero, prestigio ni posición, lo que reducía enormemente sus posibilidades de encontrar esposa. Ella tampoco procedía de una familia rica y, para colmo, había cumplido ya los veinticinco; es decir, siete más de los considerados adecuados para concertar un matrimonio decoroso. La pobre se había quedado atascada en espera de que nuestro hermano mayor se casara, y se le había pasado completamente el arroz. Joseph se convirtió de ese modo en la salvación de Erzsébet, que de no ser por él se habría quedado soltera, sin la bendición de nuestra auténtica razón de ser, que sois los hijos.

Carolina escuchaba en silencio ese relato desgarrado,

casi más atónita de lo que se había quedado contemplando las calles del gueto. ¿Pensaría Philip, como su tía, que la única razón de ser de una mujer era tener hijos? Un motivo de gozo, sin duda, siempre que una tuviese la suerte de dar con la pareja adecuada. Una ventaja respecto del sexo masculino, también, según lo veía ella. ¿Pero «la auténtica razón de ser» de una mujer, tal como afirmaba Sara? Eso era llevar las cosas demasiado lejos. ¿Cómo podía subsistir un pensamiento tan radicalmente machista en la Nueva York del siglo xxi?

Si Philip compartiese esa opinión, se dijo, no la habría escogido a ella. Pero la había escogido. Y sin embargo… ¿Cuánto pesarían semejantes convicciones en el corazón de un hombre criado a los pechos de esa gente uncida a prejuicios ancestrales? Tendría que arriesgarse a comprobarlo por sí misma.

Como si le hubiese leído el pensamiento, él escogió ese momento para pasarle el brazo por los hombros en un gesto cariñoso, antes de pedir a su tía que, por favor, siguiese hablando. Ella fingió no dar importancia a lo que acababa de suceder y siguió desgranando su relato.

—Al principio todo fue bien. Dadas las circunstancias, se abreviaron las formalidades y se organizó una boda sencilla, con muy pocos invitados y muchos menos regalos de los habituales. Parecían una pareja razonablemente feliz. Los problemas empezaron cuando tú viniste al mundo.

—¿O sea que el causante de la ruptura fui yo? —Sara acababa de poner el dedo en la llaga y Philip acusaba el golpe.

—No, cariño. Tú eras y sigues siendo inocente. Pero ahí fue donde empezaron las desavenencias entre tus padres, o, mejor dicho, entre tu padre y el mío, sobre cómo debías ser educado. Tu padre ganó a base de genio la primera batalla, la del nombre, imponiendo uno que no te señalara ante los ojos del mundo como judío. Se empeñó en llamarte Philip. Él no compartía muchas de nuestras creencias sobre el Holocausto y sus causas, que para tu abuelo eran dogmas de fe. Quería que su hijo fuese norteamericano; un ciudadano estadounidense con todos los derechos que eso implica.

La española fue a por un segundo café y algo de aire, sonriendo para sus adentros a ese padre misterioso cuya huella había seguido hasta las páginas de *El Caso*, horrorizándose ante su crimen. Un hombre extraño, atormentado, capaz de lo peor y lo mejor. Un padre borracho, un amargado, según el recuerdo que Philip guardaba de él, empeñado no obstante en proteger a su hijo incluso a costa de enemistarse con quienes le daban sustento.

Sara siguió devanando el hilo de la memoria.

—Cuando fuiste un poco mayor, tu abuelo sugirió que entraras en un centro de estudios del Talmud y la Torá. Una *yeshivá* de las muchas que abundan en el barrio y en Williamsburg, donde los estudiantes aprenden a interpretar las sagradas escrituras a cuyo estudio dedicarán su existencia. Era un modo de garantizarte un buen futuro a pesar de los escasos recursos de tus padres, ya que los miembros pudientes de la comunidad subvencionan esas escuelas y a sus alumnos, proporcionándoles un generoso estipendio de por vida. Y tú eras un muchacho listo, a punto de celebrar tu Bar Mitzvah, tu paso a la edad adulta. A tu padre le horrorizó la idea hasta el punto de ofender gravemente a su suegro negándose a convertirte en un «exprime-bancos», que es el modo despectivo y sacrílego en que algunos denominan a esos chicos por la cantidad de horas que pasan sentados, inclinados sobre los textos antiguos, dedicados a su loable tarea.

»A partir de ese momento todo se precipitó en una cuesta abajo imparable. Tu abuelo estaba convencido de que la mejor forma de tratar a los hijos era la disciplina inherente al *chinuch*; la obligación que tienen los padres, según la Torá, de educar a sus hijos severamente en el temor de Dios y apartarlos de la educación pagana, considerada un camino seguro a la promiscuidad y la muerte del alma. Tu padre, en cambio, deseaba que tuvieras lo que él no había tenido, empezando por la posibilidad de escoger por ti mismo. Quería que fueras a un colegio estatal y aprendieras lo mismo que los otros chicos. Él solía besarte y abrazarte con frecuencia, cosa que mi padre no hizo con nosotros jamás. Era muy cariñoso contigo; antes de empezar a beber, por supuesto. Después las cosas cambiaron. Pero qué voy a contarte de eso, tú lo padeciste más que nadie...

»A juzgar por su actitud ante la vida, resultaba evidente que Joseph no pertenecía a nuestra comunidad. Me duele decirte esto, sobrino, pero con el tiempo he llegado a pensar que nos utilizó para conseguir sus ansiados papeles, sin la menor intención de vivir con arreglo a nuestras normas.

—¿Y mi madre? —quiso saber Philip, que empezaba a encajar las piezas del puzle tantos años dispersas en recuerdos parciales—. ¿Qué decía ella de todo eso?

—Tu madre, la pobre Erzsébet, era una mujer débil, sometida a la autoridad de tu abuelo. Siempre lo estuvo. Incluso cuando tu padre le rogó que se pusiera de su lado en la guerra que se había desatado por tu causa y la amenazó con abandonarla, llevándote con él, si ella no cedía.

—¿Nos dejó marchar sin pelear siquiera? —se extrañó Philip con tanta pena como rabia.

—Aunque lo hubiera intentado, no habría tenido fuerzas, te lo aseguro. Debes tratar de entenderla. Había sido educada en la obediencia ciega a sus mayores. No puedes imaginar lo que sufrió cuando tu padre cumplió su amenaza y el abuelo le prohibió volver a veros. Proclamó solemnemente que los dos estabais muertos y vuestros nombres no volverían a ser pronunciados en su casa. Acogió a Erzsébet como si de una viuda se tratara y la mantuvo bajo su férula hasta que ella murió de un cáncer fulminante, probablemente desencadenado por la pena.

Un velo oscuro, como los ropajes de los devotos *jasídicos*, cayó sobre la conversación junto a esas últimas palabras. Philip creyó oír a su abuelo pronunciar su fatídica proclama: «Pagarás por tus pecados, todos pagamos por nuestros pecados, hijo», aplicado a una hija rota de dolor, despojada de todo lo que amaba. Habían pagado con creces. Vaya si habían pagado... ¿Qué clase de temor de Dios podía llevar a esos extremos?

La tía Sara había apurado su café. El maquillaje impecable de la mañana empezaba a cuartearse cerca de los ojos y los labios, como consecuencia del cansancio, dejando que sus muchos años quedaran al descubierto bajo la capa de artificio destinada a disimularlos. Se notaba que estaba deseando marcharse, terminar de cumplir el penoso deber que había asumido en el lecho de muerte de Erzsébet, y salir de ese lugar hostil en el que se sentía una extraña.

—Tu madre os dejó marchar pero te quiso con todo su corazón, Philip, puedo jurártelo sobre lo más sagrado. Eso he venido a decirte, cumpliendo con la voluntad de mi hermana moribunda. Sufrió más de lo imaginable cuando la apartaron de ti, pero no encontró el valor de desobedecer a su padre. Y además...

Sara se detuvo en seco. Tan bruscamente que Philip la urgió, casi en un grito:

—¡Sigue! ¿Y además qué?

—Nada, no tiene importancia.

—Por el amor de Dios, termina de escupir lo que has venido a decirme. Bastantes mentiras y silencios he aguantado ya de esta familia.

—Está bien —accedió la tía, adoptando una actitud entre digna y ofendida—. Puesto que tú quieres oírlo, te diré que tu madre, mi pobre hermana, llegó a temer a tu padre. Mucho. Habría podido luchar por conservar tu custodia, amparándose en las leyes de nuestra comunidad, y los rabinos le habrían dado la razón. Tu abuelo se habría hecho cargo de ti de mil amores. Pero Erzsébet tenía miedo de que tu padre cometiera una locura y por amor a ti, por tu seguridad, aceptó dejarte marchar.

—¿Sabía mi madre lo que había hecho él en España?

—Philip no especificó a qué se refería. No hacía falta.

—Al principio, no. Él se lo confesó en una noche de borrachera, poco antes de la separación. No sé cómo ni qué le diría exactamente, pero a partir de ese momento ella vivió aterrorizada.

—Entonces ¿lo sabíais todos menos yo?

—No. Tu abuelo nunca lo supo. Ni tu abuela, por supuesto. Erzsébet solo me lo confió a mí, haciéndome jurar que no te lo diría. No quería que crecieras con el miedo que sentía ella, ni mucho menos que fueras consciente de ese ejemplo. ¿Quién era tu padre para tomarse la justicia por su mano? Tu padre no era Hashem. No tenía ningún derecho a derramar sangre con sus manos.

Philip contuvo a duras penas las ganas de abofetear a esa anciana que se permitía el lujo de juzgar con semejante dureza a un hombre cuyo tormento no podía sospechar siquiera. De buen grado la habría mandado al carajo. Se aguantó, no obstante, por respeto a su edad y sobre todo por Carolina, que permanecía muda, tratando de digerir, en absoluto silencio, lo que acababa de escuchar.

—Agradezco tu sinceridad, tía —se limitó a concluir, dando por liquidada la conversación—, y te deseo una larga vida.

—Si quisieras venir a visitarnos...

—No me parece buena idea, en serio. Hace mucho que dejé atrás ese lugar. O que debería haberlo hecho. Ahora sí, paso página. *Zay Gezunt*. Adiós.

¿Existen palabras capaces de sanar heridas como la que acababa de reabrirse en Philip? ¿Alguna interpretación susceptible de arrojar luz sobre una historia semejante? Si existían, Carolina era incapaz de encontrarlas. De ahí que se agarrara a la literalidad de ese «paso página» y tratara de distraer al hombre que sufría a su lado, brindándole algo más agradable en lo que pensar. No quería verle sufrir de ese modo. Nadie quiere ver sufrir a la persona que ama.

Iban caminando despacio hacia una estación de metro, sin saber exactamente a dónde dirigirse después. La subasta del lienzo de la judería se celebraba esa tarde, en los locales de Christie's, lo que les brindaba tiempo de sobra para llegar al Upper East Side incluso deteniéndose a almorzar por el camino.

—Esta mañana he recibido un correo de Ingrid Egle —comentó, tratando de teñir de un tono alegre su voz—. Me confirma que Böse ha firmado el contrato del que hablamos en Londres y todo está en orden, tal como lo redactaron en la versión definitiva mis abogados de Madrid. En cuanto se venda el cuadro, te será transferida la mitad del precio de martillo, descontados los impuestos, sin que tu nombre aparezca por ningún sitio.

Philip tardó unos minutos en contestar. Los necesarios para salir de su ensimismamiento y regresar a la realidad. Claro que, cuando lo hizo, su respuesta fue otra pregunta totalmente inesperada.

—¿Vamos a asistir a la subasta?

—Yo daba por hecho que sí, pero hacemos lo que tú quieras. No tengo mayor interés.

—En tal caso, preferiría no ir. —El taxista seguía nublado, bajo el peso de una carga difícil de asimilar—. Ese cuadro está maldito. Solo trae desgracia. Antes o después se repetirá la historia.

—Está bien —le tranquilizó Carolina—. Ya nos enteraremos entonces por los periódicos del resultado. Según me decía Ingrid, todos los rumores apuntan a que al final se lo llevará, pujando por teléfono, un coleccionista chino que últimamente arrasa con toda pieza clásica de valor que sale al mercado. El Metropolitan estaba muy interesado en la obra, pero ni con el descuento que suele hacerse a los museos podría competir con ese personaje.

—¿Hablamos de un coleccionista tipo Kaltmann? —inquirió Philip.

—No lo sé, corazón. A éste le rodea una leyenda oscura de tráficos de todo tipo, empezando por armas y terminando en mujeres, pero, hasta donde yo sé, son meras habladurías. Lo que sí me consta es que maneja una cantidad de dinero obscena. Y que la mayoría de los amantes del arte es gente maravillosa. Igual que la mayoría de las personas religiosas. No es bueno confundir la excepción con la regla.

—Sea como sea, no quisiera estar en su pellejo ni ver colgado en mi salón lo que van a ver sus ojos. Las nubes negras de esa pintura traen mala suerte. ¡Hazme caso! Como diría mi abuelo, todo el que se acerca a ellas acaba pagando por sus pecados un precio altísimo.

—¿Y cómo pagarás tú por los tuyos ahora que vas a ser escandalosamente rico? —bromeó la española, zalamera, intentando quitar hierro al asunto y arrancarle a Philip una sonrisa.

—Yo ya he pagado bastante. —A él aquello no le hacía gracia—. Ahora me toca cobrar.

—¡Secundo la moción! —Carolina se había propuesto rescatar a ese hombre de la tristeza, como fuera—. ¿Qué piensas hacer con el dinero, si es que puede saberse?

Philip no tuvo que pensar mucho su respuesta. Si algo había hecho a lo largo de su vida era imaginar cómo gastaría su dinero si le tocara la lotería o ganara ese concurso de televisión que ofrecía un viaje para dos personas a cualquier lugar del mundo. Tenía perfectamente identificado su sueño, aunque en los últimos tiempos, desde la irrupción de Carolina en su existencia, había introducido en él alguna variante geográfica.

—Primero —afirmó, tajante—, invitarte a comer. Segundo, vender o regalar el taxi; tanto da. Tercero, recuperar mi apellido: Sofer. Cuarto, animarte a cumplir la promesa de enseñarme Madrid despacio, descubriéndome sus secretos. Y quinto, abrir allí un restaurante de comida húngara. Budapest suena bien, ¿no te parece?

Carolina se quedó pensando unos instantes, tratando de imaginar el local. ¿Entraría ella de buen grado en un sitio llamado así?

—Yo sugeriría Casa Hannah o La Cocina de Joseph —propuso, finalmente—. Son nombres con más encanto.

—La Cocina de Joseph —repitió él aplaudiendo—. ¡Sí,

señora! Eso le gustaría a mi padre y está claro que se lo debo. Él me enseñó a cocinar y me transmitió la afición. La Cocina de Joseph, decidido. A ser posible en Carretas y con un letrero grande, que se vea desde lejos. ¡Tenemos mucho que hacer!

# Agradecimientos

Esta novela no podría haber visto la luz sin la ayuda indispensable y generosa de tantas personas como colaboraron conmigo en su gestación. A todas ellas, mi gratitud sincera.

Leopoldo Stampa, amigo de la infancia y prestigioso diplomático, que me habló de nuestra embajada en Budapest.

José Ángel López Jorrín y su encantadora esposa, Emma Hernández Landeta, embajadores de España en Hungría, que me abrieron las puertas de su residencia, desvelándome los secretos recogidos en estas páginas.

Erzsébet Dobos, profesora de español y autora de *Salvados*, que me acompañó a muchos de los lugares recorridos por Carolina y Philip en Budapest, además de regalarme su exhaustivo trabajo de investigación sobre los hechos históricos narrados.

Ivan Harsany, muy parecido a Simon Berent, superviviente en uno de los pisos protegidos de Ángel Sanz Briz, cuyo testimonio resultó de extraordinario valor para comprender desde el corazón.

La familia Sanz Briz, que puso a mi disposición los archivos y documentos del heroico diplomático.

Esther Esteban, querida amiga y compañera de fatigas periodísticas, embajadora y cicerone de excepción en todo lo concerniente a Toledo.

Pepita Lillo, que me abrió su casa de par en par a la vista de la judería plasmada por el pintor en ese lienzo imaginario descrito en la novela.

Jesús Carrobles, él sí auténtico experto en el Greco, cuya asesoría hizo posible que Carolina conociese al maestro.

Félix Hernando, general de la Guardia Civil, amigo y asesor para todo lo relacionado con el benemérito cuerpo, a quien debo a Parmenio Arenas.

Las Hermanitas de los Pobres de la calle Almagro, en Madrid, y la hermana Almudena, de Cachito de Cielo, que tratan a las Raqueles reales con más amor aún que en esta historia.

Mi hijo Iggy y la adorable Egle Sakalauskaite, de cuya mano recorrí la sede de Christie's de South Kensington, en Londres, después de desayunar en PJ's.

Mi hija Leire y el adorable Philip Grant, que me guiaron a través del campus de Harvard y el gueto ultraortodoxo de Borough Park, en Nueva York, al otro lado del puente de Brooklyn.

Luis Domínguez, de la librería Marcial Pons, impagable documentalista además de buen amigo y apreciado asesor literario.

¡Va por vosotros!

El papel utilizado para la impresión de este libro
ha sido fabricado a partir de madera
procedente de bosques y plantaciones
gestionados con los más altos estándares ambientales,
garantizando una explotación de los recursos
sostenible con el medio ambiente
y beneficiosa para las personas.
Por este motivo, Greenpeace acredita que
este libro cumple los requisitos ambientales y sociales
necesarios para ser considerado
un libro «amigo de los bosques».
El proyecto «Libros amigos de los bosques» promueve
la conservación y el uso sostenible de los bosques,
en especial de los Bosques Primarios,
los últimos bosques vírgenes del planeta.

Papel certificado por el Forest Stewardship Council®